Noa C. Walker
Der Schatten eines Sommertags

TINTE & FEDER

Das Buch

Seit sieben Jahren liegt ein Schatten auf Tonyas Leben. Sie fühlt sich schuldig, seitdem ihre erste Liebe bei dem Versuch, sie zu beschützen, getötet wurde. Inzwischen arbeitet Tonya als IT-Spezialistin beim BKA und hegt noch immer die Hoffnung, eines Tages den Mörder zu finden. Plötzlich geschehen in ihrem unmittelbaren Umfeld mysteriöse Ereignisse, die sie erneut in Gefahr bringen.

Der rätselhafte Fall ruft den attraktiven Ermittler Jake Sturm auf den Plan. Gemeinsam stellen sie sich dem Gegner. Als die Lage sich zuspitzt, taucht Jake mit ihr in Dänemark unter. Zwischen Dünen, Meer und der Weite des Himmels kommen die beiden sich näher. Allerdings ziehen erneut Schatten über Tonyas Leben auf und bedrohen nicht nur ihre junge Liebe …

Die Autorin

Noa C. Walker wurde 1969 geboren und erlernte den Beruf der Bürokauffrau im Groß- und Einzelhandel. Anschließend absolvierte sie die Ausbildung zur examinierten Altenpflegerin. Sie ist verheiratet, hat fünf Kinder und widmet sich seit einigen Jahren hauptberuflich ihrer großen Leidenschaft, dem Schreiben. Mit ihrem Roman »Du, ich und die Farben des Lebens« erreichte sie viele begeisterte Leser und Leserinnen. Als Elisabeth Büchle hat sie bereits zahlreiche gut recherchierte, spannende und romantische Romane veröffentlicht, die mehrfach ausgezeichnet wurden, unter anderem mit dem 2. Platz des DeLiA-Literaturpreises.

NOA C.
WALKER

DER SCHATTEN EINES SOMMERTAGS

ROMAN

TINTE
&
FEDER

Deutsche Erstveröffentlichung bei
Tinte & Feder, Amazon Media EU S.à r.l.
38, avenue John F. Kennedy, L-1855 Luxembourg
August 2019

Umschlaggestaltung: semper smile, München, www.sempersmile.de
Umschlagmotiv: © Bee_work / Shutterstock; © Alexander_Evgenyevich / Shutterstock;
© Yevhen Rehulian / Shutterstock
Lektorat und Korrektorat: Verlag Lutz Garnies, Haar bei München, www.vlg.de
Gedruckt durch:
Amazon Distribution GmbH, Amazonstraße 1, 04347 Leipzig /
Canon Deutschland Business Services GmbH, Ferdinand-Jühlke-Str. 7, 99095 Erfurt /
CPI books GmbH, Birkstraße 10, 25917 Leck

ISBN 978-2-91980-923-3

www.tinte-feder.de

Prolog

Der Himmel verfärbte sich von einem milchigen Blau in nächtliches Schwarz. Tonyas Lachen schwebte mit dem letzten Kreischen einer Lachmöwe über die sanft ansteigenden und abfallenden Hügel. Es verklang zwischen den Bäumen eines Mischwaldes oberhalb des Bodensees. Dennis hielt Tonya zurück, sodass ihre Freunde und Geschwister schnell an Vorsprung gewannen. Sie ließ es zu, berauscht durch das Kribbeln, das von ihrer Hand, die Dennis fest umschlossen hielt, in Richtung ihres Herzens pulsierte.

Sie kannte Dennis seit dem Kindergarten, hatte ihn aber aus den Augen verloren, als er für sein Studium aus dem Dorf weggezogen war. Ein Jahr später war sie ihm an dieselbe Uni gefolgt – wie er behauptete. Dem war allerdings nicht so. Denn Tonya hatte den Studienplatz ihren Fähigkeiten entsprechend gewählt. Dass sie Dennis gleich am ersten Tag auf dem Campus über den Weg lief, war purer Zufall. Dennoch widersprach sie Dennis nicht, wenn er seine Version der Geschichte erzählte – was er seit einer Woche mit zunehmender Begeisterung tat. Seit dem Tag, als sie ihm erlaubt hatte, sie zum ersten Mal zu küssen.

Dennis war bis zu seinem vierzehnten Lebensjahr immer kleiner als Tonya gewesen, obwohl sie fast zwei Jahre jünger war.

Dann aber war er in die Höhe geschossen und hatte bald nicht nur sie, sondern auch ihre sieben älteren Geschwister überragt. Und das hieß schon etwas, waren die Wielands doch alle sehr groß. Bis auf Tonya, die offenbar vor lauter Schreck über Dennis' rasante körperliche Veränderung das Wachstum eingestellt hatte.

Dennis blieb nun endgültig stehen, sodass sich die scherzenden Zurufe und das Gelächter der anderen zunehmend in der Ferne verloren. Fragend legte Tonya den Kopf in den Nacken. Nur so konnte sie das Gesicht des jungen Mannes im fahlen Licht des Mondes, der einen silbernen Streifen auf den See warf, überhaupt sehen.

»Hey, Kleine!«, raunte Dennis ihr zu, blies sich eine blonde Strähne aus der Stirn und strich ihr mit dem Zeigefinger über die Wange. Seine Berührung hinterließ eine prickelnde Feuerspur auf ihrer Haut. Sie bildete sich ein, dass dort nun ebenfalls ein glitzernder Silberstreifen verlief. *Sind diese überschäumenden Gefühlskapriolen immer so intensiv, wenn man verliebt ist?* Tonya nahm es an, war Dennis doch ihre erste Liebe. Zugleich fragte sie sich, ob jenes berauschende Gefühl auch dann noch Bestand haben würde, wenn sie sich näherkamen, einander vertrauter wurden – mehr, als sie es ohnehin schon waren.

Tonya schloss die Augen und atmete tief ein, weil sie diesen wunderschönen und unvergleichlichen Augenblick zwischen Jungsein und Erwachsenwerden, zwischen den Semesterferien und der nächsten Herausforderung an der Uni, zwischen Sommerende und Herbstanfang in ihrem Herzen verankern wollte. Wie die Bojen auf dem See, die winters wie sommers an derselben Stelle schaukelten, Hitzewellen und Stürmen trotzten und damit jahrein, jahraus ihre Beständigkeit bewiesen.

Der feuchtmodrige Geruch des Waldes vermengte sich mit dem von Sonnencreme und erntereifen Feldern.

Sie liebte es, wenn Dennis sie »Kleine« nannte. Ansonsten wagte das nämlich niemand mehr. Seit sie mit siebzehn ihrem ältesten Bruder Timo ein blaues Auge zugefügt hatte, weil er sich über ihre angeblich so mickrige Gestalt lustig gemacht hatte. Und dabei war sie mit ihren ein Meter fünfundsechzig nicht einmal außergewöhnlich klein, doch in ihrer durchweg großen Familie – und neben Dennis – mit Abstand die Kleinste.

Sie liebte dieses Kosewort noch mehr, weil er es ohne Anstrengung und einwandfrei über die Lippen brachte. Schließlich hatte der schmächtige Nachbarsjunge einmal extrem gestottert, was ihm bereits im Kindergarten hämische Hänseleien eingebracht hatte. So lange, bis sich die Wieland-Gang – in dem Jahr waren sie zu viert im Kindergarten gewesen und die Zwillinge noch in der nebenan gelegenen Grundschule – jedes Mal wie ein Bollwerk um Dennis geschart hatte, sobald der Zwergenmob auch nur einen schiefen Blick in seine Richtung gewagt hatte.

Dennis hatte einige Sprachtherapien hinter sich. Wenn es ihm gut ging, bemerkte man sein Stottern kaum noch, war er jedoch aufgewühlt – im positiven wie im negativen Sinne –, trat es in unterschiedlicher Intensität noch immer auf.

Und das war an jenem Tag an der Uni geschehen, als Dennis Tonya auf dem Weg zu ihrer ersten Vorlesung in der Menge entdeckt hatte. Sein Versuch, sie auf sich aufmerksam zu machen, scheiterte am Anfangsbuchstaben ihres Vornamens. Er versuchte mehrmals, sie zu rufen, brachte aber nur ein »T« heraus, was ihm nicht *ihre* Aufmerksamkeit, dafür aber die seiner Kommilitonen einbrachte. Ihnen war zwar ein ganzes Jahr lang seine vorsichtige, akzentuierte Sprechweise aufgefallen, sein Stottern hatten sie allerdings nie zu hören bekommen. Prompt machten sie sich einen gutmütigen Spaß daraus, Dennis zu helfen, indem sie ebenfalls lautstark ein »T« über den Campus brüllten, und da einige unter ihnen fremdsprachige Studenten waren, blieb es am Ende bei der englischen Aussprache.

Letztlich wurde Tonya von einem ihr wildfremden Mädchen auf die Gruppe junger Männer aufmerksam gemacht, die alle in ihre Richtung blickten und »Tea« riefen. Tonya erkannte Dennis unter ihnen und brauchte einen Augenblick, um abzuschätzen, ob der Nachbarsjunge wieder mal ein kleines Mädchen an seiner Seite gebrauchen konnte, das ihn verteidigte. Doch er strahlte sie fröhlich an und klopfte dem neben ihm stehenden T-Rufer dankbar auf die Schulter. Dennis kam ihr auf halbem Weg entgegen und stemmte sie in die Höhe, als wiege sie nicht mehr als eine Puppe, um sich mit ihr einmal im Kreis zu drehen. Mehr war daraus vor einem Jahr nicht geworden. Geblieben war ihr der Spitzname: T.

Inzwischen sprachen sogar einige Dozenten sie so an, und auch ihre Geschwister hatten das Kürzel sofort übernommen. Nur ihre Mutter runzelte jedes Mal die Stirn, wenn sie es hörte. Tonya sei mehr als nur ein abgehackter Buchstabe, erklärte sie dann und erntete Gelächter. Insbesondere als Timo – diesmal ohne sich ein blaues Auge einzuhandeln – antwortete, dass die Kleine damit doch den perfekten Kampfnamen für ihre Karriere als Minifliegengewichtsboxerin gefunden habe.

»Dennis, T? Wir sind schon bei den Autos.« Eine Männerstimme drang über das Maisfeld und schien entweder vom See oder den gegenüberliegenden Hügeln zurückgeworfen zu werden.

Tonya verdrehte die Augen. Die versteckte Aufforderung, dass Dennis und Tonya unverzüglich zu ihnen stoßen sollten, klang in jeder einzelnen Silbe mit. Als Ältester der Geschwister sah sich Timo offenbar in der Rolle des Aufpassers.

»Nehmt ihr den VW-Bus und lasst uns den F-Fiat da«, rief Dennis lauthals zurück. Tonya zuckte unwillkürlich zusammen.

Sie hatte gar nicht gewusst, dass Dennis so laut rufen konnte, und das fast ohne zu stocken.

»Tonya?« Die Gerufene verdrehte ein zweites Mal die Augen. Jetzt war es Thomas, der Zweitälteste, der Timos Aufgabe übernahm und sie sogar bei ihrem richtigen Namen rief.

»Ich bin volljährig, schon vergessen?«, rief sie über die Maishalme hinweg, fühlte jedoch eine merkwürdige, ihr fremde Aufregung in sich aufkeimen. Wollte sie wirklich mit Dennis allein in der spätsommerlichen Nacht zurückbleiben? War ihm bewusst, dass es gewisse Grenzen gab, die sie heute nicht überschreiten würde? Sie war zwar seit einem Jahr Studentin und auch volljährig, da sie jedoch eine Schulklasse übersprungen hatte, lag ihr achtzehnter Geburtstag noch nicht lange zurück. Genau genommen erst drei Monate. Ihr Vater war Pastor und ihre Eltern liebten sich innig, selbst nach so vielen Jahren. Tonya war dazu erzogen worden, auf den Richtigen zu warten. Leider war sie sich im Unklaren darüber, ob Dennis eben jener für sie war.

Im Gegensatz zu dem stabilen Elternhaus, das Tonya erlebt hatte, hatten sich bei Dennis und seiner Schwester Delia die Männer ihrer Mutter die Türklinke in die Hand gegeben. Tonya erinnerte sich nur zu gut an die verstörten Gesichter der Nachbarskinder, sobald wieder mal ein neuer »Vater« auftauchte. Einige der »Väter« erachteten die Geschwister unübersehbar als lästig … So nahm Tonyas Mutter das Geschwisterpaar unter ihre Fittiche. Nach der Schule blieben Delia und Dennis bis in die Abendstunden hinein bei den Wielands. Wenn die Wieland-Gang Hausaufgaben machte, saßen Dennis und Delia mit dabei und erledigten ihre Schulaufgaben. Sie halfen im Haushalt und Garten und nannten die Großeltern ihrer Nachbarskinder ebenfalls Oma und Opa. So manches Mal blieben die beiden sogar über Nacht bei den Wielands. Meist dann, wenn aus dem Nachbarhaus Geschrei zu hören war.

Demnach war es wenig überraschend, dass bei Tonya bereits in jungen Jahren die Überzeugung herangereift war, dass das Lebensmodell ihrer Eltern, das geprägt war durch Beständigkeit, Treue, Durchhaltevermögen und Vergebung, durchaus etwas Gutes hatte; vor allem auch für sie und ihre Geschwister.

»Was denkst du?« Dennis' Stimme drang sanft in ihre Überlegungen vor. Dabei drückte er kurz ihre Hand. Er stellte ihr frei, sofort mit den anderen ins Haus ihrer Eltern zurückzukehren oder mit ihm ein wenig Zeit oberhalb des Bodensees zu verbringen.

Tonya schaute zuerst nachdenklich zum Mond hinauf, der wie ein breites Grinsen am nachtschwarzen Himmel hing, dann betrachtete sie den Tanz der Diamanten, die vom Erdtrabanten und den Sternen auf die Seeoberfläche geworfen wurden. Die Luft war trotz der späten Abendstunde warm und leicht stickig inmitten der Felder, jedoch längst nicht mehr so drückend heiß wie tagsüber. Die Kulisse war einfach perfekt, um an diesem letzten Augusttag eine romantische Stunde mit ihrem Freund zu verbringen.

»Doch, ich würde gern noch ein bisschen mit dir hierbleiben.«

Dennis wandte sich dem Waldrand zu, wo sie die beiden Autos geparkt hatten, hielt ihre Hand aber nach wie vor fest in seiner. »Ich bringe sie euch in einem Stück wieder. Versprochen.«

»Okay, Dennis.« Thomas vertraute darauf, dass der Nachbarsjunge von einst Wort halten würde.

»Du weißt um ihren rechten Haken, ja?« Timo klang weniger begeistert und erinnerte wohl vielmehr Tonya daran, dass sie in der Lage war, sich zur Wehr zu setzen, als dass er Dennis drohen wollte.

Ihre ältere Schwester, die anderen drei Brüder – einer fehlte in diesem Sommer, weil er zwei Auslandssemester machte – und Delia hüllten sich in schweigsames Einverständnis.

»Du kannst dich glücklich schätzen, so eine Familie zu haben«, sagte Dennis leise, und Tonya vernahm die Sehnsucht in seiner Stimme. Dennis' und Delias Mutter hatte ihr Leben nach wie vor nicht im Griff, vielmehr schien es mit ihrem Alkoholkonsum noch schlimmer geworden zu sein. Leider lehnte sie jegliche Einmischung – und damit auch jedes Hilfsangebot – unmissverständlich ab.

»Du hast Delia«, tröstete Tonya ihn und fügte hinzu: »Und du weißt, dass du dich immer auf die Wieland-Gang verlassen kannst, stimmt's?«

Dennis schlang die Arme um sie, zog sie kräftig an sich und küsste sie fest auf den Mund. »Jetzt umso mehr«, raunte er ihr zu, ehe er sie erneut küsste.

Tonya erwiderte seinen Kuss, war aber nicht ganz bei der Sache. Vielleicht lag es daran, dass sie die Jüngste war. Sie litt ein wenig darunter, dass so viele Menschen ihr Ratschläge erteilten, ja sich regelrecht in ihr Leben einmischten. Manchmal überkam sie das Gefühl, sich wie bei einem Handgemenge mit mehreren Beteiligten freiboxen zu müssen. Und nun klangen Dennis' Worte ein bisschen so, als würde seine Beziehung zu ihr ihm den Status sichern, sich den Wielands zugehörig fühlen zu dürfen.

»Hab ich was Falsches gesagt?«, fragte Dennis prompt und lockerte seine Umarmung, damit er ihr prüfend ins Gesicht sehen konnte.

»Du willst aber nicht nur mit mir zusammen sein, um in unsere Familie –«

Dennis legte seinen Zeigefinger auf ihre Lippen und schüttelte sachte den Kopf.

»Nein, T. Ich liebe dich. Schon im Kindergarten habe ich bewundernd zu dir aufgesehen. Im doppelten Sinne.« Er lachte leise, und Tonya lehnte kichernd die Stirn an seine Brust. »Als Jugendlicher habe ich für dich geschwärmt, wollte mir allerdings nichts anmerken lassen. Ihr habt ein völlig anderes Leben geführt als Delia und ich. Es fühlte sich immer ein wenig so an, als wäre ich deiner nicht wert.«

Tonya ließ einen missbilligenden Laut hören, doch Dennis fuhr rasch fort: »Als ich unser Dorf verlassen durfte, fühlte ich mich endlich frei und habe damit gerechnet, auch dich sehr schnell zu vergessen. Aber das war ein Trugschluss. Ich habe dich unsäglich vermisst. Dich nicht jeden Tag sehen zu können, und sei es nur flüchtig über den Gartenzaun, hat mich beinahe verrückt gemacht. Und als ich dich dann plötzlich auf dem Campus entdeckt habe, *meinem* Campus, und du kein Mädchen mit langen dunkelbraunen Zöpfen mehr warst, kein halb verhungerter Ast, der es sich zur Aufgabe gemacht hatte, mich zu beschützen, sondern eine blühende Schönheit … Da war ich verloren.« Er lachte kurz auf und fügte leiser hinzu: »Das war jetzt vermutlich schrecklich kitschig.«

Tonya schüttelte den Kopf, schmiegte sich an Dennis und ließ seine Worte in ihrem Innern nachhallen. Er hatte sie nicht nur voller Zuneigung, sondern auch ohne ein einziges Zögern oder die Andeutung eines Stotterns vorgebracht. Für sie war das ein unwiderlegbares Zeugnis dafür, dass Dennis sich bei ihr wohlfühlte. Er war in ihrer Gegenwart entspannt und vertraute ihr. Glücklich lächelte sie auf den See hinunter.

Plötzlich schob sich ein Schatten in ihr Sichtfeld. Tonya zuckte zurück; keuchte auf. Sie spürte, wie Dennis ebenfalls erschrocken zusammenfuhr.

»Lasst den Mist!«, rief er, wohl in der Annahme, einen von Tonyas Brüdern hinter sich zu haben. Sie wusste jedoch instinktiv, dass dem nicht so war. Diese schwarze Gestalt dünstete Gefahr aus, ebenso wie Zigarettenrauch und Schweiß.

»Gib mir deinen Geldbeutel und dein Handy, Casanova. Und dann bist du dran, Mädchen.«

Tonyas Knie begannen zu zittern. Die Stimme war fordernd kalt und so dunkel wie die Nacht. In ihr lag eine

Vibration, die keine Widerworte duldete, klang sie doch nach Gewaltbereitschaft.

»W-was soll das?« Dennis schien nichts von dem zu spüren, was Tonya empfand. Vielleicht hielt er das Ganze noch immer für einen Scherz.

Tonyas Kehle entrang sich ein erstickter Laut, als sie etwas aufblitzen sah. Im selben Moment krümmte sich Dennis zusammen. Er keuchte auf und stieß gleich darauf einen Schmerzensschrei aus.

»Der nächste Stich sitzt höher!«

Tonya umfasste Dennis fester und stützte ihn, schwankte er doch bedenklich. Hatte der Kerl auf ihn eingestochen? Kälteschauer schüttelten sie, heißer Schweiß lief ihr über den Rücken. Ihr Magen verkrampfte sich. Panik rollte wie eine Feuersbrunst durch sie hindurch. Sie atmete in kurzen, abrupten Zügen. *Was passiert hier gerade?*

»Geld, Handy!«, wiederholte die kalte Stimme knapp.

»Ist gut«, keuchte Dennis. Tonya fühlte, wie er in seine Hosentasche griff. Sie stützte ihn weiterhin und riss die Augen auf, als sie spürte, wie eine warme Flüssigkeit über ihren Arm rann.

»Brav. Weiter so. Vielleicht belasse ich es bei dem Mädchen ja dann dabei, dass ich nur ihr Geld und ihr Handy will.« Ein genüssliches Schnalzen folgte den lauernd ausgesprochenen Worten. In Tonyas Innerem krampfte sich alles zusammen. Wie ein Knäuel Papier, das man wegwirft. Noch immer wagte sie es nicht, sich zu rühren. Sie konnte nicht sehen, wo die Messerklinge war. Ebenso wenig, ob der Kerl womöglich mit mehr als nur einem Messer bewaffnet war.

Stillhalten. Kooperativ geben. Lage abklären. Dann versuchen, zu reagieren. Eskalation vermeiden. Timo hatte ihr das bereits vor Jahren eingebläut wie die Leiterin der Kinderkirche das *Vaterunser*.

»Hier, du Dreckskerl!« Dennis klang angriffslustig und vollführte eine schnelle Bewegung. Im Mondlicht sah Tonya einen seltsamen Blitz.

Sie sog zittrig Luft in ihre Lungen. Dennis stieß sie von sich. Sie stolperte, fiel.

»Lauf!«, schrie Dennis.

»Nein, Dennis. Nicht!«, krächzte sie. *Eskalation vermeiden,* hämmerte es in ihrem Kopf.

»Da spielt einer den Helden!« Der Fremde lachte. Zum ersten Mal sah Tonya sein vom Mondlicht schemenhaft beleuchtetes Gesicht. Er war jung, keine Dreißig. Die Gesichtsform war rundlich. Er hatte einen dunklen Bartschatten.

»Lauf, T! Lauf weg!« Dennis warf sich gegen den Angreifer. Ein seltsames Geräusch folgte, als ratsche ein Lineal über Papier. Dennis stöhnte, keuchte, fiel auf die Knie.

Tonya erwachte aus ihrer Erstarrung. Sie schob sich rücklings fort, kippte in den Graben. Halme stachen sie, Disteln bohrten sich in ihre Haut.

Dennis klammerte sich an die Beine des Schattenrisses, versuchte, ihn zu Fall zu bringen; kämpfte.

Er beschützt mich! Und er wollte, dass sie abhaute. Tonya sprang auf und rannte los. Hinein in das Maisfeld. Richtung Waldrand. Vielleicht war ja noch jemand da oben, der ihnen zu Hilfe kommen konnte. Thomas und Delia möglicherweise. Immerhin machte sie ihm in diesem Sommer schöne Augen …

Die Maishalme schwangen beiseite und hinter ihr zurück. Raschelten, knatterten, sirrten. Tonyas Atem ging keuchend. Das Herz drohte ihr aus dem Leib zu springen, wollte es doch zu Dennis. *Ich muss ihm helfen!*

Tonya blieb unschlüssig stehen, drehte sich um. Die Pflanzen überragten sie um nahezu einen Meter. Sie nahmen ihr die Orientierung, verbargen den See vor ihr. Ebenso wie das Waldstück, vor dem sie am frühen Morgen die Autos abgestellt hatten. Vor diesem Tag voller Lachen und Spaß am Wasser, vor ihrer gestohlenen Zweisamkeit, vor dem Auftauchen des schwarzen Schattens.

»Wo bist du, kleines Vögelchen?«

Tonya riss die Augen auf. Der Kerl war ihr gefolgt. Und er war ihr erschreckend nahe. Wo aber war Dennis? Was hatte der Mann mit ihm gemacht? Panik jagte durch sie hindurch. Dröhnend und kraftvoll wie ein ICE über eine Schnelltrasse.

Ihr Verfolger drückte die Maishalme derb zur Seite; die Blätter knatterten protestierend. Tonya stand reglos da. Keine noch so kleine Bewegung durfte verraten, wie nahe ihr das Monster war.

Dieses hielt ebenfalls inne. Ob es lauschte? Auf ein verräterisches Geräusch von ihr wartete?

Tonya zwang sich, nicht die Luft anzuhalten. Sie atmete weiter. Flach, heimlich. Zwischen den braunen Maisfahnen und dem Mond glitt eine Fledermaus vorbei, bog rechts, dann links, dann wieder rechts ab, als irritiere sie etwas in ihrem schnellen Flug. Blitzschnell tauchte sie im Nichts der Nacht unter.

Tonya wünschte, sie könnte sich genauso wendig bewegen. Vor allem ebenso lautlos. Und sie hätte sich ebenfalls gern von der Dunkelheit verschlucken lassen.

Das Rascheln und Knacken setzte erneut ein. Tonya schloss die Augen. Alle ihre Sinne waren auf diese Geräusche konzentriert. Sie kamen näher. *Er kommt näher.*

Tonya sank leise zwischen den in die Höhe ragenden Stängeln in die Hocke. Sie stützte sich mit den Händen auf der trockenen Erde ab. Um sie herum wackelten die Halme verräterisch. Aber der Mann war nicht groß genug, um das Feld überblicken zu können. Und er machte selbst zu viel Lärm, als dass er das Rascheln hätte wahrnehmen können. Das hoffte Tonya zumindest.

Dennoch kam er näher. Immer näher. Tonyas Muskeln spannten sich an. Sie hielt still. Wartete, lauerte. Links von sich sah sie eine Bewegung. Das Schaben der sich reibenden Blätter klang wie kleine Explosionen in ihren Ohren. Dann war der Fremde vorbei. Er entfernte sich von ihr. Tonya verharrte wachsam. Prompt blieb er noch einmal stehen. Nicht weit von ihr entfernt. Dann schritt er plötzlich deutlich schneller aus als zuvor.

Hatte er die Suche aufgegeben? Das Rascheln wurde zunehmend leiser, verlor sich in der Nacht. Nur ein leichter Wind säuselte, vom See kommend, zwischen den Süßgrasgewächsen hindurch. Das Starten eines Motorrads ließ Tonya zusammenzucken. Der Schreck mischte sich mit Erleichterung. Dröhnend laut zerriss das Motorengeräusch die Nacht. Tonya hörte, wie lose Steine unter den Rädern wegspritzten, dann entfernte sich der Lärm, verhallte, machte der nächtlichen Stille eines Feldes, eines baumbewachsenen Hügels und des unterhalb gelegenen Sees Platz. Und dem lautlosen Schweigen des Todes?

Tonya erhob sich zitternd. Sie schwankte. Dennoch setzte sie einen Fuß vor den anderen und bewegte sich wie in Trance in die Richtung, aus der der Kerl gekommen war. Denn dort musste Dennis sein.

Der Gedanke feuerte sie an. Sie lief schneller, schlug mit den Armen die Halme beiseite, stolperte, fiel, ignorierte den Schmerz, sprang auf und rannte weiter. Tränen liefen ihr über das schweißnasse Gesicht. Der Mais zerrte an ihren langen Haaren, als wollte er sie festhalten. Zurückhalten. Aufhalten. Beschützen?

Sie stürzte in einen Graben. Auf allen vieren gelangte sie auf den Feldweg. Keine zwei Meter vor ihr beschien das Mondlicht eine auf dem Boden liegende Gestalt.

»Dennis?« Der Ausruf erstickte in ihrer Kehle. Tonya krabbelte hinüber. Irritiert stellte sie fest, dass an ihren Händen plötzlich kleine Steine und loses Gras klebten.

»Nein!«, flüsterte sie heiser. Sie rieb die warme Flüssigkeit, an der das festklebte, was sie ungewollt aufgesammelt hatte, an ihren Shorts ab. Gleich darauf betastete sie Dennis' fahles Gesicht und seine geschlossenen Augen. Sein Mund war halb geöffnet. Als rufe er ihr noch immer zu, dass sie weglaufen solle.

Ihre Finger zitterten zu sehr, um an seinem Hals einen Puls ertasten zu können. Oder lag es daran, dass es keinen gab?

Tonya rüttelte an Dennis' Schultern, doch er wachte nicht auf. War da überall Blut auf ihm? Sie legte den Kopf in den Nacken und schrie gellend. Irgendwelche Tiere ergriffen aufgeschreckt die Flucht. Um sie herum raschelte und knackte es, dann wurde es wieder still. Zu still. Sie war allein. Allein mit Dennis, der nicht mehr bei ihr war.

Tonya wusste nicht, wie lange sie so vor dem Leichnam gekniet hatte. Sie spürte weder die Steine, die sich in ihre Knie und Schienbeine bohrten, noch die aufkommende nächtliche Kälte oder den Käfer, der über ihre Beine krabbelte. Ihr entging der Fuchs, der hinter ihr den Weg passierte, ohne sie eines Blickes zu würdigen. Sie zuckte erst zusammen, als das Smartphone in ihrer Gesäßtasche vibrierte. In einer unbewussten Bewegung zog sie es heraus. *Timo.*

Ihre Hände zitterten so stark, dass ihr das Telefon entglitt, auf ihre Oberschenkel fiel und dann auf den Weg. Sie tastete danach, hob es auf und schaute das nun wieder schwarze Display an, als wüsste sie nicht, was sie mit dem Gerät anfangen sollte. Als es erneut zu klingeln begann, stieß sie einen gequälten Laut aus. Weil sie sich jetzt melden musste. Weil sie etwas tun musste. Sie durfte nicht länger die schweigsame Wächterin eines Toten sein.

Dieses Mal war es Thomas, der anrief. Ihre Familie war bereits in Sorge um sie. Wie lange war sie überhaupt im Maisfeld gewesen? Seit wann kauerte sie schon hier? Wie viele Tränen hatte sie vergossen? Lief unten der See womöglich über die Ufer?

Sie nahm das Gespräch entgegen, brauchte aber lange, bis sie das Smartphone an ihr Ohr gehoben hatte.

»T? Wir haben einen Anruf von Oma bekommen, dass es Opa nicht gut geht. Ein paar von uns wollen … T?«

Thomas war hörbar irritiert. Als verstünde Tonya erst jetzt, was passiert war, hatte sie ein haltloses Schluchzen von sich gegeben. Entsetzen, Verzweiflung und Panik brachen sich in ihr Bahn. Sie bebte am ganzen Körper und sog die Atemluft pfeifend ein.

»Hat er dir …?« Thomas klang, als stünde er kurz davor, etwas zerschlagen zu wollen.

»Dennis!«, stieß sie hervor.

»Hat er …?« Thomas knurrte nur noch. Im Hintergrund nahm Tonya Stimmen wahr, darunter eine hohe, fast panische Tonfolge, die so gar nicht zu ihrer Schwester passte. Es raschelte seltsam an ihrem Ohr, dann hörte sie Timo. Er gab jemandem neben sich Anweisungen wie Peitschenhiebe.

»Wo bist du?«, klang schließlich seine Stimme erstaunlich sanft an ihr Ohr.

»Feldweg«, japste sie.

»Noch immer an derselben Stelle?«

Tonya nickte.

»T, ich kann dich nicht sehen. Sprich bitte mit mir.«

»Ja.«

»Musst du da weg oder kannst du bleiben?«

»Bleiben.«

»Das heißt, du bist nicht in Gefahr?«

»Nein.«

»Dennis ist aber weg.«

»Nein.«

»Tonya?«

»Komm bitte!«, flehte sie. Ihre freie Hand schwebte über Dennis' Oberkörper, unschlüssig, ob sie ihn berühren durfte oder lieber doch nicht.

»Ich bin schon im Auto. Tom fährt. Paps sitzt hinten.« Timo wollte sie beruhigen, ihr klarmachen, dass die großen Männer ihrer Familie auf dem Weg zu ihr waren.

»Soll Paps einen Krankenwagen anfordern?«

»Ich weiß nicht …« Das war nicht mehr nötig, dessen war sich Tonya gewiss, wenn sie auch sonst nichts wusste. Die Welt war aus den Fugen geraten. Alles war in Schieflage. Wie das Lächeln des Mondes. Vermutlich lief der See aus, stürzten die bewaldeten Hügel ein. Denn Dennis atmete nicht mehr, lebte nicht mehr. Er hatte sein Leben verloren. *Für mich. Weil er mich beschützen wollte.*

»Wo ist Dennis?«

»Er liegt hier.«

»Dennis liegt also vor dir?« Tonya nahm an, dass Timo das lediglich wiederholte, weil er die beiden anderen im Auto ins Bild setzen wollte. Sie nickte wieder, wohl wissend, dass er das nicht sehen konnte.

»Was ist mit ihm?«

Tonya krümmte sich vor Schmerz zusammen, drückte das Telefon aber wie ein Rettungsseil an ihr Ohr. Als könnte allein diese Verbindung sie vor dem Fall bewahren. Vor dem Fall in das dunkle Loch der Verzweiflung und des Schmerzes. Es bewahrte sie davor, zu ertrinken. In ihrem See aus Tränen.

»Tonya, wir sind in ein paar Minuten da. Kannst du so lange warten?«

Er will wissen, ob ich fliehen muss.

»Ja.«

»Gut, Kleine. Willst du mir sagen, was passiert ist?«

»Ein schwarzer Mann. Also, kein Schwarzer …« Sie brachte einfach keine zusammenhängenden Sätze zuwege. In ihr war alles in Aufruhr. Ihre Gedanken drehten sich wie in einem Wirbelsturm, ihr Magen ließ sich davon anstecken.

Sie hörte, wie Timo die Luft zwischen geschlossenen Zähnen einsog. Dann rollte sie sich auf die Seite, würgte und erbrach das bisschen, das sie heute zu sich genommen hatte, in den Graben. Irgendwann war sie wieder in der Lage, sich aufzurichten. Das Smartphone hielt sie weiterhin fest umklammert, Thomas' grinsendes Konterfei hatte sie die ganze Zeit über angesehen. Entsprechend verwirrt reagierte sie, weil es Timos Stimme war, die ihr entgegenschallte. *Aber ja, zuletzt habe ich doch mit ihm gesprochen, nicht wahr?* Alles verschwamm.

»T? Tonya? Was ist los?«

Sie legte sich neben Dennis und rollte sich wie eine Katze ein. Es war ihr gleichgültig, dass da überall Blut war. Sie presste das Telefon an ihr Ohr, hörte, wie Timo abwechselnd Anweisungen an Thomas gab, weil der so nahe wie möglich zu ihr fahren sollte und dazwischen mit ihr sprach. Er stellte ihr keine Fragen mehr. Vermutlich war ihm klar geworden, dass sie nicht in der Lage war, sie zu beantworten. Vielmehr sagte er irgendwelche Dinge, an die sich Tonya später nie erinnern würde, dessen war sie sich jetzt schon sicher.

Scheinwerferlicht geisterte über die Landschaft, begleitet vom lauter werdenden Motorengeräusch eines PS-starken Fahrzeugs. Es knirschte, als der Unterboden aufsaß. Dann lag sie in einem grellen Lichtstrahl, hörte Türen zuknallen, eilige Schritte, entsetzte Atemgeräusche, Murmeln. Plötzlich wurde sie auf den Rücken gedreht. Thomas tastete sie ab, fragte, ob sie Schmerzen habe. Sie verneinte mit einem Kopfschütteln. Seine starken Arme hoben sie hoch und trugen sie weg. Fort von Dennis, bei dem ihr Vater hockte.

Timo stand abseits, telefonierte, hatte den Blick jedoch auf sie gerichtet. Die Besorgnis darin war das Letzte, was sie in dieser Nacht bewusst wahrnahm. Dies und wie Thomas sie trotz des Blutes und des Erbrochenen, das an ihr klebte, fest an seine Brust drückte, ihre Stirn küsste und sich mit ihr auf dem Schoß auf die Rückbank des Autos setzte.

Als sie Stunden später wie ein kleines Kind von ihrer Mutter zu Bett gebracht wurde, war ihr letzter Gedanke bei Dennis. Und bei der Tatsache, dass er sein Versprechen trotz seiner Beschützertat nicht hatte halten können. Er hatte sie *nicht* in einem Stück zurückgebracht. Sie war zerbrochen. Wie die Maishalme, die sie niedergetreten hatte.

TEIL 1

7 Jahre später

Kapitel 1

Tonya winkte der Anwärterin zu, die heute ihren Praxiseinsatz beendet hatte. Sie wartete, bis die Tür hinter der aufgeweckten jungen Frau ins Schloss gefallen war, ehe sie sich auf dem Absatz umdrehte. Eilig hastete sie an den Arbeitsbereichen ihrer Kollegen vorbei zu ihrem Schreibtisch, der durch provisorisch aufgestellte niedrige Sichtschutzwände von den benachbarten getrennt war. Sie erweckte ihren Bildschirm zum Leben, ließ sich auf den Drehstuhl fallen und strich sich mit beiden Händen durch die kinnlangen dunklen Locken.

Einige Klicks später klopfte sie an die Trennwand rechts von sich. Als Antwort erhielt sie ein Knurren, das sie als Bitte interpretierte, sich kurz zu gedulden. Dann hörte sie, wie sich Rudi Schreck erhob. Seine kupferfarbenen zerzausten Haare tauchten über der Milchglasscheibe auf, gefolgt von seinem rundlichen Gesicht mit den Sommersprossen. Ein kleiner Milchbart zierte den Platz über seiner Oberlippe, wo eigentlich Barthaare sprießen sollten. Tonya nahm jedoch an, dass er sich nur selten rasieren musste. Der schlaksige Kollege war gerade einmal dreiundzwanzig und ein Genie, wenn es darum ging, sich im weltweiten Netz zurechtzufinden. Im realen Leben, davon waren die Kollegen überzeugt, würde er beim Überqueren einer vielbefahrenen Straße Gefahr laufen, zuerst von einem Radfahrer, dann von einem PKW, von einem LKW und zu guter Letzt noch vom Rollator einer älteren Dame überrollt zu werden. Er entsprach so sehr dem Klischee eines verschrobenen IT-Nerds, dass es beinahe wehtat.

Rudi war mit vierzehn beim Hacken der Frankfurter Börse erwischt worden. Welche anderen Institutionen er zuvor schon virtuell besucht hatte, behielt er nach wie vor für sich. Unter den Fittichen eines fähigen Betreuers hatte er ein Turbo-Abi und ein Turbo-Studium hingelegt, seitdem arbeitete er in derselben Abteilung wie Tonya.

»Bist du noch an dieser Niederlande-Kooperation dran?«, fragte Tonya.

»Ja, danke. Reib es mir nur unter die Nase.« Rudi verdrehte gekonnt die Augen, und Tonya grinste zu ihm hinauf. Sie winkte einladend, und er kam in ihr kleines Kabuff herüber, ging neben ihr in die Hocke und starrte auf die Listen auf ihrem Bildschirm.

Tonya ließ ihm Zeit, wusste sie doch, dass es ihn gehörig wurmte, im Fall des Drogenschmugglerrings, der sich aus den Niederlanden kommend allmählich auch in Deutschland ausbreitete, bisher keine Ermittlungsergebnisse beitragen zu können. Die Mitglieder des Rings verstanden es, ihre Spuren zu verwischen, selbst im Internet.

»Wo kommt das her?« Wie elektrisiert sprang Rudi auf und stieß dabei gegen Tonyas Stuhl, der daraufhin mit ihr davonrollte. Schnell nahm sie die Füße von den Verstrebungen, bremste und rollte sich wieder zurück an die weiße Tischplatte.

»Erinnerst du dich an die Schießerei vor drei Tagen? Mitten in Karlsruhe?«

Rudi nickte, beugte sich vor, griff nach Tonyas Computermaus und scrollte weiter. Die Zahlenkolonnen spiegelten sich in seinen Brillengläsern wider. Rudi spitzte die Lippen, und Tonya lehnte sich zurück, um belustigt die Lippenbewegungen zu verfolgen, die er immer machte, wenn er hoch konzentriert arbeitete.

Einer ihrer aktuellen Aufträge befasste sich mit dieser Schießerei. Aus einem Auto heraus war auf die Tür einer Reinigung geschossen worden, wobei es – Gott sei Dank – keine Toten gegeben hatte, nur einen leicht verletzten Passanten. Tonya war bei der Recherche nach den Hintermännern der Tat auf eine Verbindung gestoßen, die mit dem Fall zu tun hatte, an dem sich Rudi – zuvor war es ihr Kollege Stefan gewesen – seit einigen Wochen die Zähne ausbiss. Zumindest beinahe, denn aus den lustigen Lippenbewegungen war ein gelegentliches Knirschen geworden.

Der Fall beschäftigte noch immer einige ihrer Kollegen, unter anderem Rudi, wenn auch nicht mehr vorrangig – das war zumindest die offizielle Version. Rudi war noch nicht lange bei ihnen, dennoch wusste Tonya, wie sehr es den jungen Mann wurmte, dass er hier keine befriedigenden Ergebnisse hatte liefern können. Und das, obwohl sich nach den italienischen Banden nun auch jene aus den Niederlanden zunehmend im Südwesten Deutschlands auszubreiten versuchte. Mittlerweile standen andere, aktuellere Informationsbeschaffungen an, doch Rudi verbiss sich weiterhin in die *Fliegenden Holländer*, wie sie die Drogenschmuggler getauft hatten. Er arbeitete in jeder freien Minute an dem Fall, also auch in seiner Freizeit.

Tonya hatte ebenfalls eine Akte, der sie sich in regelmäßigen Abständen widmete. Weil der Fall ihr keine Ruhe ließ – obwohl es sich um keine der ihr übertragenen Recherchen handelte. Zudem war dieser nicht erst einige Monate alt, sondern mehrere Jahre. Der Dateiname bestand nur aus einem einzigen Buchstaben. D. Für Dennis.

Schnell schob Tonya den Gedanken beiseite, hatte er doch zu viel Schmerz im Gepäck. Noch immer. Daran hatte sich auch nichts geändert, als sie begonnen hatte, böse Jungs von der Straße zu pflücken und dorthin zu verfrachten, wo sie hingehörten: hinter Mauern und Gitter.

»T, du bist …!« Rudi richtete sich auf, klopfte Tonya zweimal derb auf die Schulter und sprintete förmlich in sein eigenes kleines Reich hinüber. Kurz darauf rief er: »Schick mir das Zeug!«

Tonya war schon dabei und musste nur noch auf Senden klicken, worauf sie hinter der Trennwand einen verhaltenen Jubelschrei hörte. Sofort erklang das Stakkato seiner über die Tastatur fliegenden Finger. Fliegende Finger gegen die Fliegenden Holländer. Tonya hoffte, dass Rudi diese nun mit einem einzigen Treffer versenken konnte.

Sie erhob sich, um ihrem Vorgesetzten mitzuteilen, dass sie die weitere Online-Recherche rund um die Karlsruher Schießerei an Rudi übergeben wollte. Der tippte mit einer Hand weiter, streckte aber die andere nach hinten, sodass Tonya im Vorbeigehen einklatschen konnte.

Ihr Kollege Stefan Feldbruck drehte sich zu ihr um und sah sie fragend an. Er hatte sich zuvor ergebnislos mit den Niederländern befasst. Bis ihr Boss beschlossen hatte, Rudi darauf anzusetzen. Stefan lächelte ihr zu. Offenbar hatte er der knappen Unterhaltung und Rudis Aufregung entnommen, was los war, und freute sich ungeachtet seiner Frustration, dass man ihm den Fall weggenommen hatte, dass sich endlich etwas tat.

Tonya grinste zurück, woraufhin sich der ältere Kollege wieder seinem Arbeitsplatz zuwandte und begann, einen Stapel Akten umzuschichten.

Als Tonya vier Stunden später das Büro verließ, fehlte Rudi bereits seit einiger Zeit. Ihr Vorgesetzter hatte sowohl das Ermittlerteam zusammengetrommelt, das an der Niederlande-Kooperation dran war, als auch das, das sich mit der Karlsruher Schießerei befasste. Tonya streckte ihr Gesicht zufrieden der sommerlichen Abendsonne entgegen und schloss die Augen. Es war immer ein tolles Gefühl, wenn man einem Verbrecher etwas weiter auf die Schliche gekommen war. Sie wollte die Welt ein klein wenig sicherer machen. Friedlicher. Schöner. Deshalb brachte sie ihre Stärken bei der Bundeskriminalpolizei ein, anstatt in der Wirtschaft deutlich mehr Geld zu verdienen. Das war es ihr wert. Das war sie Dennis schuldig. Und sich selbst.

* * *

In der alten Ulme schäkerte lautstark eine Elster. Tonya schloss die Eingangstür ihrer ebenerdigen Einliegerwohnung auf. Sie ließ den Träger ihrer Notebooktasche von ihrer Schulter rutschen und wollte das Gerät gerade vorsichtig auf den Boden des quadratisch angelegten Eingangsbereichs stellen, als ihr Blick auf das herrschende Chaos fiel. Kleidungsstücke, Bücher und lose Blätter lagen zwischen zertrümmerten Tassen, zwei umgestoßenen Stühlen und Sofakissen verstreut.

»Was …?«, entfuhr es ihr, dann schnappte sie nach Luft. Jegliche Müdigkeit nach dem langen Arbeitstag war verflogen. Sie war hellwach, analysierte, kam zu einem Ergebnis: Jemand hatte ihre Wohnung durchwühlt. Und dieser Jemand konnte noch hier sein.

Die Gedanken in ihrem Kopf jagten sich wie Schwalben die Insekten. Instinktiv ging sie rückwärts und zog die weiße Holztür von außen wieder zu. Hitzeschauer rieselten ihr über den Rücken. Das Kribbeln in ihrem Inneren identifizierte sie unschwer als Angst.

Wo sind Hoss und Little Joe? Dass ihre Hunde sie nicht begrüßten – zumindest Little Joe, denn Hoss war ein Beagle und nicht immer bereit, nachzuschauen, wer hereinkam – steigerte ihre Angst zusätzlich. Einen Moment lang war sie versucht, die Tür erneut zu öffnen. Ihr Herz drängte sie, nach dem Beagle und dem Golden Retriever zu sehen, doch dann siegte ihre Vernunft.

Eilig, jedoch so unauffällig wie möglich, trat sie den Rückzug an, verließ das von einer Thujahecke umgebene Grundstück, überquerte die Straße und verschanzte sich in ihrem uralten VW Polo.

Ihre Hände zitterten, als sie ihr Smartphone aus dem Seitenfach der Notebooktasche zog und die Nummer ihres Chefs wählte.

»Mach mal Feierabend, T.« Wie so viele andere auch, nannte Gotthilf Berger sie bei ihrem Spitznamen.

»Jemand hat meine Wohnung durchwühlt. Und die Hunde haben keinen Laut von sich gegeben.« Bei dem Gedanken, was das bedeuten konnte, drohte es ihr den Magen umzudrehen.

»Du bist vom Haus weg?«

»Ich sitze im Auto, gegenüber.«

»Ich schicke die Kollegen los. Du fährst ein paar Straßen weiter. Leg das Handy neben dich. Schalte es nicht aus.«

Tonya bestätigte die Anweisung mit einem knappen »Ja«. Sie warf das Smartphone auf den durchgesessenen Beifahrersitz, und nach dem dritten Versuch gelang es ihr schließlich, den Schlüssel ins Schloss zu stecken. Der Wagen spuckte und hustete wie ein Kettenraucher, sprang jedoch an, und sie parkte eilig aus. Im Vorbeifahren warf sie einen Blick auf die immergrüne Hecke, konnte aber nur den verglasten Balkon sehen, der ihre kleine Terrasse beschattete. Auf diesem stand ein Kinderwagen. Ob die drei Monate alte Tochter ihrer Vermieterin darin schlief?

Die Hitze in ihr drohte Tonya zu verbrennen. Was, wenn sich der Eindringling nicht auf ihre Einliegerwohnung beschränken würde? Sie bog in die erste Querstraße ein, hielt dort und drückte gegen die Anweisung ihres Vorgesetzten genau diesen aus der Leitung. Mit zitternden Fingern wählte sie Adalayas Nummer. *Ada und dem Baby darf nichts geschehen!*

»Elvan.« Adalayas Stimme klang wie immer mütterlich weich und freundlich, obwohl sie nur ihren Familiennamen ausgesprochen hatte.

»Ich bin es, T.«

»Hast du mal wieder deinen Schlüssel in der Wohnung vergessen?«

»Nein. Bitte hör mir gut zu: Jemand ist in meine Wohnung eingebrochen. Ich weiß nicht, ob derjenige noch drin ist. Verschließ bitte deine Wohnungstür, dann schließ dich mit Selma im Bad ein, bis ich Entwarnung gebe. Und ruf deinen Mann an, dass er wegbleiben soll, bis du ihm wieder Bescheid gibst.«

»Aber T –«

»Bitte, Ada. Es könnte gefährlich sein.«

»Ist gut.« Adalaya beendete das Gespräch, und Tonya nickte zufrieden. Die Frau liebte ihre Tochter und würde alles tun, um sie zu beschützen. Sogar die Anweisungen ihrer Mieterin befolgen, von der sie annahm, dass sie als Steuerfachangestellte arbeitete.

Ihr Telefon klingelte, kaum dass Tonya den Anruf bei der jungen Türkin beendet hatte.

»Was verstehst du bei der Anweisung nicht, dass du dranbleiben sollst?«, fuhr Gotthilf sie erwartungsgemäß an.

»Meine Vermieterin und ihr Baby sind in ihrer Wohnung im ersten Stock. Sie hat im Sommer immer die Türen offen stehen. Ich musste ihr sagen, dass sie die Eingangstür verriegeln soll.«

»Das sehe ich ein«, knurrte Gotthilf, wenngleich nur halbwegs beruhigt.

Im Inneren der Fahrgastzelle wurde es mittlerweile unangenehm heiß. Vielleicht, so überlegte Tonya, sollte sie sich doch einmal einen Wagen mit Klimaanlage zulegen. Andererseits war ihr Adrenalinspiegel im Augenblick so hoch, dass sie wohl selbst als Heizquelle durchgehen konnte.

»Die Kollegen sind gleich vor Ort. Sie melden sich bei mir, sobald sie mit dir sprechen wollen. Übrigens …« Gotthilf zögerte, und Tonya kniff misstrauisch die Augen zusammen. Gotthilf war selten einmal um Worte verlegen.

»Tom hat mitbekommen, was los ist.«

Tonya atmete hörbar und tief ein und verdrehte die Augen. Thomas, einer ihrer sechs älteren Brüder, würde garantiert die Familie informieren. Und er würde, sobald es ihm möglich war, hier antanzen, um beim Nesthäkchen den Beschützer heraushängen zu lassen.

»War das wirklich nicht zu vermeiden«, seufzte sie.

»Dir ist schon klar, was hier los ist, wenn eine unserer Kolleginnen einen Notruf absetzt?«

»Ich war immer sehr vorsichtig. Das ist sicher einfach nur ein Einbruch.«

»Das hoffe ich, T. Aber bis das geklärt ist, hältst du dich an das, was ich dir eingebläut habe.«

»Ja, und an das, was meine Brüder mir eingebläut haben.«

»Braves Mädchen.«

»Soll ich noch dranbleiben?«

»Die ersten Kollegen sind vor Ort. Gerade kam die Meldung rein, dass niemand mehr in der Wohnung ist. Also: Nein. Du kannst zurückfahren.«

»Danke, dass du in der Leitung geblieben bist.« Tonya beendete das Gespräch und versuchte, den alten Polo dazu zu überreden, wieder anzuspringen. Böse Stimmen, also ihre Brüder, behaupteten ja, das fünfundvierzig PS starke Gefährt werde einzig vom Rost zusammengehalten.

Auf der kurzen Fahrt um den Block wünschte sich Tonya einmal mehr, nicht die Jüngste in ihrer Familie zu sein.

Vielleicht würde dann nicht jeder, allen voran Thomas, den Wunsch hegen, sie zu beschützen. Manchmal war das einfach nur erdrückend.

* * *

Jake Sturm, der eigentlich Jakob hieß, was jedoch kaum jemand wusste, runzelte die Stirn. Er trat an eines der bodentiefen schmalen Fenster, da er in dem üppig mit blühenden Sträuchern bewachsenen Vorgarten eine Bewegung wahrgenommen hatte. Ein zierliches Mädchen hatte sich an der Polizistin, die draußen stand und Neugierige fernhalten sollte, vorbeigeschummelt und rannte jetzt über die Wiese und zwischen den Büschen hindurch, als hätte es jedes Recht dazu.

»Jake, sie hat Hunde!« Sein Kollege Martin hielt ihm eine gerahmte Fotografie vor die Nase. Um überhaupt etwas erkennen zu können, lehnte Jake den Oberkörper zurück. Er sah einen Beagle neben einem Golden Retriever und dahinter ein Mädchen mit wilden dunkelbraunen Locken. *Das Mädchen!*

»Mist!«, stieß er hervor. Die Person dort draußen war demnach Thomas' Schwester, und der Umstand, dass hier eigentlich zwei Hunde hätten sein sollen, verursachte ihm augenblicklich Bauchschmerzen.

Er rannte durch die aufgehebelte Terrassentür und prallte gegen einen Metallgartenstuhl. Quietschend rutschte der über die terrakottafarbenen Bodenplatten.

Hinter dem wuchernden Grün und den untertellergroßen weißen Blüten einer Kletterpflanze bemerkte er eine Bewegung und wirbelte herum. Er sah, wie Tonya Wieland sich versteifte und dann in Zeitlupe beide Hände an ihren Mund führte. Sie wirkte, als wollte sie einen Schrei unterdrücken, den auszustoßen sie gar nicht imstande war.

Jake knirschte mit den Zähnen und strich sich nervös die schwarze Haarsträhne aus der Stirn, die dort immer wieder landete. Wenn Martin nur eine Minute früher das Bild mit den Hunden entdeckt hätte …

Er sah, wie Thomas' Schwester schwankte. Sie fiel hinter einem Strauch mit blassblauen Kugelblüten auf die Knie.

»Vielleicht brauchen wir doch noch einen Arzt«, rief er Martin zu. Sein Kollege hob nur fragend die Augenbrauen. Dann kehrte sein Blick zurück auf den Bilderrahmen in seinen Händen, und er nickte. Auch Martin hatte durchschaut, was die Nichtanwesenheit der Haustiere bedeuten konnte.

Jake atmete tief durch und verließ mit energischen Schritten die ebenerdige Terrasse. Gemurmelte Worte, begleitet von einem leisen Aufschluchzen, mischten sich unter das Rascheln der Blätter einer alten Ulme, dem einzigen Baum im Garten. Jake trat langsam näher, weil er Tonya nicht erschrecken wollte. Was er sah, ließ ihn die Hände zu Fäusten ballen.

Zwei Hundekörper lagen blutüberströmt im Gras. Der Golden Retriever sah aus, als hätte jemand mit einem großen Messer seine Frustration an ihm ausgelassen. Diesen Anblick hätte Jake der jungen Frau gern erspart.

Er wollte sich räuspern, um auf sich aufmerksam zu machen, doch im gleichen Moment stieß die gebeugt im Gras kauernde Frau einen seltsamen Laut aus. Sie rutschte zu dem Beagle hinüber.

»Hoss!«, murmelte sie und tastete mit den Händen vorsichtig seinen gedrungenen Körper ab. »Hast du dich totgestellt?«

Jake stutzte irritiert. Ein Beagle, der Hoss hieß, war schon ungewöhnlich, einer, der es womöglich verstand, den toten Mann zu spielen, umso mehr.

»Können Sie mich bitte zum Tierarzt fahren?«

Jake hob die Augenbrauen. Thomas' Schwester hatte seine Anwesenheit also doch bemerkt, obwohl nichts darauf hingedeutet hatte.

»Bitte. Ich möchte Hoss gern auf dem Schoß halten.« Sie wandte den Kopf und sah ihn aus grauen Augen bittend an. Gleichzeitig streckte sie ihm einen Autoschlüssel entgegen, der aussah, als stammte er aus den Achtzigerjahren des vorigen Jahrhunderts.

»Sie sollten nicht mit Fremden in ein Auto steigen«, rügte er und schalt sich dann selbst einen Idioten. Als ob die Frau nicht gerade andere Probleme hatte.

»Sie sind Jake Sturm, nicht? Ich kenne Sie von den Fotos in Thomas' Wohnung.«

Jake nickte und fragte sich, um welche Aufnahmen es sich dabei wohl handeln mochte. Schließlich kam er nicht auf allen besonders gut weg.

»Würden Sie das bitte für mich tun?«, bat sie erneut.

Jake warf einen Blick durch den Vorgarten in Richtung Straße, da dort gerade ein Auto angehalten hatte. Gleich drauf sah er den Rotschopf von der Spurensicherung über den gepflasterten Weg eilen. Sie näherte sich mit raumgreifenden Schritten der Eingangstür und hielt ihre beiden Alukoffer in den kräftigen Fäusten. Offenbar ließ das BKA die ganz großen Geschütze auffahren. Aber soweit er wusste, arbeitete Tonya, die noch immer vor ihm im Gras kniete, in einem sensiblen Bereich der Verbrechensbekämpfung.

Da die Rothaarige Haare auf den Zähnen hatte, hielt er es durchaus für eine gute Idee, Tonya und Hoss zur nächsten Tierarztpraxis zu chauffieren. Schließlich hatten er und Martin wieder mal den Tatort betreten und damit etwaige Spuren zerstört. Sie waren zurecht eingedrungen, wie er fand. Immerhin hätte der Einbrecher noch vor Ort sein und eine Gefahr für die Mieter im oberen Stockwerk darstellen können. Ganz davon zu schweigen, dass sie den- oder diejenigen durchaus hätten erwischen können. Die Spurensicherung sah das nur manchmal etwas … differenzierter.

Also ergriff er bereitwillig den Autoschlüssel, wobei seine Finger Tonyas eiskalte Hand streiften. Er wartete, bis sie den Beagle hochgehoben hatte, auch wenn er befürchtete, das zierliche Persönchen könnte unter dem Gewicht des Hundes zusammenbrechen.

Tonya blickte noch einmal mit gequältem Ausdruck auf den toten Retriever, straffte dann die Schultern und ging ihm voraus in Richtung Gartentür. Martin trat gerade die Flucht vor der Rothaarigen durch die Terrassentür an und bedachte ihn mit einem vernichtenden Blick. Offenbar wäre er gern vor dem Eintreffen der Spurensicherung gewarnt worden.

»Der Beagle lebt noch. Ich begleite Frau Wieland zum Tierarzt und bringe sie anschließend zur Befragung.«

»Hallo, Frau Wieland«, grüßte Martin höflich und wandte sich dann an Jake. »In zwei Minuten wird Tom hier sein. Ihr könntet also auf Frau Wielands Bruder warten –«

»Sicher nicht!«, unterbrach Tonya Martin. Das entschuldigende Lächeln, das sie ihm schenkte, erreichte jedoch nicht ihre Augen. Das Entsetzen und die Trauer über den gewaltsamen Tod ihres Hundes standen ihr deutlich ins Gesicht geschrieben.

Jake wusste zwar nicht, warum sie nicht auf ihren Bruder warten wollte, zumal der immer in sehr warmen Worten von seiner Familie sprach, folgte ihr aber brav wie ein Hündchen zu ihrem Auto. Entsetzt musterte er zuerst den uralten VW, eine verbeulte Rostlaube, deren ursprüngliche Farbe vermutlich einmal blau gewesen war, dann den antiken Schlüssel in seiner Hand.

»Er fährt!«, kommentierte Tonya seinen Blick und deutete mit dem Kinn auf die Beifahrertür. Da das Vehikel unmöglich eine Zentralverriegelung haben konnte, schob er den Schlüssel in das Schloss. Er brauchte zwei Versuche, bis er sich endlich drehen ließ. Jake öffnete für Tonya die leise quietschende Tür.

Etwas umständlich kletterte sie auf den Sitz, zumal sie mit der Hüfte eine schwarze Umhängetasche beiseiteschieben musste.

Vorsichtig, da er befürchtete, der Polo könnte in seine Einzelteile zerfallen, schloss Jake die Tür und ignorierte Martins breites Grinsen. Dieses würde seinem Kollegen sicher gleich vergehen, immerhin näherte sich ihm die Rothaarige mit hochrotem Gesicht.

Jake zog es vor, schnell einzusteigen, dabei wuchtete er die Notebooktasche in den Fußraum vor der Rückbank. Beinahe ein Meter neunzig groß und durchtrainiert, wie er war, befürchtete er, dieses Vehikel womöglich nur mithilfe eines Dosenöffners wieder verlassen zu können. Es gelang ihm zwar, den Fahrersitz nach hinten zu schieben, er hatte jedoch weiterhin das Gefühl, in einem überdachten Bobbycar zu sitzen.

Tonya hielt den leise winselnden Beagle an sich gedrückt und sah erschreckend bleich aus. Wenn man bedachte, welchen Anblick der andere Hund geboten hatte und dass jemand ihre Wohnung auf den Kopf gestellt hatte, hielt sie sich bewundernswert gut. Rein äußerlich hatte Tonya wenig mit ihren Brüdern Thomas und Timo gemeinsam, aber sie hatte wohl denselben Schneid mit auf den Lebensweg bekommen.

Der Motor sprang hustend an. Jake parkte aus und wollte Gas geben, doch der Wagen reagierte kaum. Nun gut, sie waren ohnehin in einer Dreißigerzone. Er hatte allerdings Zweifel, dass sie auf der Hauptstraße schneller vorankommen würden.

»Mit der Karre können Sie auf der Autobahn einen Lastwagen aber nur bei starkem Gefälle überholen«, versuchte er sich in Small Talk. Vielleicht war es von Vorteil, Tonya ein wenig abzulenken.

»Stimmt«, gab sie zu. »Dafür klingt seine Hupe wie das Nebelhorn eines Dampfers.«

Jake untersagte sich zwei Dinge. Eigentlich drei. Er lachte nicht laut auf, hupte nicht probehalber und er starrte diese junge

Frau, die wie ein Teenager aussah, nicht ungeniert an. Thomas' kleine Schwester war eindeutig eine sehr starke Frau, brachte sie es doch tatsächlich fertig, auf seinen Ablenkungsversuch mit fester Stimme und einem Scherz zu antworten.

»Und Sie brauchen nicht zu versuchen, mich abzulenken. Mir geht es gut. Im Gegensatz zu Hoss. Oder Little Joe.«

Sie ist eigenwillig, schoss es Jake durch den Kopf. *Und kämpferisch*. Obendrein fand er, dass ein Auto aus den Achtzigern zu einer Frau passte, die ihren Hunden Namen aus der Westernserie »Bonanza« gab.

Interessant, fügte er seiner Einschätzung über Tonya noch hinzu, als sie ihm ruhig, fast schon gelassen, den Weg zum Tierarzt beschrieb. Da sie ihn quasi zum Stillsein verdonnert hatte, folgte er schweigend ihren Anweisungen. Nach dem vierten Seitenblick musste er sich eingestehen, dass sie seinem Vorhaben, zwei Jahre lang keiner Person, die irgendwelche Rundungen aufwies, auch nur einen Funken Aufmerksamkeit zu schenken, überaus gefährlich werden konnte. Andererseits war sie die kleine Schwester eines Kollegen beim Bundeskriminalamt. Das konnte einiges an zwischenmenschlichen und partnerschaftlichen Komplikationen hervorrufen …

* * *

Der Veterinär, ein Mann um die siebzig und ohne Familie, für den es wohl keinen Grund gab, seiner Arbeit den Rücken zuzukehren, untersuchte und röntgte Hoss. Er nähte ihn an zwei Stellen, verpasste ihm eine der verhassten Halskrausen, damit er die Nähte nicht ständig ableckte oder gar aufkaute, und entließ den Hund nebst Tonya mit den Worten, wie sehr ihr Verlust ihm leidtäte.

Der Tierarzt hatte stets eine Schwäche für Little Joe gehabt. Nicht, weil er ein besonders schöner Golden Retriever gewesen war, sondern weil das Lächeln, das die Rasse typischerweise im Gesicht trug, Little Joes freundliches Wesen widergespiegelt hatte.

Tonya versuchte, das Bild des von Messerstichen zerfetzten Hundekörpers aus ihrem Gedächtnis zu verbannen, setzte es ihr doch erheblich zu. Die tief in ihr vergrabene Erinnerung an Dennis, der ganz ähnlich zugerichtet ausgesehen haben musste, war ihr schlagartig erschreckend präsent. Heute war sie Thomas dankbar, dass er sie damals einfach weggetragen hatte. Sie hatte Dennis nicht im Licht der hellen Scheinwerfer gesehen. Und das war sicher gut so. Allerdings reichte ihre Fantasie aus, um sich vorzustellen, wie schrecklich entstellt ein menschlicher Körper aussehen musste, der von über zwanzig Messerstichen übersät war. Froh darüber, dass der Anblick seines kantigen Gesichts das selbstprojizierte Bild vor ihrem inneren Auge beiseite wischte, blickte sie Jake an. Er hatte auf sie und Hoss gewartet. Nun erhob er sich von dem schmalen Metallstuhl im Wartebereich.

Thomas sprach nicht viel über seine Arbeit, auch nicht ihr gegenüber, obwohl sie in derselben »Firma« tätig war. Entsprechend wenig wusste sie über seine Kollegen. Thomas arbeitete oft mit einem Karl zusammen. Dieser sah auf den Fotos keinesfalls wie ein Karl aus. Dafür glich er viel zu sehr dem gängigen Bild eines australischen Sonnyboys.

Auch Jake und Martin waren Kollegen, mit denen Thomas häufig zu tun hatte, weshalb sie ebenfalls auf zwei, drei Bildern in Thomas' Junggesellenbude zu sehen waren. Jake hatte, soweit glaubte sich Tonya zu erinnern, den Ruf eines Frauenhelden.

Da sie an der Rezeption noch auf eine Salbe warten musste, betrachtete sie ihren unfreiwilligen Chauffeur recht unverhohlen. Sie konnte sich durchaus vorstellen, dass viele Frauen den großen, schwarzhaarigen und kantigen Kerl attraktiv fanden. Vermutlich hatte er keine Schwierigkeiten, bei ihnen zu landen.

Da war es nur gut, dass Tonya nicht auf diesen Typ Mann stand. Als Jake sich ihr zuwandte, blickte sie schnell weg.

Fragte man ihre Mutter, interessierte sich Tonya ausschließlich für Computernerds, die – so wie sie selbst – selten einen Blick über ihren Bildschirmrand warfen. Fragte man ihre Geschwister und ihren Vater, war das genau richtig so. Offenbar hofften sie alle, dass sich Tonya erst mit fünfzig – wenn überhaupt – daran erinnern würde, dass es so etwas wie Männlein und Weiblein gab. Dabei freute sie sich doch unbändig darüber, dass Timo seine Sandra bald vor den Traualtar führen würde. Sandra und ihre beiden Kinder hatten viel durchgemacht, und es war wunderbar, dass die vier zusammengefunden hatten.

»Bitte sehr, Frau Wieland.« Die ältere Dame kam um den Tresen herum und schob die Salbentube in die Gesäßtasche von Tonyas schwarzer Jeans, hatte diese doch die Hände voller Beagle.

»Rufen Sie einfach an, wenn Sie das Gefühl haben, dass etwas nicht stimmt, in Ordnung?«

Tonya brachte nicht mehr als ein dankbares Nicken und ein schwaches Lächeln zustande. Sie wollte jetzt nicht daran denken, *was* alles nicht stimmte. Zu Hause. Mit den Hunden. In ihrem Leben.

Jake öffnete die Eingangstür, ließ sie passieren und folgte ihr auf den kleinen Parkplatz zwischen den Hausfronten. Tonya hatte Hoss gerade auf den Rücksitz gebettet, als hinter ihr Autoreifen quietschten. Es klang, als würde eine Bande Bankräuber soeben die Flucht vor der Polizei antreten. Erschrocken wirbelte sie herum.

Ein silbergrauer SUV kam quer hinter zwei Familienvans zum Stehen und blockierte die Ausfahrt. Tonya presste die Lippen zusammen. An Flucht war nicht mehr zu denken. Noch ehe der Wagen völlig stillstand, war der Beifahrer bereits herausgesprungen, überwand die Distanz zu Tonya mit wenigen kraftvollen Sprüngen und zog sie derb an seine Brust.

Tonya hatte keine Ahnung, was Timo hier zu suchen hatte, wohnte er doch im Großraum Berlin. Für einen kurzen Moment genoss sie den Trost seiner starken Arme und das Wissen darum, dass ihr großer Bruder für sie da war. Aber sie war nicht bereit, das zuzugeben.

Sie wurde an Thomas weitergereicht, der sie nicht minder zu zerquetschen versuchte. Dabei bestürmte er sie mit Fragen, die sie, das Gesicht an seine Brust gedrückt, nicht beantworten konnte.

Tonya hörte Jake sagen: »Ich wollte sie gerade zur Befragung bringen.«

»Hey, Jake!«, sagte Timo daraufhin. Tonya wollte sich aus Thomas' Umarmung befreien, der sie aber nicht losließ. Sie hatte gar nicht gewusst, dass Timo und Jake sich kannten.

»Die Befragung kann genauso gut in ihrer Wohnung stattfinden«, warf Thomas ein.

Tonya setzte sich jetzt energischer zur Wehr, zumal Hoss nach ihr bellte. Sie würde bis fünf zählen, ehe sie ihrem Bruder einmal kräftig vor das Schienbein trat, nahm sie sich vor. Der schien etwas in der Art zu befürchten und rückte zwar von ihr ab, behielt aber eine Hand auf ihrer Schulter. Die Geste war unmissverständlich: *Niemand kommt an mir vorbei. Das ist meine kleine Schwester und wehe, jemand wagt es, sie auch nur schief anzusehen.*

Tonya spürte, wie der in ihr schlummernde Groll zum Leben erwachte. Immerhin war sie erwachsen und konnte selbst auf sich aufpassen!

»Die Spurensicherung ist vermutlich noch nicht fertig«, wandte Jake ein. Tonyas Ärger fokussierte sich nun auf den Kollegen, der so freundlich gewesen war, sie und Hoss zum Tierarzt zu fahren. Offenbar wollte er ihre Rückkehr an den

Tatort verhindern. *Spiel dich nicht als Beschützer auf. Ich bin durchaus imstande, das auszuhalten.* Es gelang ihr, ihm diese Worte nicht an den Kopf zu werfen. Schließlich wollte sie nicht wie eine unerzogene Kratzbürste wirken.

Thomas zückte sein Smartphone, drückte eine Kurzwahltaste und raspelte anschließend ordentlich Süßholz. Tonya wandte sich fragend zu Timo um, doch der verdrehte nur breit grinsend die Augen.

»Anna-Lena sagt, dass sie fürs Erste fertig sind. Wir können Tonya nach Hause bringen.«

Von Jake kam ein Geräusch, das klang, als hätte er sich an einer Fischgräte verschluckt, die jetzt in seiner Luftröhre steckte. Besorgt drehte sie sich zu ihm um. Jake starrte Thomas an. »Anna-Lena, ja?«

Thomas nickte und bedeutete Tonya, dass sie in den SUV steigen sollte, was sie garantiert *nicht* tun würde.

»Die … von der Spurensicherung?«, hakte Jake nach.

»Richtig. Müller, Anna-Lena.« Thomas schüttelte den Kopf, als sei Jake nicht ganz bei Sinnen.

»Die Rothaarige?«

Thomas wandte sich zu seinem Dienstwagen um. Offenbar wollte er von dem Kollegen nicht weiter nach Anna-Lena von der Kriminaltechnik ausgefragt werden.

»Ich fahre übrigens mit Hoss.« Tonya öffnete energisch die Fahrertür ihres Polos. Sie würde ganz sicher nicht bei ihren Brüdern einsteigen und Jake ihren kleinen Flitzer überlassen.

»Er heißt Jake«, grinste Thomas und handelte sich für diesen Spaß einen kräftigen Schlag auf den Hinterkopf vonseiten Timos ein. Thomas verzog schuldbewusst das Gesicht. Kurz bevor Tonya die Autotür zuschlug, hörte sie ihn noch entschuldigend murmeln, dass er für einen Moment ausgeblendet habe, was ihr gerade widerfahren sei.

Aufseufzend lehnte sich Tonya zurück und zwang sich, ruhig und gleichmäßig zu atmen. Sie machte Thomas keinen Vorwurf. Sein Bezug zu ihren Hunden war nur gering gewesen, und sie hatte das Schreckliche gerade ebenfalls ausgeblendet gehabt. Vorrangig deshalb, weil sie in Gegenwart anderer keine Schwäche zeigen wollte. Nicht vor Jake und schon gar nicht vor ihren Brüdern. Es bestand die Gefahr, dass Letztere sie sonst mit ihrer Fürsorge nur noch mehr bedrängen würden. Also hielt sie sich aufrecht, tat, was getan werden musste, lächelte hin und wieder und freute sich über tröstende Gesten und Worte.

Doch wovor sie sich jetzt schon fürchtete, war die kommende Nacht. Zu präsent waren ihr die unruhigen, tränenreichen und von quälenden Selbstvorwürfen gefüllten Nächte nach Dennis' Ermordung. Die Bilder, die ihr Kopf zeichnete, und die Fragen nach dem *Warum* und dem *Was-wäre-gewesen-wenn* … Sie wusste schon jetzt, dass die zuletzt verblassten Albträume in neuen, kräftigen Farben zurückkehren würden.

Kapitel 2

Es hatte durchaus auch seine Vorteile, Brüder zu haben, die in einem ähnlichen Berufszweig arbeiteten und deshalb viel zu oft mitbekamen, was bei ihr gerade los war. Zumindest bildeten die Brüder sich ein, dass sie viel davon mitbekämen …

Am Ende hatte die Befragung tatsächlich auf Tonyas kleiner Terrasse stattgefunden. Allerdings hatte sie der Anblick der Stelle, an der zuvor noch Little Joe gelegen hatte, in beträchtlichem Maße abgelenkt. Sie fühlte sich gerädert. Ausgelaugt.

Obwohl die Kollegen den Hund mitgenommen und sich wirklich Mühe gegeben hatten, die größte Schweinerei vom Rasen zu entfernen, bekam sie das Bild des blutüberströmten Gefährten einfach nicht mehr aus dem Kopf. Vermutlich, weil ein ganz ähnlicher Anblick sie seit Jahren verfolgte …

Also war Tonya keine große Hilfe gewesen. Sie hatte lediglich festgestellt, dass in ihrer Wohnung auf den ersten Blick nichts fehlte. Und das empfand sie als überaus verwirrend. Denn der Einbrecher war bei ihrer Ankunft bereits verschwunden gewesen. Selbst die alte Brosche – ein Familienerbstück, das zwar kein Vermögen, aber dennoch einiges wert war – lag noch immer hinter dem Vitrinenglas. Seltsam nur, dass sämtliche Bücher auf dem Boden verstreut lagen. Als hätte jemand alles mit einer einzigen Handbewegung vom Regal gewischt. Nur die Anstecknadel in Form einer Bauernhortensienblüte, die mehrere hellblaue kleine Aquamarine enthielt, befand sich noch im Regal.

Tonya drehte sich zur Vitrine um. Die Glastüren waren geschlossen, letzte Spuren eines Kontrastpulvers schimmerten am weißlasierten Holz. Vor dem Möbel lagen die Bücher, manche davon eigentümlich verdreht, als wänden sie sich in ihrem Schmerz angesichts der rüden Behandlung. Tonyas Blick glitt über das Chaos auf dem Naturholzboden, über verstreut liegende Papiere, Fotografien hinter gesplittertem Glas und einzelne Kleidungsstücke, die offenbar vom Schlafzimmer in den mittleren Raum geschleudert worden waren. Oder gekickt?

Hatte jemand einfach nur Spaß daran gehabt, ihre kleine Wohnung zu verwüsten, als wäre ein Wirbelsturm hindurchgefegt? Und daran, Little Joe zu töten, der sich vermutlich zur Wehr gesetzt und ziemlich sicher Hoss beschützt hatte? War der Angreifer von den Hunden überrascht worden? Tonya hoffte es so sehr. Denn dann konnte man an den Zähnen von Little Joe Spuren menschlichen Gewebes finden. Und damit, wenn sie Glück hatte, eine Spur zum Täter.

Tonya schluckte hörbar und betrachtete ihr Spiegelbild im nachtschwarzen Fenster. Sie hatte wie Schutz suchend die Arme um ihren Körper geschlungen und stand ungewohnt gebeugt da. Es war so schrecklich still hier. Little Joe gab es nicht mehr und Hoss lag in einem tiefen Schlaf. Ein unkontrolliertes Zittern lief durch sie hindurch. Wieder besah sie sich das Durcheinander. Ob sie Thomas' Vorschlag doch besser hätte annehmen sollen? Er hatte ihr angeboten, sie auf der Couch in seiner Wohnung übernachten zu lassen. Timo hatte dringend nach Berlin zurückgemusst, sonst hätte wohl auch er versucht, sie dazu zu überreden.

Allmählich senkte sich der hohe Adrenalinspiegel in ihrem Blut. Sie fühlte, wie ihre Seele langsam aufweichte und Gedanken, vor allem aber Gefühle zuließ, vor denen sie sich bisher erfolgreich abgeschottet hatte.

Über Tonya ertönte ein Knarren. Dann Schritte. Unwillentlich zuckte sie zusammen und schnappte nach Luft. Dabei war ihr die Geräuschkulisse des Hauses durchaus vertraut. Das war nur Adalaya. Oder ihr Ehemann.

Tonya lehnte sich wie benommen mit dem Rücken an die Wand. Ein wenig Halt und Trost hätte sie jetzt bitter nötig gehabt. Jemanden, der sie in die Arme nahm und ihr versicherte, dass sie nicht allein war. Nicht in dieser Nacht.

Was hatte sie sich nur dabei gedacht, wieder mal die Starke zu spielen, die Brüder wegzuschicken und zu beteuern, dass es ihr gut gehe. »Es geht mir nicht gut«, murmelte sie.

Ein Fremder war in den sensiblen Bereich eingedrungen, in dem sie sich geborgen und wohlfühlen sollte. Der Unbekannte hatte ungeniert ihre Schubladen durchwühlt, selbst jene mit ihrer Nachtkleidung und Unterwäsche. Im Bad lagen die Hygieneartikel wild verstreut auf den dunkelblauen Fliesen. Der Eindringling hatte nicht einmal vor den intimsten Dingen halt gemacht.

Tonya glitt an der Wand nach unten und kam auf dem dunklen Holzboden zu sitzen. Timo hatte die Terrassentür verrammelt und ihr aufgetragen, umgehend alle Fenster und Türen besser zu sichern. Aber würde sie sich dann wirklich sicherer fühlen? Vor allem bei dem Gedanken, dass der Einbrecher wiederkommen könnte? *Nichts ist sicher.*

In der Küche knackte etwas, gleich darauf begann der Kühlschrank zu brummen. Tonya schloss gequält die Augen. Sie hatte sich schon wieder erschreckt. Jedes noch so vertraute Geräusch versetzte sie plötzlich in Panik, machte sie glauben, dass jemand in ihrer Wohnung sei. Und Little Joe war nicht länger ihr mutiger Beschützer an ihrer Seite. Er hatte stets auf sie aufgepasst. Nun lag er im kriminaltechnischen Institut, weil sie dort versuchen wollten, die Tatwaffe zu identifizieren. Das Messer, das dem tierischen Bewacher einer Bundeskriminalbeamtin den Garaus gemacht hatte.

Gotthilf hatte dieses Vorgehen durchgesetzt, obwohl der Einbruch bei ihr vermutlich nicht mehr war, als das Wort assoziierte: ein Einbruch. Doch ihrem Vorgesetzten lag der Schutz seiner Mitarbeiter sehr am Herzen. Sie leisteten wertvolle Arbeit, waren seine »kleinen Genies«, wie er sie gern liebevoll-scherzhaft nannte. Zudem wusste er, dass einige von ihnen mit äußerst empfindsamen Seelen ausgestattet waren. Hauptsächlich aber geschah das deshalb, weil sie oft genug in die dunkelste Tiefe verbrecherischer Machenschaften eintauchten und es dabei mit wirklich abgrundtief bösen Menschen zu tun bekamen. Doch ausgerechnet jetzt, da Tonya sich völlig verloren und schutzlos in ihren eigenen vier Wänden fühlte, war sie allein.

Ein leises Tapsen ließ sie den Kopf heben. Hoss schleppte sich vom Eingangsbereich auf sie zu. Seine langen Ohren schleiften beinahe über den Boden und seine dunklen Augen besahen sich das Chaos, an dem er vorbeimusste. Die Hundestirn furchte sich, als wollte Hoss Tonya tadeln, weil sie nicht aufgeräumt hatte und sich ihm deshalb Hindernisse in den Weg stellten, die er umgehen oder gar übersteigen musste. Dann war er endlich bei ihr angelangt. Er schaute sie an und ließ einen irritierend klagenden Laut hören. Vielleicht litt er unter Schmerzen. Vielleicht vermisste er aber auch seinen großen Freund, der ihm womöglich unter Einsatz seines Lebens das seine gerettet hatte. Die Geschichte wiederholte sich.

Tonya legte sich einfach auf den kühlen Holzboden, und Hoss drückte sich an sie. Die von ihm ausgehende Wärme und sein regelmäßiger Atem beruhigten sie. Sie war doch nicht allein.

»Wir sind allein«, flüsterte sie dem Beagle dennoch zu, der daraufhin mit den Ohren zuckte. Sie wusste selbst nicht, ob sie das sagte, weil Little Joe nicht mehr da war oder vielmehr, weil sie sich und dem Hund versichern wollte, dass heute Nacht niemand unerlaubt die Wohnung betreten würde. Nicht noch einmal.

Hoss drückte sich fester an sie, stieß eine Art Seufzen aus und schloss wieder die Augen. Erschöpft von den Ereignissen und der Tortur beim Tierarzt, den Hoss bei Weitem nicht so sehr mochte, wie das bei Little Joe der Fall gewesen war. Der Beagle war an diesem Abend ungewohnt anschmiegsam und suchte ihre Nähe. Das kannte sie von dem eigenwilligen Tier gar nicht, dennoch nahm Tonya es dankbar als ein Geschenk an.

Tränen liefen ihr über die Wangen, als sie ihren Kopf auf den Arm bettete. Mit der freien Hand streichelte sie Hoss' Dickkopf. Trauer löste die Angst in ihr ab und brach sich in einem leisen Schluchzen Bahn.

Sie würde Little Joe schrecklich vermissen. Diesen großen Hund, der manchmal so herrlich tollpatschig war – gewesen war. Sie hatte ihn als jugendlichen Rüden vor drei Jahren zu sich genommen, als Thomas ihn als Waisen eines Familiendramas zu ihr gebracht hatte. Er hatte damals einen schrecklich verstörten Eindruck gemacht. Ähnlich wie Tonya jetzt und damals nach Dennis' gewaltsamem Tod.

Es hatte sie einige Arbeit und Liebe gekostet, bis Little Joe wieder fröhlich herumgetollt war – um dann die verrücktesten Streiche anzustellen. Little Joe hatte sie stets zum Lachen gebracht. Jetzt weinte sie über seinen Verlust. Hemmungslos.

Hoss hatte das tapsige Jungtier damals miterzogen, hatte es vor den biestigen Nachbarskatzen beschützt und ihm ein paar seiner Beagle-Eigenheiten antrainiert. Als ausgewachsener Hund hatte Little Joe wie selbstverständlich die Beschützerrolle übernommen. Für Tonya und für Hoss. Und dabei hatte er nun sein Leben gelassen.

Noch mehr Tränen liefen über Tonyas Wangen und tropften auf ihren Arm. In ihr zog sich etwas schmerzhaft zusammen. Sie rollte sich wie eine Katze ein, lachte aber dennoch kurz auf, als Hoss einen seiner seltsamen Schnarchtöne von sich gab. Anfangs hatte dieses Geräusch den jungen Retriever furchtbar irritiert. Er war jedes Mal von seiner Decke aufgesprungen, weil er es für eine Aufforderung zum Spielen verstanden hatte, sehr zum Ärgernis von Hoss, der seinen wohlverdienten Schlaf nicht hatte unterbrechen wollen.

Das Klingeln ihres Telefons ließ Tonya hochschrecken. Sie musste eingeschlafen sein. Hoss war fort, vermutlich hatte er genug Nähe für die nächsten paar Stunden gesammelt. Mühsam schob sich Tonya auf die Knie und tastete nach dem Smartphone, dessen Lichtschein verriet, dass sie es auf dem schmucklosen weißen Wohnzimmertisch abgelegt hatte.

Auf dem Display war das lächelnde Gesicht von Sandra zu sehen, der Frau, die Timo so gehörig den Kopf verdreht hatte, dass er sie demnächst heiraten würde. Sandra war durchs Feuer gegangen und hatte sich trotz allem ihre liebenswürdige, ja mütterliche Art erhalten. Und sie empfand Tonya gegenüber eine nicht geringe Dankbarkeit, hatte sie doch geholfen, jenes Feuer einzudämmen. Damit hatte sie nun also noch eine ältere Schwester mehr, wodurch das Ungleichgewicht zwischen sechs Brüdern und einer Schwester aber nur minimal verbessert wurde.

»Ja?«, sagte Tonya lediglich, nachdem sie das Gespräch angenommen hatte. Mehr brachten ihre angeschlagenen Stimmbänder ohnehin nicht zustande. Ob sie selbst im Schlaf noch geweint hatte?

»Timo hat mir erzählt, was heute passiert ist. Es tut mir so leid.«

»Danke!« Tonyas Stimme klang, als hätte sie zwei Stunden lang eine Fußballmannschaft angefeuert.

»Hör mal.« Sandra sprach nun leiser. Vielleicht, weil sie ihre Kinder nicht wecken wollte. Immerhin war es bereits nach dreiundzwanzig Uhr, wie Tonya mit einem Seitenblick auf die elektronische Zeitanzeige des Herds feststellte, den sie von ihrer Position aus gut sehen konnte.

»Ich weiß, dass du eine toughe und tapfere Frau bist, T. Aber es gibt Situationen, in denen man Hilfe annehmen darf. Dafür sind unsere Mitmenschen da. Sie helfen uns, wir helfen ihnen.«

Tonya verdrehte die Augen. Die neue große Schwester war bereits in Aktion.

»Timo nimmt an, dass du Thomas erfolgreich verjagt hast.«

Es war keine Frage, sondern eine Feststellung. Timo kannte sie einfach zu gut.

»Ja«, gab sie zu.

»Gratulation dazu!«

Tonya konnte nicht anders, als in die chaotische, dunkle Wohnung hineinzuschmunzeln. Doch, sie konnte Sandra gut leiden. Ihre zukünftige Schwägerin sprach wohl nicht wegen ihrer Kinder so leise, sondern weil sie verhindern wollte, dass Timo ihr Telefonat mitbekam.

»Ich war auch mal allein in einem Haus und habe mich schrecklich bedroht gefühlt. Grundlos übrigens. Aber meiner Fantasie war das schnurzegal. Es ist sicher richtig, wenn du sofort versuchst, deine Wohnung wieder für dich zurückzuerobern. Je schneller, desto besser.«

Tonya wäre am liebsten durchs Telefon gekrochen, um Sandra zu umarmen.

»Aber wenn es zu still, zu einsam oder zu erdrückend wird, hast du Nachbarn, die dich sehr mögen. Ich habe Adalaya kennengelernt. Sie würde dich ohne Zögern auf ihrer

Couch schlafen lassen. Und du kannst mich jederzeit anrufen. Wirklich: jederzeit!«

»Ich danke dir.«

»Gern. Wenn du magst, können wir auch einfach die Verbindung stehen lassen.«

Jetzt war es an Tonya, die Stirn zu runzeln, dann lächelte sie erneut. Diese Sandra mit ihrem lieben Herzchengesicht und dem freundlichen Wesen hatte es faustdick hinter den Ohren. Vermutlich war in diesem Augenblick die Kunde von dem Einbruch auf dem Weg zu ihren Eltern und den anderen Geschwistern. Sie würden, der späten Stunde zum Trotz, alle noch versuchen, bei ihr anzurufen. Wenn sie Sandras Angebot annahm, würde niemand durchkommen.

»Ich sage Timo, dass er eurer ausufernd großen Familie per WhatsApp mitteilen soll, dass ich mit dir telefoniert habe und es dir gut geht.«

»Das wäre super.«

»Und du vergisst bitte nicht, was ich dir gesagt habe, ja?«

»Ich darf Hilfe annehmen. Ich kann zu Ada gehen oder bei dir anrufen. Ach, ich habe dich ja ohnehin in der Leitung.«

Von Sandra kam ein leises Lachen. Kein albernes oder oberflächliches, sondern eines, das Freude ausstrahlte und dennoch das Wissen transportierte, dass Tonya unter dem Einbruch und dem Verlust ihres treuen vierbeinigen Gefährten litt. Ihr kleiner Heiterkeitsausbruch signalisierte Tonya, dass das Leben weiterging. Bei Sandra war es immerhin auch so gewesen.

»Sandra?«

»Ja?«

»Ich freue mich, dass Timo dich hat. Ich könnte mir keine bessere Frau für ihn vorstellen. Und du wirst prima in unsere *ausufernde Familie* passen.«

»Ich werde mich aber nicht immer zwischen dich und deine älteren Geschwister werfen.«

»Das ist in Ordnung. Du tust es heute. Und dafür bin ich dir dankbar.«

»Ich hoffe, dass du ein bisschen schlafen kannst.«

»Ich versuche es.«

»Dann gute Nacht.«

»Gute Nacht, Sandra. Gib Timo einen Kuss von mir. Also, einen von der geschwisterlichen Sorte!«

»Ich war ein Einzelkind. Ich kann das gar nicht.«

Wieder schmunzelte Tonya. Sie war inzwischen auf dem Weg ins Bad. Es würde wohl Sandras Verdienst sein, wenn es ihr heute gelingen sollte, nochmals einzuschlafen.

Sie legte das Smartphone mit der aktiven Verbindung auf den Boden vor der Badtür, duschte und tapste in ihrem weißen Shorty-Schlafanzug und den Crocks – schließlich lagen überall noch Glassplitter herum – ins Schlafzimmer. Sie würde noch das Bett frisch beziehen. Man wusste ja nie …

Erneut jagte ihr ein eisiger Schauer über den Rücken. Ekel kroch in sie hinein, breitete sich in ihr aus, würgte sie. *Daran* hatte sie noch gar nicht gedacht. Die Kriminaltechnikerin hätte sie jedoch sicher über Spuren auf ihrer Bettwäsche unterrichtet. Demnach war dies also nicht der Fall. Trotzdem konnte sie nicht ausschließen, ob nicht doch jemand auf ihrem Bett gelegen hatte …

Sie ließ die elektrischen Rollläden herunter und schaltete erst dann das Licht an. Auch hier befand sich nichts mehr an seinem ursprünglichen Platz.

Tonya, die sich plötzlich unsagbar erschöpft fühlte, drehte sich zu ihrem Futonbett um und wollte nach dem Kopfkissen greifen. Dabei entdeckte sie die einzelnen weißen Blätter einer Bauernhortensie auf ihrem hellblauen Betttuch. Sie zuckte zurück. Warum lagen hier Blütenblätter? Sie liebte Hortensien und hatte unzählige Sträucher von ihnen in ihrem Garten. Die rankende Sorte mit den untertellergroßen Blüten und dem süßlichen Duft war noch vom Vormieter gepflanzt worden und wuchs üppig an der Hauswand entlang. Allerdings hatte sie keine Vase mit Hortensien in der Wohnung stehen. Wie also waren diese losen Blütenblätter in ihr Bett gelangt?

Tonya presste die Zähne zusammen, dennoch entfuhr ihr ein gepresster Laut. *Das ist … gemein.*

Es war viel mehr als das, räumte sie sofort ein. Es war schrecklich. Vermutlich hatten sich die Kollegen nicht um die zarten Blütenblätter geschert. Sie waren bestimmt davon ausgegangen, dass Tonya einen kleinen Strauß auf ihrem Nachttisch stehen gehabt hatte.

Ein heißer Angstschauer lief ihr den Rücken hinunter, etwas in ihrem Inneren schien sich zu verknoten. Ein Einbrecher, der ihre Hunde angriff und alles auf den Kopf stellte, aber nichts entwendete, war an sich schon eigenartig. Dass er Blüten ihrer Lieblingspflanze auf ihrem Bett hinterließ, war schlicht makaber.

Tonya wirbelte herum, rannte aus dem Raum und knallte die Schlafzimmertür hinter sich zu. Der dumpfe Laut hallte in ihrem Kopf wider. Ebenso wie die Furcht in ihrem Herzen. *Das ist nicht gut. Gar nicht gut.*

Anstatt etwas mitzunehmen, hatten ihr die Einbrecher einen Gruß dagelassen.

Tonya fuhr sich mit beiden Händen durch die nicht zähmbaren Locken. Wut verdrängte ihr Entsetzen. Sie sah sich um, griff nach dem im Eingangsbereich der Küche stehenden Wäschekorb und ging in den Wohnbereich hinüber.

Hoss knurrte wegen der Störung, schlief dann aber weiter. Anstatt sich hinzulegen, begann Tonya damit, überschüssige Energie loszuwerden, indem sie ihre Wohnung aufräumte. Dabei warf sie einen Großteil ihrer persönlichen Sachen in den Wäschekorb, später in einen Einkaufskorb und in Schachteln.

Schließlich stopfte sie den Rest ihres bisherigen Lebens in Stofftaschen.

Sie würde das alles in den Müll werfen. Bis auf einige Ausnahmen natürlich, wie zum Beispiel ihre Dekokissen, von denen sie inzwischen eine nicht geringe Menge angesammelt hatte. Während manche Frauen ein Faible für Schuhe, Handtaschen oder Schmuck hatten, waren es bei ihr schön gestaltete Kissen. Man konnte es sich mit ihnen so herrlich bequem machen. In Tonyas Augen machten erst viele Kissen ein Zuhause zu einem Heim. Nun stapelten sie sich auf Couch und Sessel; von Bequemlichkeit konnte keine Rede sein.

Tonya arbeitete die Nacht hindurch, betrat allerdings das Schlafzimmer kein zweites Mal. Die weißen Hortensienblütenblätter auf ihrem Bett waren ihr zu unheimlich. Jedes Mal, wenn sich das Bild vor ihr inneres Auge schob, erschauerte sie. Dennoch wusste sie, dass sie sich dem Anblick am nächsten Tag würde stellen müssen.

Kapitel 3

Tonya lehnte sich auf dem ergonomisch geformten Schreibtischstuhl zurück und rieb sich die völlig übermüdeten Augen. Sie fühlte sich restlos erschöpft, hatte sie doch in der vergangenen Nacht – bis auf den kurzen Schlaf neben Hoss auf dem Boden – kein Auge zugetan. Dafür war ihre Wohnung nun erschreckend leer. Oder vielmehr befreiend weit geworden? Allein das Schlafzimmer versank noch immer in heillosem Chaos. Sie hatte nur schnell frische Kleidung aus dem Durcheinander gezogen, ehe sie die Tür wieder fest hinter sich verschlossen hatte. Als könnte sie so das Tohuwabohu und das Bild der Blütenblätter auf ihrem Bett auch aus ihren Gedanken vertreiben. Ihr Kopf funktionierte leider anders.

Sie blinzelte, trank den vierten Cappuccino an diesem frühen Vormittag und konzentrierte sich erneut auf ihre Arbeit. Während auf ihrem rechten Bildschirm eine Dechiffrierung lief, mit deren Hilfe sie sich erhoffte, ein Passwort zu knacken, tanzten links die Nudeln von »Hey Macaroni«, eines uralten und eigentlich aus der digitalen Welt verschwundenen Bildschirmschoners. Auf dem Bildschirm direkt vor ihr verfolgte sie eine Geldspur im Darknet, die sie hoffentlich bald zu einem europaweit agierenden Drogenring führen würde.

Tonya war gut darin, derlei Fäden aufzuspüren, ihnen zu folgen, sie immer weiter aufzudröseln und schließlich den Knäuel zu finden, an dem alle Fäden zusammenliefen. Zum Leidwesen von Gotthilf verhedderte sie sich aber gelegentlich auch darin. Immer dann, wenn ihr Jagdinstinkt zu groß wurde und sie verbissen jedem winzigen Fussel folgte, damit ihr ja nichts und niemand durch die Maschen schlüpfte. Das machte einerseits ihre hohe Erfolgsquote aus, andererseits forderte es viel von ihrer Freizeit ein. Es gab Wochen, da lebte sie quasi in dem von Computern und Bildschirmen überfüllten, mit sterilen Arbeitsplätzen und unterschiedlichen Schreibtischstühlen vollgestellten Büroraum, in dem jeder kam und ging, wann er wollte – oder wie es die laufenden Ermittlungen gerade erforderten. Die kreativen Phasen ihrer Kollegen ließen sich nicht immer in feste Arbeitszeiten zwängen, obwohl das offiziell natürlich so gehandhabt wurde. Dieser Freiraum – wie auch die ungewöhnliche Unterbringung der ITler – wurde von der Tatsache unterstützt, dass in den BKA-Gebäuden in Wiesbaden seit Jahren chronischer Platzmangel herrschte und ein Neubau noch immer auf sich warten ließ. So war Gotthilf vor einigen Monaten mit einer kleinen Gruppe von Informatikern in den obersten Stock eines Bürogebäudes umgezogen. An der Eingangstür deutete ein Metallschild darauf hin, dass es sich um eine Steuerkanzlei handele.

Tonya legte die Finger erneut auf die Tastatur, auf der so mancher Buchstabe nicht mehr lesbar war. Die Entertaste wies sogar einen Riss auf, nachdem ihr vor ein paar Tagen vor Müdigkeit die Tasse aus der Hand gefallen war.

Tonya warf einen prüfenden Blick auf den Vorgang auf ihrem rechten Bildschirm und zog missbilligend die Augenbrauen hoch. *Das dauert zu lange …* Sie brachte den Gedanken nicht zu Ende, nahm sie aus dem Augenwinkel doch eine große, breite Gestalt wahr. Sie stand etwa drei Meter hinter ihrem kleinen und zu dieser Seite offenen Kabuff und gehörte da definitiv nicht hin.

Tonya verschränkte die Arme vor der Brust und schwang mitsamt dem Stuhl herum. An der weißen Wand mit den schwarzen waagrechten Schleifspuren – dort verewigte sich jeder neu hereingeschobene und verabschiedete sich jeder aussortierte Schreibtischstuhl – lehnte Jake. Er hatte die Beine überkreuzt und die Hände gefaltet. Wie am Vortag, als er ihr Zuhause überprüft hatte, trug er eine verwaschene Jeans, bequeme Laufschuhe und ein weißes, an den Armen nach oben gekrempeltes Herrenhemd, als versuchte er, ein wenig distinguiert auszusehen. Der Blick aus seinen dunklen Augen war unmissverständlich neugierig auf sie gerichtet. Ein Bartschatten verriet, dass er sich an diesem Morgen keine Zeit für eine Rasur genommen hatte – oder sie nicht gehabt hatte. Umso mehr verwunderte es sie, dass er nun so gelassen an der Wand lehnte wie ein ausgedienter alter Besen.

Sie rollte mit dem Stuhl ein Stück auf Jake zu und blickte an der milchigen Trennwand vorbei den schmalen Gang hinunter. Dabei sah sie, wie Rudi den Mann vor ihrem Arbeitsplatz ebenfalls unverhohlen betrachtete. Da er von dem Einbruch nichts wissen konnte, fragte er sich vermutlich, was der etwas düster aussehende Kerl von seiner Kollegin wollte. Im gleichen Moment erhob sich auch Stefan, setzte sich aber schnell wieder, da er sich ertappt fühlte.

Stefan Feldbruck war ein zurückhaltender Mittdreißiger, verheiratet und Vater von zwei kleinen Kindern. Er war einer der Kollegen, die pünktlich morgens um halb acht da waren, eine Stunde Mittagspause machten und spätestens um siebzehn Uhr das Gebäude verließen. Die Kollegen hatten Tonya und Rudi erzählt, dass er lange Gotthilfs bestes Pferd im Stall gewesen sei. Dann hatten sie schelmisch schmunzelnd hinzugefügt: »Bis ihr beide aufgetaucht seid.«

Tonya hatte daraufhin lachend den Kopf geschüttelt. Vermutlich würde man dem nächsten »Neuen« etwas ganz Ähnliches auch über sie erzählen … Außerdem sah Tonya Stefan durchaus als »das beste Pferd«, ganz einfach, weil er wesentlich zuverlässiger und teamfähiger war als Rudi oder sie selbst.

Tonya beugte sich noch weiter vor, konnte Gotthilf jedoch nicht sehen. Vermutlich war er gerade außerhalb ihrer *Steuerkanzlei* unterwegs.

»Tom hat mir nie gesagt, dass er eine Schwester hat, die ein IT-Genie ist.«

»Ich bin Verschlusssache.«

»Wegen deiner Sicherheit?«

»Nein, wegen eines übergroßen Beschützergens meines großen Bruders.« Tonya fragte sich, ob allein die Tatsache, dass sie bereits am Vortag miteinander zu tun gehabt hatten, Jakes Duzen rechtfertigte.

»Timo hat ebenfalls nie von dir –«

»Richtig. Wegen des übergroßen Beschützergens *aller* meiner älteren Brüder.«

»Muss anstrengend sein.«

»Oh ja!«, seufzte Tonya.

»Für die Geschwister, meine ich.«

Tonya warf Jake einen bösen Blick zu, womit sie ihm ein breites Grinsen entlockte. Dabei zog sich sein linker Mundwinkel deutlich weiter nach oben als sein rechter, und darüber bildete sich ein tiefes Grübchen. Jake sah aus, als säße ihm der Schalk gehörig im Nacken.

»Ich bin nicht anstrengend«, verteidigte sich Tonya sofort und vertrieb damit erfolgreich das seltsame Kribbeln in ihr.

»Wenn ich Tom richtig verstanden habe, hast du dich geweigert, wenigstens eine Nacht woanders zu verbringen. Und anstatt deine Wohnung aufzuräumen, bist du jetzt bei der Arbeit. Deine Augenringe verraten mir allerdings, dass du das

Aufräumen in der Nacht erledigt hast. Zudem weiß ich, dass dein Chef dir angeboten hat, ein paar Tage freizumachen. Auch wenn es sich nur um ein Tier handelt, der Hund hat dir sicher viel bedeutet. Trauerarbeit ist wichtig.«

Tonya atmete bewusst ein, um nicht auf der Stelle wie ein Feuerwerkskörper in die Luft zu gehen. *Noch so ein Beschützertyp.* Und dann war Jake offenbar auch noch jemand, der sehr tief blickte. *Das kann anstrengend werden*, resümierte sie.

»Weshalb ich hier bin: Ist dir inzwischen noch etwas aufgefallen? Fehlt doch etwas?«

Tonya rollte mit dem Schreibtischstuhl zurück und drehte dem Mann den Rücken zu. Überdeutlich sah sie die verstreut liegenden Blütenblätter auf dem hellblauen Betttuch vor sich. Eine hübsche Farbkombination, aber dass sie absichtlich dorthin gestreut worden waren, jagte ihr Eissplitter durch die Adern. Dabei breitete sich auf ihren Armen eine eindrucksvolle Gänsehaut aus. Vermutlich hätte man an ihr Käse reiben können.

»Spuck es aus«, drang Jakes tiefes Timbre etwas derb zu ihr herüber. Offenbar war ihm ihre körperliche Reaktion auf seine Frage nicht entgangen. Dieser Mann, mutmaßte sie, war verdammt gut in seinem Job.

»Bitte, Tonya«, versuchte er es ein zweites Mal, nun mit deutlich mehr Freundlichkeit und Fürsorge in der Stimme. Sie klang jetzt angenehm weich, fast samtig. »Es ist wichtig, dass du uns alles mitteilst.«

»Und *uns* bedeutet wem?«

»Meinem Partner Martin und mir. Dein Bruder ist mit einem anderen Fall beschäftigt. Ich muss ihn nicht einweihen. Ein Ereignis wie das gestrige, das eine Kollegin betrifft, wird sehr ernst genommen, das weißt du.«

»Ich bin für alle da draußen einfach nur eine Büroangestellte«, erwiderte Tonya. Wenn jemand sie nach ihrem Beruf fragte, gab sie sich als das aus, als was das Schild vor der Tür sie auswies: eine Angestellte in einer Steuerkanzlei. Zu ihrer eigenen Sicherheit erzählte sie niemandem, wie tief sie an diesem Schreibtisch in die Welt des organisierten Verbrechens eindringen konnte.

»Wir hoffen, dass das weiterhin alle glauben, die es nicht besser wissen müssen.«

Tonya nickte langsam und drehte sich wieder zu dem Mann um. Er lehnte noch immer lässig an der kahlen Wand.

»Ich hätte mir schreckliche Vorwürfe gemacht, wenn Adalaya oder Selma etwas zugestoßen wäre – meinetwegen.«

Jake wartete schweigend ab, ob sie noch etwas hinzufügen wollte. Vorerst kämpfte sie allerdings gegen Erinnerungen aus längst vergangenen Jahren an. Mit Schuldgefühlen und dem neuerlichen Versuch, sie loszuwerden.

Sie zuckte zusammen, als Jake plötzlich fragte: »Warum T? Wie kommt es, dass dein Vorname ausgerechnet mit einem englischen T abgekürzt wird?«

In den Erinnerungen, in die sie eben schon versunken gewesen war, hielt Dennis jetzt nicht mehr ihre Hand und wollte sie küssen, sondern versuchte, ihren Namen quer über einen Campus voller lärmender Studenten zu rufen.

Tonya zwang sich, die Gedanken an ihn beiseitezuschieben, schmerzten sie doch zu sehr. Dennis' Tod war noch immer eine schwärende Wunde in ihrem Herzen. Ein dumpfer Schmerz, der immer dann anwuchs, wenn ihre Schuldgefühle sie zu übermannen versuchten. Oder wenn wieder einmal jemand meinte, sie beschützen zu müssen. So wie Dennis damals …

Tonya blieb Jake eine Antwort schuldig, dafür erzählte sie ihm von den Hortensienblüten auf ihrem Bett. Prompt stieß er sich von der Wand ab. Seine Schultern strafften sich, auf seiner Stirn entstand eine dreifache Querfalte, die Miniaturausgabe der Wellen, die kleine Seedampfer aufwerfen.

»Ich habe sie auf den Fotos gesehen. Du hattest aber gar keinen Strauß auf dem Nachttisch stehen.«

Er kombinierte schnell. Tonya war beeindruckt und nickte ihm beipflichtend zu. Sofort zog er sein Smartphone aus der Tasche, und während es wählte, fragte er: »Du hast das Schlafzimmer ebenfalls aufgeräumt?«

»Es ist so gut wie unberührt.«

»Gutes Mädchen.«

Seine Worte veranlassten sie zu einem genervten Augenrollen. Mit Mitte Zwanzig war sie nun wirklich kein *Mädchen* mehr.

»Martin? Wir treffen uns in einer halben Stunde vor Ts Haus. Sie lässt uns rein. Der Einbrecher hat nichts entwendet, aber etwas hinterlassen.« Martins Reaktion blieb ihr verborgen, doch Jake erwiderte grimmig: »Mir gefällt das auch nicht.«

Tonya wandte sich erneut ihren Rechnern zu, um sie in den Standby-Modus zu versetzen. Nein, ihr behagte das alles ebenso wenig. Denn mit ihren Worten über eigentlich wunderschöne Blüten hatte sie einen schlafenden Bären geweckt. Doch es war richtig, die Information nicht länger zurückzuhalten.

»Wann hattest du vor, deinen Vorgesetzten, deinen Bruder oder zumindest Martin und mich darüber zu informieren?« Jakes Stimme klang erstaunlich unaufgeregt. Nicht einmal vorwurfsvoll. Vielmehr hörte sie einen mitfühlenden Ton heraus.

Ob das besser ist? Tonya beantwortete ihre eigene Frage nicht, sondern stopfte ihr Notebook in die Tragetasche, steckte den Speicherstick in die Hosentasche ihrer Dreivierteljeans und erhob sich. Das pneumatische Zischen ihres Schreibtischstuhls, das sich sonst immer anhörte, als seufze er erleichtert auf, weil sie endlich ihre gerade mal fünfzig Kilogramm von ihm nahm, klang diesmal seltsam hämisch.

»Du vergisst eines: Ich gehöre ebenfalls zur Truppe. Ich wusste, dass einer von euch beiden heute bei mir auftauchen würde, um nachzuhaken, ob sich noch etwas ergeben hat. Allerdings hatte ich erst für später damit gerechnet.«

»Wie ich schon sagte: Wenn es sich um eine Kollegin handelt …«

Tonya mochte es, wie er entschuldigend mit den muskulösen Schultern zuckte und ihr sein schiefes Grinsen schenkte. Offenbar durchschaute er sehr wohl ihr Problem mit den über sie wachenden älteren Geschwistern. Allerdings wusste er nichts von Dennis, und soweit es in ihrer Macht stand, würde das auch so bleiben.

»Du gehst schon wieder?« Rudi rollte sich ihr mit seinem heiß geliebten primitiven Holzdrehstuhl, der allen Kollegen schon beim Anblick Schmerzen im Gesäß bereitete, in den Weg.

»Richtest du Gotthilf bitte aus, dass ich von einem Ermittler nach Hause gebracht wurde? Es gibt noch Fragen.«

»Ach ja. Wegen des Einbruchs bei dir.« Rudi wusste also doch Bescheid. Ob Gotthilf die Kollegen in ihrer kleinen ausgelagerten Abteilung informiert hatte, einfach nur, damit sie wachsam waren?

»Das tut mir echt leid. Bei meiner Oma ist auch mal eingebrochen worden. Sie hat dem Typen eins mit dem Besen übergezogen.«

»Dann ist deine Oma eine tapfere Frau.« *Oder leichtsinnig.* Den Gedanken behielt Tonya aber für sich. Sie hatte leidvoll miterleben müssen, wie schnell Tapferkeit eskalieren konnte …

»Ich halte das eher für einen Reflex von ihr. Sie hat nie wieder in der Wohnung geschlafen. Es war schrecklich für sie, dass es jemandem gelungen war, einfach in ihr Allerheiligstes einzusteigen. Sie wohnt jetzt bei mir und meiner Mutter.«

»Das kann ich gut verstehen.«

»Bei uns ist noch ein Zimmer frei.«

Tonya hatte sich gerade zwischen der Wand und Rudi hindurchdrücken wollen, blieb nun aber ruckartig stehen, als sie den Ernst in seiner Stimme hörte. Er blickte sie mit seinen hellbraunen Augen von unten herauf an, fast ein wenig flehend, wie sie fand.

»Das ist lieb von dir, Rudi.« Tatsächlich war sie überrascht, dass ihr Kollege so viel Mitgefühl für sie aufbrachte, also lächelte sie ihn dankbar an. »Aber ich komme zurecht. Eine Nacht habe ich ja bereits hinter mir.« *In der du alles, was dir nicht zu sehr am Herzen liegt und der Eindringling angefasst haben könnte, in den Müll getreten hast. Du kommst wirklich prima zurecht.*

»Das Angebot steht.« Rudi rollte wieder in seine Nische hinein. Tonya war davon überzeugt, dass er das Gespräch innerhalb von drei Sekunden wieder vergessen oder zumindest in den Winkel seines Gehirns verdrängt haben würde, den er für die nicht virtuelle Welt reserviert hatte.

Sie eilte auf die Eingangstür zu und war sich nur allzu bewusst, dass ihr ein durchtrainierter Mann folgte, der schlicht von niemandem übersehen werden konnte. Prompt warf ihr auch Stefan einen besorgten Blick zu.

»Alles in Ordnung, T?«, fragte er mit seiner immer leicht heiser klingenden Stimme.

»Kennst du unseren Kollegen Jake Sturm?«

»Ist etwas passiert? Brauchst du Hilfe?« Stefan nickte Jake knapp zu, als er seine Fragen an Tonya stellte.

»Mir geht es gut«, winkte Tonya sofort ab, schaute jedoch irritiert über die Boxen hinweg. Unter den gesenkten Häuptern war das Kupferhaar von Rudi schnell auszumachen. Offenbar wusste Stefan nichts von dem Einbruch bei ihr, warum dann aber Rudi? Womöglich hatte dieser wieder mal fünfzig Stunden am Stück hier verbracht und deshalb die sie betreffende Aufregung mitbekommen, während Stefan sicher nicht vor sieben Uhr dreißig den Raum betreten hatte.

Stefan erhob sich nun doch, stellte sich Jake vor und schüttelte ihm die Hand. Dann wandte er sich erneut an Tonya:

»Gibt es etwas, das ich wissen sollte? Falls es mit der Arbeit zu tun hat, könnte das auch für den Rest von uns unangenehm werden.«

»Das denke ich nicht«, wiegelte Tonya ab. Es lag nicht in ihrem Sinn, noch mehr potenzielle Beschützer auf den Plan zu rufen. Falls Gotthilf es für nötig erachtete, die Abteilung zur Vorsicht zu ermahnen, weil bei ihr eingebrochen worden war, würde er das selbst tun müssen. Sie ahnte, dass Stefan vor allem an seine Frau und die beiden Kinder dachte. Für gewöhnlich machte niemand beim BKA ein großes Aufheben um den Job. Sie waren lediglich Polizisten, die in ihrem Fachgebiet ihre Arbeit verrichteten, so wie alle anderen Kollegen auch. Dennoch lautete die Order, dass sie ihre Namen und ihre Tätigkeit für die breite Öffentlichkeit unter Verschluss halten sollten. Nicht selten gruben sie – Tonya und ihre IT-Kollegen mithilfe ihrer Rechner – in den Geheimnissen von Schwerverbrechern oder als gefährlich eingestuften Organisationen herum. Dies konnte sie durchaus zur Zielscheibe von Hass und Rachegedanken werden lassen.

Manche mochten Gotthilf als ein wenig paranoid ansehen, doch er nahm die Fürsorge für seine »Familie« extrem ernst. Das gab ihnen allen ein gutes Gefühl. Zumal sie nicht wie ihre anderen Kollegen hinter hermetisch abgeriegelten Toren und Zäunen arbeiteten, sondern in ihrer kleinen Außenstelle.

Tonya nickte Stefan zum Abschied zu. Gleich darauf winkte sie Kathrin, einer früh ergrauten Fünfzigjährigen, die eigentlich Gotthilfs rechte Hand war, jedoch jederzeit Schreib- oder Ablagekram für das Team übernahm und als die »Mutter der Kompanie« galt. Vermutlich hatte sie, neben Gotthilf, den umfangreichsten Einblick in das, was hier so vor sich ging. Entgegen ihrer mütterlichen Art spazierte sie jeden Morgen in ihrer Motorradkluft in die *Steuerkanzlei* und abends wieder hinaus.

Jake hielt Tonya die Tür auf und eilte vor ihr her die breite Steintreppe hinunter, vorbei an den abgehenden Eingangstüren weiterer Büros, durch das schmucklose Foyer, und öffnete ihr auch die Tür zur Straße hin. Sie kam sich ein bisschen so vor, als würde sie von einem Bodyguard begleitet. Der Gedanke stach ihr unangenehm in den Nacken, als hätten sich dort gleich mehrere Zecken gleichzeitig in sie verbissen. Unwillkürlich rieb sie sich mit der Hand darüber.

»Ich fahre mit dir«, entschied Jake und deutete auf Tonyas Polo, der auf einer der raren Parkflächen zwischen einem protzigen BMW und einem nicht weniger einschüchternden Audi eingequetscht stand.

»Offenbar gefällt dir mein Wägelchen.« Tonya konnte sich den leisen Spott einfach nicht verkneifen. Das war allemal besser, als ihm gerade heraus ins Gesicht zu sagen, wie aufdringlich sie ihn fand.

»Ich habe nicht vor, dir übermäßig auf die Pelle zu rücken, T. Aber Martin ist mit unserem Dienstwagen unterwegs, weil er einer Spur nachgeht. Er holt mich nachher bei dir ab.«

»Ist schon gut«, erwiderte sie, entsetzt darüber, dass Jake sie erneut durchschaut hatte.

Sobald sie sich in den Verkehr eingefädelt hatte, fragte er: »Wer ist dieser Rudi?«

»Ein Kollege.«

»Und weiter?«

»Nichts weiter. Er arbeitet in der Box neben mir, ist ein Wunderkind und liefert Ergebnisse im Stundentakt. Meistens zumindest.«

»Er ist verschossen in dich.«

»So ein Blödsinn.«

»Ich erkenne einen ergebenen Dackelblick, wenn ich ihn sehe.«

»Er lebt viel zu sehr in seiner eigenen Welt, als dass er mich überhaupt richtig wahrnehmen könnte.«

»Er lebt mit seiner Mutter und seiner Großmutter zusammen.«

»Was willst du damit sagen?«

»Er steht auf meiner Verdächtigenliste.«

Tonya sah ihre Vermutung bestätigt und warf ihm einen bösen Blick zu. »Da kannst du ihn gleich wieder streichen. Rudi sieht mich fast jeden Tag. Er braucht nicht in mein Zuhause einzubrechen, um …«

»… dir Blütenblätter der Blumen auf deinem Bett zu hinterlassen, von denen er weiß, dass du sie liebst?«

»Woher sollte er das –« Tonya brach abrupt ab. Auf der Trennwand ihres Arbeitsplatzes hingen unübersehbar Fotografien von blühenden Hortensien. Im Sommer brachte sie immer ein paar Zweige für die kleine Vase neben ihrem Stiftehalter mit. Rudi mochte oftmals in seiner eigenen Welt leben, aber er war überaus aufnahmefähig und intelligent. Er wusste mit Sicherheit, was die Fotos bedeuteten. Und er hatte von dem Einbruch gewusst …

»Rudi ist harmlos«, beteuerte Tonya dennoch. Allerdings war ihr nur allzu bewusst, dass ein Wohnungseinbruch alles andere als unbedenklich war und das Ausstreuen von Blütenblättern auf ihrem Bett nicht gerade ein Kavaliersdelikt, selbst wenn der Täter das vermutlich sogar annahm. Und was Little Joe betraf …

Sie schüttelte über sich selbst den Kopf. Rudi war das bestimmt nicht gewesen.

Erneut zutiefst aufgewühlt warf sie Jake einen Seitenblick zu. Seine in die Höhe gezogenen Augenbrauen verrieten ihr, dass er ihre Gedanken durchschaute. Diesmal war das aber auch nicht schwer. Sie seufzte leise und zwang den Polo, noch ein oder zwei Stundenkilometer schneller zu fahren.

Die Richtung, in die ihre Gedanken gingen, war vermutlich auch die der beiden Ermittler, und sie missfiel ihr gründlich. Sie fragte sich, was schlimmer für sie wäre: ein geistig verwirrter Stalker, der es auf eine ziemlich skurrile, ja unheimliche Weise auf ihre Privatsphäre abgesehen hatte oder jemand, dem sie bei ihren Recherchen kräftig auf die Füße getreten war und der das auch wusste. Die dritte Variante – normaler Einbrecher – fiel seit dem Fund der Blütenblätter leider weg.

Stalker waren lästig, aber meistens recht harmlos. Wobei die Sorte, die einen Hund tötete, selbst wenn es zur Verteidigung war, nicht unbedingt als friedlich zu bezeichnen war. Im zweiten Fall lag die Sache ganz anders, zumal ihr Stefans Worte deutlich im Gedächtnis geblieben waren.

Tonya wollte schlicht nicht dafür verantwortlich sein, dass ihretwegen andere in Mitleidenschaft gezogen wurden. Etwa Stefans Ehefrau und seine Kinder.

Nicht noch einmal!

Sie zitterte so sehr, dass es ihr unmöglich war, den etwas verbogenen Autoschlüssel aus dem Schloss zu ziehen. Jake half ihr und hielt länger als nötig ihre Finger mit seiner großen Hand umschlossen. Tröstend und Schutz bietend. Aufwühlend.

Die letzte Empfindung ließ Tonya zurückschrecken. Eilig tastete sie nach dem Türöffner und floh förmlich aus dem kleinen Fahrzeug. Über das Autodach hinweg warf sie Jake einen grimmigen Blick zu, den er zuerst mit jenen drei Querfalten auf der Stirn erwiderte, ehe er grinste. Wütend über sich selbst knallte Tonya die Autotür mit so viel Schwung zu, dass das Gefährt ein seltsames Quietschen von sich gab, als leide es unter der rohen Gewalt, die ihm widerfuhr. Tonya hielt dem Impuls stand, sich laut bei dem Auto zu entschuldigen. Vermutlich fand Jake ihr Verhalten auch so schon schräg genug.

Also eilte sie zu ihrem ebenerdigen Eingang, schloss auf und ließ sich von Hoss erfreut die Finger lecken. Als Jakes großer Schatten auf sie und den Beagle fiel, warf sie den im Eingangsbereich abgestellten Müllbehältern einen feindseligen Blick zu. Jake würde sofort durchschauen, was sie in der Nacht getan hatte.

»Vielleicht können wir deinen Hoss mal zur Arbeit mitnehmen und sehen, wie er auf Rudi reagiert. Oft kennen die Hunde ihre Peiniger ja sehr gut. Wenn er ihn anknurrt, könnte das ein Indiz sein.«

»Du schaust zu viele Krimis im Fernsehen«, spottete Tonya. Sie erntete ein fröhliches Auflachen, das so sympathisch, vor allem aber *normal* klang, dass es süß und cremig wie Honig in ihr Herz floss.

Sie trat beiseite, und Jake ging in die Hocke, um Hoss zu begrüßen. Der knurrte ihn kurz an und strafte ihn dann mit Nichtbeachtung, indem er sich einfach abwandte und davonwatschelte.

»So viel zu meiner Theorie mit dem Anknurren des Einbrechers«, sagte Jake prompt, und Tonya fand ihn gleich noch ein wenig charmanter. Offenbar nahm sich der Kerl selbst nicht zu ernst. Aber eigentlich wollte sie ihn ja gar nicht nett finden. Schließlich war er ein Kollege, dazu ein Freund von Thomas und auch mit Timo gut bekannt. Sein Selbstbewusstsein war zu ausgeprägt, sein Auftreten zu dominant. Ein Alphamann und damit ziemlich sicher auch ein Beschützertyp.

Jake warf ihr einen prüfenden Blick zu. Inzwischen musste er die Spuren ihrer nächtlichen Aufräumaktion gesehen und durchschaut haben. Unwillkürlich versteifte sie sich und wartete auf mahnende Worte oder einen pseudopsychologischen Rat.

»Hast du einen Kellerraum, in den du das alles vorerst mal einlagern kannst? Vielleicht brauchst du das eine oder andere doch noch. Dann wäre es von Vorteil, wenn du es ein, zwei Wochen dabehältst und den Rest erst dann entsorgst. Außerdem kann ich dir mehrere Adressen von Hilfsorganisationen geben, die gern auch Alltagsgegenstände oder Nützliches für den Haushalt annehmen. Sie fahren das alles in die Länder, in denen solche Sachen dringend gebraucht werden.«

Tonya schaute ihn mit offenem Mund an. Er bedachte sie weder mit versteckten Vorwürfen noch mit wohlmeinenden Ermahnungen oder dem Vorschlag, sich besser psychologische Hilfe zu suchen?

»Gib mir bitte die Adressen.«

»Ich gebe sie dir in einer Woche, okay?«

Tonya nickte ihm zu, schob sich an ihm vorbei und öffnete die Schlafzimmertür. Der Raum lag wegen der heruntergelassenen Jalousien in einem dämmerigen Dornröschenschlaf, zumal das Chaos einer wild wuchernden, nahezu undurchdringlichen Dornenhecke durchaus nahe kam.

»Zuerst einmal«, fuhr Jake fort, »die Kollegen waren gründlich, die Rothaarige gleich doppelt. Wenn es Spermaspuren gegeben hätte, hätten sie dir das gesagt. Ob es Haare oder Hautschuppen außer deinen – oder denen eines Freundes – auf dem Bett gegeben hat, können sie so schnell nicht auswerten, obwohl beide, Tom und Gotthilf, Druck gemacht haben, weil –«

»Weil ich eine Kollegin bin. Ich weiß.« Sie fand es erfreulich, mit welchem Feuereifer die Kriminaltechniker in ihrer Wohnung zu Werke gegangen sein mussten. Denn ihr war ja eigentlich nichts geschehen. Nur Little Joe …

Der Kloß in ihrer Kehle wuchs rapide an. Er war die Nacht hindurch und den ganzen Vormittag über präsent gewesen, wenn es ihr auch gelungen war, ihn zu ignorieren. Bis jetzt. Also wandte sie sich ruckartig um und ließ Jake stehen. Sie musste erst einmal Abstand gewinnen. Raus aus diesem Zimmer, das noch immer von dem Angriff auf ihre Wohlfühlzone und – so empfand sie es inzwischen – auf sie selbst zeugte.

Sie flüchtete in ihr beinahe steril wirkendes, leeres Wohnzimmer, warf sich auf die Couch, sodass links und rechts die Kissenberge einstürzten und sie fast unter sich begruben.

Tonya fand das überaus angenehm, überkam sie doch plötzlich der unbändige Wunsch, sich zu verstecken. Also zog sie die Beine an, legte den Kopf auf das blau-weiß gestreifte Kissen mit dem applizierten dunkelblauen Segelboot, ließ die anderen auf sich liegen und schloss die Augen. Sie wollte so gern die Leere aussperren, die jetzt in dem Raum herrschte und die damals, nach Dennis' Tod, auch in ihrer Seele Einzug gehalten hatte. Dazu Jake, der im Zimmer nebenan die Jalousien öffnete, die zarten Blütenblätter auf ihrem Bett, die Erinnerung an den blutüberströmten Little Joe … an die Welt an sich.

Kapitel 4

Die nächste Straßenlaterne stand so weit entfernt, dass sie kaum Licht in den Vorgarten und auf die Terrasse warf. Die dunkel gekleidete Gestalt fiel demnach nicht auf, als sie unter der Ulme hindurchhuschte und abwartend im Schutz der mannshohen Thujahecke stehen blieb.

Ihre Augen gewöhnten sich schnell an die Dunkelheit, und so war es für sie kein Problem, festzustellen, dass trotz der Hitze dieser Sommernacht alle Fenster und die Terrassentür geschlossen waren. Dass die Frau im Haus war, wusste der schwarze Schatten genau, hatte er doch gesehen, wie zwei Männer das Grundstück verlassen hatten, ziemlich sicher Polizisten in Zivil. Wenig später war einer ihrer Brüder aufgetaucht, hatte sich aber vor Kurzem verabschiedet. Zuletzt waren eine Frau und ein Mann mit einem Baby vorgefahren, ausgestiegen und um das Gebäude herum zum Haupteingang gegangen. Vermutlich wohnten sie in der oben gelegenen großen Wohnung.

Der Schatten lauschte. Bis auf das an- und abschwellende Grillenzirpen und das Motorengeräusch eines in der Ferne vorbeifahrenden Autos war es in der kleinen Siedlung mit Einfamilienhäusern sehr still. Ein Hauch von Blütenduft, der Geruch von chloriertem Poolwasser und trockener Erde zog an ihm vorüber. Er wagte einen vorsichtigen Schritt nach vorn. Schließlich wusste er nicht, ob dieser zweite Hund, der offenbar überlebt hatte, in der Nähe war oder in einer Tierklinik. Keinesfalls wollte er gebissen werden.

Automatisch rieb sich die Gestalt die linke Handfläche, dort, wo sich die Zähne des größeren Hundes beinahe in sein Fleisch gebohrt hätten. Er hatte gerade noch rechtzeitig mit dem Messer zustechen können. Allerdings ging von dem Beagle wohl kaum Gefahr aus, hatte der sich doch nur ängstlich geduckt und es seinem tierischen Freund überlassen, sie beide zu verteidigen.

Einem Schattenriss gleich bewegte sich der nächtliche Eindringling voran. Die Wiese unter seinen Schuhen federte angenehm und verschluckte jedes Geräusch. Die verschlossenen Fenster und Türen machten es ihm unmöglich, erneut in die Wohnung einzudringen. Das war jedoch gar nicht nötig. Dass sie sich einschloss, verriet Tonyas Furcht. Und, so hoffte er, ihre Trauer um die tote Töle. Aber war das genug? *Es ist noch lange nicht genug.*

Der Schatten stoppte, einen Knurrlaut ausstoßend, vor dem ersten Hortensienstrauch. Sein Opfer liebte jene runden Blütenköpfe, das war offensichtlich. Also hob er die mitgebrachte kleine Rebschere und knipste den ersten weißen Blütenkopf ab. Er fiel lautlos zu Boden, um dort zu sterben.

In der Gestalt stieg ein leises Lachen hoch, doch sie unterdrückte es erfolgreich. Immer schneller und unkontrollierter, beinahe wie im Rausch, köpfte sie die Hortensien. Zuerst an diesem Stock, dann am nächsten. Schließlich rann ihr der Schweiß über den Körper. Das innere Glühen wurde übermächtig und sie fiel wie wild über die Blüten, das Grün und die Zweige her. Bei jedem ratschenden Geräusch der Schere hoffte der nächtliche Zerstörer, zugleich in das Herz der Frau zu schneiden.

* * *

Jake ergriff das alkoholfreie Bier und die Bitter Lemon, die Sergio vor ihm auf die Theke gestellt hatte, und schob sich zwischen besetzten Stühlen hindurch, begleitet vom Gelächter und den Gesprächen der Gäste. Die Luft in der Bar war zum Schneiden. Der Holzboden, die beiden Deckenventilatoren und die glockenförmigen Bronzelampen, die nur ein mattes Licht verbreiteten, standen in einem auffälligen Gegensatz zu der modernen Einrichtung aus Stein, Stahl und Glas.

Jake drückte mit der Schulter die gläserne Seitentür auf und atmete die zwar warme, aber deutlich frischere Abendluft ein. Er blickte in den wolkenlosen, sternklaren Himmel und machte sich bewusst, dass es bereits nach dreiundzwanzig Uhr sein musste. Im Vorbeigehen nickte er einigen anderen Gästen zu, ehe er den am anderen Ende des Innenhofs gelegenen Tisch ansteuerte. Dort wartete Thomas auf ihn und sein Bier. Jake nahm noch im Stehen einen großen Schluck von der eisgekühlten Bitter Lemon, in der hohle Eiskugeln fröhlich ans beschlagene Glas klirrten. Dann erst setzte er sich.

»T hat gesagt, dass du ihr deine Privatnummer gegeben hast«, sprach Thomas ihn erwartungsgemäß auf seine kleine Schwester an. »Warum?«

»Nicht deine Baustelle«, blockte Jake ab. Nicht etwa, weil er mit Thomas nicht über seine Arbeit reden wollte oder durfte, sondern weil er wenig Lust verspürte, mit dem besorgten Bruder über Tonya zu sprechen. *Falls sie je davon erfährt, reißt sie mir sonst vermutlich den Kopf ab.*

»Aber sie ist meine Schwester!«, fuhr Thomas ihn an.

»Richtig. Du bist privat involviert.«

»Es war also rein dienstlich nötig, dass du ihr deine Nummer gegeben hast?«

Jake zuckte mit den Schultern. Jetzt war jede Antwort die falsche.

»Das heißt aber, dass du eine Bedrohung für sie siehst«, kombinierte Thomas sofort.

»Wir sind nur vorsichtig.«

»Das merke ich. Weshalb wurden gleich Martin und du hingeschickt? Warum wird das Ganze behandelt, als wäre eine Richterin bedroht worden oder –«

»Ist es dir nicht recht, wenn wir auf deine Schwester achtgeben und die Sache ernst nehmen?«

»Das steht nicht zur Diskussion.« Thomas schob sein Bier in die Mitte des Tisches, als hätte er eine lauwarme Brühe serviert bekommen. Anscheinend verdarb ihm der Verlauf des Gesprächs die Lust auf das Getränk.

Jake fragte sich, ob Tonya Thomas von den Hortensienblüten auf ihrem Bett erzählt hatte. So wie er sie einschätzte, hatte sie ihm dieses delikate Detail vorenthalten.

Martin hatte zuvor kurz geäußert, dass sie womöglich aus einer Mücke einen Elefanten machten, sich dann jedoch den Anweisungen von oben gebeugt. Gotthilf Berger, Tonyas Vorgesetzter, war offenbar in allergrößter Sorge um seine Mitarbeiterin. Er war unter den Kollegen als übervorsichtig verschrien, dennoch hatte man seine Vorsicht diesmal nicht infrage gestellt. Gerade saß Martin, zusammen mit einer Berufsanfängerin, in einem Auto vor Tonyas Wohnung.

Jake erschlug eine Stechmücke auf seinem Unterarm, die sich bei ihrem Angriff auf sein Blut unglücklich in seiner Behaarung verfangen hatte, und schnippte sie dann weg.

»Jake, bitte.« Die Angst um Tonya war Thomas förmlich ins Gesicht geschrieben.

Jake stand nun vor der Frage, welches das schlimmere Übel war: ein aufgebrachter Arbeitskollege, auf den er sich, wenn es hart auf hart kam, zu einhundert Prozent verlassen musste, oder eine erboste Schutzbefohlene, mit der er womöglich nie wieder etwas zu tun haben würde, sobald ihr Fall erst einmal abgeschlossen war. Allerdings war sie ebenfalls eine Kollegin, wenn auch in einer anderen Abteilung …

»Also gut. Aber nur, wenn du mir versprichst, dass du *deinen* Aufgaben nachgehst und uns ohne Einmischung unsere Arbeit machen lässt.«

»Sie ist meine Schwester«, wiederholte Thomas, wobei seine Stimme zwischen genervt, dankbar und überaus besorgt schwankte. Jake fand das bei einem Vierwortsatz extrem bewundernswert, und es verriet ihm, dass sein Gegenüber seine Arbeit liebte, seine Schwester jedoch noch viel mehr.

»Es verbietet dir niemand, dich um Tonya zu kümmern. Auf der geschwisterlichen Ebene«, sagte Jake.

»Soll ich dasselbe zu dir sagen?«

»Sie ist nicht meine Schwester.« *Und das ist ziemlich genial. Sie ist nämlich klasse!* Jake schenkte Thomas jenes breite Grinsen, bei dem viele Frauen weiche Knie bekamen. Das hatte wenigstens seine Ex-Freundin mal behauptet. Bei dem Gedankensplitter an Eva fiel ihm wieder ein, dass er eigentlich noch immer einen großen Bogen um Frauen machen wollte. Vor allem um solche, die ebenfalls im Polizeidienst tätig waren. Allerdings war Tonya seinem Schutz unterstellt. Das war etwas völlig anderes. Zumindest konnte er versuchen, sich das einzureden.

Thomas musterte ihn mit geneigtem Kopf und unter zusammengeschobenen Augenbrauen, schwieg sich aber über das aus, was dem Beschützerbruder gerade durch den Kopf geisterte. Als Thomas kurz die Hand hob, drehte sich auch Jake um und verabschiedete sich auf dieselbe schweigsame Art von den anderen Gästen. Sie blieben allein im Hinterhof zurück, wohl wissend, dass Sergio sie demnächst auf die Straße setzen würde. Schließlich wollte der wegen der Schließzeiten keinen Ärger mit seiner Frau riskieren.

»Deine Schwester und zwei ihrer Kollegen sind in Zusammenarbeit mit Europol einem europaweit agierendem Drogenring auf der Spur. Es geht um Geldwäsche, Bandenkriminalität und Bestechlichkeit von Beamten. Ziemlich sicher wird illegaler Waffenbesitz, vielleicht auch Zwangsprostitution dazukommen. Du kennst die Kanäle und Wirkungskreise im Einflussbereich solcher Organisationen.«

Thomas nickte, und Jake sah, wie er beide Hände zu Fäusten ballte. Irritiert senkte Jake den Kopf. Was erwartete Thomas denn? Tonya war schlicht genial darin, im Internet die Machenschaften derartiger Krimineller aufzuspüren, Beweise zu sammeln, ihre Netzwerke zu unterlaufen, die Wirkungsstätten aufzutun, virtuell einen Zugriff zu planen … Nach dem, was Gotthilf ihm und Martin gegenüber hatte verlauten lassen, wurde sie schon lange nicht mehr nur auf die kleinen Verbrecher angesetzt oder lediglich mit der Onlineüberwachung irgendwelcher Verdächtiger beauftragt. Aber vielleicht hatte diese interessante junge Frau das einfach niemandem erzählt, nicht einmal ihren Brüdern. Womöglich auf Anraten von Gotthilf? Oder weil sie eine entsprechend besorgte Reaktion ihrer Familie vermeiden wollte?

Ein Nachtfalter landete in Thomas' Bier, das von der flackernden Kerze auf dem Tisch angeleuchtet wurde. Verzweifelt versuchte das Insekt, sich auf dem weißen Schaum zu halten, ohne diesem jedoch wieder entkommen zu können. Thomas nahm das Bierglasdrama nicht wahr. Seine sonst blaugrauen Augen wirkten dunkel und fixierten einen Fettfleck auf der roten Tischdecke, als könnte der ihm verraten, was in Tonya vorging oder in was sie verwickelt worden war.

»Was noch?«, stieß Thomas schließlich hervor.

»Wer weiß alles, dass deine Schwester Hortensien liebt?«

Thomas' Kopf fuhr ruckartig hoch. Jetzt versuchte er, Jake niederzustarren. Jake glaubte sogar, die winzigen Zahnrädchen ineinanderklacken zu hören, die sich im Gehirn seines Freundes immer schneller drehen mussten, weil er durchschauen wollte, was sich hinter der Frage verbarg.

»Die Familie, Freunde, manche Bekannte, die Nachbarn und jeder, der schon einmal in ihrer Wohnung war. Womöglich auch jeder, der zufällig mal einen Blick in ihren Garten geworfen hat.«

»Vergiss die Arbeitskollegen nicht. Ich habe Fotos und einen kleinen Strauß dort gesehen.«

»Du verdächtigst einen von den ITlern, bei T eingebrochen zu sein? Weshalb? T hat mir gesagt, dass sie nach wie vor nichts vermisst. Und sie hat sehr penibel *aufgeräumt*, was dir vermutlich ebenfalls nicht entgangen ist.«

Jake nickte und wog einen Augenblick ab, wie weit er gehen sollte. Allerdings würde Thomas keine Ruhe geben, bis Jake nicht mit dem entscheidenden blütenzarten Detail herausgerückt wäre, das Gotthilf dazu veranlasst hatte, noch mehr Druck auf ihre Vorgesetzten auszuüben.

»Es geht nicht darum, was fehlt, sondern darum, was zu viel ist.«

Thomas sprang so rasch auf, dass der Metallstuhl knirschend nach hinten rutschte, dann kippte und mit einem Knall auf dem Steinboden aufschlug.

»Also doch. Verdammt, Tonya!« Er stellte den Stuhl wieder auf, blieb allerdings stehen. Thomas erweckte den Eindruck, als würde er am liebsten sofort zu seiner Schwester fahren, sie aus dem Bett werfen – in dem sie, so vermutete Jake, nicht lag – und sie kräftig schütteln.

»Was hat sie mir *nicht* erzählt?«

»Weiße Hortensienblütenblätter auf ihrem Bett. Wir dachten zuerst, sie stammten aus einer Vase, die der Einbrecher vom Nachttisch gefegt haben könnte.«

»Deshalb seid ihr so dahinter her. Jemand, der auf ihrem Bett etwas zurücklässt …!« Er konnte nicht weitersprechen.

Zorn schien förmlich durch jede Faser seines Körpers zu pulsieren. Jeder Muskel seiner trainierten Gestalt war angespannt, seine Halsschlagader trat deutlich hervor.

»Wo ist Martin?«

»Mit einer jungen Kollegin vor ihrem Haus.«

»Gut.«

»Sie wird nicht wollen, dass du auch noch auftauchst.«

»Sie weiß es?«

»Nein. Gotthilf meinte …«

»Zu Recht. Sie hat einen wahnsinnigen Dickkopf all denen gegenüber, die auch nur auf die Idee kommen könnten, dass sie vielleicht Schutz oder Hilfe braucht.«

»Woher kommt das? Gibt es übertriebene Beschützerinstinkte in der großen Familie?«

»Hast du sie dir mal genau angesehen? Sie ist zart, empfindsam, süß …«

Einerseits ja. Andererseits ist sie stark genug, um es mit Schwerverbrechern aufzunehmen, wenn auch nur im Netz. Außerdem so eigensinnig, dies ihrer Familie zu verschweigen. Zudem verbringt sie gerade die zweite Nacht in ihrer Wohnung, in die jemand eingebrochen ist, in der jemand gewütet und einen persönlichen Gruß an sie hinterlassen hat.

Jake verschwieg das alles, schließlich wollte er es sich nicht mit dem Bruder der angeblich so zarten, empfindsamen und – ja – süßen Tonya verderben. Er hatte sein Getränk mittlerweile geleert, während das von Thomas zum Sarg für die Nachtmotte geworden war.

»Das mit den Hortensien muss nicht bedeuten, dass es wirklich eine direkte Verbindung zwischen dem Einbrecher und T gibt. Sie wachsen in ihrem Garten massenhaft. Es könnte sich einfach angeboten haben, sie abzurupfen und –«

»… ausgerechnet auf ihr Bett zu streuen? Ich würde dir zustimmen, wenn es einfach nur ein Einbruch gewesen wäre.

Aber diese neue Entwicklung bei einem Typen, der nichts mitnimmt, obwohl er die Zeit dazu gehabt hätte, der jeden Raum verwüstet, einen ihrer Hunde verletzt und den anderen bestialisch absticht …?« Thomas wurde laut.

Jake ergriff ihn warnend am Arm, zumal nun die Tür aufschwang. Sergio kam heraus, sammelte die leeren Gläser am Nachbartisch ein und rief ihnen zu: »Feierabend. Bringt eure Gläser rein und zahlt drinnen.«

»Deshalb haben Martin und ich ja die Aufgabe bekommen, ein Auge auf die Sache zu haben.« Während Jake das sagte, um den aufgebrachten Freund zu beruhigen, gab sein Smartphone eine kleine Abfolge von Pieptönen von sich. Eilig zog er es hervor und öffnete die eingetroffene Nachricht von Martin. Darin befand sich nur ein Symbol: das Ausrufezeichen.

»Zahl bitte für mich, ich muss los.«

»Jake?!«

»Nicht deine Baustelle. Bezahl die Getränke und komm meinetwegen nach.« *Könnte sein, dass T jemanden zum Anlehnen braucht.*

Jake nahm den Hinterhofausgang, rannte zum Dienstwagen, mit dem er hergekommen war, und schoss Sekunden später aus der Parklücke. Er setzte die magnethaftende Kennleuchte aufs Autodach und fuhr leicht nach vorn gebeugt in hoch konzentrierter Haltung durch die Wiesbadener Straßen, die dankenswerterweise nicht mehr viel befahren waren. Dennoch konnte er nicht verhindern, dass seine Gedanken Saltos schlugen. Irgendetwas war bei Tonya los.

Unbehagen kroch seinen Nacken hinauf und setzte sich als dumpfer Druck in seinem Hinterkopf fest. Eine Stimme, die nur er hören konnte, feuerte ihn an, schneller zu fahren. Er hatte Mühe, den Wunsch zu unterdrücken. In der lauen Sommernacht waren noch immer Passanten unterwegs.

Und Radfahrer! Er bremste mit quietschenden Rädern ab, als ein unbeleuchtetes Fahrrad wie aus dem Nichts vor ihm auftauchte. Wütend drückte er auf die Hupe. Der Radler, ohne Helm und dunkel gekleidet, drohte ihm mit der Faust, zog dann jedoch den Kopf zwischen die Schultern. Vermutlich hatte er erst leicht verzögert registriert, dass das blaue Signallicht nicht auf dem folgenden Auto angebracht war.

Jake biss die Zähne zusammen. Seine Hände umklammerten das Lenkrad noch kräftiger. Er gab wieder Gas. Er musste weiter. Dringend. Zu seinen Kollegen. *Vor allem aber zu Tonya.*

Den Motor ausschalten, sich abschnallen und die Tür aufreißen, war eine einzige fließende Bewegung. Er spurtete an Martins Wagen vorbei; gegenüber parkte ein weiterer Zivilwagen mit einer Kennleuchte obenauf. Martin hatte also noch mehr Verstärkung geordert. Dies verdoppelte Jakes ungutes Gefühl. Seine Muskeln spannten sich an. Die ersten Neugierigen rissen die Fenster auf.

Jake zog im Laufen das Hemd tiefer, damit es seine Waffe bedeckte. Mit großen Schritten eilte er an den schwarz nach oben ragenden Lebensbäumen vorbei und sprintete zur Tür. Sie war geschlossen. Kein Polizist stand zur Absicherung davor.

Was ist hier los? Jake rannte ein Stück zurück und drang auf die Rasenfläche des Gartens vor. Prompt lief er in einen Kollegen. Der leuchtete ihm mit einer Stablampe ins Gesicht und entschuldigte sich, als er ihn erkannte. Die Terrassenbeleuchtung war an. Jake stutzte. Er spürte seinen Pulsschlag an den Schläfen pochen. Die seltsame Vision von Alltäglichkeit, die sich seinen Augen zum Betrachten anbot, ließ seinen Adrenalinspiegel zügig absinken. Sein rasender Herzschlag beruhigte sich.

Er entdeckte Tonya, die wie Schutz suchend die Arme um sich geschlungen hatte, Martin zuhörte und gerade vehement den Kopf schüttelte. Ein zweiter Beamter nickte Jake grüßend zu, eine junge Kollegin mit streng zurückgebundenem blondem

Pferdeschwanz hielt sich ein wenig abseits. Sie war Martin zugeteilt worden, weil Einsätze dieser Art zu ihrer Einführungszeit gehörten. Von Langeweile konnte allerdings keine Rede mehr sein.

Jake bemerkte, wie die Anfängerin nervös an ihren Lippen herumzupfte und sich immer wieder umsah. Offenbar traute sie der friedlichen Atmosphäre nicht, die der Garten und das sanfte Licht auf der Terrasse ihnen allen vorgaukelte. Vermutlich zu Recht, denn Martin hätte ihn und die Kollegen sicher nicht aus einer Laune heraus alarmiert.

Jake wollte sich gerade den beiden Personen auf der Terrasse nähern, als sein Blick auf einen der Hortensienbüsche fiel. Er blinzelte irritiert und trat dann näher. Äste, Blätter und die Blütenköpfe lagen auf dem Boden, als habe jemand sie abgerupft und wahllos hingeworfen. Die Parallele zum Chaos in der Wohnung am Tag zuvor drängte sich ihm unwillkürlich auf. Ebenso sein Gespräch mit Thomas darüber, dass der Eindringling nicht zwingend von der Vorliebe seines Opfers zu diesen speziellen Pflanzen gewusst haben musste, sondern einfach nur eine Gelegenheit gesehen hatte, seinen Einbruch um eine makabre Nuance zu erweitern.

Jake ging von einer Hortensie zur anderen und fand überall dasselbe Bild der Zerstörung vor. Schließlich betrat er die Terrasse und blieb vor der Kletterhortensie stehen. Sie hatte ihre Blüten behalten dürfen. Mit gerunzelter Stirn ging Jake in die Hocke und beleuchtete mit seiner kleinen Stablampe den Boden im direkten Umkreis der Pflanze, entdeckte dort aber keine einzige Blüte, nicht einmal ein frisch abgetrenntes Blatt. Der zerstörerische Gärtner war nicht bei der Arbeit gestört worden, sondern hatte die Kletterpflanze bewusst verschont. Doch weshalb? Weil er nicht wusste, dass auch sie zu den Hortensien gehörte? Bis zum Vortag, als Tonya das Detail eher beiläufig erwähnt hatte, hatte er ebenfalls nicht gewusst, dass es eine rankende Variante gab.

Jake richtete sich auf und spürte der in ihm anwachsenden Wut auf denjenigen nach, der Tonyas liebevoll gepflegte Pflanzen dermaßen zugerichtet hatte. Und seiner Wut auf Martin, der direkt vor der Einfahrt gesessen hatte, während es der Unbekannte ein weiteres Mal gewagt hatte, sich Tonya zu nähern.

Martin sprach inzwischen mit den beiden Kollegen. Die junge Kriminalbeamtin wartete lippenzupfend abseits. Jake trat zu seinem Kollegen und warf ihm einen fragenden Blick zu. Martin schüttelte knapp den Kopf – seine Art, ihm zu signalisieren, dass er sich beruhigen könne, weil er wieder alles unter Kontrolle habe. Erleichtert atmete Jake tief durch und wandte sich wieder ab.

Tonya stand, beleuchtet von der grün getönten Lampe, vor ihrer offenen Terrassentür, umtanzt von einigen nachtaktiven Insekten. Jake näherte sich ihr langsam, ohne sie dabei auch nur eine Sekunde aus den Augen zu lassen. Sie wirkte blass, hielt sich noch immer selbst umfangen und zitterte. Dennoch sah sie ihm aufmerksam entgegen und hob nahezu herausfordernd den Kopf. Dieses Mädchen hatte deutlich mehr Mumm, als Thomas es ihr zugestand.

»Wie geht es dir?«, lautete Jakes Frage, als er sich neben sie stellte und gemeinsam mit ihr die fahl beleuchteten Sträucher betrachtete, die nun, aller Blüten beraubt, bedrückend nackt aussahen. Die entfernt wachsenden und weitaus schlimmer zugerichteten Pflanzen hüllten sich gnädig in Dunkelheit. Hinter der Fliegentür erklang ein unwilliger Laut. Der Beagle, der ihm, aus welchem Grund auch immer, nicht eben wohlgesonnen war, hatte seine Anwesenheit bemerkt.

»Still, Hoss«, rügte Tonya prompt. Sie klang leidend. Der Hund gab einen seltsam beleidigt klingenden Jaulton von sich und trottete über den Holzboden davon. Offenbar war ihm das Geschehen im Garten zu langweilig, wenn er nicht einmal dem Polizisten sein Missfallen deutlich machen durfte.

Eine Antwort auf seine Frage erhielt Jake nicht. Vielleicht war sie wütend auf ihn, weil er ihr nichts von der Überwachung durch die Kollegen verraten hatte. Sie hatte, und da stimmte Jake mit Thomas überein, einen ziemlichen Dickkopf, was die Einmischung in ihr Leben anbelangte. Ihr Kopfschütteln, das er zuvor gesehen hatte, war garantiert auf Martins Vorschlag gefolgt, dass sie den Rest der Nacht besser woanders verbringen sollte.

»Martin hat dir vorgeschlagen –«

»Ich bleibe. Das ist mein Zuhause. Ich lasse mir das nicht von irgendeinem Idioten kaputtmachen.«

Der Idiot könnte gefährlich werden, Mädchen. Laut fragte er: »Wurden das Haus und der Garten abgesucht? Ist niemand mehr in der Nähe?«

Tonya bejahte, dennoch stellte er sich nahe vor sie. Ihm gefiel nicht, dass sie hier draußen auf dem Präsentierteller stand. Immerhin war dies der zweite Angriff auf sie in weniger als sechsunddreißig Stunden, auch diesmal einhergehend mit einer bösartigen Zerstörung, die Wut transportierte. »Gehen wir lieber rein«, schlug er vor.

»T?« Thomas' Stimme hallte laut über die Hecke hinweg. Jake hörte Tonya aufstöhnen. Dann knuffte sie ihm derb vor die Brust. »Musste das sein?«

»Wir waren zusammen was trinken, als Martins Alarm einging.«

»Entschuldigt.«

Jake sah einerseits voll Bewunderung, andererseits auch beunruhigt, wie Tonya sich gerade aufrichtete und die Arme herunternahm. Ein erschreckend trotziger Zug erschien um ihren Mund. Thomas, der sich lautstark angekündigt hatte, wurde nicht daran gehindert, über die Wiese zu stürmen. Die Kollegin trat ihm dennoch kurz in den Weg, vermutlich, weil sie dort, wo sie stand, eine Spur zu schützen hatte.

Thomas schlug einen Haken wie ein Hase, stürmte auf die Terrasse, ignorierte den warnend ausgestreckten Arm seiner Schwester und zog sie einfach an sich. Die Frau versank nahezu in seiner Umarmung und machte durch ein ersticktes Japsen deutlich, dass ihr Bruder sie gerade zu ersticken drohte.

»Lass sie atmen, Kumpel«, ermahnte Jake und stieß die Terrassentür auf. Er wollte Tonya gern von der beleuchteten Terrasse weghaben.

»Halt dich da raus. Nicht deine Baustelle!«, konterte Thomas hart, lockerte aber seine Arme ein wenig.

»Mir geht es gut. Der Kerl hat die Hortensien geköpft, nicht mich.« Ts beinahe makabre Ansage brachte ihren Bruder dazu, sie loszulassen. Jake wandte sich grinsend ab. Die Kleine wusste sich zur Wehr zu setzen. Er überließ es ihrem großen Bruder, auf sie aufzupassen, hatte er doch anderes zu tun. Im Weggehen hörte er, wie Thomas befahl: »Du packst jetzt eine Tasche, krallst dir Hoss, und dann fahre ich dich zu mir.«

Jake war froh, bereits einige Meter Abstand zu den Geschwistern zu haben. Um ihnen etwas Privatsphäre einzuräumen, aber auch, weil er keinesfalls zwischen die Fronten geraten wollte. Als er zurückblickte, sah er Tonyas geballte Fäuste. Kursierte nicht das Gerücht, sie habe einem ihrer Brüder mal ein blaues Auge verpasst?

»Damit dieser Idiot gewinnt?« Tonyas Stimme klang gepresst zu Jake herüber. Offenbar hatte sie automatisch auf Widerstand umgeschaltet, ohne sich völlig sicher zu sein, ob der im Augenblick wirklich angebracht war.

»Ich will nur nicht, dass *du* verlierst.«

Jake hob anerkennend die Augenbrauen. Diese Argumentation konnte Tonya gehörig den Wind aus den

Segeln nehmen. Jake tippte Martin auf die Schulter. Der stand mit grimmigem Blick, die Hände tief in den Taschen seiner Cargohose vergraben, genau auf der Grenze zwischen dem grünlich beleuchteten und dem im Schatten liegenden Gartenabschnitt.

»Das hätte nicht passieren dürfen, Martin«, knurrte Jake und betrachtete seinen Kollegen vorwurfsvoll. Der presste hervor: »Ich habe keine Ahnung, *wie* es passieren konnte!«

Jake nickte ihm zu und zwang sich, seine Verärgerung hinunterzuschlucken. Sie waren alle nur Menschen, denen hin und wieder Fehler unterliefen. Martin war normalerweise extrem aufmerksam. Er ließ sich nicht ablenken und reagierte sogar übermüdet noch souverän.

»Sind die Straße und die umliegenden Gärten gesichert?«, hakte Jake nach.

»Ja, er ist weg.«

»Gut.«

»Wir haben plötzlich ein seltsames Geräusch gehört«, erzählte Martin leise und blickte prüfend in Richtung der Geschwister. »Ein … sehr erregt klingendes … Keuchen.«

Jake presste die Zähne zusammen. Sein Blick wanderte ebenfalls zu Tonyas zierlicher Gestalt. Falls Thomas keinen Erfolg mit seinen Bemühungen haben sollte, Tonya wenigstens für ein paar Nächte zu ihm einzuladen, würde er sie eigenhändig packen und in das Auto ihres Bruders setzen.

»Du meinst, er könnte uns dieses Mal etwas Brauchbares hinterlassen haben?«

»Dafür war er zu schnell weg – nein. Er hatte die Hose definitiv nicht auf Halbmast hängen.«

»Und wohin ist er verschwunden?«

»Durch die Nachbargärten. Von dort wird er wohl auch gekommen sein. Er kannte sich verdammt gut aus und hat mich abgehängt. Ich bin erst über ein Dreirad und später über einen aufgewickelten Gartenschlauch gefallen.« Martin zog die Schultern hoch. Ihm war anzusehen, wie sehr er sich über die Schlappe ärgerte.

»Ihr ist zumindest nichts zugestoßen«, erwiderte Jake leise und deutete mit dem Kinn auf Tonya, die – jetzt allerdings in der Wohnung – noch immer lautstark mit ihrem Bruder diskutierte. Martin gab nur einen unwilligen Brummlaut von sich. Also klopfte Jake ihm aufmunternd auf die Schulter. Sein Zorn war verraucht. Das hätte jedem passieren können, ihn selbst eingeschlossen.

»Was bewacht der blonde Frischling?«

»Hortensien sind Säufer. T hat ihnen am Abend ordentlich Wasser hingeschüttet, da es seit Tagen nicht geregnet hat. Vor diesem Busch gibt es einen Schuhabdruck.«

»Könnte von T sein.«

»Wir hoffen nicht. Ansonsten haben wir nämlich nichts.«

»Das ist wenig.«

»Erschreckend wenig.« In Martins Stimme klang eine Sorge mit, die Jake durchaus teilte.

Kapitel 5

Tonya hatte zwei Stunden damit verbracht, Thomas' vernachlässigte Küche und das Wohnzimmer aufzuräumen, zu saugen und zumindest grob zu putzen. Er war, kaum dass sie seine Dachgeschosswohnung betreten hatten, angerufen und zu einem Einsatz beordert worden. Wie lange dieser dauern würde, hatte er nicht sagen können, war ihm doch nur knapp durchgegeben worden, dass man in der Nähe von Mainz eher versehentlich über eine Menge Rauschgift und einen Toten mit italienischem Pass gestolpert war und um Unterstützung durch das BKA gebeten hatte.

Nun stand Tonya in seinem Schlafzimmer. Thomas hatte ihr das Bett angeboten – er selbst wollte auf der Couch schlafen – und sie betrachtete das dort herrschende Chaos aus Büchern, Kleidern, verschwitzten Sportsachen, Kabeln und zwei Rucksäcken, die es nahezu unmöglich machten, zu erkennen, ob der Boden mit Teppich oder, wie im Wohnzimmer, mit Laminat ausgelegt war.

Er arbeitet zu viel, resümierte Tonya und schalt sich selbst, weil sie seinem Drängen und dieser seltsamen Vorahnung drohenden Unheils in ihr nachgegeben hatte. Jetzt fühlte sich Thomas auch noch verpflichtet, sich um sie kümmern.

Tonya entschied sich für die Couch, einfach deshalb, weil sie endlich müde genug war, um schlafen zu können. Im Schlafzimmer hätte es einer weiteren Aufräumaktion bedurft, damit sie sich halbwegs hätte wohlfühlen können. Also bezog sie rasch die ausklappbare Couch, ging ins Bad und kuschelte sich wenig später in ihren Schlafsack. Hoss, der in der Küche gelegen hatte – offenbar bevorzugte er ebenfalls aufgeräumte und saubere Zimmer –, tapste herbei und legte sich unter den Wohnzimmertisch auf den quadratischen Läufer. Er gab ein zufriedenes Seufzen, dann ein Schmatzen von sich, das Tonya äußerst beruhigend fand. Zumindest eines war gleichgeblieben: Hoss' manchmal erschreckend menschlich klingende Laute.

»Du vermisst Little Joe auch, nicht wahr?«, fragte Tonya leise in die Nacht hinein. Eine Straßenlaterne warf diffuses Licht durch das Dachfenster, das zur Straße hin zeigte, und malte eigentümliche Schatten an die schräge Wand, befand sich zwischen der Laterne und dem Haus doch eine Birke, deren schlanke Äste und filigrane Blätter sich im leichten Nachtwind bewegten.

Das Haus gab eine Abfolge von Knarr- und Knacklauten von sich. Hoss beantwortete sie mit einem Knurren. In Tonya riefen sie das unangenehme Gefühl hervor, nicht allein zu sein. Sie setzte sich auf und sah sich um, soweit das trübe Licht es zuließ. Sie besah sich die niedrigen Regale und Kommoden, eine davon mit einem kleinen Safe, weil Thomas seine HK P30 stets zu Hause deponierte, die Deckenlampe mit ihren vier Strahlern, die Fotogalerie, den Tisch und zwei Sessel, zwei Fenster und die drei abgehenden Türen. Mehr gab es hier nicht zu sehen. Sie war mit Hoss allein. Keineswegs beruhigt legte sie sich wieder hin. Die vergangenen zwei Tage hatten ihr mehr zugesetzt, als sie zuzugeben bereit war. Zumindest all dem männlichen Testosteron gegenüber, das ihr seither auf Schritt und Tritt zu folgen schien. Nicht nur in Form ihres Bruders, denn auch Jake hatte es sich offenbar zur Aufgabe gemacht, sich um sie zu sorgen. Ebenso wie Martin. Sein schlechtes Gewissen, weil er den Eindringling im Garten nicht erwischt hatte, war ihm deutlich anzusehen gewesen. Doch er hielt sich wenigstens so weit zurück, dass Tonya nicht befürchten musste, einen weiteren »Beschützerbruder« hinzugewonnen zu haben. Sie hatte gesehen, wie sorgenvoll Jake sie gemustert, ja lange Zeit nicht aus den Augen gelassen hatte. Selbst dann nicht, als er in eine Unterhaltung mit Martin vertieft gewesen war und sie mit Thomas diskutiert hatte.

Tonya atmete tief durch. Sie wollte nicht noch jemanden in ihrem direkten Umfeld wissen, der meinte, auf sie aufpassen zu müssen. Vielleicht sollte sie Jake sagen, dass sie – wie alle anderen Kollegen auch – ihr Schießtraining durchlaufen hatte und genau wusste, auf was sie sich einließ. Und dass es noch weitaus mehr Beamte gab, die im Netz Verbrecher aufspürten, ohne dass diese plötzlich unter einem besonderen Schutz standen. Schließlich hatte sie per WhatsApp sogar ihre Geschwister und Eltern gebeten, vorerst auf Nachfragen bei ihr abzusehen. Tonya liebte sie sehr, fand es jedoch ausreichend, wenn Thomas die Familie auf dem Laufenden hielt. Dieser Informationsfluss sollte eigentlich ganz gut funktionieren.

Was hingegen überhaupt nicht geklappt hatte, war die heimlich arrangierte Überwachung ihrer Wohnung. Nach dem Eindringen eines oder mehrerer Unbekannter in ihre Privatsphäre an zwei aufeinanderfolgenden Tagen war nicht mehr zu leugnen, dass in ihrem Umfeld Seltsames vor sich ging. Allerdings hatte sie keine Ahnung, wer dahinterstecken mochte oder warum das alles geschah. Und genau das war einer der Gründe, weshalb es ihr nicht gelang, über all dem zu stehen. Mit einer klar definierten Gefahr konnte sie umgehen, nicht so mit einer unterschwelligen Bedrohung, deren Ursachen sie nicht kannte. Und deshalb steckte sie in einer Zwickmühle. Natürlich war sie einerseits dankbar für all die Schutzmaßnahmen um sie herum. Andererseits fuchste es sie gewaltig, dass Gotthilf, Thomas, Jake und Martin annahmen, sie brauche einen »Beschützer«.

»Jetzt mach dich mal nicht verrückt. Das muss alles gar nichts bedeuten.« Tonya drehte sich auf die Seite, schloss die Augen und versuchte, alle auf sie einstürmenden Überlegungen auszublenden.

Warum waren die Hortensien geköpft worden? Warum hatte man die Blütenblätter auf ihrem Bett verstreut? Warum brach man bei ihr ein, wenn man nichts mitnahm? War das Töten ihres Hundes geplant gewesen? Aber warum hatte man sich dann auf Little Joe beschränkt? Weil es doch vielmehr ein Akt der Selbstverteidigung gewesen war? Dass Hoss überlebt hatte, konnte darauf hindeuten. Warum war die Hortensienbrosche als einziger Gegenstand in der Vitrine verblieben?

Und damit war sie wieder bei den Hortensien. Ihre Fragen drehten sich sinnlos im Kreis, ohne dass sie auf eine einzige eine logische Antwort fand. Und das war nicht nur ärgerlich, es machte ihr auch Angst. Ganz einfach deshalb, weil nichts einen Sinn ergab. Und das wiederum ärgerte sie zusätzlich. *Noch so ein Kreislauf.*

Ob der oder die Eindringlinge genau das bezweckt hatten? Dass ihre Gedanken sich um sie selbst drehten, um ihre Hunde, ihren Rückzugsort, die Pflanzen? Statt um … ihre Ermittlungsarbeit? Das hätte jedoch vorausgesetzt, dass sie jemandem kritisch nahe gekommen war. Und dass dieser

Jemand dies nicht nur bemerkt hatte, sondern auch noch hatte herausfinden können, wer genau ihm da folgte, wer die losen Fäden aufsammelte und aufwickelte, um an den Ursprung, das Wollknäuel, zu gelangen.

Tonya fröstelte und zog die Beine an. Die Typen, denen sie das Handwerk zu legen versuchte, waren kriminell und gefährlich. Sie schreckten weder vor Bestechungen und Drohungen noch vor Mord zurück. Vielleicht sollte sie das Ganze einfach als Warnung verstehen? Noch war sie bei ihren Ermittlungen nicht tief genug vorgedrungen, um das Ende des roten Fadens zu sehen.

Tonya fuhr zusammen, als das Gebälk des alten Hauses laut knackte. Ein Hitzeschauer jagte durch sie hindurch, gefolgt von unangenehmer Kälte. Sie wünschte sich, Thomas wäre hier.

Diese Eingebung ließ sie leise aufseufzen. So weit durfte es nicht kommen. Sie konnte selbst auf sich aufpassen. Nie wieder sollte sich jemand zwischen sie und die Gefahr stellen müssen! Nie wieder sollte jemand ihretwegen sterben.

* * *

Tonya schreckte um sieben Uhr hoch. Ein Stockwerk tiefer hatte man die Musik so laut aufgedreht, dass die Bässe den Boden und damit die Couch zum Vibrieren brachten. Nach der durchwachten vorletzten Nacht war sie in dieser erst spät – oder vielmehr sehr früh – zur Ruhe gekommen.

Im ersten Moment war sie restlos überfordert damit, dass sie sich nicht in ihrer eigenen Wohnung befand. Verwirrt blinzelte sie in den Sonnenschein, der hell umschmeichelnd durch das Dachfenster fiel. Im Gegensatz zur Musik ließ sich ihre Verwirrung schnell in ruhigere Bahnen lenken. Sie stand auf und füllte für Hoss Wasser in eine von Thomas'

Müslischüsseln. Dann sah sie nach, ob ihr Bruder in der Nacht unbemerkt zurückgekommen war. Dies war allerdings nicht der Fall. Nach einer Blitzdusche, einem ebenso raschen Frühstück und einer Hunderunde um den Block wollte sie sich gerade zu Fuß auf den Weg zur Arbeit machen, als es an der Tür klingelte. Sie riss sie auf und stand einem breit grinsenden Jake gegenüber.

»Ich bin dein Chauffeur«, sagte er und wollte nach ihrem Rucksack greifen. Sie wich zurück und taxierte ihn aufgebracht.

»Thomas hat mich beauftragt«, erklärte er und zog dabei die Schultern hoch, als müsse er sich für die Idee ihres Bruders entschuldigen.

»Du hättest Nein sagen können.«

»Es ist kein Umweg für mich.«

»Das ist … Ach, vergiss es.« Sie zog die Tür zu und folgte ihm die Stufen hinunter. Sie wollte nicht zugeben, dass der Anblick des erstaunlich frisch aussehenden Mannes sie irritierte. Mit der schwarzen Cargohose, dem dunkelblauen Hemd und dem Dreitagebart sah er zudem überaus attraktiv aus. *Du bist einfach noch nicht ganz wach, Wieland,* versuchte sie, ihre eigenen Gedanken vor sich selbst zu rechtfertigen. Verärgert stieg sie in das Auto.

»Die zweieinhalb Kilometer hätte ich durchaus zu Fuß zurücklegen können«, murmelte sie vor sich hin. Jake musterte übertrieben intensiv ihre Augenringe.

»Wie geht es dir?«, fragte er und ließ den Wagen an.

»Gut.«

»Und wie geht es dir wirklich?«

»Lass das, okay? Komm deinem Job als Chauffeur nach. Die schweigen doch für gewöhnlich.«

»Zu Diensten, Madame.« Jake grinste und fuhr sie vor das Bürogebäude in der Innenstadt. Eilig stieg sie aus und warf Jake einen wütenden Blick zu, als der ihr durch die Eingangstür ins Treppenhaus folgte.

»Nun geh schon, umso schneller hast du mich wieder los.«

Tonya lachte leise auf und sprang förmlich die Stufen zum obersten Stockwerk hinauf, immer gefolgt von Jake, der sie bis vor die Tür begleitete und dort auch noch wartete, bis diese sich öffnete.

»Ich wünsche dir einen schönen Tag, T.«

Tonya stellte den Fuß zwischen Schwelle und Tür, damit sie nicht wieder zufiel, und wandte sich zu ihrem Bodyguard um. Trotz ihres Unmuts über Thomas' Aktion hielt sie es für angebracht, sich bei Jake zu bedanken. Sie tat es und erntete für ihren kalten Tonfall erneut sein außergewöhnliches Lächeln. Ihm war sicher nicht entgangen, dass es aufgrund der Bevormundung, die ihr zuteilwurde, in ihr brodelte wie Wasser auf einer heißen Herdplatte.

Noch immer aufgebracht, stapfte sie an den Abteilungen vorbei zu ihrem Platz und sank auf ihren Stuhl. Irritiert blickte sie auf die zartrosafarbenen Hortensien in der Vase neben ihrer Stifteschale.

Ein Zittern durchlief ihren Körper. Wo kamen die her? Den letzten Strauß aus ihrem Garten hatte sie vor zwei Tagen entsorgt. Tonya stieß sich mit den Füßen ab. Mitsamt dem Stuhl rollte sie nach hinten. Ihre Atemfrequenz beschleunigte sich. Was sollte das? War das ein weiterer makabrer Streich, den man ihr spielte? Sie blickte auf ihre zitternden Hände und versuchte, gleichmäßig und tief zu atmen. *Ruhig, Mädchen. Hier haben Unbefugte keinen Zutritt.*

Tonya schloss für ein paar Sekunden die Augen. Sie zwang sich dazu, ihre aufgewühlten Gedanken, die sturmgepeitschten Wellen glichen, wieder in einen still daliegenden See zu verwandeln. *Denk nach. Denk nüchtern und logisch*, forderte sie sich selbst auf.

Wahrscheinlich hatte Gotthilf ihr den hübschen Gruß mitgebracht, denn sicher hatte er noch in der Nacht, spätestens jedoch am frühen Morgen, einen Bericht über die Geschehnisse erhalten. Dieser Gedanke beruhigte sie etwas.

Gotthilf überraschte seine Mitarbeiter ab und an mit kleinen Aufmerksamkeiten. Zu Geburtstagen, wenn jemand krank war oder aus dem Urlaub zurückkam. Manchmal kam er Tonya vor wie ein wohlmeinender Großvater. Eine Art Teddybär im Menschenformat. Doch dieses Fantasiekonstrukt hielt der Realität meist nur so lange stand, bis er wieder einmal seine knallharte Seite offenbarte. Oder bis Tonya sich vergegenwärtigte, dass er seit Langem erfolgreich üble Bösewichte dingfest machte; was er angeblich sogar einige Jahre in den USA getan hatte. Wenngleich es darüber die unterschiedlichsten Gerüchte gab. Genaueres wusste niemand, und Tonya nahm an, dass das Gotthilf gerade recht war. Sicher hatte er seinen Spaß an den Mutmaßungen, die über ihn kursierten.

Tonya atmete tief durch. Sie hatte sich erfolgreich beruhigt, indem sie anderen Überlegungen nachgehangen hatte. Nun fühlte sie sich bereit, die Sache mit den Hortensien nüchtern anzugehen. Also rollte sie mit dem Stuhl zurück und machte sich auf den Weg zu dem viel zu genialen Kaffeevollautomaten in der winzigen Küchennische. Vermutlich wäre es weitaus bekömmlicher, wenn sie wie Rudi auf aufgeschäumte Milch umsteigen würde.

Tonya trat mit einem Milchkaffee als Kompromiss den Rückweg zu ihrem Arbeitsplatz an und knurrte ungehalten, als sie Thomas auf ihrem Schreibtischstuhl vorfand. Er hatte die Beine weit von sich gestreckt, die Arme vor der Brust verschränkt und schien gerade ins Reich der Träume zu entweichen. Er sah schlicht völlig fertig aus.

»Trink das, damit du noch nach Hause findest.« Tonya drückte ihm ihre Tasse in die Hand.

Thomas blinzelte, nickte und nahm einen großen Schluck.

»Bäh! Was für ein Mädchengesöff!«

Tonya lachte heimlich in sich hinein. Sie wusste nur zu gut, dass er seinen Kaffee so stark und schwarz trank, dass darin ein Löffel aufrecht stehen blieb. Doch die Möglichkeit, sich auf diese Weise für den von ihm organisierten Aufpasser zu revanchieren, war einfach zu einladend gewesen.

»Du warst noch beim Gärtner?« Thomas deutete auf die zartrosa Blüten.

»Mist«, murmelte Tonya. Sie hatte es schlicht versäumt, Jake noch zig verschiedene Ziele anfahren und ihn jedes Mal lange im Auto warten zu lassen, ehe er sie hier hatte abliefern können. Das hätte ihn vermutlich dazu bewogen, nie wieder auf eine ähnlich geartete Bitte von Thomas einzugehen.

»Nein?« Thomas sah sie fragend an.

»Nein. Ich nehme mal an, dass die Hortensien von Gotthilf sind.«

Tonya zuckte zusammen, als Thomas sich ruckartig aufrichtete. Das Mädchengesöff schwappte auf den Boden.

»Du *nimmst es an*?« Er knallte die Tasse auf die Tischplatte. Beigebraune Flecken saugten sich in ihre Papierunterlage.

Tonya biss sich auf die Unterlippe. *So viel dazu, Gotthilf nachher in aller Ruhe zu fragen, ob der Strauß von ihm ist.* »Es gibt zuvorkommende Menschen in meinem Leben, Tom. Nicht nur Idioten. Gotthilf wurde von euch ganz sicher informiert und hat mir einen kleinen Troststrauß auf den Tisch gestellt. So ist er eben.«

»Ich gehe ihn fragen.«

Tonya rief ihm nach: »Niemand sonst kommt hier rein.« Nach dem ersten Schreck – den sie Thomas gegenüber niemals zugegeben hätte – fand sie es inzwischen schlicht absurd, anzunehmen, ihr ganz spezieller Feind hätte sie ihr hingestellt. Sie waren nicht umsonst anonym in diesem Bürogebäude untergebracht. Und Gotthilf beschützte sie wie die Glucke ihre Küken.

Stefan und zwei andere Mitarbeiter hatten sich irritiert erhoben. Rudi neben ihr hackte wie ein Besessener auf seine Tastatur ein. Er trug riesige Kopfhörer, aus denen Tonya die Bässe hören konnte. Wie so oft, wenn er in seine Arbeit vertieft war, bekam er nicht mit, was um ihn herum geschah.

»Lass mich doch einfach nur meine Arbeit machen«, seufzte Tonya. »Und mein Leben zurückhaben.« Die letzten Worte tropften nur schwer über ihre Lippen, schienen auf dem Boden zu zerschellen und waren nicht für Thomas bestimmt. Er versuchte ja, genau das für sie zu erreichen.

Sie stand reglos da, starrte über die Trennwände hinweg auf das kleine Büro neben der Eingangstür und riss die Augen auf, als Gotthilf noch vor Thomas herausgestürmt kam. Er rief etwas über die Schulter zurück, das sich anhörte wie »Sprengstoffspürhunde«.

Tonya nahm allerdings an, dass sie sich verhört hatte. Dennoch kam Thomas mit grimmiger Miene auf sie zu. Gotthilf ging zu jeder einzelnen Box und wies die Kollegen an, das Büro zu verlassen.

Tonya sackte das Blut in die Beine. Die Hortensien auf ihrem Arbeitstisch waren nicht von Gotthilf? War der Unbekannte doch bis an ihren Arbeitsplatz vorgedrungen? Das hob die bisherigen Vorfälle auf eine völlig andere Ebene.

»Ich hätte dich nie für so blauäugig gehalten«, blaffte Thomas sie an, nahm sie bei der Hand und zerrte sie hinter sich her zum Ausgang. Sie sah aus dem Augenwinkel, wie Gotthilf Rudi den Kopfhörer abnehmen musste, ehe dieser auf die Aufregung um sich herum reagierte.

Im Treppenhaus – Thomas zog Tonya noch immer hinter sich her und hatte offenbar den Wunsch, ihre Kollegen zu überholen – fauchte Tonya ihren Bruder an: »Das ist eine bescheuerte Überreaktion. Lass mich endlich los!«

»Dreimal Hortensien? Das ist von einer Überreaktion weit entfernt.«

»Jeder hier weiß, wie sehr ich die mag.«

Thomas schnaubte nur und erinnerte dabei an einen Stier, kurz vor dem Angriff auf den Torero.

»Frag Stefan.« Tonya ergriff den Genannten, der vor ihnen die Stufen hinuntereilte, am Arm. Der Mann hielt inne und wandte den Kopf zu ihnen um. Sein Blick war fragend, wusste er doch offensichtlich nicht, warum sie auf diese unkonventionelle Weise aus ihrem Büro komplimentiert wurden.

»Welche Blumen mag ich sehr?«

»Blumen?« Stefan sah sie irritiert an. Es war nicht zu übersehen, dass er im Augenblick keinesfalls über irgendwelches Grünzeug nachdenken wollte.

»Welche Blumen habe ich im Sommer auf meinem Tisch stehen?«, rief Tonya ihm nach, da er sich wieder abgewandt hatte und weiter die Treppe hinunter ging, während sie sich sträubte, die Flucht fortzusetzen.

»Diese kugelförmigen mit den vielen Einzelblüten. Ich weiß nicht, wie die heißen«, rief er über die Schulter.

»Hortensien«, kam ihm Rudi von weiter oben zu Hilfe.

»Siehst du!«, rief Tonya.

»Ich habe dir heute welche mitgebracht.«

Stefan, Thomas und Tonya wirbelten zu Rudi herum. Dessen Blick wanderte irritiert zwischen ihnen hin und her. Sein Brustkorb arbeitete heftig, und wieder einmal fragte sich Tonya, wie er den Sporttest bestanden hatte.

»Warum …« Thomas baute sich vor Rudi auf. Obwohl er eine Stufe tiefer stand, musste Rudi zu ihm aufsehen.

»Weil sie die gerne mag und –«

»Warum hast du das nicht gleich gesagt?«

»Thomas!« Tonya ergriff ihren Bruder fest am Arm. Seine Oberarmmuskeln drohten sein T-Shirt zu sprengen und sein Tonfall war entschieden zu bedrohlich. Rudi reckte sich jedoch und zog die Augenbrauen hoch. Er erweckte nicht den Eindruck, als sei er auch nur ein bisschen eingeschüchtert.

»Weil mich niemand gefragt hat.«

»Hey, wenn du –«

»Thomas!« Tonya drängte sich zwischen die beiden, was Thomas dazu zwang, zwei Stufen nach unten auszuweichen. Die anderen hatten inzwischen ebenfalls angehalten und verfolgten schweigend den Disput. Tonya war das ganze Aufheben um ihre Person einfach nur noch peinlich.

»Er hatte Kopfhörer auf. Rudi arbeitet extrem konzentriert, sodass er oft nicht mitbekommt, was um ihn herum gesprochen wird. Deshalb ist er ja auch so gut!«

»Ist schon gut, T. Ich kann mich selbst verteidigen.« Rudi legte ihr beruhigend die Hand auf die Schulter und forderte sie mit einem Nicken auf, den Ring zwischen ihm und Thomas wieder freizugeben. Sie fand das bewundernswert. Ihre Brüder konnten in gereiztem Zustand durchaus bedrohlich auf andere wirken. Sie trat beiseite, blieb jedoch auf derselben Stufe.

»Wir haben alle mitbekommen«, wandte sich Rudi wieder an Thomas, »dass bei Tonya gerade einiges los ist. Deshalb habe ich gestern Gotthilf danach gefragt, und er sprach von einem Einbruch und dass dabei einer ihrer Hunde förmlich massakriert worden sei.«

Tonya erschauerte bei dem Ausdruck »massakriert«. Halt suchend griff sie nach dem Treppengeländer. Vor ihrem inneren Auge sah sie den blutigen Hundekörper auf der unzureichend beschienenen Wiese, dann plötzlich Dennis …

Sie schwankte. Ihre Knie drohten nachzugeben. Energisch kämpfte sie gegen die Schwäche an, die ihre Erinnerungen hervorrief.

»Ich wollte ihr nur eine kleine Freude machen. Mehr nicht.« Rudi musterte Thomas abwartend. Dieser starrte unter zusammengezogenen Augenbrauen zurück. Seine Kiefermuskulatur zuckte, ehe er knapp nickte und einen kurzen Seitenblick auf Tonya warf. Da sie ihn vorwurfsvoll ansah, schaute Thomas wieder zu Rudi hinauf.

»Entschuldige, bitte.«

Rudis träges Grinsen verriet seine bewundernswerte Gelassenheit.

»T kann sich glücklich schätzen, so einen Bruder zu haben. Ich hoffe, sie weiß das.«

Ein klein wenig zwickte Tonya das schlechte Gewissen, wehrte sie sich doch mit Händen und Füßen gegen jegliche Bevormundung vonseiten ihrer Familie. Zu Recht, wie sie fand und wie die völlig unnötige Aufregung soeben einmal mehr bewiesen hatte.

»Heißt das, wir können zurück an unsere Schreibtische?«, fragte Stefan, was Tonya zum Schmunzeln brachte. Offenbar wolle er unbedingt seine unverrückbaren Arbeitszeiten einhalten. Wobei er heute sogar erst ein paar Minuten nach halb acht Uhr bei der Arbeit erschienen war, was sie bei ihm noch nie erlebt hatte.

»Ich spreche mit Gotthilf.« Kathrin zwängte sich zwischen Tonyas Kollegen hindurch. Erst als die Frau mit dem ergrauten Kurzhaarschnitt an Tonya vorüberkam, wurde ihr bewusst, dass Gotthilf ihnen nicht gefolgt, sondern oben geblieben war. Alle Blicke folgten der Mutter der Kompanie, bis sie aus ihrem Blickwinkel verschwand. Zwei der Analysten ließen sich auf die Treppenstufen fallen. Tonya ignorierte Thomas erst einmal und trat zu Rudi.

»Das mit den Hortensien ist sehr lieb von dir. Vielen Dank.«

Rudi zog die Schultern hoch. »Wenn ich gewusst hätte …« Sein Seitenblick auf Thomas sagte genug, sodass er den Satz nicht zu Ende bringen musste.

»Du konntest nicht wissen, dass dieser Einbruch ein paar übersensible Gemüter ziemlich erhitzt hat«, konterte Tonya. Wie sehr auch sie sich erschreckt hatte, behielt sie für sich. Rudi sah sie zweifelnd an, nickte aber. Schließlich beugte er sich vor und flüsterte: »Da war noch mehr, nicht?«

»Es geht mir gut, Rudi, wirklich. Ich kann nicht noch einen übermotivierten Beschützer gebrauchen. Tu mir das bitte nicht an.«

Rudis Grinsen fiel überaus breit aus. Gleichzeitig hallte Gotthilfs Stimme durch das Treppenhaus, das von den anderen Menschen im Bürogebäude nicht allzu häufig genutzt wurde. Die meisten Angestellten und Kunden benutzten die Aufzüge. Die Kollegen stapften an ihr, Rudi und Thomas vorbei wieder nach oben.

»Ich beschränke mich also darauf, neue Hortensiensträußchen zu besorgen, sobald die anderen die Köpfe hängen lassen?«, fragte Rudi leise.

»Ich bin dir wirklich dankbar für die Geste. Aber ich denke, wir sollten es dabei belassen.«

»Okay.« Rudi drehte sich um und nahm ebenfalls die Treppe in Angriff. Tonya blickte ihm nach. Rudis Gesichtsausdruck hatte, entgegen seiner gelassen klingenden Worte, eigentümlich ausgesehen. Nicht enttäuscht oder gar traurig, weil sie einer vorsichtigen Annäherung seinerseits den Garaus gemacht hatte, sondern seltsam … aufgebracht.

Tonya schüttelte über sich selbst den Kopf und wandte sich zu Thomas um. Der lehnte an der Wand, die Hände links und rechts auf das Treppengeländer gelegt, und musterte sie prüfend.

»Bist du jetzt zufrieden?«, fragte sie ihn bemüht ruhig. Der Ärger darüber, dass Thomas sich schon wieder in ihre Angelegenheiten eingemischt hatte, brodelte erneut in ihr.

»Ich –«

»Ja, ich weiß: gut gemeint, beschützen wollen, Vorsicht walten lassen. Aber du hast hier wegen Nichts alles auf den Kopf gestellt, *Bruderschmerz*. Bitte, kümmere dich um deinen eigenen Kram, ja?«

»Du bist mein Kram, T.«

»Ich bin deine Schwester«, stellte sie klar. »Du darfst mich trösten, verwöhnen« – sie lächelte ihn an – »und meinetwegen auch mal auf mich aufpassen. Genau dann, wenn ich dich darum bitte.«

»Also nie!«, resümierte er frustriert.

»Such dir eine Frau!«, gab sie zurück. »Lass Jake und Martin noch ein, zwei Tage daran herumknabbern, dann werden sie sicher für etwas anderes gebraucht und es kehrt wieder Ruhe ein.«

Thomas atmete so tief ein, dass sie fürchtete, sein Brustkorb werde das Shirt sprengen. Schließlich stieß er die Luft ruckartig aus und nickte ihr zu. »Ich hoffe es für dich.«

»Wenn es dich beruhigt, wohne ich noch ein paar Tage bei dir.«

»Das hatte ich gehofft. Mein Bad und mein Schlafzimmer könnten noch etwas mehr Ordnung vertragen.«

Tonya boxte Thomas lachend vor die Brust und ließ ihn dann stehen. Auf ihrem Weg nach oben versuchte sie, den Gedanken abzuschütteln, dass sie gern länger bei ihrem Bruder wohnen wollte. Weil ihr die unangenehmen Vorkommnisse selbst nicht ganz geheuer waren. Die offensichtlich von Wut motivierten Übergriffe auf ihre Wohnung, ihre Hunde und die Pflanzen beunruhigten sie weit mehr, als sie zuzugeben bereit war.

* * *

Auf dem Weg zu seinem Audi vibrierte das Smartphone in Jakes Hosentasche. Er kam gerade mit Martin von einem Tatort in Eltville zurück, der sie auf den Plan gerufen hatte, weil die Tote, eine Prostituierte, die Visitenkarte des Italieners bei sich getragen hatte, dessen Ermordung in der Nacht zuvor Thomas und Karl beschäftigt hatte. Anders als beim ersten Opfer hatten sie diesmal jedoch keine Drogen gefunden.

Das Display verriet ihm, dass es Thomas war. Vielleicht hatte er bereits von der Verbindung zwischen den beiden Morden erfahren, wobei Jake angenommen hatte, dass die Kollegen, die nachts losgeschickt worden waren, jetzt eigentlich im Tiefschlaf liegen mussten.

Er zischte kurz und warf den Autoschlüssel in die Luft. Martin fing ihn geschickt auf und überholte ihn links, weil er nun die Fahrerseite ansteuerte. Sie verstanden sich nahezu wortlos, was ein nicht zu unterschätzender Vorteil war.

»Was gibt es?«, meldete sich Jake, sobald er das Gespräch entgegengenommen hatte, öffnete die Beifahrertür und setzte sich.

»T«, sagte Thomas nur.

Jakes Herzschlag beschleunigte sich rapide, er schob das jedoch sofort auf die Gefahr, in der er die junge Frau wähnte. Während Martin den Motor startete und ausparkte, atmete Jake tief durch und rief sich zur Ruhe.

»Was ist passiert?« Diese Frage stellen zu müssen, wühlte ihn auf, hatte er sie doch bis vor die Tür ihres Arbeitsplatzes gebracht. Wenn Gotthilfs Ruf nur annähernd der Realität entsprach, war sie da oben sicherer als die Kronjuwelen der Queen im Tower.

»Hast du diesen Rudi mal getroffen?«

»Ja, habe ich.«

»Was denkst du über ihn?«

Jake rieb sich die Stirn und strich sich die lästige Haarsträhne zurück. Wenn er nicht einige Narben auf der Kopfhaut hätte, die dort keinen Haarwuchs mehr zuließen, würde er sie in einem militärisch kurzen Schnitt bändigen. Eva hatte jedoch gemeint … Er verbannte Eva einmal mehr energisch aus seinen Gedanken.

»Ich traue ihm nicht über den Weg«, gab er nach einer längeren Pause zu, die Thomas erstaunlich gelassen ausgehalten hatte.

»Er hat ihr heute Hortensien auf den Tisch gestellt.«

»Sch…« Jake verschluckte den Rest. Seine Mutter hatte ihn dazu erzogen, nicht zu fluchen. Allerdings war es nicht einfach, in einem Umfeld, in dem offenbar nur jeder Zweite eine solche Erziehung genossen hatte, nicht irgendwann einzustimmen.

»T fand das völlig in Ordnung.«

»Im Ernst?«

»Na ja, sie hat zumindest so getan. Gotthilf hat den Laden geräumt und wollte gerade das ganze große Programm abspielen, als Rudi endlich damit rausgerückt ist. Angeblich hat er wegen seiner Arbeit und der Musik auf den Ohren die Aufregung nicht mitbekommen.«

»*Deine* Aufregung?«

»Wie hättest du reagiert?«

»Ähnlich.« Jake konnte sich ein Schmunzeln nicht verkneifen. Thomas' Gefasstheit, mit der er von den Vorkommnissen berichtete, hatte ihm längst verraten, dass es Tonya gut ging. Aber vermutlich war sie kurz davor gewesen, ihrem Bruder den Kopf abzureißen.

»Ein oder zwei?«, erkundigte er sich deshalb.

»Wie bitte?«

»Ich will wissen, wie viele blaue Augen du dir eingefangen hast.«

»Ich bin froh, dass ich nur zwei Augen habe.«

Jake lachte, was ihm einen irritierten Seitenblick von Martin einbrachte. Aber der bekam ja immer nur das halbe Gespräch mit. Dass Jake zu Beginn erheblich unter Spannung gestanden hatte, war ihm sicher nicht entgangen. Jake nickte seinem Partner beruhigend zu.

»Ich dachte, ich sage dir und Martin mal Bescheid. Tonya hat mir klargemacht, dass ihr, so lange das von oben genehmigt ist, in ihrem Leben herumwühlen dürft. Ich darf das nicht mehr. Ich bin von nun an nur noch ihr Hotelier.«

Es beruhigte Jake zu hören, dass die nach Freiheit strebende Tonya zumindest nicht sofort in ihre Wohnung zurückkehren wollte.

»Danke für den Hinweis. Wir gehen der Sache nach. Im Rahmen unserer Möglichkeiten. Euer Drogentoter letzte Nacht hat uns übrigens ebenfalls auf den Plan gerufen.«

»Dann sehen wir uns später und gleichen ab, was wir haben.«

»Und ich halte dich über alles, was mit deiner kleinen Schwester zu tun hat, auf dem Laufenden.«

»Sie hofft darauf, dass der Spuk vorbei ist.«

»Dann hoffen wir mal mit.« Jake meinte es ernst. Er wollte Tonya nicht in Gefahr wissen. Allerdings teilte er ihre Zuversicht nicht. Etwas an der Geschichte missfiel ihm gründlich.

Jake steckte das Smartphone weg und berichtete Martin von den neuesten Ereignissen. Der hörte schweigend zu, während er den Wagen auf die A 66 lenkte.

TEIL 2

Drei Wochen später

Kapitel 6

Tonya warf einen letzten prüfenden Blick auf die Tischreihen. Die weißen Tischdecken flatterten im sanften Wind, der auch die Blätter der Laubbäume zum Rauschen brachte, die den großen Garten beschatteten. Ein Meer aus Nelken in so unterschiedlichen fröhlichen Farben, wie Tonya sie noch nie zuvor gesehen hatte, lockerte das gediegene Ambiente auf. Und erst der Duft! Sie war zutiefst irritiert darüber, wie intensiv manche Nelkensorten dufteten. Ein paar ihrer Vertreter in den ovalen Schalen mit dem Goldrand verlockten sie immer wieder aufs Neue dazu, sich ihnen zu nähern. Am meisten hatte es ihr eine kleinwüchsige weiße Sorte angetan, die – zumindest empfand sie es so – einen Duft nach Zimt und Gewürznelken verströmten.

Die Ankunft mehrerer Autos ließ Tonya herumwirbeln. So schnell es ihr die ungewohnt hochhackigen Schuhe gestatteten, die sie sich eigens für Timos und Sandras Hochzeit gekauft hatte, eilte sie über den gekiesten Weg. Sie stellte sich bei den beiden sich gegenüberstehenden Tischen gleich hinter dem Rosenspalier auf. Auf diesen warteten gekühlter Sekt und verschiedene Säfte neben im Sonnenlicht funkelnden Sektflöten auf die geladenen Gäste.

Tonya und ihre ältere Schwester Lana waren sofort nach Ende des Gottesdienstes zum Haus des Brautpaares aufgebrochen, um dort die letzten Vorbereitungen für das Fest zu treffen.

»Sie haben es wirklich geschafft!«, lachte Lana und warf ihr langes schwarzes Haar nach hinten. In dem eng anliegenden und weich fließenden apricotfarbenen Kleid sah sie wie ein Model aus. Tonya, deutlich kleiner als Lana, fühlte sich in dem von ihr gewählten tannengrünen Kleid mit dem ausgestellten, schwingenden Rock wie eine vierzehnjährige Schülerin aus den Sechzigerjahren.

»Ja, und ich habe Timo noch nie so glücklich und verliebt gesehen«, schwärmte Tonya. »Er kommt prima mit Sandras Kindern aus. Ich habe den Eindruck, Henry vergöttert ihn geradezu.«

»Und die Hütte ist auch nicht zu verachten.« Lana deutete mit einer Kopfbewegung auf die in Hellgelb und Weiß gehaltene Jugendstilvilla. Mit ihren verwinkelten steilen Dächern, den gusseisernen Balkonen vor den großen Fenstern und den beiden hübschen Ecktürmchen erinnerte sie an ein kleines Schloss.

»Hinter Sandra steckt Geld«, erwiderte Tonya nur und drehte die ersten Gläser um. Sie würde keinesfalls preisgeben, wie detailliert sie Sandra überprüft hatte, als sie damals in Timos Leben getreten war.

»Jedenfalls ist sie sehr bodenständig. Sie arbeitet mit Begeisterung als Kinderkrankenschwester.«

»Sie ist ein Schatz«, resümierte Tonya und lächelte ihren Eltern zu, als sie das Rosenspalier betraten.

In der folgenden halben Stunde war Tonya damit beschäftigt, die Gläser nach den Wünschen der eintreffenden Hochzeitsgäste zu füllen, einige von ihnen zu umarmen und ein wenig Small Talk zu führen.

»T? Bist du das wirklich? Meine Güte, du siehst aus wie damals.« Tonya drehte sich mit einer Traubensaftflasche in der Hand um, die sie gerade aus einem Kühlbehälter gezogen hatte. Sie kniff kurz die Augen zusammen, dann legte sich ein Lächeln auf ihr Gesicht, das, so hoffte sie, den Aufruhr ihrer Gefühle halbwegs versteckte. Vor ihr stand Dennis' Schwester.

»Delia?«

Die junge Frau lächelte, wusste aber offenbar genauso wenig, wie sie ihrer Empfindungen Herr werden sollte.

»Timo hat mich eingeladen, was ich total süß finde.«

»Das hat er ganz richtig gemacht!«, erwiderte Tonya, freute sie sich doch wirklich, Dennis' Schwester nach so vielen Jahren der Funkstille wiederzusehen. Delia war extrem schlank, fast dürr, und trug ihr blondes Haar auffallend kurz. In ihrem taubengrauen Kostüm sah sie aus, als käme sie gerade von einer Konferenz und sei bereits auf dem Sprung zum nächsten Meeting mit irgendwelchen wichtigen Persönlichkeiten.

»Sieh mal, Lana, wer da ist«, rief Tonya zu ihrer Schwester hinüber und bemerkte, dass auch sie einen Moment benötigte, ehe sie das ehemalige Nachbarsmädchen erkannte.

»Wir reden nachher ausführlich, ja?«, raunte Tonya Delia noch zu, die sich anschickte, Lana zu begrüßen. Eine Antwort erhielt sie nicht, da Lana hinter ihrem Getränketisch hervorgeschossen kam und Delia in ihre Arme zog.

Tonya drehte den Verschluss der Saftflasche auf. Schmerzliche Erinnerungen, das Gefühl von Verlust und Leere und jenes immerwährende Schuldgefühl schlugen gerade in ihrem Innern Purzelbäume. Die Vorstellung, was hätte sein können, wäre Dennis noch am Leben gewesen, flutete ihre Gedanken wie ein Hochwasser, das alle Dämme überwunden hatte. Hätte er mit ihr gemeinsam Timos Hochzeit gefeiert? Wären sie womöglich bereits verheiratet gewesen oder hätte er den heutigen Tag zum Anlass genommen, ihr einen Antrag zu machen?

Er ist nicht mehr da! Die Endgültigkeit dieses Gedankens trieb ihr Tränen in die Augen. Und plötzlich fand sie es unfair, dass Timo Delia eingeladen hatte, ohne sie vorzuwarnen. Ihr Anblick war für Tonya nur schwer zu ertragen, erinnerte Delia sie doch viel zu sehr an ihre verlorene Liebe. Dabei wollte sie heute feiern, lachen und glücklich sein. Aber Delia wollte das sicher auch.

»Bekomme ich bitte nur einen Saft, ohne Sekt?«

Tonya hob ruckartig den Kopf. Vor ihr stand Jake. Der schwarze Anzug und die aquamarinfarbene Krawatte waren an ihm ungewohnt, ebenso, dass er seine Haare ordentlich zurückgekämmt trug, wobei diese eine widerspenstige Locke schon wieder Anstalten machte, ihm in die Stirn zu fallen. Er war glatt rasiert, ein Zustand, den sie an ihm noch nie gesehen hatte. *Stattlich*, war ihr erstes Resümee, dann lächelte sie ihn dankbar an, weil sein Erscheinen sie aus einem Strudel trauriger Gedanken gerissen hatte. Er reagierte auf ihr unerwartetes Lächeln mit einem kurzen Stirnrunzeln, ehe er es erwiderte.

»Was hast du da in der Hand? Traubensaft? Davon hätte ich bitte gern.«

Tonya senkte eilig den Blick auf die Saftflasche. Hatte sie den Kerl womöglich die ganze Zeit über angestarrt? Schnell griff sie nach einem unbenutzten Glas, verschüttete ein paar Tropfen und reichte ihm schließlich sein gewünschtes Getränk. Er legte die Hand auf ihre, ohne ihr das Getränk abzunehmen. Also hob sie den Kopf.

Eine dreifache Falte auf seiner Stirn unterstrich die Sorge, die sich in seinen Augen abzeichnete. »Alles in Ordnung, T?«

»Ja, sicher.«

»Heute solltest du lachen, fröhlich sein, tanzen und strahlen!«

»Ich bin gerade etwas durcheinandergebracht worden.«

»Ich bilde mir jetzt mal nicht ein, dass das an mir liegt«, erwiderte er grinsend, und T unterdrückte den Wunsch, ihm den Traubensaft über sein weißes Hemd zu schütten.

»Das solltest du wirklich nicht.«

»Schade.« Über seinem linken Mundwinkel vertiefte sich das Grübchen. »Ich habe es leider nicht zum Gottesdienst geschafft. Wo ist denn das Brautpaar? Ich würde den beiden gern gratulieren.«

»Sie sind noch mit der Fotografin unterwegs, kommen aber sicher bald zurück.«

»Okay, dann suche ich mal Thomas und lass mir von ihm eure restlichen Geschwister vorstellen.«

»Überarbeite dich nicht.«

Jake grinste, zwinkerte und wandte sich ab, kam jedoch nach drei Schritten zurück. »Ist bei dir alles in Ordnung? Kann ich dich allein lassen?«

Der Beschützer. Tonya konnte einen leisen Knurrlaut nicht unterdrücken. »Sieh dich um. Bin ich allein?«

Jake warf einen Blick auf die in Grüppchen verteilten Anwesenden, beugte sich über den schmalen Tisch und raunte: »Man kann auch inmitten einer Menschenmasse einsam sein.«

»Verschwinde und amüsiere dich.«

»Zu Befehl, Ma'am.«

Jake schlenderte davon, wobei er mit hochgezogenen Augenbrauen das Haus musterte.

»T?« Lana hatte für das Brautpaar und die Fotografin je ein Glas Sekt beiseitegestellt. Sie verpackte die restlichen Getränke in Kartons und stellte die benutzten Gläser in eine Plastikwanne, ehe sie sich zu ihrer ganzen imposanten Größe aufrichtete. »Wer war denn diese ausnehmend gut aussehende Erscheinung?«

»Ich schenke ihn dir.«

»Ah, er ist also jemand, der dich gern ein bisschen beschützen würde?«

»Von Berufs wegen. Er war bis vor zwei Wochen so etwas wie mein Bodyguard.«

»Ein Kollege von Tom und dir?«

Tonya nickte und begann ebenfalls damit, den Sektempfang abzubauen. Drei Wochen waren die Übergriffe auf sie inzwischen her. Seitdem war nichts mehr geschehen. Seit sechs Tagen wohnte Tonya wieder in ihrer kleinen Wohnung, wenngleich sie sich dort längst nicht mehr so wohl fühlte wie zuvor. Doch sie weigerte sich hartnäckig, diesem unbestimmten Gefühl von Angst nachzugeben.

Martin und Jake waren von »ihrem Fall« abgezogen worden, und Thomas hatte offenbar eingesehen, dass ihr keine Gefahr mehr drohte. Gotthilf bat sie nur noch jeden zweiten Tag, weiterhin vorsichtig zu sein.

Vermutlich hatte der Einbruch in ihre Wohnung gar nichts mit der Zerstörungswut in ihrem Garten zu tun gehabt. Es war lediglich ein dummer Zufall gewesen, dass diese Ereignisse an zwei aufeinanderfolgenden Tagen passiert waren. Das Köpfen ihrer Hortensien schob sie einigen gelangweilten Jugendlichen zu. Dennoch saßen ein paar Ungereimtheiten wie hungrige Küken in ihren Gedanken fest. Sie sperrten mal mehr, mal weniger weit die Schnäbel auf und verlangten nach Nahrung – nach Antworten, die es jedoch nicht gab. Da war der Umstand, dass nichts entwendet worden war. Die blinde Zerstörungswut auf der einen Seite, die sorgfältig in der Vitrine verbliebene Brosche auf der anderen. Ebenso die Blüten auf ihrem Bett. Und Little Joe …

Tonya richtete sich auf, entschlossen, die düsteren Erinnerungen zu vertreiben. Dabei fiel ihr Blick auf Jake. Er stand bei Thomas, Delia und ihren Eltern und drehte das leere Sektglas in den Händen. Hin und wieder nickte er, gab auch mal eine kurze Antwort, doch sein Blick schweifte immer wieder zu ihr herüber. Er glaubte offenbar nach wie vor, auf sie achtgeben zu müssen.

Sie überlegte gerade, ob sie zu ihm hingehen und ihm das strikt untersagen sollte, als das Brautpaar und die Kinder eintrafen und alle Aufmerksamkeit auf sich zogen. Tonya nutzte die Aufregung, um mit der Wanne voller aneinander klirrender benutzter Gläser ins Haus zu gehen. Dadurch kam sie für einige Augenblicke in den Genuss der Abgeschiedenheit einer leeren Küche.

* * *

Der Nachmittag ging allmählich in den Abend über. Die fröhliche Stimmung der Gäste passte zum warmen Sonnenschein, dem Sirren der Insekten in der Luft und dem betörenden Duft blühender Sommerblumen. Tonya hatte sich wieder gefangen, nachdem Delias Anblick sie ein wenig aus der Bahn geworfen hatte. Nun wollte sie unbedingt noch das Gespräch mit ihr suchen, war sie doch neugierig zu erfahren, wie es ihr in all den Jahren ergangen war.

Sie stellte ihren mit Krümeln bestreuten Kuchenteller auf ein Tablett neben dem Büfett und schlenderte zwischen den Bäumen und Blumenrabatten hindurch, auf der Suche nach Dennis' Schwester. Sie entdeckte sie mit Thomas im Schatten eines weißen Holzpavillons in ein, wie Tonya fand, sehr inniges Gespräch vertieft. Als sie sah, wie Delia eine Hand auf Thomas' Arm legte und dieser ihr eine Strähne aus der Stirn strich, blieb sie zögernd stehen. Offenbar waren die beiden gerade dabei, dort anzuknüpfen, wo sie in jener Sommernacht aufgehört hatten – an dem Tag, als Dennis gestorben war.

Abrupt drehte sich Tonya um und prallte gegen einen männlichen Körper. Die aquamarinfarbene Krawatte vor ihrem

Gesicht verriet ihr sofort, mit wem sie zusammengestoßen war. Jake hatte sich mittlerweile seines Jacketts entledigt und die Ärmel des weißen Hemdes nach oben gekrempelt. Seine kräftigen Hände legten sich um ihre Taille, als müsste er sie vor einem Sturz bewahren.

Sie hob langsam den Kopf. Jake blieb so dicht vor ihr stehen, als störte es ihn kein bisschen, dass sie in ihn gelaufen war. Ihre Blicke trafen sich, und wie von Tonya nicht anders erwartet, las sie schon wieder seine Besorgnis darin.

»Niemand bedroht mich. Niemand war unfreundlich zu mir. Du kannst also getrost ein wenig Abstand zu mir einhalten und dich amüsieren gehen«, keifte sie ihn an. Als Reaktion zog er lediglich die rechte Augenbraue hoch. Tonya atmete tief durch. »Entschuldige bitte. Das war sehr unhöflich von mir.«

»Entschuldigung angenommen. Was wühlt dich so sehr auf?«

»Vergangenes.«

»Etwas, das mit der jungen Frau zu tun hat, die Tom gerade in Beschlag nimmt?«

»Ein wenig, ja.«

»Du magst sie nicht besonders?«

»Ich mochte sie früher sehr, habe sie aber einige Jahre nicht gesehen.«

»Tom scheint sie faszinierend zu finden.«

»Das war früher auch schon der Fall.«

»Na komm, gönnen wir den beiden etwas Privatsphäre.« Er ergriff ihre Hand und zog sie einfach hinter sich her. Tonya entzog ihm ihre Finger mit Nachdruck, was erneut dieses unglaubliche Lächeln auf sein Gesicht zauberte. »Du hast eine tolle Familie. Ich frage mich nur, woran es liegt, dass du so klein geblieben bist.«

Tonya boxte ihm gegen den Oberarm, was ihm ein Lachen entlockte.

»Ich bin die Jüngste und hatte bei den gemeinsamen Mahlzeiten immer das Nachsehen. Und wenn man sechs ältere Brüder und eine ältere Schwester hat, wird man von denen gern klein gehalten.«

»Das erklärt ein Stück weit deine Aversion gegen Beschützertypen, vor allem, wenn die anderen Brüder, die ich bis jetzt nur flüchtig kennengelernt habe, einen ähnlich gearteten Charakter wie Timo und Tom haben sollten.«

»*Ähnlich* wäre ja noch harmlos«, konterte Tonya und rempelte Jake abermals spielerisch an.

»Ihr seid alle in einem Haus aufgewachsen? Ich kann mir nicht vorstellen, wie das gehen soll. Habt ihr in Zimmern geschlafen, in denen je zwei fünfstöckige Betten standen?«

»Echte Männer campen das ganze Jahr über im Garten«, witzelte Tonya.

Jake lachte, sah sie aber weiterhin fragend an. Offenbar interessierte ihn das wirklich.

»Pfarrhäuser wurden früher sehr großzügig gebaut. Außerdem waren wir nur zwei Mädchen. Lana und ich hatten also genug Platz.«

»Und wie muss ich mir den Alltag in so einer großen Familie vorstellen? Morgendliche Keilerei vor dem Bad? Geklaute CDs, weil der Musikgeschmack des anderen genervt hat? Massen von stinkenden Sportschuhen, die seltsamerweise immer wieder ihren Weg in das Mädchenzimmer gefunden haben? Ein Kühlschrank, der über Nacht leergefuttert wurde?«

»Du musst ebenfalls mindestens vier Geschwister haben, so perfekt wie du das beschreibst.«

»Zwei. Aber das genügt auch schon, um Spuren zu hinterlassen«, erwiderte er in äußerst liebevollem Ton.

Tonya lächelte zu ihm hinauf, während sie weiter an der Buchsbaumhecke entlangschlenderten, die das Grundstück umgab. Sie war dankbar, dass Jake ihre Gedanken auf ein anderes

Thema gelenkt hatte. Außerdem war es erstaunlich angenehm, sich mit ihm zu unterhalten, zumal er – im Gegensatz zu manchen anderen Gästen – offenbar völlig nüchtern war. Selbst als er ihr bei ihrer dritten Runde anbot, ihnen etwas zu trinken zu besorgen, brachte er für sich nur ein Mineralwasser mit, während sie einen Cocktail wählte.

»Du trinkst keinen Alkohol?«

»Aus Prinzip«, erwiderte er kurz angebunden und mit rauer Stimme. »Seit einigen Jahren«, schränkte er dann noch ein, was ihren Verdacht, ein unschönes Erlebnis könne diese Abstinenz hervorgerufen haben, zusätzlich bekräftigte. Offenbar trug auch Jake Erinnerungen mit sich herum, die noch heute sein Leben beeinflussten.

Als sie auf ihrer fünften Runde wieder in die Nähe des Pavillons kamen, winkte Thomas ihnen zu. Also wichen sie von ihrem bisherigen Weg ab und gesellten sich zu ihm und Delia.

»Gleich starten ein paar Spiele, die wir Brüder vorbereitet haben. Wie wäre es, Jake, wenn du in den Reihen der Gäste gegen uns Wielands antrittst.«

»Autorennen? Bullenreiten? Die Braut von der Schaukel über einem Planschbecken runterschießen?«

»In etwa.« Thomas lachte über Jakes Vorschläge und zog ihn mit sich. Tonya überlegte einen Augenblick lang, ob sie Jake warnen sollte, unterließ es dann aber. Zuzusehen, wie er sich beim Strümpfe flicken, Tango tanzen und Serviettenfalten anstellen würde, konnte vergnüglich werden. Also wandte sie sich zu Delia um, die den beiden Männern nachschaute. Auf ihren Lippen lag ein Lächeln, das ihr schmales Gesicht sehr hübsch wirken ließ.

»Erzähl mal, Delia. Was machst du denn so? Wie ist es dir in den letzten Jahren ergangen?«

Es dauerte geraume Zeit, bis Delia ihr ihre Aufmerksamkeit schenkte, dabei traten kurzzeitig ihre Kieferknochen hervor, als beiße sie kräftig die Zähne zusammen. Ob sie sich darüber ärgerte, dass Jake und sie ausgerechnet jetzt aufgetaucht waren und Thomas sie nun einfach stehen ließ?

»Entschuldige bitte, T. Ich war gerade in Gedanken. Du wolltest wissen, was ich beruflich mache?«

»Unter anderem ja. Erzähl doch mal – wenn du magst.«

»Ich arbeite in Frankfurt als Privatsekretärin für den Vorstandsvorsitzenden eines internationalen Konzerns.«

»Wow, das hört sich nach einer sehr anspruchsvollen Aufgabe an. Gefällt es dir?«

»Ja, sicher. Ich habe einige Mitarbeiter unter mir und mein Chef vertraut mir blind. Er ist ein sympathischer Vorgesetzter, der meine vielen Überstunden großzügig entlohnt. Wie so viele in dieser Branche arbeitet er auch oft am Wochenende oder bis spät in den Abend hinein und braucht dabei gelegentlich meine Unterstützung. Aber das ist in Ordnung.«

Tonya nickte verstehend und ein bisschen traurig. Offenbar hatte Delia – so wie sie selbst – kein Privatleben, sondern vergrub sich in ihrer Arbeit. Aus demselben Grund wie sie? Weil sie das von dem Schmerz ablenkte, der nach wie vor gleich einer schwelenden Glut in ihrem Herzen glomm? Hervorgerufen durch den plötzlichen sinnlosen Tod eines geliebten Menschen? Bei Delia kam ja erschwerend hinzu, dass ihre Mutter nur wenige Jahre nach Dennis gestorben war.

Instinktiv streckte Tonya die Hand aus und drückte kurz Delias kalte Finger. Sie quittierte ihre Geste mit einem traurigen Lächeln.

»Ich freue mich, dass du einen Platz im Leben gefunden hast«, sagte Tonya leise.

»Manchmal fühle ich mich sehr einsam«, gab Delia zu, schluckte und lächelte dann entschuldigend. »Umso mehr habe ich mich gefreut, als ich die Einladung zur Hochzeit bekommen habe. Ihr Wielands seid ja immer so etwas wie eine Familie für mich und Dennis gewesen.«

Tonya nickte und verspürte Erleichterung darüber, dass zumindest Timo mit Delia in Kontakt geblieben war.

»Das können wir wieder sein. Ich fände es toll, wenn wir uns nicht wieder aus den Augen verlieren würden. Wir sollten versuchen, uns regelmäßig zu treffen, immerhin ist es von Wiesbaden nach Frankfurt nicht weit.«

Diesmal nickte Delia, schwieg aber, was Tonya die Zeit gab, ihr eigenes, spontan vorgebrachtes Angebot zu durchdenken. Was wollte sie eigentlich erreichen? Ihr Gewissen beruhigen? Weil Delia ihren Bruder verloren hatte, nur weil er Tonya hatte beschützen wollen? Sie war schon damals nicht damit klargekommen, Delia zu begegnen, und erleichtert gewesen, als sich ihre Wege getrennt hatten.

»Warum nicht?«, erwiderte Delia schließlich mit einem Lächeln und fügte zögernd hinzu: »Du musst nur damit rechnen, dass ich Verabredungen auch mal kurzfristig absagen muss. Du weißt schon: die Arbeit.«

»Damit kann ich leben.« Tonya hakte sich bei Delia unter. Gemeinsam schritten sie auf die Terrasse zu, wo erst das Brummen eines Verstärkers und gleich darauf die grässliche Rückkopplung eines Mikrofons verriet, dass hier etwas im Gange war.

Wenn Delia Treffen absagte, würde sie wohl auch Verständnis dafür aufbringen, wenn Tonya dies ebenfalls tun musste. Schließlich gab es Tage, an denen intensiv ein Zugriff vorbereitet wurde, sodass Tonyas ganze Aufmerksamkeit und eine längere Arbeitszeit gefragt waren.

Es war ein gutes Gefühl und deshalb richtig, Delia wieder mehr Raum in ihrem Leben zu geben, zumal Tonya ohnehin kaum Freunde hatte.

Kapitel 7

Tonya trat aus dem Haus und blieb direkt vor der Terrassentür stehen. Der abendliche Himmel tauchte den großen Garten in sanftes Blau. Ein leises Brummen und das Blinken von Positionslichtern offenbarten ein Flugzeug, das in Richtung Flughafen unterwegs war, doch das Zirpen der Grillen verschluckte das Geräusch schnell. Rote, gelbe und orangefarbene Lampions schaukelten über den Tischen und verbreiteten eine heimelige Atmosphäre. Trotz der nächtlichen Stunde war es angenehm warm, sodass bis auf die älteren Gäste und diejenigen mit Kindern noch alle geblieben waren. Man war zusammengerückt. Auf den Tischen mit den nicht mehr ganz schneeweißen Tischdecken hatte sich ein Sammelsurium an Gläsern, Flaschen und Karaffen eingefunden. Sie reflektierten das Licht der Lampions und das der allmählich niederbrennenden Kerzen in ihren bauchigen Behältern. Auf einem Holzpodest, das als Tanzboden diente, spielte ein CD-Player – die kleine Band hatte sich bereits verabschiedet – langsame Melodien für die wenigen Paare, die sich eng umschlungen im Takt wiegten. Gelächter brandete in Wellenbewegungen auf und ab. Fröhliche Stimmen sowie hier und da ein ausgelassenes Kreischen vervollkommneten das Gefühl von sommerlicher

Leichtigkeit. Genau so eine Nacht war es damals gewesen, als Tonya mit Dennis zwischen dem Seeufer und den bewaldeten Hügeln zurückgeblieben war …

Tonya seufzte leise. Ihre Augen schweiften über die Menge und fanden Delia, flankiert von Tonyas Mutter und Thomas. Gerade legte sie den Kopf in den Nacken und lachte, wobei sie sich mit der Schulter leicht an Thomas lehnte. Dies veranlasste ihn, den Arm um sie zu legen und sie noch ein bisschen fester an sich zu drücken.

In Tonya breitete sich ein süßer Schmerz aus. Verblüfft von der Intensität des Gefühls lehnte sie sich an die Türzarge. Natürlich wäre es schön, wenn Thomas sich wieder neu verlieben könnte, nachdem das mit Delia damals nichts Tieferes hatte werden können, weil Dennis' Tod sie alle aus der Bahn geworfen hatte. Und nach Laura, die plötzlich und ohne Vorwarnung nach Neuseeland ausgewandert war. Auch Delia war es zu wünschen, dass sie jemanden fand, an den sie sich anlehnen konnte. Aber ausgerechnet Thomas?

Tonya drückte den Kopf an die Hauswand, die noch immer die gespeicherte Wärme der Sommersonne abgab, und schloss die Augen. Es war nicht einfach für sie, sich die beiden als Paar vorzustellen. Wenn sie Delia sah, überrollten sie stets die Erinnerungen an Dennis. Zarte, schöne Gedanken, aber auch abgrundtief Schreckliche. Für sie war kein gemeinsames Glück vorgesehen gewesen.

Zum ersten Mal seit Jahren gestand Tonya sich ein, dass sie sich einsam fühlte. Und dass sie sich nach der Aufmerksamkeit und Liebe eines Mannes sehnte. Doch genau jene Sehnsucht schien unwiderruflich mit Dennis verknüpft zu sein. Und dadurch mit Schmerz. Mit Verlust. Mit inneren Kämpfen. Wie gern hätte sie einfach losgelassen, vergessen, geliebt …

Eine große Hand umschloss die ihre und übte einen leichten Zug aus. Tonya öffnete träge die Augen. Jake beugte sich zu ihr herunter und flüsterte: »Komm, tanz mit mir.«

Ihr erster Impuls war, sich ihm zu entziehen, doch sie gab ihm nicht nach. Dies war die Hochzeit ihres ältesten Bruders. Ein Grund zum Fröhlichsein, zum Feiern und Tanzen. Und dass Jake tanzen konnte, hatte er bei dem spielerischen Wettkampf »die Wieland-Gang gegen die Gäste« durchaus bewiesen. Die Gäste hätten haushoch verloren – zumal die Aufgaben natürlich auf die Geschwister Wieland, Sandra und ihre Kinder zugeschnitten gewesen waren –, wenn Jake nicht bei einigen Disziplinen ordentlich Punkte gesammelt hätte. Vor allem bei dem Freestylebattle gegen Lana, die jahrelang aktiv Streetdance getanzt hatte. Jake offenbar ebenfalls. Das Resümee der Zwillinge Lana und Lars war gewesen, dass Jake prima zu ihrer Familie passen würde. Allerdings hatte Tonya nicht den Eindruck, dass Lana etwas daran gelegen war, sich nun intensiver um Jake zu bemühen.

Sie entzog Jake ihre Hand, folgte ihm aber an den verwaisten Tischen vorbei und unter den tief hängenden Zweigen einer Trauerweide hindurch zum schummrig beleuchteten Tanzboden. Die Holzbohlen gaben unter den Schritten der Tänzer leicht nach, sodass Tonya froh war, als Jake sie fest in den Arm nahm. Sie war diese hohen Absätze einfach nicht gewöhnt.

»Entspann dich mal ein bisschen, T«, flüsterte Jake ihr ins Ohr und streichelte sanft ihren Rücken. »Du musst weder einen Bus erreichen, noch bist du auf der Flucht.«

Tonya lächelte, lehnte die Stirn an seine Brust und schloss die Augen. Weiche Töne hüllten sie ein. Die Wärme, die von Jakes Körper ausging, und das Gefühl von Geborgenheit taten ein Übriges, sodass sie schließlich die hochgezogenen Schultern entspannte, ebenso ihre Kieferpartie. Eine wohlige Müdigkeit überkam sie. Jake schien das zu spüren, denn er verstärkte den

Druck seiner Arme und hielt sie an ihn gedrückt aufrecht. Er schwieg, was sie überaus angenehm fand.

Als Tonya einige Songs später endlich wieder den Kopf hob, waren sie und Jake als einzige auf der Tanzfläche übrig geblieben. Die Gespräche der Gäste jenseits der Trauerweide klangen gedämpft herüber. Offenbar hatten sich auch ihre Reihen gelichtet. Sie hob den Blick. Jake schaute sie eine ganze Weile einfach nur an.

»Gut gemacht, T«, sagte er dann leise, und sie schenkte ihm ein dankbares Lächeln. Wie lange war es her, dass sie sich mal hatte fallen lassen? Dass sie sich nicht in die Arbeit oder eine sonstige Aktivität gestürzt hatte, um den Schmerz und die Schuldgefühle in ihr zu besänftigen? Jahre? Seit Dennis' Ermordung?

»Danke!«, flüsterte sie zurück und legte die Stirn erneut an seinen breiten Brustkorb. Sie wollte jenes Gefühl von Leichtigkeit und Frieden einfach noch nicht wieder hergeben, und Jake gewährte ihr weitere Minuten dieser geruhsamen Schwerelosigkeit.

Plötzlich verstummte der CD-Player, gleichzeitig erloschen die elektrischen Lampions über ihnen. Jemand hatte den Stecker gezogen. Ein heller Strahler wurde auf die Tische gerichtet, da man jetzt offenbar mit dem Aufräumen beginnen wollte. Jake zog Tonya von der Tanzfläche in den Schatten einer jungen Eiche. Dort brachten sie den Tanz zu Ende, dessen Melodie in ihren Köpfen nachhallte. Schließlich drückte sich Tonya von ihm weg. Der Zauber der warmen Sommernacht war vorüber. *Vielleicht kann die Erinnerung an die heutige Nacht jene von damals ein wenig mildern, vielleicht sogar überdecken?* Tonya wünschte es sich so sehr.

Wieder legte sie den Kopf in den Nacken, um ihren Tanzpartner anzusehen. Er beugte sich ihr entgegen. Wollte er sie etwa küssen? Hitzeperlen jagten durch Tonya, verbanden sich Funken schlagend in ihrer Bauchgegend und warteten darauf, zu explodieren.

Er ist ein Kollege, ging es ihr warnend durch den Kopf. *Er hat den Ruf eines Schürzenjägers. Lass es sein!*

Sein Atem streifte ihre Wange und kitzelte sie am Ohr. Er flüsterte: »Falls du mal wieder jemand brauchen solltest, der mit dir tanzt oder schweigend einen Sonnenuntergang beobachtet, damit du ein wenig zur Ruhe kommen kannst, kleine T, dann denke daran, dass ich ganz in deiner Nähe wohne. Und du hast meine Nummer.« Jake richtete sich auf, drückte kurz ihre Schultern und stapfte davon.

Plötzlich war ihr kalt. Sie schlang die Arme um sich, während sie ihm irritiert nachblickte. War Jake nur extrem rücksichtsvoll und hatte die Situation nicht ausnutzen wollen oder war das gerade eben nicht mehr gewesen, als Thomas, Timo oder einer ihrer anderen Brüder ihr auch hätten schenken können? Ein Tanz unter Geschwistern, damit sie zur Ruhe kam. Hatte Jake sie auf eine andere, sehr viel feinere Art beschützen wollen? Vor ihrer Traurigkeit und einer unterschwelligen Selbstzerfleischung. War eine kleine und harmlose Erholungspause nicht genau das, was sie gebraucht hatte? Weshalb verspürte sie dann jenes aufwühlende Gefühl der Enttäuschung in ihrem Herzen?

Kaum, dass Jake hinter der Trauerweide aus ihrem Blick verschwunden war, drang Thomas' Stimme zu ihr herüber: »Hey, Jake! Hilf mir doch bitte mal, diese Tische in die Garage zu tragen.«

»Aye, Boss.«

»Weißt du vielleicht, wohin sich T verkrochen hat? Sie drückt sich mal wieder vor der Arbeit.«

»Vorhin hat sie getanzt. Aber ohne Musik wird sie wohl nicht mehr auf der Tanzfläche sein.«

Jake deckte sie, ohne seinen Freund anzuschwindeln, schließlich stand sie einige Meter *neben* dem Holzboden. Auf

Tonyas Gesicht zeigte sich ein schelmisches Schmunzeln, dann schlich sie davon. Sie hatte vorher zweimal gespült, einmal die Gästetoilette geputzt und Getränkekisten mit leeren Flaschen in die Garage geschleppt. Sie fand, dass jetzt mal die anderen dran waren. Außerdem wollte sie sich dringend von Sandra und Timo verabschieden, da die beiden morgen in aller Frühe zu ihrer einwöchigen Hochzeitsreise aufbrechen würden, während die Kinder bei einem mit Sandra befreundeten älteren Ehepaar blieben.

Im Atrium traf sie auf Delia, die gerade eine Tortenform in ihren Klappkorb stellte. Mit einem Blick auf die roséfarbenen kleinen Blüten der Kuchenplatte fragte Tonya: »Diese perfekte und unglaublich leckere Schwarzwälder Kirschtorte hast du mitgebracht?«

Delia richtete sich auf und nickte.

»Du willst mir jetzt aber nicht weismachen, dass du die selbst gebacken hast?«

»Ich backe sehr gern. Für mich ist das ein wunderbarer Ausgleich zu meiner Arbeit.«

Tonya lächelte Delia an. Sie fand es großartig, dass ihre Freundin von damals eine erfolgreiche Karriere hatte, dazu einen Chef, der sie schätzte. Außerdem hatte sie ein sie erfüllendes Hobby gefunden. Offenbar ging es Delia richtig gut. Erleichterung bewegte etwas in Tonyas Seele, so wie ein leichter Windhauch die Blätter an einem Baum. In Tonya erwachte ein sanfter, tröstender Klang, der das schrille Kreischen, das seit Dennis' Tod in ihrem Herzen vorherrschte, für einen Augenblick zum Schweigen brachte.

»Entschuldige bitte, T. Aber ich muss los. Ich fliege in drei Stunden von Berlin aus nach Dubai. Dienstlich.« Sie zuckte mit den Schultern.

»Wir hören voneinander, ja?« Tonya umarmte Delia kurz und sah ihr zu, wie sie mit großen Schritten das Haus verließ.

Die Aussicht, Delia öfter zu sehen, empfand sie nun bei Weitem nicht mehr als eine anstrengende Vorstellung. Vielleicht konnte es ihr helfen, die Vergangenheit endlich loszulassen, wenn sie miterleben durfte, wie wunderbar Delia in ihrem Leben zurechtkam und dass sie – zumindest an den meisten Tagen – glücklich war. Deutlich beschwingter als zuvor eilte Tonya die knarrende breite Holztreppe in den ersten Stock hinauf, wo sie sich mit Lana ein Gästezimmer teilte.

Kapitel 8

Jake stand mit an den Knöcheln überkreuzten Beinen an seinen Audi gelehnt auf der Hofeinfahrt des extravaganten Gebäudes und beobachtete, wie Tonyas Eltern, eine Reihe von Brüdern und ihre Schwester Tonya fest umarmten, ihr Scherzworte zuwarfen oder Ermahnungen mit auf den Weg gaben. Sie war unübersehbar das kleine Nesthäkchen, um das sich jeder sorgte.

Tonya war mit dem Flugzeug angereist, hatte aber noch keinen Rückflug gebucht gehabt, weil die Möglichkeit bestanden hatte, mit Thomas zurückzufahren. Der war jedoch in den frühen Morgenstunden angerufen worden und bereits unterwegs zurück nach Hessen. Offenbar war in einen seiner aktuellen Fälle Bewegung gekommen, was seine Anwesenheit erforderte. Nun würde Tonya mit Jake fahren.

Vorfreude und Genugtuung darüber, sie mehrere Stunden für sich allein zu haben, wurden getrübt von einer leisen Warnung. Sie war »schon wieder« eine Kollegin. Und es gab eine Menge Brüder, die eifersüchtig über sie wachten.

Eine unbedachte Aktion von mir und ich habe einen Haufen Probleme am Hals. Allerdings hatte er nicht vor, einen Fehler zu begehen. Nicht noch einmal. Nicht mit Tonya.

Er beobachtete, wie sie die Schultern hochzog. Ein weiterer Bruder – Jake hatte keine Gelegenheit gehabt, sich mit ihm zu unterhalten, außerdem hatte er seinen Namen vergessen – legte seine Hände auf ihre schmalen Schultern. Ziemlich sicher gab er ihr ebenfalls einige Ermahnungen mit auf den Heimweg.

Jake konnte es ihm nicht verübeln, sah er vor sich doch noch immer jene zarte Elfe in ihrem schwingenden grünen Kleid. Am Vortag hatten ihre Augen manchmal vor Übermut gesprüht, waren aber schon kurz darauf wieder dunkel geworden. Sie hatte sich in seinen Armen zerbrechlich angefühlt; ihre Haut war so unglaublich samtig und weich, dass er glaubte, sie immer noch zu spüren. Nur zu gut erinnerte er sich an ihren leicht blumigen Duft. Sie war wie ihre geliebten Hortensien: Auf den ersten Blick eine geballte Farbenpracht, stark und aufstrebend, doch aus der Nähe betrachtet bestand sie aus vielen einzelnen filigranen Blütenblättern. Zart, verletzlich und schützenswert.

Lana entfernte sich von ihrer Familie und kam auf ihn zu. Er richtete sich auf. Eigentlich hatte er sich von Tonyas älterer Schwester bereits verabschiedet, umso gespannter war er darauf, was sie ihm noch sagen wollte.

»Hör mal …« Lana brach ab und verschränkte die Arme vor der Brust. Er zog die Augenbrauen hoch. Sie war deutlich größer als Tonya und hatte unverkennbar das Zeug zu einem Model. Im Moment wirkte sie allerdings eher bedrohlich. Er konnte ein Schmunzeln nicht unterdrücken, hatte er doch zuvor noch über Tonyas männliche Beschützer nachgedacht. Offenbar stand Lana ihnen in nichts nach.

»Ja, bitte?«, fragte er nur.

»T hatte heute Nacht einen üblen Albtraum. Ich habe keine Ahnung, ob sie sich wieder wegen Dennis herumquält oder ob es die neusten Aufregungen sind, die ihr zu schaffen machen. Sie hat meine Fragen einfach abgetan.«

»Wer ist Dennis?«

Lana warf einen Blick über die Schulter, doch Tonya war es endlich gelungen, sich von ihrer Familie zu trennen.

Lana beugte sich ihm entgegen. »Vor einigen Jahren wurde ihr Freund bei dem Versuch getötet, sie zu beschützen. Er war Delias Bruder.«

Jake kniff die Augen zusammen. Das war Lanas Kurzfassung eines Dramas, das Tonya bis in die Grundfesten erschüttert haben musste, dessen war er sich sofort bewusst. Er schaute an Lana vorbei auf Tonya, die sich ihnen nun eilig näherte. Als sei sie auf der Flucht. Damit erschloss sich ihm die Ursache für den übermäßigen Beschützerinstinkt von Thomas und Timo. Und auch, warum Tonya sich vehement dagegen wehrte. Man brauchte kein Psychologiestudium, um zu durchschauen, dass sie niemals wieder einen geliebten Menschen ihretwegen in Gefahr wissen wollte.

In ihren dunklen Shorts, dem weißen Top und den Sneakers sah sie aus, als wollte sie zum Sport. Sie bewegte sich souverän und kraftvoll in dem Versuch, über ihre zarte Statur hinwegzutäuschen. Und über ihre verletzte Seele? Sie gebärdete sich wie eine Schwebfliege, ein völlig hilfloses Insekt, das sich schützte, indem es das Aussehen einer stachelbewehrten Wespe imitierte.

»Ich weiß, es ist zuletzt alles ruhig geblieben und von offizieller Stelle gibt es keine Anweisung mehr …« Lana brach ab, hatte Tonya sie doch beinahe erreicht.

»Ich habe nicht vor, die Kleine aus den Augen zu lassen.«

Lana grinste und stieß ihn mit der Faust vor die Brust. Sie hatte einen ziemlichen Punch drauf, was ihn nicht wunderte. Ihre Liebe zum Streetdance hatte Lana gestählt.

»Lass dir das bloß nicht anmerken, sonst siehst du sie nur noch von hinten. Mit zwei eiskalten Schultern.«

»Aye, Ma'am.«

»Was habt ihr beiden denn da zu tuscheln?« Tonya öffnete die hintere Autotür und stellte ihre Tasche hinein. Jake nahm an, dass sie darin ein Notebook mit sich herumschleppte, während andere Frauen Make-up, Pfefferspray und weiteren Krimskrams mit sich führten.

»Ich kann das erste Stück fahren.« Tonya streckte ihm ihre kleine Hand entgegen, und Jake reichte ihr mit großer Geste den Autoschlüssel. Wenn sie vor ihrer Familie ihre Unabhängigkeit und Stärke demonstrieren wollte, sollte sie das tun dürfen.

»Hast du vielleicht ein Tempolimit, über das hinaus du deine schmucke Karre nicht strapazieren willst?«

Lana verdrehte die Augen, was Jake durchaus verstand. Im Augenblick benahm sich Tonya wie eine pubertierende Vierzehnjährige. Allerdings, so räumte Jake ein, wurde sie von ihren Lieben auch wie eine solche behandelt.

»Sag einfach Bescheid, falls ich dir mit der Kennleuchte die Straße freiräumen soll«, erwiderte er und erhielt dafür einen weiteren Knuff von Lana. Tonyas erstaunter Blick und ihr anschließendes glockenhelles Auflachen war dies auf jeden Fall wert gewesen.

»Super Idee«, sagte sie, glitt auf den Fahrersitz und schloss die Tür.

»Mach dir keine Sorgen«, raunte Jake Lana zu. Er stieg zügig ein, zumal eine bedrohliche Wand aus Wieland-Männern auf ihn zukam, als triebe der Sturmwind eine Gewitterfront herbei.

»Kannst du mit einem Auto mit mehr als fünfundvierzig PS überhaupt umgehen?«, fragte er Tonya.

»Soll ich es dir beweisen?«

»Es wäre Beweis genug, wenn wir heil bis nach Wiesbaden kämen.«

»Ich werde nicht mit hundert über die Autobahn schleichen.«

»Soll ich jetzt hoffen, dass wir ständig im Stau stehen und über Nacht noch mehr Baustellen dazugekommen sind?«

Tonya ließ den Audi mit zu viel Gas an. Der Motor gab ein sattes, nahezu wildes Brummen von sich.

»Ich werde beten, dass Gott mir noch ein paar Schutzengel mehr zugesteht«, murmelte Jake halb belustigt, halb im Ernst. Vielleicht war es keine seiner besten Ideen gewesen, ihr den Platz hinter dem Steuer zu überlassen.

»Du brauchst nicht Gott zu erwähnen, um dir damit mehr Chancen bei einer Pfarrersfamilie, das heißt auf Lana, auszurechnen.«

»Ich habe kein Interesse an Lana. Und das weißt du.« *Vielmehr an dir.*

»Danke, dass ich mit dir fahren darf, nachdem Thomas zu feige war, mich frühmorgens aus dem Bett zu werfen.«

Jake grinste über ihr Friedensangebot und lehnte sich zurück, als sie sicher und nicht zu schnell auf die Landstraße in Richtung Autobahn einbog. Tonya wechselte die Themen, wie es ihr gerade behagte, und wich dabei jedem Gespräch aus, das sie nicht führen wollte. Dieses Spiel beherrschte er allerdings auch.

»Delia ist nett. Ich hatte den Eindruck, ihr habt euch lange nicht gesehen.«

»Stimmt. Hast du ihre Schwarzwälder Kirschtorte probiert? War die nicht himmlisch? Überhaupt war die Feier sehr gelungen, findest du nicht?«

Ein weiteres Ablenkungsmanöver. Demnach wollte sie also auch nicht über Delia sprechen.

»Erzähl mir von ihrem Bruder, T«, sprach er direkt an, was ihn interessierte.

»Ich konzentriere mich jetzt auf die Straße. Nicht, dass nachher jemand behauptet, ich könnte nicht Auto fahren. Du kannst mal das Navi programmieren.«

»Ich könnte Tom fragen.«

»Und er weiß, dass ich ihm den Kopf abreißen, ihn vierteilen und danach noch ertränken würde, wenn er dir gegenüber auch nur einen Ton sagt.«

»So viel tödliche Aggression steckt nicht in dir.«

»Lass es mal lieber nicht darauf ankommen.«

Jake lachte auf und nahm das Navigationsgerät aus der Halterung. *Sie ist eine Wucht. Und eine Herausforderung.* Und er musste ihr dringend noch eine Frage stellen, war er sich inzwischen doch sicher, dass sie ihrer Familie längst nicht alles erzählte. Vielleicht auch nicht den Ermittlern, die sich immerhin einige Zeit lang um ihre Sicherheit gesorgt hatten.

»Gibt es eigentlich einen Mann in deinem Leben?«

»Willst du dich um den Posten bewerben?« Sie warf ihm ein Lächeln zu, das er durchaus als Warnung verstand. »Das Bewerbungsschreiben geht bitte an alle meine Brüder und an meine Schwester. Das polizeiliche Führungszeugnis und der Lebenslauf an meine Eltern. Deine Referenzen an mich, allerdings in je zweifacher Ausfertigung. Und es müssen mindestens vier sein, eines davon von einem Geistlichen.«

»Ein einfaches Nein hätte auch gereicht.« Jake bekam das Dauergrinsen nicht mehr aus dem Gesicht.

»Ich kenne den BKA-internen Funk. Und der lautet: Finger weg von Jake Sturm. Zu viele Frauen in zu kurzer Zeit.« Ihr Seitenblick war herausfordernd, zeitgleich sagte die Navi-Dame: »… kommt es zu Verzögerungen.«

So schnell würde er bei Tonya wohl keine Pluspunkte sammeln können. Sie hatte es geschafft, ihm die Belustigung aus dem Gesicht zu wischen. Mit einem verbalen Schlag in genau dieses. Aber vielleicht war es nur fair, wenn er etwas von sich preisgab, schließlich wollte er ja auch, dass sie sich ihm anvertraute.

»Ich hatte eine Kollegin, die ich sehr sympathisch fand. Mehr als das.« Er räusperte sich, schnürte ihm die Erinnerung an das, was vor zwei Jahren geschehen war, doch die Kehle zu. »Und obwohl ich wusste, dass mein Freund aus der Schule, der gemeinsam mit mir zum BKA gegangen ist, ebenfalls Interesse an ihr hatte, habe ich mich um sie bemüht.«

»Definiere Interesse!«, hakte sie prompt nach.

»Sie hatten sich schon ein paarmal verabredet, als ich überhaupt erst auf sie aufmerksam wurde.« *Und ich habe es gewusst und ignoriert. Hormongesteuert, größenwahnsinnig.*

»Kein feiner Zug, Kollege Sturm. Vor allem mit einem Gesamtpaket wie dich als Konkurrenten.«

Jake hörte das Kompliment, ließ es aber von sich abprallen. Vielmehr war er erstaunt darüber, dass auch sie sein Äußeres als attraktiv wahrgenommen hatte. Dabei hatte er sie doch anders erlebt. Zurückhaltend und tiefgründig. Nachdenklich und mit festen Prinzipien. Sie ließ sich nicht einfach von ihm einwickeln.

Jake ballte seine Hände zu Fäusten. Tonya hatte recht. Marco war ein liebenswürdiger, hilfsbereiter, engagierter und großzügiger Mann, äußerlich jedoch nicht gerade ein Frauenschwarm. Und vermutlich hatte er deshalb verloren und Jake gewonnen.

Um eine Frau auf sich aufmerksam zu machen, genügte es meist schon, wenn er ihr sein leicht schiefes Grübchenlächeln schenkte und ihr dabei intensiv in die Augen sah. Mittlerweile fragte er sich, weshalb sie auf derlei Maschen reagierten. Hatten sie denn keinen Stolz mehr? Warum verkauften sie sich so billig und wunderten sich dann, dass die Kerle ihnen nicht den Respekt entgegenbrachten, den sie gern hätten.

Letztendlich hatten sie beide verloren. Marco *und* er. Zuerst ihre Freundschaft und danach auch die Frau.

Jake hatte bei jedem Treffen mit Eva das Bild seines zutiefst gekränkten Freundes vor sich gesehen, was ihrer jungen, ohnehin nur auf Oberflächlichkeiten beruhenden Liebelei schnell zum Verhängnis geworden war. Noch heute ärgerte er sich über die Aktion von damals und litt unter dem Verlust seines besten Freundes.

»Sie hat irgendwann ihren Fehler eingesehen, aber da war Marco schon weg. Und sie hasste mich dafür, dass ich mit dem Kopf und dem Herzen nie wirklich bei ihr gewesen war, nicht für unsere Beziehung gekämpft habe. Sie streute ein paar kleine Gerüchte … und schon war ich unter den weiblichen Angestellten und Kollegen der, der nichts anbrennen und Eroberungen schnell fallen lässt.« Er räusperte sich, wusste er doch, dass in Tonyas Familie Wertmaßstäbe galten, die er mit Füßen getreten hatte. Weil er dabei Spaß gehabt hatte. Ein sehr kurzfristiges Vergnügen, das deutlich mehr Schmerz als Glück zur Folge gehabt hatte – und das nicht nur für ihn. »Und damit hatte sie recht, T. Ein paar Wochen lang habe ich die Gerüchte auch noch befeuert. Zu viel Alkohol, zu viel geflirtet.«

Und ich bin nicht stolz darauf. Darum wollte ich mindestens zwei Jahre lang keine Beziehung mehr zu einer Frau. Und nie wieder mit einer Kollegin. Jake warf Tonya einen Blick zu, doch die schaute geradeaus und konzentrierte sich auf die wie lebensmüde rasenden Autofahrer. *Dein Herz ist ein hoffnungsloser Verräter, Sturm.*

»Es hat schon Sinn, es langsam anzugehen«, sagte Tonya leise, als spräche sie mit sich selbst. Oder mit dem Fahrer vor ihr, der penetrant auf der mittleren Spur fuhr, obwohl er eigentlich auf die rechte Seite hätte wechseln können. »Es ist wichtig, seine eigenen Gefühle und Wünsche und die des anderen zu prüfen, gemeinsame Zeit mit den Freunden zu verbringen, die Familie des anderen kennenzulernen, um zu sehen, wie dieser sich seinen Eltern, Geschwistern und Freunden gegenüber verhält.«

Jake war so froh, dass ihm in der vergangenen Nacht nicht entgangen war, wie sensibel Tonya auf seine Annäherung reagiert hatte. Mit Zurückweichen und Verschließen. Mit Zweifeln und einem Anflug von Angst. Es war gut gewesen, dass er seinen Wunsch, sie zu küssen, unterdrückt hatte. Allerdings hegte er ein wenig die Befürchtung, dass Tonya ihre Gefühle für einen Mann zu Tode analysieren und grundsätzlich unterdrücken könnte. Und damit war er erneut bei den Fragen nach Delias Bruder angelangt.

Tonya überholte den Mittelstreifenfahrer, scherte vor ihm wieder ein und wechselte dann gleich auf den ganz rechten Fahrstreifen. Einige Kilometer weiter fuhr sie von der A 10 auf die A 9 und gab auf der Einbiegespur kräftig Gas, damit sie noch vor einem von hinten anrollenden Lastwagen auf die Autobahn auffahren konnte.

Zwischen ihnen herrschte Schweigen. Vielleicht beschäftigte Tonya sich gedanklich mit dem, was er ihr anvertraut hatte und rückte – so nahm er an – ihr Bild von ihm zurecht. Er jedenfalls würde sie nicht ein weiteres Mal drängen, ihr von ihrem furchtbaren Erlebnis zu erzählen, das ihr den Menschen entrissen hatte, den sie geliebt haben musste.

Schließlich fuhr sie auf einen Rastplatz, parkte und stieg aus. Schweigend wechselten sie die Seiten. Jake hatte sich kaum angeschnallt, als sie sagte: »Er hieß Dennis.«

Nachdem sie viele Kilometer lang unruhig auf ihrem Sitz herumgerutscht war, als fände sie keine bequeme Sitzposition, erzählte sie ihm stockend und in nahezu erschreckender Ausführlichkeit von dem Angriff auf sie und ihren damaligen Freund.

Er unterbrach sie nicht ein einziges Mal, ließ sie doch ohnehin keine Fragen offen. Als sie geendet hatte, hüllten sie sich erneut in ein schwer auf ihnen lastendes Schweigen. Dieses war gefüllt mit Schmerz auf ihrer Seite und mitfühlendem Verständnis auf seiner. Und mit etwas, das er als noch mehr Zuneigung seinerseits definierte.

Das Schreckliche war – nach einem fröhlichen Sommertag – über ein behütet aufgewachsenes Mädchen und ihren Freund hergefallen wie eine tobende Bestie. Das Bild von Tonya und ihrer Familie, das ihm zuvor an den Rändern immer leicht unscharf vorgekommen war, klärte sich nun. Was er sah, war eine diffuse Mischung aus Wunderschönem, Zerbrechlichem, Empfindsamem und Düsterem.

Außerdem fragte er sich, ob Thomas keine Gemeinsamkeit zwischen der maßlosen Messerattacke auf Dennis und der auf Tonyas Hund hatte sehen wollen. Weil auch er damals einen Freund verloren hatte und er diese Erinnerung aus seinem Gedächtnis verdrängen wollte?

»Ist der Kerl jemals gefasst worden?« Jakes Frage brach in die Stille ein wie ein Pickel in eine gefrorene Eisfläche. Sie barst mit lautem Splittern. Zerstörte sie. Machte den Untergrund unsicher, auf dem sie standen.

Umso erstaunter war Jake, als Tonya mit einem leisen Lachen reagierte. »Die typische Frage eines Polizisten.«

Jake grinste beruhigt, fragte sich aber zugleich, ob Tonya, und vielleicht auch Thomas, ihre Berufe aufgrund jenes Erlebnisses ergriffen hatten. Verfolgten sie deshalb all jene, die anderen Menschen Leid zufügten?

»Nein, er wurde nie gefunden. Und ich habe inzwischen beinahe aufgegeben zu hoffen, dass ich diesem Motorradfahrer eines Tages noch einmal gegenüberstehen werde.«

Jake griff hinüber und drückte kräftig Tonyas ineinander verschlungene Finger, nahm die Hand aber schnell wieder zurück ans Lenkrad. Nicht, weil der Verkehr es erforderte, sondern weil er sie mit dem Respekt behandeln wollte, den er anderen Frauen früher verweigert hatte. Jetzt war nicht die Zeit, um sich eine Berührung zu stehlen, vielmehr wollte er ihr sein Mitgefühl signalisieren. Zudem würde er um diese Frau werben. Bei Tonya wollte er es unbedingt richtig machen.

»Danke, dass du es mir erzählt hast. Dein Verlust tut mir sehr leid.« *Und ich werde nachher Tom anrufen und ihn auf die Parallele mit den Messerstichen ansprechen. Auch wenn er mich auslacht, weil das sehr weit hergeholt klingt.* Jake sah keine Chance, den unangenehmen Gedanken wieder loszuwerden, dass der Mörder von damals womöglich erneut auf Tonya gestoßen war …

* * *

»Du musst mich wirklich nicht begleiten. Ich finde den Weg allein.« Tonya ergriff mit einer Hand ihre Reisetasche, mit der anderen schob sie Jake in Richtung der offen stehenden Fahrertür. Im Licht der Straßenlampe sah sie seine gerunzelte Stirn und wie er kurz die leere Straße überprüfte. Schließlich nickte er. Sie versteckte ihr Lächeln, das mit einem warmen Prickeln in ihrem Inneren einherging, winkte Jake zu und trat auf den Fußweg im Vorgarten. Es war spät geworden, waren sie doch in eine Vollsperrung nach einem schweren Verkehrsunfall geraten und hatten dort über drei Stunden festgesessen – und geholfen.

Erfreut hörte Tonya, wie Jake seinen Wagen anließ und davonfuhr. Er hatte seine Besorgnis um sie erfolgreich unterdrückt. *Er ist toll,* gestand sich Tonya ein.

Vor ihrer Haustür stellte sie die Reisetasche ab und kramte in einem Seitenfach ihrer Notebooktasche nach dem Schlüsselbund. Hinter der Tür erklang ein einmaliges Bellen. Hoss, der über das verlängerte Wochenende von ihren Vermietern versorgt worden war, stand zur Begrüßung bereit. Noch vor einigen Wochen war das vielmehr Little Joes Job gewesen …

Die Gestalt kam aus dem Nichts.

Tonya riss den linken Arm hoch, suchte sich automatisch einen sicheren Stand. Gleich darauf drohte ihre linke Schulter vor Schmerz zu explodieren. Sie stürzte nach vorn. Mit dem Gesicht knallte sie ungebremst auf die steinerne Türeinfassung. Der Schlüsselbund fiel klirrend zu Boden. Die Tasche folgte mit einem dumpfen Aufschlag. Deutlich verlangsamt wandte sich Tonya um. Was geschah hier?

Etwas Schwarzes kam auf sie zu. Sie trat zu, erwischte den Angreifer am Schienbein. Ein weiterer explodierender Schmerz folgte. Dieses Mal in ihrem rechten Unterarm. Sie vernahm ein seltsames Knirschen. *Ignorieren*, hörte sie Timos Stimme in ihrem Kopf. *Duck dich. Lauf weg.*

In der oberen Wohnung ging ein Licht an. Tonya kam nicht mehr dazu, zu reagieren. Der schwarze Schatten mit dem beängstigenden Kugelkopf tauchte rasch hinter der Buchsbaumhecke unter. Hoss bellte erbärmlich. Tonya biss die Zähne zusammen, keuchte gegen den in Wellen durch sie hindurchschießenden Schmerz an.

Langsam sank sie zu Boden und kauerte sich vornübergebeugt auf die niedrige Stufe. Tränen liefen ihr über die Wangen, nun, da sie den Schmerz nicht länger zu ignorieren brauchte. Sie hörte einen PS-starken Motor aufröhren. Ein Motorrad. Lichtblitze zuckten vor ihren Augen. Sie war zurück in jenem Maisfeld, spürte dieselbe Panik wie damals; die düstere Vorahnung schrecklichen Unheils.

Das Rauschen in ihren Ohren ließ allmählich nach. Die Nacht war wieder still, oben ging das Licht aus. Tonya lachte zittrig auf. Ihr Angreifer war geflohen, weil er befürchtet hatte, entdeckt worden zu sein. Dabei hatte vermutlich nur Selma geweint und damit ihre Eltern aus dem Bett geholt.

Tonyas zweites Auflachen galt dem Umstand, dass sie Jake besser nicht weggeschickt hätte. Ein neuer Gedanke fiel schwer in sie hinein. Ihr Angreifer hatte erneut zugeschlagen. Und dieses Mal hatte er sich nicht nur über ein paar Sträucher hergemacht. Oder über ein Haustier. Er steigerte sich.

Das sich nähernde Motorengeräusch ließ sie den Kopf heben. Das Motorrad kam zurück. Tonya tastete nach den Schlüsseln, rappelte sich auf, schwankte und lehnte sich Halt suchend mit der Stirn an die Tür. Ihre linke Hand zitterte, als sie den Schlüssel ins Schloss steckte. Der Motorenlärm hallte durchdringend durch die Nacht. Die Maschine war schon beinahe da. Tonya atmete abgehackt. Hitzeschauer jagten durch sie hindurch. Sie stolperte in den Flur. Hoss bellte erneut, als versuchte er, gegen den Krach auf der Straße anzukommen. Tonya schickte ihn mit einem Zischen weg. Sie kickte ihre Notebooktasche ins Haus und schob mit dem Fuß die Reisetasche hinterher. Das Zweirad war wieder da. Der Fahrer ließ den Motor eigens aufröhren.

Wut wallte in Tonya auf, vertrieb die düsteren Erinnerungen und die Gefühle von Panik und Zerrissenheit. Sie jagte Hoss ein zweites Mal auf seinen Platz. Er trollte sich beleidigt. Zitternd – jetzt mehr vor Zorn als aus Angst – öffnete sie die Tür zum Gästebad. Sie ergriff den Holzbesen und trat erneut in die Nacht hinaus.

Der Schmerz in ihrer Schulter war mittlerweile erträglicher geworden, der in ihrem rechten Unterarm pochte allerdings und schien sich eher zu verschlimmern. Tonya ignorierte ihn. Sie betrat die Straße und lehnte sich an ihren Polo. Den Besen hielt sie fest in der linken Hand. Das Motorengeräusch verklang für einen Moment, dann schwoll es wieder an. Tonya kniff die Augen zusammen. Jemand in der Nachbarschaft knallte ein Fenster zu. Sie reagierte nicht darauf, klammerte sogar das penetrante Konzert der Grillen aus. Ihre Konzentration war einzig auf den nahenden Motorradfahrer gerichtet.

»Komm du nur!«, zischte sie angriffslustig. Sie duckte sich, weil sie nicht im Licht der Laterne gesehen werden wollte.

Der Lärm gewann an Volumen. Schließlich sah sie einen schnellen Schatten in die Straße einbiegen. Sie hielt mit der rechten Hand den Besenstiel, mit links den Borstenkopf. Das Zweirad donnerte herbei. Tonya stieß den Besen auf die Straße. Leider mit ihrem schwächeren linken Arm und begleitet von Schmerzen. Er schoss zwar direkt auf das Motorrad zu, landete aber zu früh auf dem Asphalt. Auch wenn er nicht zwischen die Speichen geriet, hatte der Fahrer die Gefahr erkannt. Er wich ruckartig aus, nahm die Füße herunter, fuhr Schlangenlinien, streifte mit dem Körper den Seitenspiegel eines geparkten Autos, der knallend nach vorn abknickte. Es dauerte deutlich länger, als Tonya vermutet hätte, bis er seine Maschine wieder halbwegs unter Kontrolle hatte. Dann gab er Gas und bretterte durch die verkehrsberuhigte Zone davon.

Tonya wartete. Als sie wiederum nur die Grillen hörte, erhob sie sich aus ihrer Deckung und holte ihren Besen. Mit diesem im Arm kauerte sie sich erneut vor der Motorhaube ihres Polos zusammen. Doch diesmal wartete sie vergeblich.

»Feigling«, rief sie noch immer aufgepeitscht und randvoll mit Adrenalin, Schmerz und Wut die Straße hinunter. Sie gab ihren Posten auf und ging zurück ins Haus, wo Hoss sie beleidigt ignorierte. Mit dem Telefon in der Hand stand sie eine ganze Weile da und überlegte, ob sie den Vorfall sofort melden sollte. Eigentlich hatte sie gerade überhaupt keine Lust darauf, sich überaus besorgten Beschützern stellen zu müssen. Das würde noch früh genug auf sie zukommen. Und der Motorradfahrer war ohnehin längst fort. Dennoch siegte die Vernunft, und sie klingelte Gotthilf aus dem Bett. Einige Minuten später rief sie ein Taxi und wartete demonstrativ trotzig auf dem kleinen Absatz neben der weit offen stehenden Eingangstür auf dessen Eintreffen, ehe sie sich in die Ambulanz der nächstgelegenen Klinik fahren ließ.

Kapitel 9

Tonya stieg langsam die Stufen nach oben. Sie hatte vier Stunden in der Ambulanz verbracht. Dort war sie geröntgt und das verstauchte Handgelenk verbunden worden. Zudem hatte sie ein Schmerzmittel erhalten. Es war noch immer dunkel draußen, als sie im fahlen Licht der künstlichen Beleuchtung ihren Chip vor das Lesegerät hielt und gleich darauf ihren Arbeitsplatz betrat. Die beiden vorderen Büros waren leer, ebenso wie die Arbeitsboxen ihrer Kollegen. Bis auf eine. Ein flackender Lichtschein, der wie eine wundersame blaue Wolke über einem scharf abgegrenzten Bereich des ansonsten dunklen Raums hing, verriet ihr, dass Rudi mal wieder eine Nacht hier verbracht hatte. Allmählich hegte sie den Verdacht, dass er mit seiner Mutter und seiner Großmutter nicht besonders gut auskam. Tonya legte ihre Arbeitsunfähigkeitsbescheinigung auf Kathrins aufgeräumten Schreibtisch. Nicht weil sie vorhatte, der Arbeit fernzubleiben, sondern um sich weiteren Ärger zu ersparen, denn heute würde unweigerlich einiges auf sie zurollen, dessen war sie sich gewiss.

Sie ging zu ihrem Spind, öffnete ihn und entnahm dem extra gesicherten Fach ihre Dienstwaffe. Das schwarze, kalte Metall lag unangenehm in ihrer linken Hand. Sie war

Rechtshänderin und hatte dementsprechend die Handhabung der Waffe erlernt. Jetzt hatte sie ein Problem, zumal sie für einen sicheren Schusswaffengebrauch ohnehin beide Hände benötigte. Schulterzuckend steckte sie die SIG Sauer und das Stangenmagazin in ihren Rucksack. Sie knallte die stets klemmende Spindtür zu, und das Metall dröhnte protestierend auf. Wie sie erwartet hatte, rührte sich Rudi nicht. Entweder schlief er oder er beschallte mal wieder seine Ohren.

Als sie hinter ihm vorbei zu ihrem Schreibtisch ging, sah sie, dass er hoch konzentriert arbeitete. Keine Kopfhörer zerdrückten die kupferroten Haare. Es gelang ihm also sogar, alles um sich herum auszublenden, ohne sich die Ohren mit lauten Bässen zu betäuben.

Tonya legte den Rucksack in Griffweite auf den Boden, setzte sich behutsam und schaltete ihren Rechner an. Innerhalb von Sekunden war er betriebsbereit. Als Erstes startete sie die Suche nach einem unverkleideten Motorrad älterer Bauart mit dunkler Farbe und den letzten beiden Ziffern 3 und 2, dann drang sie mithilfe eines Tor-Browsers ins Darknet ein. Dort heftete sie sich einmal mehr an die Fersen derjenigen, die in großem Stil Drogen in den Süden von Deutschland schwemmten. An Schlaf war nicht zu denken, also würde sie arbeiten. Zumindest so lange, bis Gotthilf sie aus dem Gebäude warf. Vermutlich in Begleitung ihres Bruders. Oder von Jake …?

Sie bedauerte ihren Kollegen jetzt schon, ahnte sie doch, was in ihm vorgehen würde, sobald er erfuhr, was ihr zugestoßen war. Und das, nachdem er beschlossen hatte, nicht den Ritter auf dem weißen Pferd zu geben. Deutlich mehr bemitleidete sie jedoch sich selbst. Die Nachricht von dem Angriff auf sie würde wie ein Lauffeuer die Wieland-Familie erreichen, und zu ihrem Leidwesen hielten sich bis auf Timo gerade alle mehr oder weniger in erreichbarer Nähe auf. *Das wird nicht lustig. Überhaupt nicht.*

Tonya schwang auf dem Drehstuhl hin und her. Vielleicht sollte sie, sobald die Suche nach dem Kennzeichen beendet war, schleunigst von hier verschwinden und untertauchen. Sie wies den Gedanken von sich. Sie wollte sich nicht verstecken. Nicht vor ihren Geschwistern und schon gar nicht vor dem Typen, der sie bedrohte. Er hatte eindeutig den Bogen überspannt. Sie würde das nicht länger mit sich machen lassen.

»Du siehst übel aus.« Rudis Stimme ließ sie aufblicken. Er hatte die Oberarme auf die Trennwand gelegt und das Kinn darauf gestützt. Müde kleine Augen sahen sie blinzelnd an.

»Ich habe schon nettere Komplimente bekommen.«

»Du hast auch schon netter ausgesehen.« Rudi grinste, was Tonya auflachen ließ. Ja, sie reagierte verquer, doch seine Lässigkeit, die beinahe an Desinteresse grenzte, hob sich so sehr von dem ab, was sie noch erwartete, dass sie sie einfach nur wohltuend fand.

»Jemand hat es auf mich abgesehen«, gab sie schließlich zu. Rudi nickte, als habe er mit keiner anderen Erklärung gerechnet.

»Der Hund, die Hortensien und jetzt du selbst. Das ist weder eine lineare noch eine exponentielle und deshalb eine bedenkliche Entwicklung, T.«

»Ich komme schon klar.«

»Gotthilf, dein Bruder, Martin und vor allem dieser misstrauische Jake werden dir das Feld nicht überlassen. Das weißt du.«

»Müsste das eigentlich nicht für den Typen bedrohlicher klingen als für mich?«

Wieder grinste Rudi. »Das Angebot, vorübergehend bei mir zu wohnen, steht übrigens noch.«

»Danke.«

»Was suchst du?« Rudi deutete mit dem Kinn auf ihren Bildschirm.

»Eine dunkles Naked Bike. Vielleicht eine BMW Rockster oder eine Suzuki Bandit. Ich habe zwei Ziffern des Kennzeichens, aber leider nicht mehr.«

»Das wird nicht viel bringen«, sagte Rudi mehr zu sich selbst als zu ihr. Er nahm die Arme herunter, und gleich darauf knarrte sein primitiver Holzstuhl. Bis auf das stete Brummen der elektronischen Geräte war es wieder still.

Die Suchanfrage spuckte viel zu viele Daten aus, was bei den verschwindend geringen Vorgaben nicht verwunderlich war. Dennoch schickte sie die Daten in eine Cloud und konzentrierte sich auf die Arbeit, für die sie bezahlt wurde, wenngleich die schmerzende Hand ein erhebliches Hindernis darstellte.

* * *

Jake sprang aus dem Bett, warf das Smartphone auf das Kissen und schlüpfte in frische Unterhosen und Jeans. Es war eigentlich sein freier Tag, doch Gotthilfs Anruf hatte jegliche schlechte Laune über die frühmorgendliche Störung weggewischt. Jetzt war er nur noch wütend. Auf diesen Typen. Auf Tonya. Auf sich selbst. Das am allermeisten.

Er spritzte sich Wasser ins Gesicht, streifte wahllos ein T-Shirt über und saß kurz darauf in seinem Auto. Die Schuhe konnte er später noch binden … Der Verkehr war zäh, und zweimal spielte Jake mit dem Gedanken, sich mithilfe des Signallichts freie Bahn zu verschaffen. Schließlich quetschte er seinen Audi auf einen viel zu schmalen Motorradparkplatz, halb auf einer abgesetzten Grünfläche. Er nahm sich, wenn auch leise vor sich hin schimpfend, die Zeit, seine Schuhe zu schnüren, rannte dann zwischen den geparkten Autos hindurch, überquerte die Straße und stieß die Glastür des Bürogebäudes auf. Zwei Frauen quietschten erschrocken auf, sahen ihm aber interessiert nach, wie er, zwei Stufen auf einmal nehmend, die Treppe hinaufjagte. Als er endlich das oberste Stockwerk erreichte, unterdrückte er einen Fluch, weil er keine Zugangsberechtigung hatte und nach Betätigung des Summers von Kathrin aufgehalten wurde. Sie wies ihn an, bei ihr zu warten, da Gotthilf mit ihm sprechen wollte. Seinen sehnsüchtigen Blick in Richtung Tonyas Schreibtisch unterband sie, indem sie ihm in den Weg trat und ihn in ein Gespräch verwickelte. Als Gotthilf ihn schließlich in sein Kabuff winkte, hatte Jake sich halbwegs gefangen. Er drückte Kathrin einen flüchtigen Kuss auf die Wange. »Danke, Miss Moneypenny.« Sie gab ihm als Rüge für seinen Scherz einen Klaps auf den Rücken mit.

»Musste es erst soweit kommen, bis ihr kapiert, dass man einen längeren Atem braucht. Diese Idioten dort draußen haben den nämlich durchaus!«, polterte Gotthilf los.

Jake ballte die Hände zu Fäusten, blieb äußerlich jedoch ruhig. Gotthilf musste wohl ebenfalls einiges an Frustration loswerden. Leider gab es da draußen eine Menge Idioten, die die Mitarbeiter des BKA praktisch rund um die Uhr auf Trab hielten. Sie konnten nicht überall zugleich sein. Dabei hätte Jake Tonya nur zu gern rund um die Uhr im Auge behalten.

»Ich wollte dich und Martin wiederhaben, aber ihr seid raus.« Gotthilf knurrte wie Hoss, sobald Jake sich Tonya näherte. Ob der Mann wusste, dass er und Martin nicht zur Verfügung standen, weil sie ab nächster Woche ihren wohlverdienten Jahresurlaub antraten?

»Jetzt sind zwei andere dran. Einer davon ist ein ziemlicher Grünschnabel, wenn du mich fragst.«

»Die arbeiten meistens sauber und sind noch nicht betriebsblind«, verteidigte Jake den jungen Nachwuchskollegen.

»Geschenkt.«

»Was willst du dann von mir?«

Gotthilf kniff die Augen zusammen, als der Bleistift in seinen Händen zerbrach. Schuldbewusst warf er einen Blick durch die offene Tür in Richtung Moneypenny und ließ das Schreibutensil unauffällig im Papierkorb verschwinden. Jake unterdrückte ein Auflachen. Gotthilfs Gesichtsausdruck war trotz all der Sorgen um Tonya einfach zu skurril, um ernst zu bleiben.

»Was läuft da zwischen dir und der Kleinen?«

Geht dich das was an? »Nichts, wenn du sie fragst.«

»Deshalb frage ich ja dich.«

Er zuckte nur mit den Schultern, was Gotthilf erneut den Hosslaut entlockte.

»Ich kann ihren Bruder nicht bitten, privat ein bisschen auf sie aufzupassen.«

»Das weiß ich. Sie würde das plötzliche Interesse von Tom an ihrem Privatleben sofort durchschauen. Und wir wissen, wie sie darauf reagieren könnte.«

»Wissen wir.« Gotthilf nickte wie ein besorgter Großvater. »Sie ist krankgeschrieben.«

Jake biss die Zähne zusammen. Das hörte sich gar nicht gut an. Aber hatte Gotthilf nicht gesagt, dass er sie in aller Früh an ihrem Rechner angetroffen habe und sie dort auch noch sei?

»Für wie lange?«

»Drei Wochen.«

»Ich habe ab nächster Woche Urlaub.«

»Das passt ja prima.«

Jake verschränkte die Arme vor der Brust und lehnte sich an die Wand. Ob Gotthilf von seinem Urlaub gewusst hatte? Offenbar kam ihm nicht mal die Idee, dass Jake etwas vorhaben könnte. Eine längst gebuchte Reise antreten. Seine Verlobte im Norden besuchen, die es natürlich nicht gab, was Gotthilf aber nicht wissen konnte. Oder mal wieder bei seiner Familie im Süden vorbeischauen.

»Fahr sie nach Hause! Oder besser noch: ganz woanders hin. Steht nicht die Wohnung der Frischvermählten gerade leer?«

Bei dem Wort »Wohnung« musste Jake nun doch grinsen. Gotthilf sah es nicht, da er sich auf den nächsten Bleistift konzentrierte, den er sich als Opfer auserkoren hatte.

»Zu Befehl«, erwiderte Jake und bemühte sich, nicht zu erfreut zu klingen. Immerhin war Gotthilf Tonyas und nicht sein Vorgesetzter. Und eigentlich hatte er seinen freien Tag. *Absolut praktisch.* Er würde sie heute ein bisschen bemuttern – ganz zurückhaltend natürlich – und sie in den nächsten Tagen der Fürsorge irgendwelcher Kollegen überlassen. Die würden sicher, wenn nichts weiter geschah, in der darauffolgenden Woche schon wieder über anderen Aufgaben brüten. Aber dann hatte er ja Urlaub und konnte ein wenig auf Tonya achtgeben.

Gotthilf wandte sich seinem Computer zu, offenbar war ihr Gespräch beendet. Jake verließ das Büro durch die Verbindungstür, die zu Moneypenny führte. Sie hob den Kopf, nahm ihre Brille ab und musterte ihn fragend.

»Wir passen schon auf sie auf«, versprach er ihr leise.

»Das ist gut.« Sie setzte sich die Brille wieder auf, und Jake war auch hier entlassen. Also betrat er das Großraumbüro, in dem die meisten Plätze mittlerweile besetzt waren. Neugierige Blicke folgten ihm, doch von Rudi blieb er auch diesmal unentdeckt. Tonya rührte sich nicht, als er sich an die zerschrammte Wand lehnte, um ihr zuzusehen. Sie tippte nur mit links, lag ihr rechter Arm doch untätig, da mit einer Bandage ruhiggestellt, auf der Tischplatte.

Jake kniff die Augen zusammen. Hatte der Kerl ihr den Unterarm gebrochen? Als Tonya sich leicht nach links beugte, um nach ihrer Kaffeetasse zu greifen, verrutschte ihr luftiges Shirt und offenbarte blaue Tapestreifen an ihrer linken Schulter. Demnach hatte sie auch dort etwas abbekommen. Ein seltsames Geräusch ließ ihn aufmerken. Er hatte mit den Zähnen geknirscht.

»T?«, sprach er sie leise an. Sie zuckte leicht zusammen und hielt mit dem Tippen inne, drehte sich aber nicht zu ihm um. Also trat er vor, ergriff die Stuhllehne und rollte den Stuhl ein Stück zurück, sodass er sich vor ihr auf die Arbeitsplatte setzen konnte. Als sie endlich den Kopf hob, schnappte er nach Luft. Auf ihrer Stirn prangte ein Pflaster, unter dem sich schmale Hämatome ausbreiteten, von denen sich eins bis an ihr Ohr zog.

»Verdammt, T«, stieß er hervor. Sein Herz drohte bei ihrem Anblick zu zerspringen, gleichzeitig wurde es von unsagbarem Zorn geflutet. Sie hob die linke Hand, als wollte sie trotzig die Arme vor der Brust verschränken, und merkte erst dann, dass ihr das nur unter Schmerzen gelingen würde.

Jake bückte sich und ergriff ihren hellbraunen Lederrucksack. Der Reißverschluss war offen, sodass sein Blick auf ihre Pistole und ein Ersatzmagazin fiel. Sie wollte also ab sofort ihre Waffe dabeihaben. Das war mal nicht verkehrt, jedoch angesichts ihrer Verletzung nicht wirklich gewinnbringend.

Er schulterte den Rucksack und bedeutete ihr mit einer Handbewegung, dass sie aufstehen sollte. Sie blieb stur sitzen. Jake klopfte so kräftig mit der Faust gegen die Trennwand, dass sich mehrere Köpfe hoben. Rudi fuhr regelrecht hoch. Offenbar gab es doch Geräusche, die er wahrzunehmen imstande war.

»Fährst du bitte Tonyas Rechner runter, falls der nicht mehr gebraucht wird. Sie geht jetzt.«

»Wer sagt das?«, ging Tonya angriffslustig dazwischen.

»Miss Moneypenny und M.«

»Idiot!«

»Auf dieses Niveau einer Unterhaltung willst du dich jetzt aber nicht einlassen, oder? Wie viele Schmerztabletten hast du intus?«

»Genügend.«

»Ich habe Tom im Kurzwahlspeicher.«

»Erpresser.«

»Funktioniert es?«

Von Rudi kam ein nicht sehr männliches Kichern.

Tonya stand mühsam und mit schmerzverzerrtem Gesicht auf und folgte Jake bis ins Treppenhaus. Dort ergriff sie ihn am Unterarm, sodass er sich langsam zu ihr umdrehte.

»Was soll das?«, bellte sie ihn an.

»Die Frage steht wohl eher mir zu. Oder deiner Familie? Oder jedem anderen, dem du etwas bedeutest.«

»Ich arbeite hier.«

»Das ist einfach nur ignorant, T. Und gesundheitsschädigend! Dein behandelnder Arzt hat dir sicher Schonung verordnet.«

Sie sah aus, als wollte sie ihm die Zunge herausstrecken.

»Warum hast du mich nicht angerufen!«, herrschte er sie an. Er musste sich einfach Luft verschaffen.

»Weil ich ein großes Mädchen bin.«

»Ich will dich nicht babysitten, ich will diesen Dreckskerl zu fassen kriegen«, gab er bissig zurück.

»Daran hindert dich niemand. Ich am allerwenigsten.«

»Dann hättest du sofort anrufen sollen.«

»Ich war anderweitig beschäftigt.«

»Du wolltest nur wieder beweisen, dass du allein zurechtkommst.«

»Wozu ich durchaus in der Lage bin.«

»Das ist nicht wahr. Nicht mit diesem Kerl im Nacken.«

»Das werden wir noch sehen.«

»Du bist ein ignoranter Sturkopf.«

»Und du ein selbstverliebter –«

Er presste seinen Mund auf ihren. Sie riss die Augen auf. *Deine Lippen fühlen sich unglaublich toll an.*

Ihr Tritt gegen sein Schienbein weniger.

»Spinnst du?«, fuhr sie ihn an. Ihre Stimme klang dabei jedoch weitaus weniger streitlustig als zuvor. Sie blinzelte zweimal, unübersehbar verwirrt. Er fand es hinreißend, was er tunlichst für sich behielt, zumal das Graublau ihrer Augen ihn plötzlich an einen gefrorenen See erinnerten.

»Wohin soll ich dich bringen? Nach Hause oder zu Tom? In das Haus von Sandra und Timo oder zu deinen Eltern? Vielleicht zu Rudi?«

Es gelang ihr nicht, bei seinem letzten Vorschlag ein Grinsen zu unterdrücken.

Du bist großartig. Er hätte sie gern noch einmal geküsst. Dieses Mal richtig.

»Ich muss mich um Hoss kümmern.«

Jake nickte und bedeutete ihr, vorzugehen. Als sie überaus vorsichtig vor ihm her die Stufen in Angriff nahm, ballte er einmal mehr seine Hände zu Fäusten. Dass sie bei jeder Bewegung unter starken Schmerzen litt, war nicht zu übersehen. Eigentlich sollte sich jemand anderes um den Beagle kümmern und er sich um sie. So wäre es richtig. Da er sie allerdings bereits ausreichend gegen sich aufgebracht hatte, schwieg er sich darüber lieber aus. Sie stieg bereitwillig in seinen Wagen, was ihm verriet, dass sie zumindest vernünftig genug gewesen war, nicht in ihrer Konservendose in die Klinik und dann hierher zu fahren. Womöglich, so korrigierte er sich selbst, hatte das vielmehr an den Schmerzen als an ihrer Vernunft gelegen.

Er parkte aus und fädelte sich in den Verkehr ein. Sobald er die belebte Innenstadt hinter sich gelassen hatte, warf er ihr einen längeren Blick zu. Sie beobachtete ihn, senkte aber schnell den Kopf, als er sie dabei erwischte. Sein linker Mundwinkel zog sich amüsiert nach oben.

»Dieser … Kuss!«, begann sie und knetete nervös ihre Finger.

»Du hattest ihn verdient.«

»Das klingt ziemlich zweideutig.«

»So war es auch gemeint.«

Sie schüttelte den Kopf, und er sah aus dem Augenwinkel, wie sie das Gesicht vor Schmerz verzog. Gleich darauf legte sie den Hinterkopf an die Kopfstütze und schloss die Augen. Offenbar ließ die Wirkung der Schmerzmittel nach.

»Dir ist schon klar, dass es vor dieser Tür eine Kamera gibt?«, fragte sie leise.

Jake verdrehte die Augen. Wie hatte er das außer Acht lassen können? Damit wurde er seinem Ruf als Frauenheld mal wieder überaus gerecht.

»Ich bringe Moneypenny das nächste Mal ein paar Pralinen mit. Sie wird es mir verzeihen.«

»Du bist …« Sie brach ab und rutschte im Sitz etwas weiter nach unten. Selbstverständlich war sie nicht so sehr um *seinen* Ruf besorgt gewesen. Er blieb allerdings dabei, sie mit einigen frechen Sprüchen von ihren Schmerzen abzulenken und dafür zu sorgen, dass sie sich mehr mit ihm als mit sich und ihrer misslichen Lage beschäftigte. Noch. Sobald sie bei ihr zu Hause waren, würde er das ändern müssen.

»Ist dir klar, was es bedeutet, wenn einer meiner Brüder davon erfährt?«

»Prügel für mich. Einer gegen sechs. Und deine tanzgestählte Schwester sollte ich wohl ebenfalls nicht unterschätzen.«

»Sie werden dich vor den Traualtar zerren. Und mich leider ebenfalls.«

»Womöglich vor denselben? Zur gleichen Zeit?« Er fand den Gedanken gar nicht mal schrecklich. Dass dem so war, versetzte ihm jedoch einen Adrenalinstoß.

»Womit wir wieder beim Ausgangspunkt angelangt wären«, seufzte sie resigniert.

»Bei welchem Ausgangspunkt?«

»Beim *Idioten*!«

»Ah, bei dem. Freut mich. Wenn wir den Ablauf beibehalten, darf ich dich gleich noch mal küssen.«

Tonya zog es vor, sich von da an in Schweigen zu hüllen. Ein trotziges Schweigen, wie er fand. Er bog in die hübsche Siedlung ein, in der sie eine Wohnung gemietet hatte, und fuhr äußerst vorsichtig über die zur Geschwindigkeitsreduzierung angebrachten Bremsschwellen. Er wollte jede unnötige Erschütterung vermeiden, ahnte er doch, dass ihr nicht nur Arm und Schulter wehtaten, sondern auch der Kopf.

Sobald er hinter ihrem Auto eingeparkt hatte, schnallte sie sich ab und sagte artig: »Danke fürs Fahren.«

Er nickte, befreite sich ebenfalls von seinem Gurt und schnappte sich ihre Tasche. Kurz darauf öffnete er ihr die Tür. Sie brauchte lange, um ihre Beine aus dem Auto zu heben, winkte allerdings energisch ab, als er ihr helfen wollte. Angesichts der Schweißperlen auf ihrer Stirn unterließ er eine Bemerkung über ihren Dickkopf, bot ihr aber auch kein zweites Mal seine Hilfe an. Dabei hätte er sie am liebsten hochgehoben und zum Haus getragen.

Als sie jedoch die Hand nach ihrem Rucksack ausstreckte, hob er bedeutungsvoll die Augenbrauen. Ihre Schultern sackten ein Stück nach unten. Offenbar erschloss sich ihr gerade, dass sie ihn nicht so schnell loswerden würde, wie es ihr lieb gewesen wäre.

Hintereinander schritten sie über den gepflasterten Weg zu ihrer Haustür, und Tonya musste sich an die Zarge lehnen, als sie diese endlich erreichten. Ihre Gesichtsfarbe glich bedenklich der weißen Fassade, was Jake die Stirn runzeln ließ.

»Der Schlüssel ist in der kleinen Seitentasche.« Tonyas Stimme klang gepresst.

Jake kramte den Hausschlüssel hervor, öffnete die Tür und ignorierte Hoss' Knurren, als er vor Tonya in den Flur trat. Sie ging in die Hocke und begrüßte ihren Vierbeiner mit einer kurzen Streicheleinheit, musste sich beim Aufrichten jedoch an Jakes Unterarm festhalten. Sie schwankte, also legte er den Arm um ihre Taille und zog sie Halt bietend an sich, was dem Hund nicht gefiel. Er knurrte Jake missmutig an.

»Was hat er nur gegen mich?«, murmelte er und dirigierte die Frau in seinem Arm in Richtung des eigentümlich leeren Wohnzimmers mit den Unmengen an Zierkissen.

»Zu viel Testosteron«, antwortete Tonya gepresst.

»Er oder ich?«

Von ihr kam ein Laut, der sich nach der weiblichen Version von Hoss' Knurren anhörte und in Jake die Frage aufwarf, wer dieses Grollen wohl noch so alles beherrschte. Er ließ Tonya behutsam auf die Sofakante gleiten, fegte einige der Kissen zu Boden und hob ihre Beine auf das Polster. Dabei ließ er ihr Gesicht nicht aus den Augen, um sofort reagieren zu können, falls ihr die Bewegung noch mehr Schmerzen zufügen sollte. Sie dankte ihm seine Achtsamkeit mit einem Lächeln. Sanft. Weich. Zerbrechlich. Nichts, was sie gern über sich gehört hätte, seinen Herzschlag aber zu einem wilden Rhythmus animierte.

»Okay, was braucht dein vierbeiniger Beschützer?«

»Wasser und einen Spaziergang. Vorerst.«

»Wird erledigt. Was kann ich dir zu trinken bringen?«

»Auch Wasser. Im Glas, nicht in einem Napf, bitte.«

»Sonst noch etwas?«

»Schmerzmittel?«

»Wann darfst du die nächste Tablette nehmen?«

»Erst in etwa zwei Stunden.« Sie klang gequält und trotzig zugleich. Sicher würde sie keine Minute früher nach dem Schmerzmittel greifen.

»Hast du schon was gegessen?«

Sie schüttelte mit geschlossenen Augen den Kopf, fügte aber hinzu: »Brauche nichts.«

»Nachher dann.«

»Musst du nicht … jemanden beschützen gehen. Verfolgen? Verhören? Verhaften?«

»Versorgen. Ich habe heute frei.«

»Was für ein Glück für mich.« Sie klang unüberhörbar sarkastisch. Jake grinste, breitete die cremefarbene Fleecedecke über ihr aus, steckte sie fürsorglich um ihre Schultern fest und ging, begleitet von der Unmutsbekundung des Beagles, in die Küche.

Er nahm den leeren Napf, spülte ihn aus und stellte für das Tier frisches Wasser hin, was mit einem weiteren Knurrlaut quittiert wurde.

»Ich verstehe. Dein Knurren ist vielmehr eine Zuneigungsbekundung. Wie bei deinem Frauchen. Wenn sie bissig reagiert, ist sie dankbar und mag einen.«

»Da unterliegst du einer groben Fehlinterpretation«, kam es aus dem Wohnzimmer.

»Ich dachte, du schläfst längst.«

»Wieder falsch.«

»Solltest du aber.«

»Damit du ungestört hier herumschnüffeln kannst.«

»Hier gibt es nichts, was interessant sein könnte. Du hast alles entsorgt.« Jake lehnte sich an den Türrahmen und betrachtete die zierliche Gestalt auf der Couch. Tonya hatte sich eingerollt und hielt die Augen geschlossen. Mittlerweile klang ihre Stimme schleppend, vermutlich würde sie bald einschlafen. Eigentlich wollte er sie – wie seine Kollegen es sicher bereits getan hatten – wegen des Überfalls befragen und ihr gleich einige Verhaltensmaßregeln für die Zukunft erteilen, ließ das Vorhaben jedoch fallen. Sie sah gerade nicht sehr aufnahmefähig geschweige denn auskunftsfreudig aus. Er ergriff ihren Rucksack, legte ihn neben die Einschlafende auf den Beistelltisch, damit sie ihre Waffe in Griffnähe hatte, und suchte nach der Hundeleine.

Geduldig wartete Jake, bis der Beagle seine langen Ohren ausreichend in seinem Trinknapf gebadet hatte. Überraschend bereitwillig ließ er sich an die Leine legen, und Jake meinte sogar, so etwas wie Begeisterung zu erkennen, als sie gemeinsam zur Tür gingen. Er steckte Tonyas Hausschlüssel ein, schloss die Tür hinter sich und führte den Hund auf den Gehweg hinaus. Dort zog er sofort sein Smartphone hervor und rief Tom an, was er – wäre es nach Tonyas Bruder gegangen – vermutlich schon längst hätte tun sollen.

Kapitel 10

Tonya drehte sich vorsichtig auf den Rücken, dabei fiel eines ihrer Kissen zu Boden, ein anderes, das auf der Lehne gelegen hatte, auf ihre Beine. Blinzelnd versuchte sie, sich zu orientieren. Das Festnetztelefon läutete, was nur bedeuten konnte, dass ihre Mutter anrief. Oder irgendein Amt. Jeder andere rief sie auf dem Smartphone an.

Sie rollte sich von der Couch, verhedderte sich in der Decke und schwankte zu der Station im Flur. Von einem leichten Schwindel ergriffen, presste sie sich das Gerät fest ans Ohr, nachdem sie auf die grüne Taste gedrückt hatte.

»Wieland«, meldete sie sich mit schläfriger Stimme. Dabei sah sie sich nach Hoss um, bis ihr einfiel, dass Jake ihn auf einen Spaziergang mitgenommen hatte. Hoffentlich war dem Mann bewusst, dass der Beagle für eine Achtkilometerjoggingrunde nicht viel übrighatte. Andererseits – wenn Jake ihn nach Hause tragen musste, hätte zumindest sie ihren Spaß.

Irgendwann kam die Stille in ihrem benebelten und schmerzgeplagten Kopf an. Der Anrufer hatte noch keinen Ton gesagt.

»Hallo?«, sagte sie schließlich, und als weiterhin alles still blieb, legte sie auf.

»Danke für die Information«, nuschelte sie und ging zur Toilette. Bestürzt betrachtete sie ihr teilweise blutunterlaufenes, verquollenes und sehr bleiches Gesicht. Mit gerunzelter Stirn – ebenfalls schmerzhaft – fragte sie sich, wie Jake nur auf die Idee hatte verfallen können, sie zu küssen. Jeder andere hätte wohl vielmehr die Flucht ergriffen. Sie konnte nichts dagegen tun – sie fand es überaus … charmant.

Wieder ertönte das durchdringende Klingeln des Telefons. Sie verließ das Bad, lehnte sich an die Wand und meldete sich erneut. Ein weiteres Mal nur Schweigen.

»Ich kann nichts hören!«, sagte sie in der Hoffnung, dass derjenige, der sie erreichen wollte, wenigstens sie hörte und es von einem anderen Apparat aus versuchte.

Vorsichtig, da ihre Schulter und ihr Kopf jede Bewegung bestraften, holte sie ihr Glas vom Beistelltisch, auf dem auch ihr offener Rucksack mit der Waffe lag, ging in die Küche und füllte es mit Wasser. Mit einem Blick auf die Küchenuhr stellte sie fest, dass es bereits auf Mittag zuging. Sie trank ein paar gierige Schlucke und verdrehte die Augen, als das Telefon erneut klingelte.

»Wieder ich«, meldete sie sich.

Ein seltsames Rauschen war zu hören, dann ein Keuchen. Es klang, als laufe jemand an einer windumtosten Küste entlang. »Timo?«, riet sie ins Blaue hinein, immerhin waren er und Sandra in Griechenland.

Der Anrufer kappte die Verbindung. Sandra atmete tief durch, nahm das Gerät und ihr halb leeres Wasserglas mit und setzte sich vorsichtig auf die Couch.

Sie hatte es sich kaum halbwegs erträglich bequem gemacht, als das Telefon wieder klingelte.

»Ich habe ja Zeit«, sagte sie dieses Mal. Das Keuchen hatte sich vertieft. Tonya kniff die Augen zusammen, was ihr erneut

Schmerzen bereitete. Die hatte der Anrufer anscheinend auch. Oder anderes … Sie legte auf.

Genervt schaute sie das Gerät in ihrer Hand an, die Nummer war natürlich unterdrückt. Das winzige Display schaltete auf Standby. Tonya wartete, es kam jedoch kein weiterer Anruf mehr.

»Offenbar bist du fertig«, murmelte Tonya, streckte sich aus und schloss wieder die Augen. Eigentlich war sie nicht müde, doch sowohl ihre Haut als auch die Muskeln in ihrem Gesicht brannten weniger, wenn sie ihnen vortäuschte, dass sie schlief. Allerdings spukten ihr nun die Anrufe im Kopf herum. Handelte es sich um einen blöden Scherz oder hingen sie womöglich mit den jüngsten Angriffen zusammen? Vorsichtig betastete sie ihr geschwollenes Gesicht.

Was mit dem Einbruch in ihre Wohnung und dem Töten von Little Joe begonnen und über die Zerstörungswut an ihren Hortensien eine Fortsetzung gefunden hatte, war direkter und bedrohlicher geworden. In dem Moment, in dem man sie körperlich angegangen hatte. Folgten nun diese seltsamen Telefonanrufe, nur wenige Stunden nach dem letzten Angriff? Und das, nachdem einige Wochen lang gar nichts mehr geschehen war?

Jene Person – falls es sich tatsächlich um dieselbe handelte – musste einen überaus rastlosen, unstrukturierten und unberechenbar handelnden Geist haben. Und das fand Tonya äußerst beunruhigend.

Kälte zog in ihr Inneres ein und belauerte ihr Herz. Sie stand weniger in der Gefahr, vor Angst Schüttelfrost zu bekommen, als vielmehr davor, dass ihr Herz erkaltete. Vor Wut. Jene verbrüderte sich mit den Schuldgefühlen, die sie seit Dennis' sinnlosem Tod mit sich herumtrug.

Tonya zuckte zusammen. Das Telefon klingelte erneut. Sie tastete mit ihrer linken Hand danach, betrachtete das

»Anonym« im Display und wägte einen Augenblick ab, ob sie wirklich abheben sollte. Sie tat es.

Ein tiefes, lang gezogenes Stöhnen erklang, gleich darauf ein Murmeln. Worte, die sie nicht verstand. Eindeutig eine Männerstimme. Tonya wartete ab. Aus dem Murmeln wurde ein Keuchen, dann übelste Schimpfworte. Tonya drückte sich das Telefon fester ans Ohr. Sie zitterte am ganzen Körper, nicht wissend, ob vor Wut oder weil die Beschimpfungen sie entsetzten. Und verletzten. Schließlich legte der andere auf.

Tonya warf den Apparat angeekelt auf einen Kissenberg. Sie holte ihre Waffe aus dem Rucksack, kontrollierte sie kurz und deponierte sie auf der Lehne ihrer Couch. Anschließend ergriff sie ihr Smartphone und wählte Kathrins Nummer.

»Alles in Ordnung bei dir?« Die Frau klang besorgt und nahm sich nicht einmal die Zeit, sich angemessen zu melden.

»Kannst du mir bitte einen Gefallen tun.«

»Jake anrufen und ihn zu einem fingierten Einsatz schicken?«

»Lieb gemeint, doch Hoss kümmert sich schon um ihn.«

»Also?«

»Die letzten paar Anrufer auf meinem Festnetz. Vermutlich immer dieselbe Nummer. Der Provider darf die gern rausrücken.«

»Oh, nein, du Arme. Das nicht auch noch.«

»Ich stehe im Telefonbuch. Das war keine schwere Übung. Jedenfalls können wir jetzt wohl davon ausgehen, dass mein spezieller Freund männlich ist.«

»Gotthilf hat sicher in ein paar Minuten eine richterliche Verfügung, und ich rufe dann persönlich deinen Provider an. Zudem alarmiere ich deine beiden Wachhunde. Die müssten ohnehin ganz in deiner Nähe sein.«

»Vermutlich sitzt Jake bei ihnen auf der Rückbank, während Hoss im Schatten des Autos schläft.«

»Es ist eher anders herum. Hoss schläft auf der Rückbank, und Jake joggt nebenher. Die beiden Kollegen haben die Anordnung, mehrmals am Tag bei dir vorbeizufahren. Für mehr Aufmerksamkeit hat dein verstauchter Arm wohl nicht gereicht.«

»Das ist viel sinnvoller, als wenn sie stundenlang in einem Auto in unserer verkehrsberuhigten kleinen Straße sitzen. Unauffällig wäre was anderes.«

»Ich melde mich bei dir, sobald ich mehr weiß.«

»Du bist ein Engel.«

»Mit einem großen B davor. Pass gut auf dich auf. Und lass dich von Jake nicht zu sehr … ablenken.« Ihr Kichern war das Letzte, das Tonya hörte, ehe Kathrin auflegte. Es verdeutlichte Tonya, dass die Kollegin die Kameraaufzeichnung bereits gesehen hatte.

Tonya hatte gerade das Telefon weggelegt, als sie ein Geräusch an der Haustür wahrnahm. Gleich darauf kam Hoss zu ihr, um sich eine Streicheleinheit abzuholen. Jake erschien im Türrahmen, und sein Blick verweilte einen Augenblick auf ihrer Dienstwaffe. Dann sah er sie an. Über seinen Augen bildeten sich jene drei Falten, die sich noch weiter ausprägten, als er beide Telefone griffbereit neben ihr liegen sah.

Er trat näher, was ihm ein Knurren von Hoss einbrachte. Aufgebracht über den Hund warf er die Arme hoch. »Was ist denn jetzt schon wieder? Da draußen war ich noch dein bester Freund.«

Jake hielt inne, als sein Smartphone vibrierte, zog es hervor und warf einen flüchtigen Blick auf das Display. Er wollte es gerade wegstecken, als er stutzte und doch ranging.

Tonya sah zu, wie er die Augen zusammenkniff. Er wandte sich ab und begann in ihrem Wohnzimmer auf und ab zu gehen wie ein Tiger, der bereits zu lange in Gefangenschaft gehalten wurde.

»Ich habe übrigens noch immer frei!«, sagte Jake schließlich, was Tonya verriet, dass es sich um einen dienstlichen Anruf handelte. Sie neigte den Kopf zur Seite und ließ ihn nicht aus den Augen. Er klang ruhig, doch sie konnte beobachten, wie er die freie Hand zur Faust ballte. Eine Bewegung, die sie bei ihm zuletzt häufiger gesehen hatte und die seine Anspannung widerzuspiegeln schien.

»Ich könnte sie knebeln und fesseln, in den Kofferraum sperren und am Südpol aussetzen.«

Tonya richtete sich auf. Ging es um sie? Die Vermutung lag zumindest nahe, zumal Jake sich nun umdrehte und sie mit einem düsteren Blick bedachte. Von dem humorvollen Mann, der er sein konnte, war nichts geblieben. Mit seinen kantigen Gesichtszügen und dem dunklen Bartschatten wirkte er im Augenblick nahezu Furcht einflößend.

Tonya lehnte sich zurück und gab sich betont gleichgültig, was zur Folge hatte, dass seine braunen Augen beinahe schwarz wurden. *Vielleicht sollte ich mich ein kleines bisschen vorsehen. Ruhe ausstrahlen, deeskalierend einwirken …*

Jake beendete das Gespräch, warf das Smartphone reichlich unsanft auf den Tisch und baute sich mit vor der Brust verschränkten Armen vor ihr auf.

»Wann wolltest du mir das mit den Anrufen sagen?«

»Entspann dich. Du bist doch gerade erst zur Tür reingekommen.«

»Wann?«

»Sobald du dich genug darüber gewundert hattest, dass Hoss mich noch immer gegen dich verteidigt.« *Was vielleicht nötig ist.*

»Wie lange geht das schon?«

Tonya blickte übertrieben lange auf die Wanduhr, ehe sie ihm wieder ihre Aufmerksamkeit schenkte. »Etwa eine Stunde?«

Er stieß ruckartig die Luft aus, schob ihre Sachen beiseite und setzte sich auf den Beistelltisch. »Du willst mir weismachen, dass das heute die ersten Anrufe dieser Art waren?«

»Das will ich dir nicht weismachen, das ist so.«

»Und du hast sofort Moneypenny informiert und lässt den Anruf zurückverfolgen?«

»Hätte ich es verschweigen sollen? Abwarten, ob noch mehr kommt? Damit Tom und du mir wieder vorwerfen könnt, ich würde die ganze Sache nicht ernst genug nehmen? Soll ich mich weiter damit herausreden, dass das eine mit dem anderen nichts zu tun haben muss?« Trotz der Schmerzen beugte sie sich nach vorn und blitzte Jake herausfordernd an.

»Es hätte mich nicht gewundert«, gab er mit einem schiefen Grinsen zu.

Soll dein Flegelgrinsen so etwas wie ein Friedensangebot sein? Das hättest du wohl gern. Tonya kniff die Augen zusammen. »Denkst du wirklich, das geht alles spurlos an mir vorüber?«

»Nein. Aber du tust so.«

Und das aus gutem Grund. Ich will niemanden um mich haben, der meint, mich unter Einsatz seines Lebens beschützen zu müssen. Und ja, ich weiß, woher mein Wunsch stammt und dass er irrational ist.

Tonya ließ sich vorsichtig in die Kissen zurückgleiten. Laut sagte sie: »Ich weiß sehr wohl, dass diese Späße harmlos sein können. Oder eben auch nicht, zumal ich nun mal beim BKA arbeite. Ich habe keine Ahnung, wer dieser Idiot ist oder warum er es auf mich abgesehen hat. Aber er hat heute Nacht eine Grenze überschritten! Er handelt wirr, weil keine Steigerung der Angriffe erkennbar ist. Vielmehr fällt er von Gewalt in relativ harmloses Blütenköpfen zurück und von einem tätlichen Angriff auf mich zu blöden Telefonanrufen. Und das gefällt mir nicht.« Tonya holte tief Luft. *Es macht mir Angst, doch das binde ich dir nicht auf die Nase, Jake Sturm. Ich habe nämlich keine Lust auf den Südpol.*

»In Ordnung, T.« Jake erhob sich, zog sich den Sessel heran und setzte sich ihr gegenüber. So nahe, dass ihre Knie sich beinahe berührten. Hoss knurrte erneut, woraufhin ihm Tonya beruhigend den Kopf tätschelte. Der Beagle schmatzte zufrieden und entspannte sich endlich.

»Das am Telefon war Gotthilf. Er hat mich gerade zusammengefaltet. Ihm hat die neuerliche Attacke auf dich nicht gefallen, und er wollte von mir wissen, was ich in der Zeit gemacht habe.«

»Wie solltest du Telefonanrufe unterbinden? Zumal du ja eigentlich deinen freien Tag hast?«

»Offenbar hätte er gern, dass ich nicht mehr von deiner Seite weiche. Ihm hat es überhaupt nicht gefallen, dass ich nicht bei dir war.«

»Du hast meine Erlaubnis, ihn zu fesseln, zu knebeln und am Südpol abzusetzen.«

Jake lachte und drückte ihr kurz das Knie. »Die Nummer stammt von einem Anschluss in einem Pflegeheim in Halle bei Leipzig, aus dem Zimmer einer Bewohnerin, die nicht mehr selber wählt, weil sie zu schlecht sieht und während der Anrufe ohnehin im Gemeinschaftsraum war. So hat das die Pflegedienstleitung am Telefon erklärt. Zwei Kollegen fahren aber noch hin.«

»Gibt es in dem Heim Überwachungskameras?«

»Nur an der Eingangstür.«

»Wie wahrscheinlich ist es, dass der Anrufer dort arbeitet. Oder einen Angehörigen in dem Heim hat, den er besucht?«

»Wie wahrscheinlich ist es, dass du freiwillig zum Südpol reist?«

Tonya nahm das dunkelblaue Kissen mit den aufgestickten zarten Blüten und drückte es sich gegen den Bauch. Sie versuchte damit, die Unruhe in sich zu befrieden. Dieser Mann im Schatten war mobil, schließlich war er in der Nacht noch hier in Wiesbaden gewesen. Und er war nicht dumm. Intelligenz und Irrationalität gepaart mit – ja, was? Hass auf sie? Der Gedanke war beunruhigend. Mehr als das.

»Wir sehen nachher noch einmal alle Fälle durch, an denen du aktuell arbeitest. Zuerst nimmst du dir aber die Zeit und gehst die vergangenen Monate durch. Fang im Januar an.«

Tonya drückte mit ihrem ruhiggestellten Unterarm das Kissen noch fester an sich. Hegte Jake den Verdacht, dass der Einbruch und das Töten von Little Joe nicht der Beginn der Angriffe auf sie gewesen war? Die Überlegung, dass der Kerl sich schon viel früher in ihrer Nähe aufgehalten haben könnte – was sie nicht bemerkt und deshalb bis jetzt auch nicht mit den aktuellen Ereignissen in Zusammenhang gebracht hatte –, rief eine unterschwellige Panik in ihr hervor. War sie womöglich über Wochen hinweg unbemerkt beobachtet worden? Wenn dem so war, lautete die nächste Frage wohl, wie nahe jener Mann ihr bereits gekommen war, ohne dass sie eine von ihm ausgehende Bedrohung gespürt hatte. Und: Wie nahe konnte er ihr, ohne von ihr bemerkt zu werden, an jedem einzelnen Tag kommen? Weil sie nicht wusste, wer er war, wie er aussah, wo sich ihre Wege kreuzten.

Allein der Gedanke war schrecklich. In ihrem Inneren verkrampfte sich etwas. Vermutlich der Teil ihres Gedächtnisses, der schon einmal Todesängste detailliert gespeichert hatte. Der Teil ihrer Erinnerungen und der damit verbundenen Empfindungen, den sie weit nach hinten geschoben und mit guten Gedanken zugemauert hatte.

Unwillkürlich wanderte ihr Blick zu der Waffe auf der Rückenlehne der Couch. Sie konnte Gewalt nicht ausstehen und hasste die Kälte und das Gewicht der Pistole in ihrer Hand. Aber sie wollte kein zweites Mal völlig hilflos sein und in Panik davonlaufen. Oder jemand anderem – einem Menschen mit einer schwarzen Seele – den Sieg überlassen. *Nicht noch einmal!*

Jake erhob sich, was Hoss erneut mit einem Knurren kommentierte, und ging in die Küche. Sie hörte, wie er die Kühlschranktür öffnete und kurz darauf eine Pfanne aus der Schublade holte. Sie verdrängte ihre Verwirrung darüber, wie selbstverständlich Jake ihre Wohnung in Besitz nahm, und machte sich daran, die ihr auferlegte Denkaufgabe zu lösen.

Sie hatte mal eine Woche lang keine Post erhalten. Auf Nachfrage hatte man sie an die Austrägerin verwiesen, die ihr versichert hatte, jeden Tag etwas in den Kasten draußen an dem Steinquader geworfen zu haben, der – gemeinsam mit seinem Pendant – die Einfahrt markierte. Daraufhin hatte Tonya festgestellt, dass die Klappe, die es ihr ermöglichte, ihre Post zu holen, nicht mehr richtig schloss. In der besagten Woche war es sehr stürmisch gewesen, weshalb sie angenommen hatte, die Briefe seien davongeweht worden. Seit sie den Schließzylinder ausgewechselt hatte, war das Problem behoben. Der Verlust ihrer Post hatte vermutlich nur an dieser ständig aufschwingenden Klappe gelegen. Sicher war sie sich dessen nicht. Sie hoffte es jedoch, immerhin war das bereits im Januar und damit schon vor einem halben Jahr gewesen.

An ihrem Polo war mal der Außenspiegel abgefahren worden. In einer so engen Straße geschah das leicht mal. Leider war es nicht mehr üblich, sich deswegen zu melden. Das musste Anfang Februar passiert sein, resümierte sie. Gedanklich ging sie das Jahr weiter durch. Familienfeste, Überstunden, ein Wochenende mit Lana. Ende Februar war sie eine Woche lang krank gewesen, gleich darauf hatte es einen landesweiten Zugriff gegeben, den sie mitgeplant hatte. Ein paar Tage später waren ihre Mütze und ihr Schal verschwunden gewesen. Sie hatte sie im Sportstudio an die Garderobe gehängt, statt sie in ihrem Spind einzuschließen. Offenbar hatte jemand an dem regnerischen Tag sehr gefroren. Auf dem Heimweg dann nicht mehr – sie dagegen schon.

Tonya beugte sich vor und rief in Richtung Küche, aus der ein stetes Klappern zu hören war und der Duft von angebratenen Zwiebeln herüberwehte: »Das hat doch keinen Sinn. Alle Ereignisse, die mir einfallen, müssen doch nicht zwangsläufig etwas mit diesem Idioten zu tun haben.«

»Wenn es Ereignisse gab, dann schreib bitte auf, wann sie stattgefunden haben.«

»Jake!«, stöhnte sie übertrieben gequält. »Das ist Monate her.«

»Versuch zumindest den Zeitrahmen einzugrenzen.«

»Und dann? Erwartest du, dass ich mehrere Jahre zurückgehe?«

»Wir konzentrieren uns jetzt erst einmal auf dieses Jahr.«

»Danke auch!«, brummte Tonya kopfschüttelnd. Jakes Gründlichkeit war vorbildlich. Dennoch sah sie keinen Sinn darin, alles, was in den letzten Monaten schiefgelaufen war, aber zum ganz normalen Alltag gehörte, zu erfassen und anschließend einen Zusammenhang mit den kürzlichen Übergriffen hineinzuinterpretieren.

Jake kam ins Wohnzimmer. Das Küchenhandtuch lag über seiner rechten Schulter, seine Haare waren zerzaust, das Gesicht vom Dunst aus der Pfanne leicht gerötet. In Tonyas Augen sah er schlicht umwerfend aus, wie er da mit weit ausholenden Schritten auf sie zukam und ihr ihren Küchenkalender, in den sie hauptsächlich die fehlenden Lebensmittel notierte, und einen Kugelschreiber reichte.

»Mach dich nützlich, Kleine!«, sagte er gönnerhaft wie einer ihrer großen Brüder. Hoss knurrte ihn aufgebracht an, was Tonya auf den Gedanken brachte, dass der Beagle diese Art der Ansprache vielleicht auch nicht leiden konnte. In ihr selbst fiel der Protest ungewöhnlich leise aus. Fast so, als mache es ihr nicht viel aus, von Jake so genannt zu werden. *Seltsam.*

Energisch riss sie eines der beigefügten Notizblätter aus dem Kalender und fing mit ihren Überlegungen noch einmal von vorn an. Dabei machte sie sich fleißig Notizen.

Am 1. Mai hatte man die Mülltonnen umgeworfen und den Inhalt auf die Auffahrt gekippt. Sie vermutete darin das Werk einiger Jugendlicher beim Maienstecken. Leider hatten die nie gelernt, dass man seinen Nachbarn auch lustige Streiche spielen konnte. Adalayas Ehemann war über die Sauerei alles andere als erfreut gewesen. Später hatten die drei jüngsten ihrer älteren Brüder sie besucht. Überfallartig. Sie hatten zwei Nächte in ihrem Garten gecampt, ihren Kühlschrank und die Gefriertruhe leer gefuttert wie Heuschrecken ein Weizenfeld und waren dann wieder abgezogen.

Da in jenen Tagen eine intensive Arbeitswoche angestanden hatte, hatte Tonya erst einige Zeit danach mitbekommen, dass die Zelte der Jungs mit Sprühfarbe beschädigt worden waren. In ihrem Wohngebiet gab es keine Probleme mit Sprayern. Allerdings hatte sie kurz darauf von einem älteren Kollegen mit Kindern in der Oberstufe erfahren, dass es in Schulen Kunstunterricht gab, in denen auch das Thema »Graffiti« durchgenommen wurde. Vielleicht hatten einige dieser Schüler es einfach einmal ausprobieren wollen und die Zeltplanen ihrer Brüder als ideale Sprayfläche betrachtet. Hinter der hohen Hecke versteckt, hatte man die Nachwuchskünstler von der Straße aus nicht sehen können, und die Straßenlaterne hatte für eine ausreichende Beleuchtung gesorgt.

Tonya drehte den Kugelschreiber zwischen ihren Fingern im Kreis. Sie dachte angestrengt darüber nach, was es zu Beginn des Sommers so alles an kleineren und größeren Aufregungen gegeben hatte. Ihre latenten Kopfschmerzen waren dabei nicht gerade hilfreich, ebenso wenig der Umstand, dass in ihrer

Küche ein Mann hantierte, als gehörte er hierher. Er sang leise und mit einer atemberaubend tiefen Stimme vor sich hin, und der verführerische Duft von kräftig gewürztem und scharf angebratenem Fleisch stachelte ihren Magen zu einer rumorenden Revolution an.

»Konzentrier dich. Und zwar auf das Richtige«, sagte sie zu sich selbst, ohne den Blick vom Durchgang zu nehmen, in der Hoffnung, dass Jake sich mal zeigen würde. Er tat ihr den Gefallen nicht. Also wandte sie sich wieder dem Kalender zu.

Es hatte vermehrt Hundekot in der Einfahrt gegeben, bis Adalaya ein Schild aufgestellt hatte samt Tütchen zum Einpacken der Hinterlassenschaft. Einen Rempler im Freibad, der sie beinahe – noch angezogen – in das Becken befördert hatte. Little Joes anhaltendes, immer wiederkehrendes sehr aufgeregtes Bellen an einem Abend, an dem ein Sommergewitter für kräftige Sturmböen und eine gewaltige Geräuschkulisse gesorgt hatte. Die seltsame Schmiererei an der Heckscheibe ihres Polos, als sie von der Arbeit gekommen war. Es war eine zähe Creme gewesen, so etwas wie Nivea oder Penaten. Was noch? Tonya rieb sich die schmerzende Stirn. Der Einbruch. Little Joes grausames Ende.

Tonya schloss die Augen. Nicht, weil sie sich das grässliche Bild des blutbefleckten Hundes in Erinnerung rufen wollte, sondern die schönen, aufregenden und lustigen Momente mit dem Retriever. Sie vermisste ihn. Immer dann, wenn sie es sich erlaubte, an ihn zu denken. Wie sehr einem ein Tier doch ans Herz wachsen konnte.

Tonya schreckte auf, als ihr jemand sanft die Hand auf den Arm legte. Verwirrt schaute sie in das Gesicht mit dem dunklen Bartschatten hinauf, ehe sie verlegen lächelte. Sie musste eingeschlafen sein. Jake hatte ihre Schreibmaterialien zur Seite gelegt, dafür stand ein Teller mit Lammbraten, Buttergemüse,

Reis und einer herrlich dickflüssigen Soße neben ihr auf dem Beistelltisch.

»Hey, Schneewittchen. Zeit für eine Stärkung.«

Tonya blinzelte verwundert. Wie konnte ein so großer Kerl nur dermaßen sanft klingen. Der Gedanke, dass sie es schade fand, nicht wachgeküsst worden zu sein, erschreckte sie. Offenbar war es viel zu lange her, dass sie das letzte Mal geküsst worden war, wenn ihr derlei durch den Kopf spukte.

Tonya senkte die Augen. Sie wusste genau, wann das zuletzt geschehen war. An einem heißen Spätsommertag am Rande eines Maisfelds … Die Erinnerung verblasste. Für einen Moment sah sie sich auf dem obersten Treppenabsatz des Bürohauses stehen, Jake direkt vor ihr …

Sie richtete sich auf und ließ sich von ihm das Tablett mit der Mahlzeit auf den Schoß stellen. Jake drückte ihr auffordernd das Besteck in die Hand. Sie kostete das Fleisch, dann das Gemüse und sah ihn mit großen Augen an. Der Mann konnte vielleicht kochen!

»Wow!«, war alles, was sie über die Lippen brachte.

»Mein Vater ist Koch!« Er zwinkerte und ging in die Küche hinüber, um seine Portion zu holen. Erneut ließ er sich in den Sessel gleiten und balancierte den Teller ebenfalls auf seinen Oberschenkeln, während sie schweigend aßen. Tonya fand das in Anbetracht der leckeren Speisen durchaus richtig. Diese wollten genossen werden.

Sobald Jake ihre Teller in die Spülmaschine geräumt hatte, setzte er sich wieder zu ihr, nahm ihre Notizen zur Hand und las sie mit gerunzelter Stirn. Schließlich ergriff er den Kugelschreiber und zeichnete mehrere Ovale um verschiedene Datumsangaben. Tonya richtete sich weiter auf, weil sich ihr nicht erschloss, was er da tat. Dann nickte sie. Hätte sie die Liste am Computer erstellt, wäre ihr das, was Jake beunruhigte, vermutlich selbst aufgefallen. Sie liebte die akkuraten Zahlen,

Kennungen und Statistiken, die ein Rechner lieferte – vor allem im Vergleich zu dem schrecklichen Gekrakel, das sie mit der ungeübten linken Hand zuwege gebracht hatte.

Mit zusammengepressten Lippen besah sie sich ihre Notizen. Viele der von ihr niedergeschriebenen Ereignisse hatten sich innerhalb der ersten fünf Tage zu Beginn eines neuen Monats ereignet. Jeden Monat, seit Januar. Das konnte kein Zufall sein.

»Der April fehlt«, sagte Jake leise. Seine Worte klangen wie dumpfes Donnergrollen. Als er den Kopf hob und sie anschaute, sahen seine eigentlich braunen Augen schwarz aus. War er wütend auf sie, weil sie all dem keine Bedeutung beigemessen hatte? Aber das waren so alltägliche Vorkommnisse gewesen, nichts davon hatte sie als Bedrohung wahrgenommen. Trotzdem lief ihr ein eiskalter Schauer den Rücken hinunter. Hielt sich diese Person bereits seit über einem halben Jahr in ihrer Nähe auf?

Jake riss ein weiteres Blatt aus dem hinteren Teil des Kalenders und reichte es ihr. Sie starrte ihn an, spürte, wie sich in ihr etwas verhakte. Wie zwei Zahnräder, deren Zacken nicht mehr richtig ineinandergriffen.

Tonya weigerte sich, den Gedanken zuzulassen, dennoch drang er zu ihr vor, gleich grauem Qualm, der sich gnadenlos unter einer Tür hindurchdrückte, um auch jenseits der Brandstelle die Luft zu vergiften. Denn Jake wollte, dass sie ihre Liste fortsetzte, in das vergangene Jahr hinein. Weder er noch sie nahmen an, dass die Vorfälle ausgerechnet zu Anfang des Jahres begonnen hatten.

»Was ist das nur?«, flüsterte sie. Ihre linke Hand zitterte, als sie den Stift aufnahm – und das nicht, weil sie es nicht gewohnt war, mit links zu schreiben.

»Was war Anfang April, T?«, hakte Jake nach.

»Ich hatte von Ende März an Urlaub und war zwei Wochen in Frankreich.«

»Na gut. Du konzentrierst dich auf das vergangene Jahr und ich frage deine Vermieter, ob hier im April irgendetwas Ungewöhnliches geschehen ist.«

»Bitte Jake, mach ihnen keine Angst. Ada ist sehr … feinfühlig. Und sie haben das Baby.«

Jake strich sich mit der Hand über das Gesicht. Bereits an der Zimmertür drehte er sich nochmals um. »Ich denke, sie sollten wissen, dass etwas Besorgniserregendes im Umkreis ihres Zuhauses im Gange ist.«

Tonyas Kopf ruckte hoch. Schon einmal hatte sie Angst um Adalayas und Selmas Sicherheit gehabt. Ihr Magen drohte sich zu verknoten, erneut streifte ihr Blick die bereitgelegte Schusswaffe. Entschlossen straffte sie die Schultern.

»Ich verschwinde von hier. Den Dreien darf nichts zustoßen.«

Jake nickte verstehend und wollte sich zum Gehen wenden, drehte sich dann aber noch einmal zu ihr um. »Ich halte es ohnehin für das Beste, wenn wir dich woanders unterbringen.«

Tonyas Lächeln glich eher einer grimmigen Fratze. Sie hatte nichts anderes erwartet. Jake klopfte zweimal mit der flachen Hand auf den Türrahmen, ehe er sein Vorhaben in die Tat umsetzte.

Tonya ließ sich ein wenig zu ruckartig zurückfallen. Ihre Schulter strafte es mit einem kräftigen Ziehen. Frustriert, wütend und auch ängstlich schloss sie die Augen und fühlte dem Gefühlsgemenge in sich nach, das alles andere als angenehm war. Schließlich zwang sie sich, sich auf ihre Aufgabe zu konzentrieren. War in den ersten Dezembertagen des vergangenen Jahres Ungewöhnliches geschehen? Sie lachte trocken auf. Das Ganze war doch … irrsinnig.

Sie grübelte darüber nach, ob es Anfang Dezember gewesen sein könnte, als eine Nachbarin sie gewarnt hatte, weil in der Gegend Würstchen mit Tapetenmesserklingen herumlagen? Tonya notierte es, obwohl sie sich nicht völlig sicher war. Grimmig sagte sie: »Also gut. Dann der November.« Ihr wollte einfach nichts einfallen.

Tonya schrieb im Oktober und September je ein Stichwort in die Liste, mehr Verdachtsmomente konnte sie jedoch nicht finden. War das so, weil ihr Gehirn sich inzwischen dagegen zur Wehr setzte? Weil das Wissen um jede weitere Woche, in der sie diese verborgene Gefahr umgeben hatte, schlicht zu unheimlich war? Zu grausam?

Mit einem Blick auf die Uhr stellte sie fest, dass Jake bereits seit über einer halben Stunde bei Adalaya oben war. Vermutlich stopfte sie ihn mit Künefe voll, so wie sie jeden Gast mit ihrer mütterlichen Gastfreundschaft überschüttete.

Das Warten wurde ihr zu lang, also erhob sie sich, holte ihren Trolley und den großen Wanderrucksack und machte sich daran, das Wichtigste einzupacken. Mit nur einem funktionstüchtigen Arm, dessen Schulter einige Bewegungen mit Schmerz strafte, war das ein reichlich unangenehmes Unterfangen. Aber sie wollte nicht noch länger unnütz herumsitzen. Alles in ihr schrie danach, zu handeln, auch wenn sie nur ihre Sachen zusammenpackte, um dieser Wohnung den Rücken zuzukehren. Schließlich zog sie ihren Koffer an die Haustür, öffnete sie und stellte das Gepäckstück davor. Es sollte für einen etwaigen Beobachter ein eindeutiges Signal aussenden: *Sieh her, ich gehe fort. Also lass das Haus, allem voran die oben lebende Familie, gefälligst in Ruhe.*

Ihre Handlungsweise war ziemlich sicher absolut unnötig, war sie doch erst vorhin aus Halle angerufen worden. Dennoch gab sie Tonya ein gutes Gefühl. Sie hätte alles getan, um Adalayas kleine Familie zu beschützen, egal wie unsinnig es sich anfühlte.

Jake kam noch immer nicht zurück, sodass Tonya die Zeit nutzte und Thomas anrief. Auf ihre Frage, ob sie erneut ein paar Tage bei ihm wohnen dürfe, überschüttete er sie mit Fragen, die sie zurückhaltend, aber ehrlich beantwortete. Schließlich seufzte er vernehmlich, schwieg einen Augenblick und sagte dann in seinem typisch brüderlich-besorgten Tonfall: »Ich kann dich gerade nicht abholen.«

»Jake kann mich fahren.«

»Er ist bei dir?«

»Ja.«

»Das ist gut. Denke ich.« Der zweite Teil klang nachdenklich, nahezu misstrauisch. Tonya verdrehte die Augen. »Ich habe nicht vor, mich ihm an den Hals zu werfen.«

»Na ja …«

Sie konnte förmlich hören, wie er in Gedanken abwog, ob er seine Schwester vor Jakes Ruf warnen sollte oder ob er es doch gutheißen konnte, wenn sie ein Paar würden. Schließlich war Jake sein Freund. Und er würde Tonya in Sicherheit wissen.

»Okay, ich gehe in ein Hotel.«

»Kommt gar nicht infrage.«

»Ich räume deine Bude dieses Mal nicht auf.«

»Sie ist aufgeräumt.«

»Das ist, wie so vieles, reine Ansichtssache.«

»Ich muss los. Bis heute Abend.«

Tonya lachte und legte ihr Smartphone beiseite. Als sie aufsah, lehnte Jake im Türrahmen. Wie lange er da wohl schon stand? Ob er gehört hatte, dass sie nicht vorhatte, sich ihm an den Hals zu werfen?

Tonya hob fragend die Augenbrauen in dem Versuch, sich selbst – und notfalls auch Jake – genau davon abzulenken.

»Adalaya ist nichts eingefallen. Sie wird später noch ihren Mann fragen und mich anrufen. Aber ihre türkische Süßspeise ist extrem lecker.«

Tonya beugte sich vor, ergriff ihre SIG Sauer, packte sie in den kleinen Rucksack und schob den großen mit dem Fuß in Richtung Jake. Der stieß sich ab, trat näher und nahm ihn auf.

»Zu Tom?«

Tonya nickte und fügte hinzu: »Ich habe noch den Schlüssel zu seiner Wohnung.«

»Wir nehmen deine Gurke, damit auch die nicht mehr hier herumsteht. Sobald ich dich abgeliefert habe, stelle ich sie auf einen öffentlichen Parkplatz.«

»Sobald mein Gepäck bei Tom ist, möchte ich gern zur Arbeit.«

Auf seinen zweifelnden Blick hin erklärte sie bestimmt: »Nur dort kann ich herausfinden, ob das alles etwas mit meiner Arbeit zu tun hat. Ich will alle Fälle durchgehen, an denen ich seit Sommer letzten Jahres gearbeitet habe.«

Sie drückte ihm ihre erweiterte Liste in die Hand, schnalzte Hoss zu, damit der ihr folgte, und ging in Richtung Haustür.

»Solltest du dir nicht erst einmal ein, zwei Tage Pause gönnen? Du hast Schmerzen.«

»Ich will, dass das aufhört!« Tonya wusste, wie angriffslustig, ja bissig sie klang, doch das war ihr gleichgültig. Sie musste einfach herausfinden, wer seit Monaten in ihrer Nähe herumschlich und ihr diese seltsamen Streiche gespielt hatte – bis sie vor einigen Wochen eskaliert waren. Mit einem tödlichen Angriff auf ihren Hund und gleich mehreren Vorkommnissen innerhalb kürzester Zeit.

Aus dem Augenwinkel sah sie Jake beipflichtend nicken.

Kapitel 11

Zufrieden verschränkte die Person die Arme vor der Brust. Orangefarbene Flammen mit einem bläulichen heißen Inneren züngelten in die Höhe. Klein, fast schüchtern anmutend. Noch. Denn das würde sich ändern. Rückwärts wich die Gestalt zurück und wäre beinahe über einen der etwas niedrigeren Hortensienbüsche gefallen. Sie konnte nur mühsam ein Schimpfwort unterdrücken. Hastig wanderte ihr Blick von links nach rechts. Alles blieb ruhig, niemand störte sich an ihrer Anwesenheit. Nicht einmal die hässliche Töle, die noch in der Wohnung lebte. Stille lag über der Wohnsiedlung. Nur ein paar Grillen zirpten penetrant. Sie mussten sich von den nahe gelegenen Wiesen hierher verirrt haben. Die Menschen in der Nachbarschaft schliefen. Allerdings wohl nicht mehr lange. Am heutigen Morgen würde nicht ihr Wecker sie aufschrecken, sondern Sirenengeheul.

Der Brandleger zog sein Smartphone hervor und blickte auf das Display. Es war drei Uhr nachts. Müdigkeit breitete sich in ihm aus, als habe allein das Wissen um die Uhrzeit sie hervorgelockt. Sie fraß das Adrenalin, das zuvor durch seine Blutbahnen geschossen und beim Anblick der ersten tanzenden

Flammen förmlich explodiert war. Er taumelte, hob fast mühsam die Füße an, um die Flucht zu ergreifen.

Tonyas Auto stand nicht hier. Doch das war zuletzt häufiger der Fall gewesen. Sie wurde gefahren. Sicher auch derzeit wieder, immerhin war sie verletzt. Ein Anflug von Bedauern überkam den Schattenriss.

Das Motorrad parkte in einer Parallelstraße. In dieser Nacht fiel es ihm schwer, es vom Ständer zu wuchten, es aufrecht zu halten, bis er endlich richtig saß. Er startete die Maschine, ihr Motorengeräusch donnerte durch die zuvor so anheimelnd stille Nacht. Es schreckte eine getigerte Katze auf, die über die Fahrbahn rannte und aus dem Lichtkegel der Straßenlaternen floh. Ohne Beleuchtung – die Maschine ließ das zu – fuhr die Gestalt durch die Wohngegend. Erst kurz vor der nächsten größeren Straße schaltete sie das Licht an. Hier waren vereinzelt Autos unterwegs. Die meisten verließen gerade das Viertel. Der Motorradfahrer tat es ihnen gleich.

* * *

Tonya schreckte hoch. Thomas' Smartphone klingelte penetrant. Er musste es, nachdem er über eine halbe Stunde lang mit Delia in Dubai telefoniert hatte, im Wohnzimmer liegen gelassen haben. Ihr Bruder war gegen einundzwanzig Uhr gekommen und hatte völlig übernächtigt ausgesehen. Der Fall mit dem toten Dealer und der Prostituierten hielt ihn mächtig auf Trab. Rudi war ebenfalls mit dem Fall betraut worden und lebte offenbar nur noch dafür.

Nach einer deftigen Abendmahlzeit und dem leise geführten Telefonat mit Delia, das Tonya ein wissendes Lächeln ins Gesicht gezaubert hatte, war mit Thomas nicht mehr viel anzufangen gewesen. Es hatte gerade einmal für einen kurzen Austausch über das gereicht, was ihr Bruder nicht mehr mitbekommen hatte, und für eine Ermahnung seinerseits, ihm ab sofort alles zu erzählen. Dann war er halb tot ins Bett gefallen.

Thomas taumelte schlaftrunken herein und schnappte sich sein Telefon. Die Straßenlaterne warf genug Licht durch das Dachfenster, sodass Tonya die dunklen Ringe unter seinen Augen deutlich sehen konnte. Besorgt runzelte sie die Stirn.

Ihr Bruder meldete sich mit einem Brummlaut, was wohl genügte. Dies ließ Tonya vermuten, dass sich hinter dem Anrufer Thomas' Kollege Karl verbarg.

»Ein Feuerwehreinsatz?« Thomas war plötzlich hellwach, was in Tonya die Frage hervorrief, warum ein Feuerwehreinsatz ihn dermaßen elektrisierte.

»Es hat außen zuerst gebrannt? … Jetzt schon sicher, dass Brandstiftung? … Nein, sie ist hier bei mir.«

Tonya schnappte nach Luft. Sofort erschloss sich ihr, was dies bedeuten konnte. Brannte etwa ihre Wohnung?

Hitze breitete sich in ihr aus, als erfassten die Flammen auch sie, gefolgt von Panik. *Adalaya! Enes! Selma!*

Sie sprang auf. Vor ihren Augen drehte sich alles. Ihr Kopf sandte einen Schmerz aus, der sich mit dem in ihrer Schulter und dem im herumschlenkernden Handgelenk verbrüderte und sie beinahe umgehauen hätte. Sie stöhnte gequält auf und fand sich an Thomas' Brust wieder. Ihr Bruder drückte sie kräftig an sich.

»Ich bin unterwegs«, hörte sie ihn sagen, dann legte sich auch sein zweiter Arm um sie. Einen Moment lang genoss sie den Trost und den Halt, die er bot, bevor sie begann, sich dagegen zu sträuben.

»Ich brauche zwei Minuten«, stieß sie hervor. Thomas musste sie loslassen, um ihr nicht wehzutun. Sie griff nach ihrer Jogginghose und zog sie einfach über die Schlafshorts.

»Du bleibst hier.«

»Sicher nicht.«

»Du hast da nichts zu suchen.«

»Du auch nicht.«

»T, bitte!«

»Nichts da!«

»Sturkopf!«

»Zieh dir endlich was an.« Sie klatschte ihm mit der Hand auf den unbekleideten Bauch mit dem unübersehbaren Sixpack. Thomas spurtete ins Bad, und Tonya verhedderte sich heillos in dem Jäckchen, das sie sich über das Schlafshirt ziehen wollte. Schließlich warf sie es auf die Couch und widmete sich ihren Sneakers. Als Thomas aus dem Bad kam, stand sie schon wartend an der offenen Wohnungstür. Er bedachte sie mit einem grimmigen Blick und stürmte an ihr vorbei. Sie folgte ihm, so schnell sie konnte, auch wenn der Schmerz in Wellen durch sie hindurchfloss. Der Motor lief bereits, als sie die Autotür aufriss. Er war zu langsam gewesen, um ohne sie davonzufahren. Sie rutschte auf den Beifahrersitz und unterdrückte ein gequältes Stöhnen. Ihr Bruder gab nur einen Grunzlaut von sich und wartete nicht einmal, bis sie sich angeschnallt hatte, zumal sich das als schwierig erwies. Schließlich riss er ihr den Gurt aus der Hand und erledigte das für sie, während er weiter mit überhöhter Geschwindigkeit durch die nächtlichen Straßen fuhr. Tonya zitterte. Vor Wut. Vor allem aber aus Angst um das Leben ihrer Vermieter.

Der erste helle Schimmer am Horizont, eine aufgeregte Menschenmenge und mehrere Einsatzfahrzeuge begrüßten sie in ihrem Wohnviertel. Thomas wartete nicht auf sie, sondern sprang aus dem Wagen, kaum dass er ihn in einer Auffahrt geparkt hatte. Er ignorierte die aufgebrachte Tirade des Hauseigentümers und spurtete davon, sodass es Tonya überlassen blieb, dem Mann zu erklären, dass ihr »Fahrer« von der Polizei sei, ehe auch sie sich zwischen die neugierigen Zuschauer drängte.

Zunehmend verzweifelter suchte sie nach ihren Vermietern und dem Baby. Schließlich befragte sie ihre Nachbarn, von denen einige ihre Erleichterung darüber äußerten, zumindest sie hier draußen und in Sicherheit zu wissen. Allerdings hatte niemand die Elvans gesehen.

Tonya spürte das Entsetzen wie schwere Steine in ihr Herz fallen. Diese wollten sie erdrücken, raubten ihr den Raum zum Atmen. Wo blieben die Elvans nur? Weshalb hatten sie nicht längst das Haus verlassen? Sie mussten sich doch in Sicherheit bringen!

Panische Angst überdeckte Tonyas Wut. Sie vergaß ihre Schmerzen. Und die Gefahr. Sie brauchte Antworten. Sie musste etwas unternehmen! Eilig näherte sie sich einem Rettungswagen und fragte den untätig herumstehenden Sanitäter nach der Familie. Der zuckte nur mit den Schultern und rief ihr nach, dass die Feuerwehr noch in der Wohnung sei. Von den Bewohnern wisse er nichts.

Tonya rang um Atem, als sie sich dem Haus näherte. Plötzlich klirrte Glas, große Flammen schlugen aus ihrem Wohnzimmerfenster. Ihr Brausen erfüllte die Luft. Sie umschmeichelten den oberen Balkon. Gleich darauf zersprang eine weitere Fensterscheibe. Vom Feuer golden beschienene Splitter sprangen umher, regneten zu Tausenden auf die Terrasse, verglühten wie Glühwürmchen bei Sonnenaufgang.

»Adalaya, Selma, Enes?« Tonya brachte nicht mehr als ein Flüstern zustande. Qualm hüllte das Gebäude ein. Ein Feuerwehrmann rief einen Befehl, gleich drauf zischte das Löschwasser mit dem Brodeln der Flammen um die Wette und forderte ihre Aufmerksamkeit ein. Sie drückte sich an entrollten prallen Schläuchen und breitbeinig dastehenden Feuerwehrmännern vorbei auf die Zufahrt. Sie wollte näher ans Haus. Zwei Männer mit Atemluftflaschen auf dem Rücken stapften ihr entgegen. Sie kamen vom Hauseingang der oberen Wohnung, also stellte sie sich ihnen in den Weg.

»Wieland, BKA. Was ist mit den Bewohnern des oberen Stockwerks?«, bellte sie die beiden an.

»Niemand drin«, lautete die knappe Antwort, ehe sie dazu übergingen, ihre Kollegen draußen zu unterstützen.

Tonya drehte sich hilflos einmal im Kreis. Wo sollten die drei denn mitten in der Nacht sein? Hatten die Feuerwehrmänner auch wirklich richtig nachgeschaut? Vielleicht lagen sie irgendwo. Womöglich betäubt oder gar gefesselt … *Meinetwegen!*

Schuldgefühle fielen als weitere Steine in ihr Herz, drohte, es zu erschlagen. Schon wieder litten Menschen ihretwegen.

Sie ging einfach weiter. Ohne nachzudenken, ohne zu wissen, was sie tun wollte. Hauptsache, sie tat überhaupt etwas. Denn damals war sie weggelaufen. Sie hatte es geschehen lassen. Zugelassen. Nichts getan.

Plötzlich umfingen sie zwei starke Arme. Sie keuchte, als sie hochgehoben wurde, zappelte mit den Füßen, die einige Zentimeter über dem Boden hingen.

»Lass die Feuerwehr ihre Arbeit machen. Die wissen, was sie tun.«

»Lass mich runter, Tom. Wo sind die Elvans?«, schrie sie gegen die Geräuschkulisse an.

»Auf jeden Fall nicht mehr im Haus. Also in Sicherheit.« Thomas klang ruhig. Beherrscht.

»Lass mich sofort runter!«

»Nur wenn du mit mir hinter die Absperrung gehst. Da, wo wir beide im Moment hingehören.«

»Seit wann bist du so eklig vernünftig.«

»Ich muss es ja für zwei sein.« Thomas setzte sie ab, ergriff sie von hinten an den Oberarmen und schob sie vor sich her. Sie gab nach, hauptsächlich deshalb, weil ihr Widerstand mit Schmerzen in der Schulter verbunden war. Allerdings tobte der

Schmerz in ihrem Inneren weitaus heftiger als der körperliche. Und heißer als das Feuer – zumindest kam es ihr so vor.

Sie erreichten die Flatterbandabsperrung, tauchten darunter hindurch, wühlten sich durch die Menge der Neugierigen, von denen einige ihre Smartphones gezückt hatten. Schließlich setzten sie sich nebeneinander auf eine niedrige Grundstücksmauer. Tonya lehnte sich schwer an Thomas, der fürsorglich einen Arm um ihre Schultern legte. Sie ließ es zu. Derzeit bröckelte viel zu oft ihr Widerstand gegen alles und jeden, der auch nur den Anschein erwecken konnte, sie beschützen zu wollen.

»Wo sind sie nur?«, flüsterte sie in die aufziehende Morgendämmerung hinein und fand endlich die Ruhe, um den Himmel mit ihrer Bitte zu bestürmen, dass es den Elvans gut gehen möge, dass sie zusammen und in Sicherheit waren.

Heiße Tränen liefen ihr ungehindert über die Wangen. Tränen der Trauer, des Schmerzes und der Verzweiflung, aber auch der Wut. Wer machte so etwas? Welches kranke Hirn legte einfach Feuer an einem Haus, in dem Menschen in ihren Betten lagen und schliefen? Zumindest musste der Feuerteufel doch davon ausgehen. Zum ersten Mal wurde Tonya bewusst, dass sie eigentlich dort drin sein sollte. Tief schlafend und dazu gehandicapt durch ihre Verletzungen, was eine Flucht aus den Flammen zusätzlich erschwert hätte. Und der Feuerleger hatte das wohl gewusst, hatte ihren Tod gewollt und den der jungen Familie berechnend mit in Kauf genommen. Der Gedanke daran, dass sie jetzt hätte tot sein können, sog jegliche Energie aus ihr heraus. Wieder zitterte sie unkontrolliert, kämpften in ihr doch zwei Kräfte gegeneinander. Diejenige, die sich nach Schutz sehnte, nach Ruhe und Frieden, und die andere, die jede Einmischung von außen ablehnte, die trotzte und sich widersetzte. Beide hatten jedoch eines gemeinsam: Sie wollten, dass dies alles ein schnelles Ende fand.

* * *

Jake traf bereits im Eingangsbereich des BKA-Gebäudes auf Karl. Offenbar hatte er dort auf ihn gewartet.

»Schon gehört?«, begrüßte Karl ihn. Seine blonden Locken standen ihm wild vom Kopf ab, mit der gebräunten Haut sah er aus, als habe er einen vierwöchigen Surftrip hinter sich.

»Gibt es neuen Tratsch?«

»Du weißt es also wirklich nicht?« Karl hielt ihn energisch am Arm zurück, war Jake doch bereits auf dem Weg in die obere Etage. Die ernste Miene des ansonsten meist lässig lächelnden Kollegen ließ Jake innehalten.

»Was ist los?« Es wunderte ihn nicht, dass plötzlich Tonyas Gesicht vor seinem inneren Auge erschien, dennoch war der Gedanke, ihr könnte etwas zugestoßen sein, völlig verquer. Immerhin befand sie sich entweder in Thomas' oder in Gotthilfs Obhut.

»In Ts Wohnung hat es heute Nacht gebrannt.«

Jake ballte die Hände zu Fäusten. Er zwang sich, nicht kopflos aus dem Gebäude zu stürmen.

»Erzähl!«, forderte er Karl auf, der in Richtung Ausgang nickte. Jake folgte Karl zu dessen Dienstwagen und stieg auf der Beifahrerseite ein. Womöglich wollte der Mann ihn informieren, bevor er auf Thomas traf – oder auf Tonya.

»Gegen drei Uhr nachts ist eine Anwohnerin aufgewacht. Ihr Grundstück ist so groß, dass es sowohl an Ts Straße als auch an die Parallelstraße grenzt, während bei den anderen eine zweite Reihe Häuser dazwischen erbaut wurde.«

Jake nickte ungeduldig, hielt sich aber zurück, schließlich wusste er Tonya in Sicherheit.

»Ein startendes Motorrad hatte sie geweckt.«

»Schon wieder das Motorrad!« Jake richtete den Blick auf den vor ihnen parkenden schwarzen SUV. Ob die ganze

Angelegenheit vielleicht doch etwas mit dem Motorradfahrer zu tun hatte, der vor einigen Jahren Tonyas Freund getötet hatte? Obwohl es weit hergeholt war – immerhin gab es eine Menge Biker –, würde er dem dringend vermehrt Aufmerksamkeit schenken müssen. Oder vielmehr die Kollegen darauf hinweisen, die offiziell an Tonyas Fall arbeiteten. Ein mehrere Jahre alter ungelöster Mordfall, bei dem Tonya eine nicht unwesentliche Rolle gespielt hatte …

»Der Sachverständige sagt, das Feuer sei an der Kletterpflanze neben der Terrasse gelegt worden. Da dahinter das kleine Fenster der Abstellkammer gekippt war, konnte es auf eine Gardine im Inneren übergreifen.«

Jake atmete flach. Wusste der Kerl, der Tonya nachstellte, also doch, dass auch dies eine Hortensie war? Hatte er sie, als er die anderen Blüten geköpft hatte, bewusst nicht angerührt, weil er von vornherein vorgehabt hatte, sie eines Tages abzufackeln?

»Ts Wohnung ist nicht mehr zu gebrauchen, das Gebäude aber ist intakt. Oben gab es nur minimale Schäden, da die Nachbarin, nachdem das Motorrad sie aufgeweckt hatte, zur Toilette gegangen war und den flackernden Schein bemerkt hatte. Die Feuerwehr war schnell vor Ort.«

»Was ist mit der Familie, die oben wohnt?«

»Bis vor zwei Stunden galt sie als verschwunden. Sicher war nur, dass sie nicht im Haus war. Offenbar hast du gestern mit der Frau gesprochen?«

Jake nickte beipflichtend.

»Ein Kollege hat Enes Elvan an seinem Arbeitsplatz angetroffen. Nach dem Einbruch und deinem Besuch gestern, bei dem du beunruhigende Fragen gestellt hast, hat er seine Frau und seine Tochter zu den Schwiegereltern gefahren, dort ebenfalls übernachtet und dann erst durch uns von dem Feuer erfahren. Er war außer sich – vor allem aus Sorge um T.«

Jake nickt erneut. Das passte zu der herzlichen, gastfreundlichen Familie.

»Ich weiß nur nicht, wo T war, als es brannte«, brummte Karl. Ganz offensichtlich war auch er in Sorge um die gemeinsame Kollegin.

»Vermutlich bei ihrem Bruder.« Jake sah Karls hochgezogene Augenbrauen und gab Details preis: »Ich habe sie, nachdem ich sie zuerst zu Tom gebracht hatte, damit sie dort ihr Gepäck und Hoss unterbringen konnte, Gotthilfs Fürsorge übergeben. Sie wollte damit beginnen, ihre Fälle zu überprüfen, um einen Hinweis darauf zu finden, wer sie im Visier haben könnte. T hat alle seltsamen Begebenheiten der vergangenen Monate aufgelistet und an die beiden ermittelnden Kollegen weitergeleitet, damit sie über die Anfänge der Übergriffe informiert sind.« Jake erzählte Karl in knappen Worten von Tonyas Rückblick auf das vergangene Jahr und von der auffälligen Häufung kleinerer Vorkommnisse immer zu Monatsanfang.

Gotthilf hatte ihm gestern zugesagt, dass er Tonya nach einigen Stunden Recherche persönlich zu Thomas fahren werde, und Jake war sich sicher, dass der Beamte Wort gehalten hatte.

Allerdings fragte sich Jake, wo Tonya sich wohl im Augenblick aufhielt. Sicher hatte sie vor ihm von dem Brand erfahren. Der Gedanke, dass sie womöglich in ihrer Wohnung war – vielleicht sogar allein –, um nachzusehen, was es noch zu retten gab, gefiel ihm überhaupt nicht. Immerhin konnte der Brandstifter genau damit rechnen …

»Weißt du, wo sie jetzt ist?« Karl trieben offenbar ähnliche Überlegungen um. »Bei Tom in der Wohnung? Auf der Arbeit?«

Jake zog die Schultern hoch.

»Ruf sie an.« Die Dringlichkeit in Karls Stimme befeuerte Jakes Besorgnis. Er kramte sein Smartphone hervor, doch T nahm nicht ab. Also rief er Thomas an. Der meldete sich mit einem knappen: »Wieland«.

»Wo ist T?«

»Jake?«

»Wer sonst?«

»Es gibt noch mehr Leute, die sich um meine kleine Schwester sorgen.«

»Und noch mindestens einen, der genau das provoziert hat. Also, wo steckt sie? Ist sie in deiner Wohnung?«

»Nein.«

»Du hast sie zu Gotthilf gefahren?«

»Nein.«

Jake entspannte bewusst seine freie Hand und ignorierte Karls beunruhigten Blick.

»Tom?«

»Sie ist untergetaucht.«

»Untergetaucht?«

»Da sie ohnehin krankgeschrieben ist, hielten wir das für eine gute Lösung. Vorläufig.«

»Wer ist wir? Eine Horde überbesorgter Brüder?« Dem bereits hinter ihnen liegenden Gesprächsverlauf entnahm Jake, dass Thomas nicht vorhatte, ihm zu sagen, wo sich Tonya gegenwärtig aufhielt. Dennoch zwang er sich, gelassen zu klingen.

»T und ich«, lautete die knappe Antwort.

Jake rieb sich den Nacken. Er wusste nicht recht, was er davon halten sollte. War es nicht übertrieben, Tonya so vollständig von der Bildfläche verschwinden zu lassen? Befürchteten ihre Geschwister, dass die Gefahr von Tonyas unmittelbarem Umfeld ausging; von einem Kollegen? Letzten Endes hatte auch er noch immer diesen Rudi im Verdacht, obwohl Tonya und auch Gotthilf ihm das auszureden versucht hatten. War die Reaktion der Wielands auf den Brand gerechtfertigt und eine logische Entscheidung, auf die man längst hätte drängen müssen?

Jake fuhr sich durch die Haare und fragte sich insgeheim, ob er sich nicht einfach nur darüber ärgerte, dass er nicht zu den Eingeweihten gehörte, ja, dass Tonya sich auch vor ihm versteckte.

»Gut«, sagte er schließlich. Tonya war aus der Schusslinie. Und er hoffte inständig, dass das auch so blieb.

»Ich soll dich von ihr grüßen. Sie wünscht dir einen schönen Urlaub!«

Jake bedankte sich gepresst und beendete das Gespräch. Tonya hatte nicht nur zu verhindern gewusst, dass ein zusätzlicher Beschützer sie umsorgen konnte, sondern auch, dass dieser seinen Urlaub für sie investierte. Das ärgerte ihn, gleichzeitig gebührte ihr dafür aber auch Respekt.

»Es gibt einen weiteren Kollegen, den wir auf die Verdächtigenliste gesetzt haben.« Karls Worte ließen Jake herumfahren. Vielleicht war Tonyas Untertauchen tatsächlich angebracht.

»Stefan Feldbruck ist auf einem der Handyfotos zu erkennen, die wir uns von den Schaulustigen beim Brand haben aushändigen lassen.«

Jake rieb sich den Nacken und überlegte, wer von den ITlern gleich wieder Feldbruck war.

»Ist er damit konfrontiert worden? Was sagt er dazu?«

»Er ist in der Gegend aufgewachsen und seine Eltern wohnen noch dort. Laut Feldbruck geht es seiner Mutter sehr schlecht – irgendetwas mit der Lunge –, und er hat bei ihnen übernachtet, um seinen Vater mal eine Nacht lang zu entlasten. Wie alle anderen Nachbarn hätten die Sirenen ihn aus dem Bett geworfen.«

»Klingt plausibel.«

»Ja, nur kann seine Mutter das nicht bestätigen. Sie hat nicht gewusst, dass ihr Sohn die Nacht über dageblieben ist und sein Vater ist ein wenig … desorientiert. Er konnte nicht mit Bestimmtheit sagen, ob Feldbruck diese oder die vorherige Nacht bei ihnen übernachten wollte. Die Diakoniestation konnte das auch nicht. Sie ist abends um halb sieben das letzte Mal dort und kommt erst morgens um sieben wieder.«

»Hm«, machte Jake und lehnte den Hinterkopf an die Kopfstütze. »Der Kerl, der die Hortensien geköpft hat, konnte Martin entwischen, weil er sich in der Gegend deutlich besser auskannte.«

»Das spricht für unseren Verdacht gegen Feldbruck.«

»Nicht unbedingt. Immerhin gehen wir davon aus, dass der Typ T schon seit etwa einem Jahr belästigt. Er kann sich in der Nachbarschaft inzwischen ebenfalls gut auskennen.«

»Feldbruck ist vor etwa einem Jahr der Fall der Fliegenden Holländer weggenommen worden.«

»Aber der wurde Rudi übergeben, nicht T.«

»Was die Typen hinter dem Fliegenden Holländer nicht wissen müssen. Falls Feldbruck die Organisation gedeckt hat und die Niederländer bemerkt haben, dass jemand anderes auf ihrer Fährte ist, können sie sich dennoch auf sie eingeschossen haben.«

»Das würde die Sache nicht eben harmloser machen.«

Karl nickte grimmig.

Kapitel 12

Der Wind strich durch die Bäume und füllte die Abendluft mit einem steten Lied der Blätter. Kinderlachen aus einem der Nachbargärten drang herüber, gleich darauf die Töne eines Cellos. Jemand übte an diesem warmen Sommerabend auf dem Balkon oder der Terrasse. Tonya rekelte sich auf einer Liege und streichelte mit einer Hand Hoss, der auf den Terrassenplatten neben ihr döste, ein Buch lag aufgeschlagen auf ihrem Bauch. Sie lauschte den tiefen, traurig anmutenden Klängen des Instruments. Insekten summten um sie herum, der Geruch von Gegrilltem wehte vorbei. Sie schloss die Augen, genoss den Frieden, das Gefühl von Geborgenheit und Sorglosigkeit, das sich in ihr ausgebreitet hatte, seit sie heute Morgen aus dem Bett geklettert war.

Das Wissen, dass abgesehen von Thomas niemand ihren Aufenthaltsort kannte, war befreiend. Allerdings hatte sie in den vergangenen zwei Tagen damit zu kämpfen gehabt, nicht zur Arbeit zu können. Ihr Job machte einen Großteil ihres Lebens aus. Einerseits, weil sie ihn wichtig fand und gut darin war, andererseits wusste sie sehr genau, dass sie sich seit Jahren in diesen flüchtete. Zuerst hatte sie ihre Studien im Eiltempo durchlaufen, daraufhin war die Arbeit gefolgt, in der man sich sowohl gewinnbringend als auch zeitraubend verlieren konnte. Es störte sie erheblich, dass sie von ihrem Versteck aus nicht in Erfahrung bringen konnte, welche Fortschritte die Kollegen in ihrem Fall machten. Vermutlich überprüften sie noch immer ihre aktuellen Fallakten. Vielleicht glich ein Beamter die Bewegungsprofile ihrer Kollegen und Bekannten mit den Vorfällen an den Monatsanfängen ab. Tonya war sich allerdings sicher: Die Mühe war umsonst. Weshalb sollte jemand aus ihrem Freundes- und Kollegenkreis ihr dermaßen böse zusetzen? Dafür sah sie einfach keinen Grund. Bestimmt hatten die Kollegen, die auf die seltsamen Vorkommnisse angesetzt worden waren, inzwischen Dennis' Akte angefordert. Die Annahme, der Mörder von einst könnte erneut über sie gestolpert sein und eine perfide Freude daran haben, sie nach all den Jahren zu quälen, weil sie ihm damals entkommen war, schnürte ihr jedes Mal, wenn sie darüber nachdachte, die Kehle zu. Weil dahinter tatsächlich ein kranker Kopf stecken musste.

An diesem Abend jedoch fühlte sie sich so entspannt wie schon lange nicht mehr. Die Einsamkeit, die sie anfangs aufgewühlt und zu einem unruhigen Hausgast gemacht hatte, empfand sie nun vielmehr als ein Geschenk. Allein zu sein bedeutete Sicherheit. Es gab niemanden in ihrem unmittelbaren Umfeld, der ihr Böses wollte. Ganz einfach, weil kein Mensch wusste, wo sie war. Und sie würde dafür sorgen, dass das so blieb.

Es war abends lang genug hell, sodass sie kein Licht einschalten musste, und sie nutzte auch morgens keine künstliche Lichtquelle. Denn damit hätte sie verraten, dass das Haus derzeit einen Gast beherbergte.

Der von Bäumen und Sträuchern verborgene Zugang zum Seeufer lieferte ihr die Möglichkeit, ungesehen das Grundstück zu verlassen. So konnte sie frühmorgens frische Brötchen, Obst und Gemüse holen, alles andere fand sich in der gut ausgestatteten Speisekammer.

In den ersten beiden Nächten war sie bei jedem ungewöhnlichen Geräusch hochgeschreckt, in der vergangenen Nacht hatte sie jedoch erstmals seit Langem durchgeschlafen. Sie fühlte sich erholt. Ihre neu gewonnene innere Ruhe war eine Wohltat. Und als ihr am frühen Nachmittag doch Zweifel an ihrem Tun gekommen waren und sie beinahe ihr Notebook ausgepackt hätte, war es ihr gelungen, sich mit einem Roman abzulenken. Nicht mit Arbeit – womit sie sonst stets das Grübeln ausschaltete, das sie unweigerlich wieder in die Nähe des Soges aus Unruhezuständen und Schuldgefühlen geschwemmt hätte –, sondern mit einer schönen Geschichte aus einer anderen Zeit, die so gar nichts mit ihr zu tun hatte.

Das Cellospiel endete, dafür bellte ein Hund so penetrant, dass sogar Hoss den Kopf hob. Er sah aus, als runzele er über die Ruhestörung die Stirn. Oder vermisste er seinen übermütigen Kameraden?

Tonya seufzte. Jetzt hatte die Trauer um Little Joe doch ihren Weg hierher nach Potsdam gefunden. Sie klappte das Buch zu, schwang die Beine auf den Boden und setzte sich auf. Ihre Kopfschmerzen waren fort, die Schulter fühlte sich auch wieder lockerer an und tat kaum noch weh. Ihr Handgelenk war ohnehin ruhiggestellt. Zwar beeinträchtigte sie die fehlende Beweglichkeit, doch sie hatte ja nun deutlich mehr Zeit für jeden Handgriff als sonst. Sie fand es erstaunlich, wie viel bewusster sie alle Tätigkeiten wahrnahm, seit sie ihr nicht mehr so nebenbei von der Hand gingen.

»Drehen wir noch eine kleine Runde?«

Hoss erhob sich, streckte sich und sah nicht eben begeistert aus. Lachend eilte Tonya ins Haus, holte die Leine und zog die Terrassentür von außen zu. Kurz darauf verließen sie das traumhaft schöne, von Bäumen und Büschen gesäumte Grundstück und traten auf den Trampelpfad am Ufer. Vorbei an weiteren ehrwürdigen Villen, die den Zweiten Weltkrieg unbeschadet überstanden hatten, während einige Kilometer entfernt Berlin in Schutt und Asche versunken war, schlenderte Tonya erst nach rechts, bis ein Zaun sie am Weiterkommen hinderte. Daraufhin schlug sie den Weg zur Straße ein und betrat wenig später einen winzigen Laden, in dem sie, gerade noch vor Ladenschluss, eine Flasche Wein besorgte. Wieder zurück auf dem Grundstück, schloss sie sorgfältig das hohe Holzgartentor und ließ Hoss von der Leine, der es nicht eilig hatte, in Richtung Terrasse zu watscheln. Vielmehr schnüffelte er interessiert den gekiesten Weg ab. Tonya vermutete, dass sich in ihrer Abwesenheit das eine oder andere Eichhörnchen von den Bäumen gewagt hatte. Sie stieg auf die von Säulen und Torbögen eingerahmte Terrasse und blieb irritiert vor den Gartenmöbeln stehen. Hatte sie das Buch nicht auf der Liege zurückgelassen? Über sich selbst lachend, schüttelte sie den Kopf. So viel zu ihrer vorherigen Überlegung, wie unaufmerksam man manche Bewegungen und Handlungen ausführte, wenn einem diese keine Probleme bereiteten. Offenbar hatte sie den Roman doch auf die Glasfläche des geflochtenen Beistelltisches gelegt.

Sie drückte die Terrassentür auf und ließ sie offen stehen, um den auffrischenden Abendwind einzulassen und Hoss, sobald er sich dazu entschließen würde, ihr Gesellschaft zu leisten. Ohne Eile durchschritt sie das gemütlich eingerichtete, geräumige Wohnzimmer mit der weißen Stuckdecke. Wenig später schnitt sie ein Brötchen auf, holte Käse und Trauben aus dem Kühlschrank und schenkte sich ein Glas Rotwein ein. Damit ausgestattet ließ sie sich auf der braunen Ledercouch nieder und widmete sich erneut ihrem Roman.

Das Gebälk über ihr knackte laut, was sie aufsehen ließ. Gleich darauf gab das Haus ein weiteres seltsames Geräusch von sich. Kopfschüttelnd griff Tonya nach ihrem halb geleerten Weinglas. Sie führte es an die Lippen, trank jedoch nicht, da

Hoss, der noch immer draußen war, überlaut bellte. So kannte sie den Beagle gar nicht.

»Hast du dir das vom Nachbarhund abgeschaut?«, murmelte sie, erhob sich und trat in die Tür. Am Himmel, der zuvor in ein sattes Blau getaucht gewesen war, hatten sich wattige Wolken aufgebauscht. Zwischen ihnen breiteten sich hellgelbe Streifen aus, die an ihren Rändern in ein feuriges Orange übergingen. Innerhalb weniger Minuten wirkte es, als stünde der Horizont in Flammen.

Tonya ging hinaus und lehnte sich an eine der weißen Säulen. Der Teil des Sees, den sie von hier aus sehen konnte, spiegelte das unglaublich satte Farbenspiel wider. Leider hatte sich Hoss noch immer nicht beruhigt, sodass sich Tonya schließlich von dem Anblick losriss, die Stufen hinunterging und sich auf die Suche nach dem Hund begab. Sie fand ihn, als sie um die Hausecke bog. Er stand auf einem freien Wiesenstreifen rund zehn Meter von der Fassade entfernt und bellte das Gebäude an.

»Also sag mal …!« Tonya lachte, gesellte sich neben ihn und blickte an der Hauswand hinauf. Die schwungvollen Stuckbänder über den Fenstern hoben sich im Licht des feurigen Himmels deutlich von der Wand ab und schimmerten in einem warmen Farbton. Allerdings lagen ihre Vertiefungen augenfälliger als sonst im Schatten und brachten dadurch Schwünge, Muster und fast figürliche Verzierungen zur Geltung, die ansonsten unbeachtet blieben. Ob diese Hoss verwirrten? Plötzlich machte Tonya an einem der oberen Fenster eine Bewegung aus. Erschrocken zuckte sie zurück. Eine Krähe flog kreischend über das Dach hinweg aus ihrem Sichtfeld. Verärgert schüttelte Tonya den Kopf. Reichte es jetzt schon, dass sich ein großer Vogel in der von der Abendsonne beleuchteten Scheibe spiegelte, um sie zu erschrecken?

»Still jetzt!«, sagte sie zu Hoss. Der stellte das Bellen endlich ein, schaute sie zutiefst beleidigt an und tappte vor ihr her zur Terrasse. Die feurigen Wolken verloren zusehends an Farbkraft, die Dämmerung brach herein und legte sich bald schon wie ein blaues Tuch über die Landschaft. Tonya verriegelte die Terrassentür und ging zu Bett, noch ehe sich das nächtliche Schwarz gänzlich ausgebreitet hatte. Zufrieden seufzend kuschelte sie sich ein und dachte an die erste Nacht zurück, die sie in genau diesem Bett verbracht hatte. Es war nach der Hochzeitsfeier gewesen, bei der sie eine neue private Seite von Jake kennengelernt hatte. Mit den Erinnerungen an ihren gemeinsamen Tanz schlief Tonya schnell ein.

* * *

»Du hast Urlaub, schon vergessen?« Luisa Neumüller lächelte Jake an und fuhr sich durch das kurz geschnittene Haar. Sie war Mitte vierzig, bereits das zweite Mal geschieden und flirtete gern mit jüngeren Männern. Diesmal spielte Jake nicht mit. Seine Gedanken kreisten viel zu sehr um Tonya, die seit drei Tagen von der Bildfläche verschwunden war und die er erschreckend heftig vermisste.

»Ich wollte mal einen Blick in die Akte von Dennis Hinz werfen. Die Kollegen haben sie inzwischen geschickt, nicht wahr?«

»So, dir geistert also Toms Schwester durch den Kopf?«

»So kann man es auch nennen!«, murmelte Jake. Das Gefühl, das ihn umtrieb, lag deutlich näher an seinem Herzen. Und an der Stelle, wo man besorgte Unruhe empfand.

Luisa deutete auf einen Stapel verschiedenfarbiger Mappen. Jake bedankte sich, sah sie durch und zog schließlich die erschreckend dünne Akte hervor, auf der Luisa Dennis' und Tonyas Namen und eine Fallnummer vermerkt hatte. Er lehnte sich an Luisas Schreibtisch und blätterte die Kopie der dürftigen Ermittlungsakte durch. Es hatte nie auch nur einen einzigen Verdächtigen gegeben. Das Zusammentreffen zwischen Tonya, ihrem damaligen Freund und dem gewalttätigen Motorradfahrer galt als reiner Zufall. Ein typischer Fall von: zur falschen Zeit am falschen Ort.

»Kennt er ihren Namen?«, überlegte Jake laut und schrak zusammen, als er eine Antwort erhielt.

»Wir haben das nachgeprüft. Es gab eine Todesanzeige, in der neben der Mutter und der Schwester des Opfers auch die Familie Wieland genannt wurde. Die Mutter des Opfers hatte ein erhebliches Alkoholproblem, vermutlich haben die Wielands alles rund um die Beerdigung organisiert. Womöglich haben sie sie sogar bezahlt.« Luisa zuckte mit ihren kräftigen Schultern. Die Frau wog ziemlich sicher mehr als Jake, obwohl er sie deutlich überragte. Doch das, was ihr an körperlicher Beweglichkeit fehlte, machte Luisa durch Ehrgeiz und ihre unkomplizierte Art bei Weitem wieder wett.

»Das, was Toms Schwester damals erlebt haben muss, würde ich nicht einmal … meinen Ex-Männern an den Hals wünschen.«

»Wenn der Biker gewollt hätte, hätte er also zumindest ihren Familiennamen erraten können?«

»Es gab mehrere, zum Teil reißerische Zeitungsartikel über den Vorfall. In zweien wird von Tonya W. geschrieben. Also dürfte auch ihr Vorname kein Geheimnis für ihn sein, *wenn* er ihn wirklich hat erfahren wollen. Und Tonya ist jetzt nicht gerade ein sehr geläufiger Vorname.«

»Er könnte sie also gefunden haben.«

»Nach all den Jahren?« Luisa klang zweifelnd, was Jake ihr nicht verdenken konnte.

»Wer weiß schon, was in einem Kerl vor sich geht, der einen jungen Mann einfach absticht, untertaucht und plötzlich alberne Dummejungenstreiche bei dem entkommenen Opfer anzettelt – wobei die ja durchaus das Ziel erreichen, Tonya zu verunsichern –, um dann einen Einbruch zu inszenieren, einen Hund zu töten –«

»Um anschließend eine weitere, eigentlich harmlose Tat zu begehen? Schon verstanden.« Luisa lehnte sich so heftig auf ihrem Stuhl zurück, dass die Lehne knackte. »Vielleicht hat er Schuldgefühle und will endlich erwischt und bestraft werden?«

Jake erhob sich und legte die Akte auf den Stapel zurück. »Dann bräuchte er nur in das nächstgelegene Polizeirevier zu marschieren.«

»Richtig. Und deshalb konzentrieren mein Partner und ich uns jetzt erst einmal auf etwas anderes.«

Jake verstand ihren Hinweis sehr wohl: Sie behielten die Geschehnisse um Tonya im Auge und würden sich auf alles stürzen, was helfen konnte, die seltsamen Vorkommnisse aufzuklären. Aber es gab im Moment nichts, was dahingehend hilfreich wäre. Also konzentrierten sie sich auf andere laufende Ermittlungen.

»Ob es wirklich von Vorteil ist, dass sie sich irgendwohin verkrochen hat?«, überlegte er erneut laut in der Hoffnung, auch darauf eine Antwort zu erhalten. Er wurde nicht enttäuscht.

»Bei dem, was sie bereits erleben musste, spielt sie sicher nicht gern den Lockvogel. Ich kann sie gut verstehen. Außerdem ist sie nun auch noch verletzt. Wie soll sie sich zur Wehr setzen, wenn der Typ plötzlich vor ihr steht?«

Jake spürte dem in ihm aufwallenden Gefühl nach und interpretierte es als Angst um Tonya. Sie hatte zwar ihre Pistole bei sich, aber sie war nun mal Rechtshänderin. Und ihr rechtes Handgelenk war außer Gefecht gesetzt …

»Okay, danke Luisa.«

»Sie muss ein nettes Mädchen sein, wenn sich so viele Kollegen nach dem Stand der Ermittlungen erkundigen.«

Bereits auf dem Weg zur Tür, drehte sich Jake ruckartig um. »Wer außer mir hat sich noch nach T erkundigt?«

»Na ja, Tom, wie du dir sicher denken kannst. Und sein Kollege Karl. Martin, dieser Gottfried oder Gotthilf oder Wie-auch-immer-er-heißt-Berger und zwei von ihren direkten Kollegen, diesen Computernerds. Rudi Schreck und … warte mal.« Sie öffnete ihren internen Mailaccount und sagte dann: »Stefan Feldbruck.«

»Schreck und Feldbruck? Habt ihr die eigentlich schon mal unter die Lupe genommen?« Jake zwang sich dazu, ruhig zu stehen. Seine Hände vergrub er tief in den Taschen seiner Jeans. Fand nur er es seltsam, dass die beiden sich Informationen aus erster Hand einholten, anstatt sich einfach bei ihrem und Tonyas gemeinsamen Vorgesetzten zu erkundigen, ob sich in Tonyas Fall etwas bewegt hatte?

»Allmählich gehst du mir auf die Nerven, Sturm.«

Jake trat den Rückzug an, obwohl er jetzt nicht wusste, ob Luisa und ihr Partner das bereits erledigt hatten oder als völlig unnötig ansahen. Luisa zu nerven war eigentlich ein Ding der Unmöglichkeit. Ihre unfassbare Geduld konnte eine Schnecke bei einem Marathonlauf in den Schatten stellen.

»Mach Urlaub. Und wenn du zurückkommst, hat sich die Sache sicher erledigt«, rief sie ihm noch nach. Jake hoffte es. Für Tonya.

* * *

Das Knarren zog sich in die Länge, schien zu stolpern und hörte dann endlich auf. Tonya öffnete die Augen. Vollkommene Dunkelheit hüllte sie ein. In dieses Haus drang kein Straßenlampenlicht, keine Reklametafelleuchte, nicht einmal der Lichtschein aus einem benachbarten Anwesen. Es herrschte undurchdringliche Schwärze. Und Stille. Bis auf die Geräusche, die das Gebäude in einer nahezu aberwitzigen Bandbreite von sich zu geben verstand.

Tonya spürte ihrem eigenen Atem nach, glaubte, ihr Herz schlagen zu hören. Ein steter, gleichmäßiger Rhythmus, anders als der des alten Gebälks. Sie war nicht übermäßig ängstlich, zumal ihr klar war, woher die nächtliche Geräuschkulisse stammte, dennoch lauschte sie weiter angestrengt. Sie bekam derzeit so viel Ruhe und Schlaf ab, wie all die Jahre zuvor nicht, was sich nun bemerkbar machte. Sie lag wach und fühlte sich seltsam elektrisiert und aufgedreht. Beinahe so, als erwarte sie etwas, das sie nicht einmal benennen konnte.

Erneut polterte es, das Geräusch verstummte aber schnell wieder. Die Größe des Hauses war ihr plötzlich unangenehm. Das war irrational, trotzdem saß das Gefühl in ihr fest. Wie ein Keil unter einer Tür, der diese am Zufallen hinderte. Über den dadurch entstandenen Spalt flossen wohl auch jene aufwühlenden Gefühlsregungen in sie hinein.

Obwohl Tonya hellwach war, zuckte sie zusammen, als ein Telefon zu läuten begann. Ruckartig richtete sie sich auf. Das war nicht ihr Smartphone. Das Geräusch kam aus dem Flur. Stammte es vom Festnetztelefon?

Einen Augenblick zögerte sie, dann legte sie sich wieder hin. Der Anruf war nicht für sie. Sie war gar nicht da. Ebenso wenig wie Timo, Sandra oder eines der Kinder.

Das Klingeln hielt an. Tonya zog sich die Bettdecke über den Kopf. Da war ihr das Lied der Holzbalken doch wesentlich lieber. Endlich verstummte das Läuten, und Tonya schlug die Decke zurück. Durch das geöffnete Fenster drang ein stetes leises Rauschen, untermalt vom Zirpen der Grillen. Sie konzentrierte sich darauf, hoffte, vom Wind in den Blättern und dem Lockgesang der kleinen Insekten in den Schlaf gesungen zu werden.

Erneut setzte das Telefonklingeln ein. Störend. Laut. Schrill. Und wieder bewies der nächtliche Anrufer eine Menge Ausdauer. Tonya stand auf, verließ ihr Zimmer und tapste barfuß über die knarrenden Holzdielen zur Festnetzstation. Sie hing über einer alten Truhe zwischen zwei Türrahmen an der Wand. Geraume Zeit schaute Tonya das schwarze Gerät an, hoffend, dass es endlich verstummte. Aber den Gefallen tat es ihr nicht.

Ob das ihre Mutter war? Sie rief, wenn es sich vermeiden ließ, nie auf einem Mobiltelefon an, wollte sie doch nicht schuld daran sein, dass derjenige, den sie anrief, ihretwegen einer Menge Strahlung ausgesetzt war. Tonya lächelte. Wusste ihre Mutter wirklich nicht, dass von den drahtlosen Festnetzapparaten ebenfalls eine enorme Strahlung ausging?

Tonya nahm das Gerät aus der Halterung. Es vibrierte förmlich in ihrer Hand, als drängte es sie, endlich die grüne Taste zu drücken. Sie tat es und hielt sich das Telefon ans Ohr.

Ein Stöhnen erklang, dann heftiges Keuchen. Tonya schloss gequält die Augen, riss sie aber sofort wieder auf. Woher wusste der Kerl von ihrer Anwesenheit? Sie schob zwei Finger in den Mund und pfiff durchdringend und so laut es ihr möglich war durch die Zähne. Zu was hatte man ältere Brüder, die einem bereits im Kindesalter allerlei beigebracht hatten? Dem Anrufer musste nun das Trommelfell schmerzen.

Tonya drückte den Hörer erneut an ihr Ohr. Für einen Augenblick herrschte Schweigen. Dann murmelte eine heisere Männerstimme: »Stirb!«

* * *

Das stete Tuten machte Tonya klar, dass der andere längst aufgelegt hatte. Mit zitternder Hand steckte sie das Telefon in die Halterung. Unschlüssig blieb sie stehen. Was sollte sie jetzt tun? War sie hier überhaupt noch sicher? Dieser Kerl wusste, wo sie sich aufhielt. Und das eine Wort, das er ihr mit seltsam heiserer Stimme zugeflüstert hatte, jagte ihr durch den Kopf. Beinahe so, als spielten die Synapsen in ihrem Gehirn damit Flipper. »Stirb! Stirb! Stirb!«

Tonya eilte zurück in ihr Zimmer und holte ihr Mobiltelefon. Sie schaltete die Taschenlampenfunktion an und hastete über die geschwungene Treppe in das Foyer hinunter. Sie rannte von Raum zu Raum und überprüfte, ob alle Fenster und Türen geschlossen waren. An der Eingangstür hängte sie die Sicherheitskette ein. Im Gegensatz zu den beiden wuchtigen Eichentorflügeln wirkte sie nahezu lächerlich dünn. Tonya zuckte mit den Schultern und tappte, barfüßig wie sie war, nach oben. Eigentlich war es völlig aberwitzig, dennoch schloss sie auch das Fenster in ihrem Gästezimmer. Aufseufzend ließ sie sich auf ihr Bett fallen, sprang aber wie elektrisiert wieder auf.

»Hoss?« Wo war der Beagle? Sie hatte ihn auf ihrer Runde nicht gesehen.

»Hoss?« Tonya hasste es, wie panisch ihre Stimme klang. Der Hund hatte einen extrem eigenen Kopf, das wusste sie doch. Sicher lag er an einem Platz, an dem sie ihn gar nicht vermutet hätte und befand es nicht für nötig, sich der Aufregung anzuschließen, die Tonya ergriffen hatte. Und ziemlich sicher hatte er damit auch noch recht.

Dennoch verließ sie ein weiteres Mal ihr Zimmer. Sie näherte sich erneut der Treppe, als unten lautstark eine Tür ins Schloss fiel. Vor Schreck hätte sie beinahe ihr Smartphone fallen gelassen. Das Licht erlosch. Dunkelheit um sie her. Stille. Jedoch nicht in ihr.

Das zuvor gehörte Zufallen der Tür hallte in ihrem Kopf wider, jagte hinter dem »Stirb!« her. Die Härchen an ihren Armen stellten sich auf, ein kalter Schauer lief ihr den Rücken hinunter. Tonya ging rückwärts. Ihre Hand suchte den Kontakt zur Wand. Sie ertastete einen Türrahmen, dann den nächsten, schließlich den ihres Zimmers. Sie huschte hinein, schloss die Tür. Schwer atmend lehnte sie sich an das Türblatt. Erneut schaltete sie das Licht am Smartphone an. Täuschte sie sich oder war es deutlich schwächer als vorher? Sie eilte zu dem kleinen Schreibtisch, zog die linke Lade auf und ergriff ihre Waffe. Ein kurzer Handgriff, ein prüfender Blick. Sie war geladen.

Dann wählte Tonya Thomas' Nummer.

* * *

Thomas drehte sich weg und blickte auf sein Telefon. Tonya rief ihn an? Mitten in der Nacht? Seine ohnehin angespannte Muskulatur drohte zu zerreißen. Karl neben ihm knurrte ungehalten. Ein weiterer Kollege warf ihm einen missbilligenden Blick zu, ehe er sich wieder abwandte.

»Ich muss da ran. Tonya!«, flüsterte er Karl zu. Der nickte, wenngleich wenig begeistert.

Thomas trat langsam den Rückweg an, verließ das Grundstück und lehnte sich gegen ihr Einsatzfahrzeug.

»Was?«, zischte er, kaum dass er das Gespräch angenommen hatte.

»Du hast einen Einsatz?«

»Was ist los?« Er wollte nicht, dass sie einfach auflegte. Wenn sie ihn um diese Uhrzeit anrief, bedeutete das nichts Gutes.

»Weißt du, ob Timo und Sandra früher zurückkommen wollten? Oder ob dieses Ehepaar, bei dem die Kinder sind, diese hergebracht haben?« Obwohl sie nur flüsterte, hörte er die Anspannung in Tonyas Stimme. Seine Nerven vibrierten. Die Gedanken in seinem Kopf überschlugen sich.

»Es ist jemand im Haus?«

»Ich denke, ja. Und vorhin kam einer dieser Anrufe. Über das Festnetz.«

»Du bist …?« Es hatte keinen Sinn, sie zu rügen, weil sie abgehoben hatte. Dafür war jetzt nicht der richtige Zeitpunkt.

»Ich weiß nichts davon, dass sie früher zurückkommen wollten. Das befreundete Ehepaar soll die Kids übermorgen zum Zug bringen. Sie wollen sich irgendwo treffen und noch eine Woche gemeinsam nach Cornwall.«

»Okay. Das heißt, wenn ich schießen muss, treffe ich nicht versehentlich die Familie.«

Thomas presste sich die freie Hand so fest in den Nacken, als wollte er sich damit selbst so schnell wie möglich nach Potsdam schieben. Tonya sollte jetzt nicht allein sein. Sie hasste Waffen jeglicher Art und hatte außerdem ein ruhiggestelltes Handgelenk. Und sie hatte Angst, einen Unschuldigen zu treffen. All diese Hemmnisse konnten tödlich sein. Für sie.

»Wieland. Verdammt noch eins. Komm endlich!«

Thomas hob die Hand, erbat sich noch einen Augenblick und erntete einen unwirschen Fluch.

»Hör zu …« Thomas runzelte die Stirn; spürte, wie Panik in ihm aufwallte. »T?« Er schloss die Augen. »Tonya?« Nichts.

Er rief sie zurück. Die Mailbox sprang sofort an. Er hatte die Verbindung zu seiner kleinen Schwester verloren. Und die befand sich gemeinsam mit einem Eindringling in einem ihr fremden Gebäude.

»Wieland!«

»Sofort!« Es war ihm gleichgültig, dass er den Ärger seiner Kollegen auf sich zog. Tonya war wichtiger. Er wählte, wartete, betete.

»Sturm?« Das Kratzen in Jakes Stimme verriet, dass Thomas den Freund geweckt hatte.

»Bei T ist jemand im Haus. Die Verbindung ist tot. Ich bin mitten in einem Zugriff.«

»Wo ist sie?«

»Potsdam. Bei Timo und Sandra.«

Jake hatte ihn bereits aus der Leitung geworfen. Thomas steckte das Smartphone weg. Er musste sich jetzt auf seinen Job konzentrieren. Eilig kehrte er zu den Kollegen zurück und ignorierte ihre aufgebrachten Blicke.

Tonya ... Thomas war mit seinen Gedanken bei ihr. Nicht bei diesem Einsatz.

* * *

Der Gedanke, sich einfach in ihrem Zimmer zu verbarrikadieren, war verlockend. Andererseits war er Blödsinn, würde sie sich damit doch nur in die Defensive begeben. In eine ungute, vielleicht sogar gefährliche Lage, denn obwohl Thomas sicher die Polizei verständigen würde, konnte es lange dauern, bis die hier eintraf.

Tonya tastete sich vorsichtig zu ihrem Bett vor. Dass der Akku ihres Handys ausgerechnet jetzt leer sein musste! Ohne die Taschenlampenfunktion sah sie so gut wie nichts. Und sie würde sich dem, was da draußen auf sie lauerte, ganz sicher nicht barfuß stellen. Also knipste sie die Nachttischlampe an, die das Gästezimmer in einen zarten Orangeton tauchte. Eilig schlüpfte sie in ihre Jeans und zog sich die kurzen Strümpfe über die Füße. Gleich darauf band sie ihre Laufschuhe ordentlich zu.

In dem Augenblick, als sie sich aufrichtete, ging das Licht aus. Erneut umgab sie völlige Schwärze, als befände sie sich metertief unter der Erde. Ihre Lunge fühlte sich an, als hätte sie keinen Raum, um sich auszubreiten. Dumpfer Schmerz machte sich in ihr breit, als drückten Erdwälle von allen Seiten gegen sie. Sie atmete flach und bewegte sich wie in Zeitlupe zum Schreibtisch. Mit zitternden Fingern bekam sie den Knauf der Schublade zu fassen. Sie zog die Lade auf und steckte sich das Ersatzmagazin ihrer Pistole in die Gesäßtasche. Sie fand die Klinke, öffnete die Tür einen Spaltbreit. Schwärze, Stille. Und dennoch wusste sie, dass dort draußen ihr Feind lauerte.

Wo ist Hoss?, schoss es ihr durch den Kopf. Beinahe zeitgleich wurde ihr klar, dass der Hund zuvor keine Eichhörnchen erschnüffelt hatte, sondern den Einbrecher. Und dass der durch die nur zugezogene Terrassentür ins Haus eingedrungen war.

Er war schon seit Stunden hier drin. Bei ihr. Mit ihr allein. Hoss hatte nicht die Fassade angebellt, und sie hatte nicht die Spiegelung der Krähe im Fenster gesehen …

Eiskalte Schauer liefen ihr über den Rücken; setzten sich schmerzhaft in ihrem Nacken fest. Als habe sich dort ein Nagetier festgebissen. Sie unterdrückte mühsam ein Keuchen. Mit ihren Händen umgriff sie die Pistole noch etwas fester.

»Mach was!«, feuerte sie sich selbst an, schob sich durch den Spalt und ging vorsichtig den Flur entlang. Nahe an der Wand, an der sie sich orientierte. Das Fehlen des Betriebslichtes an der Festnetzstation verriet ihr, dass nicht einfach nur die Glühbirne der Nachttischlampe ihren Dienst versagt hatte. Der Strom war abgeschaltet. Der Eindringling war im Haus unterwegs und hatte den Sicherungskasten gefunden. Und ganz sicher verfügte er über eine Lichtquelle. Vielleicht sogar über ein Nachtsichtgerät?

Ein Dielenbrett knarrte laut unter ihrem Gewicht. In Tonyas Ohren klang es wie Donnergrollen. Sie verharrte. Hielt den Atem an. Lauschte.

Es gab lediglich das leise Heulen des Windes, der inzwischen kräftig um das Haus strich. Und ein weit entferntes Knacken des Gebälks. Dennoch breitete sich auf ihren Armen eine Gänsehaut aus. Ihr Nacken kribbelte. Sie wusste, dass der Eindringling irgendwo lauerte. Ganz in ihrer Nähe!

Tonya wünschte sich Timo herbei. Oder Thomas. *Jake*. Sie biss die Zähne zusammen, schüttelte den Kopf, nahm die Waffe wieder höher. Nein, sie wollte niemanden hier haben, der sich ihretwegen in Gefahr brachte. Sie würde das allein schaffen.

Linkerhand traf sie auf eine quer verlaufende Wand. Sie folgte deren Verlauf, und stieß schließlich mit der Hüfte gegen den Handlauf des gusseisernen Treppengeländers. Sie behielt diesen Kontakt bei, während sie sich Stufe um Stufe nach unten tastete. Zweimal knarrte es unter ihren Füßen. Jedes Mal huschte sie eilig zwei, drei Stufen weiter hinunter, um zügig ihren Standort zu verändern. Endlich erreichte sie das Foyer. Noch immer war nichts zu hören. Bis auf das Blut, das in ihren Ohren rauschte. Und ihre angespannten und mühsam leise gehaltenen Atemzüge. Ein Brummen ertönte, als der Wind sich in den hölzernen Fensterläden verfing.

Sie wagte ein paar Schritte über die Steinplatten. Dann drehte sie sich einmal prüfend um die eigene Achse. Sie konnte weiterhin nur diffuse schwarze Schatten in einem in Dunkelheit getauchten Umfeld sehen.

Links von ihr fiel eine Tür ins Schloss. Hitze jagte durch Tonya hindurch. Sie wirbelte herum. Zweimal drückte sie ab. Die Detonationen drohten ihre Trommelfelle zu sprengen. Etwas rieselte zu Boden. Die darauffolgende Stille war ohrenbetäubend. Ein Windstoß konnte nicht die Ursache gewesen sein, dessen war sich Tonya gewiss. Auch wenn der Typ nicht mehr im Foyer war, wusste er jetzt zumindest, dass sie eine Waffe besaß. Und dass sie diese benutzen würde!

Wo ist Hoss? Der Gedanke an den verschwundenen Hund ließ sich nicht verdrängen. Sie drehte den Kopf dorthin, wo die Eingangstür war. Eigentlich sollte sie das Haus verlassen …

Wut keimte in ihr auf, weil sie schon wieder an Flucht dachte. Sie überlagerte die Sorge um den Beagle, ein wenig auch ihre Furcht.

»Wie sieht es aus?«, rief sie in die Dunkelheit hinein. »Keine Lust mehr auf Spielchen?«

Sie schloss die Augen und wartete. Horchte auf jedes Geräusch. Bis auf eine weitere Abfolge von Knacklauten der alten Holztreppe blieb es still. Sie wusste, dass sie provozierte. Und dass ihre Beschützerbrüder sie dafür ausschelten würden. Aber sie konnte dieses Gemisch aus Angst, Unverständnis und Wut nicht länger unterdrücken. Sie wollte dem Ganzen endlich ein Ende setzen. Genauso sehr, wie sie sich wünschte, dass ihre Schuldgefühle ein für alle Mal verflogen und die Erinnerungen an jene laue Sommernacht in den Hintergrund traten. Sie wollte frei sein. Leben. In die Zukunft schauen; nicht in die Vergangenheit. Sie wollte ihren Hund wiederhaben. Ihren Alltag. Die Freiheit, über ihr Leben zu bestimmen, ohne ständig über die Schulter blicken zu müssen. Denn das würde geschehen, wenn dieser Typ nicht bald von der Bildfläche verschwand.

»Ach, komm schon!«, rief sie erneut. Diesmal allerdings etwas leiser. Allmählich gewann die Vernunft die Oberhand über das wirbelnde Kaleidoskop ihrer Empfindungen.

Von irgendwoher erklang ein Schaben, dann ein dumpfer Aufschlag. Sie zuckte zusammen und zog unwillkürlich den Kopf ein. Jetzt nahm die Angst um ihr Leben überhand. Sie schwitzte. Zitterte. Ihre Arme verkrampften. Dennoch zwang sie sich, die Pistole wieder höher zu nehmen. *Konzentration. Ruhe bewahren. Den Überblick behalten.* Ihre Augen wanderten hierhin und dorthin, ohne jedoch etwas sehen zu können.

»Es tut mir leid, Hoss«, raunte sie. Tonya ging langsam rückwärts; auf die Eingangstür zu. Sie stieß mit den Beinen gegen einen Sessel. Der verrutschte mit einem lauten Knarren. Sie duckte sich dahinter. Atemlos. Einen Ellenbogen auf ihr linkes Knie gestützt, lehnte sie den Hinterkopf an die Rückseite des Sitzmöbels.

Nichts geschah. Alles blieb ruhig. Ermutigend ruhig? Beängstigend ruhig? Zweifelnd schloss sie die Augen. Was, wenn sie dem Eindringling, sobald sie das Haus verließ, direkt in die Arme lief? Weil er damit rechnete, dass sie versuchen würde, zu fliehen?

Vielleicht sollte ich besser durch ein Fenster verschwinden. Ein Geräusch, von der Eichentür kommend, ließ sie herumwirbeln. Ihre Herzfrequenz erhöhte sich deutlich. Schweiß rann ihr über den Rücken. Die Entscheidung war ihr abgenommen worden.

Kapitel 13

Jake bog in die Einfahrt ein, als die Dämmerung zögerlich die Nacht vertrieb. Aus grauen Wolken klatschte der Regen auf die Windschutzscheibe. Der Scheibenwischer quietschte bei dem Versuch, der Wassermassen Herr zu werden. Alle Fenster des Jugendstilgebäudes waren hell erleuchtet. Zwei Streifenwagen und ein Zivilfahrzeug mit Signallicht auf dem Dach standen wild geparkt auf dem Hof. Am meisten erschreckte Jake jedoch der Anblick des Rettungswagens, der gerade an ihm vorbeifuhr, gefolgt von einem Notarzt in einem kleineren Fahrzeug.

Er umklammerte das Lenkrad, gab noch einmal Gas und bremste so heftig ab, dass der Leihwagen seitlich ausbrach. Gotthilf ließ einen Knurrlaut hören, war aber bereits ausgestiegen, ehe Jake den Motor ausmachen und sich abschnallen konnte.

Jake sprang aus dem Wagen. Ein Motorengeräusch hinter ihm ließ ihn den Kopf drehen. Die Spurensicherung rückte an. Er ballte die Hände zu Fäusten, glaubte, sein Herz über seinen eigenen Rhythmus stolpern zu spüren. *Tonya!*

Eilig gesellte er sich an Gotthilfs Seite, der dafür gesorgt hatte, dass sie nur Minuten vor dem Start in ein Flugzeug nach Berlin-Tegel hatten steigen können. Die gute Stunde Flugzeit war die Furchtbarste in Jakes bisherigem Leben gewesen. Sein Blick streifte über die Fenster. Er sah Bewegungen und diffuse Schatten. Er wollte Tonya sehen. Wohlbehalten und gesund.

Wo bist du?

Satzfetzen drangen an sein Ohr: »schnell vor Ort gewesen … niemanden gefunden.«

Jake runzelte die Stirn und vergrub die Hände in den Taschen seiner Jeans. Nur so konnte er verhindern, dass er die Kollegin, die da entspannt vor ihm stand, nicht an den Schultern ergriff und schüttelte. Was hieß das? Dass sie nicht wussten, wo Tonya war?

Der Regen hatte ihn inzwischen bis auf die Haut durchnässt, doch er störte sich nicht daran. Alles war egal. Er wollte nur Tonya in Sicherheit wissen.

»Geh schon mal zu ihr. Ich komme gleich nach.« Gotthilfs Worte und seine Handbewegung in Richtung der offenen Tür ließen Jake gepresst ausatmen. Sie war also dort drin. *Gott sei Dank!*

Sein Smartphone klingelte. Er warf einen flüchtigen Blick darauf. Thomas rief ihn an. Jake drückte den Anruf weg und lief – ehe ihn jemand aufhalten konnte – an der Spurensicherung vorbei, die gerade ihre Ausrüstung aus dem Van holte. Er brauchte zuerst Antworten, bevor er mit dem vermutlich reichlich aufgelösten Bruder von Tonya sprechen konnte. Und er wollte sie endlich sehen.

Ohne auf die Nässe zu achten, die er ins Haus schleppte, stürmte er ins Foyer. Er scannte den großen Raum mit der hohen Decke, den Kronleuchtern, der alten, geschwungenen Treppe und dem riesigen, offenen Kamin ab. Ein uniformierter Kollege kam aus einem Nebenraum. Jake erinnerte sich daran, dass dort die Küche sein musste. Neben dem Türrahmen war etwas Putz abgeblättert, zwei Löcher waren bereits mit je einem Kleber markiert. Einschusslöcher.

Der Kollege grüßte Jake knapp und steuerte den Ausgang an. Jake eilte in Richtung Küche, wobei seine nassen Schuhe bei jedem Schritt quietschten. Im Türrahmen hielt er inne. In der gekachelten großen Küche sahen die neumodischen Geräte seltsam fehl am Platz aus, allerdings passte die gemütliche Sitzecke am Kamin gut dazu. Auf der Eckbank saß Tonya. Ungewohnt bleich und klatschnass. Erleichtert atmete Jake auf, denn oberflächlich betrachtet wirkte sie wohlauf. Obwohl sie in eine flauschige Decke eingewickelt war, konnte er sehen, wie heftig sie zitterte. Gerade streckte ihr eine Kollegin eine dampfende Tasse Kaffee hin, während sie ihn misstrauisch musterte.

»Wer sind Sie?« Die Stimme der Polizistin klang ruhig, aber wachsam. Sie wollte sichergehen, dass von ihm keine Gefahr für Tonya ausging. Jake sah, wie Tonya die Stirn runzelte. Ob dies am Beschützerton der Frau lag oder an dem Umstand, dass er, Jake, im Türrahmen stand, konnte er nicht ausmachen. Es war ihm auch gleichgültig.

»Der ist in Ordnung. Ein Kollege aus Wiesbaden«, erklärte Tonya leise, noch bevor er seinen Ausweis aus der Tasche der an ihm klebenden Cargohose hätte ziehen können.

»Sie waren schnell!«, lautete der einzige unaufgeregte Kommentar der Kollegin, ehe sie auf ihn zukam. Sie nickte grüßend, und er machte Platz, damit sie den Raum verlassen konnte.

Jake registrierte die Pistole auf dem Küchentisch, die Wassertropfen, die ungehindert aus Tonyas Haar über ihr Gesicht rannen und die bereits durchnässte Decke, die sie eigentlich wärmen sollte.

»Lauf nicht weg«, sagte er leise, was ihr ein bezaubernd zurückhaltendes Lächeln entlockte. Er eilte zu einer der Sitzgruppen im Foyer und holte von dort ein weiteres dieser gehäkelten weichen Plaids. Zurück in der Küche wickelte er Tonya aus dem nassen Gegenstück, warf es auf den Boden und legte ihr die trockene Decke um die Schultern. Sie ließ es geschehen. Als er die Enden allerdings fest um sie wickeln wollte, schob sie energisch seine Hände weg.

Jake grinste erleichtert. Die Tonya, die er kannte, war noch immer da. Trotz des durchlebten Schreckens und eines Äußeren, das eher einer verstörten Katze glich, die man in eine Regentonne getunkt hatte, als der selbstbewussten Frau, die es auch mal mit einer Horde älterer Brüder aufnahm.

Er setzte sich auf den Stuhl neben der Eckbank, und im gleichen Moment klingelte erneut sein Smartphone. Er zog es hervor und kniff ein Auge zu.

»Gib her!« Tonya nahm ihm das Telefon ab, wischte das feuchte Display an der Decke trocken und nahm den Anruf von Thomas entgegen.

»Mir geht es gut. Ich habe den Typen vertrieben. Die Kollegen machen einen guten Job. Jake – dein von dir organisierter Wachhund – ist bereits hier. Sonst noch Fragen?«

»Gotthilf steht draußen«, informierte Jake sie und sah amüsiert, wie sich ihre Augen umwölkten. Ja, sie hasste es wirklich, dermaßen bemuttert zu werden.

»Gotthilf ist wohl auch da. Du kannst also bleiben, wo du bist. Und lass die Wieland-Kavallerie zu Hause, okay?«

Sie hatte den Redeschwall ihres Bruders einfach ignoriert, indem sie ihm diese neue Information durchgegeben hatte. Ruhig, scheinbar emotionslos.

Jake lehnte sich zurück und faltete seine Hände im Schoß. Ihm konnte sie nichts vormachen. Er sah, wie ihre Beine unter dem Tisch nervös wippten und dass sie vermehrt blinzelte, was sicher nicht an den Tropfen lag, die ihr aus den Haaren in die Stirn liefen. Sie war zutiefst aufgewühlt und hatte Angst gehabt. Und sie war noch immer in Sorge. Nachdenklich neigte Jake den Kopf und musterte sie, während sie nun doch ihrem Bruder zuhörte – oder zumindest schien es so.

Ohne ein weiteres Wort zu Thomas gab Tonya ihm das Smartphone zurück. Er nahm es und hielt es sich ans Ohr. Sie verschränkte eigensinnig die Arme vor der Brust, wobei die Decke nach unten rutschte, lehnte den Hinterkopf an die Wand und schloss die Augen.

»… und du wirst dich nicht dagegen wehren. Nicht schon wieder. Es ist genug. Ich finde einen Platz, an dem du sicher bist, und dort wirst du so lange bleiben, bis wir dieses … den Kerl gefunden haben.«

Jake zog anerkennend die Augenbrauen hoch. Die Mutter der Wieland-Gang hatte ganze Arbeit geleistet. Nicht einmal in dieser aufgeheizten Atmosphäre und während Thomas seine Schwester in ihre Einzelteile zerlegte, brachte er es fertig, ein unflätiges Wort zu gebrauchen.

»Ich will nur das Beste für dich, T«, versuchte Thomas es nun in einer deutlich weicheren Tonart. Vermutlich war ihm klar geworden, dass er mit Forderungen bei seiner kleinen Schwester auf Granit beißen würde. »Weil ich dich liebe.«

»Ich liebe dich auch!«, erwiderte Jake und beobachtete, wie Tonyas Gesicht sich veränderte. Ihre Gesichtszüge, die ihren Widerwillen betont hatten, glätteten sich, und obwohl sie weiterhin die Augen geschlossen hielt, konnte sie ihre Belustigung kaum verbergen.

»Zum Henker noch mal, wie lange bist *du* schon dran?«

»Eine Weile.«

»Gib sie mir wieder.«

»Das bringt doch nichts.«

»Was weißt du schon?« In Thomas' Stimme lag das Knurren eines gereizten Raubtiers. Jake zuckte lediglich mit den Schultern. Der große Bruder konnte ja schwerlich durchs Telefon kriechen.

»Ich sehe zumindest ihre verschränkten Arme, ihre zusammengekniffenen Augen und diesen aufmüpfigen Zug um ihren Mund. Na ja, bis du mir deine Liebe erklärt hast.«

»Idiot!«

»Wir klären das hier, und T ruft dich später an. Sobald *du* dich wieder eingekriegt hast.«

»Ich? … Hör mal zu, du …!« Thomas war unüberhörbar stinksauer und gleich darauf aus der Leitung geworfen. Jake schaltete sein Smartphone auf lautlos und legte es neben Tonyas Dienstwaffe auf die kreidefarbene Tischplatte. Tonya hatte die Augen inzwischen wieder geöffnet und taxierte ihn, als wollte sie ihn mit ihren Blicken erdolchen.

»Er macht sich Sorgen um dich«, sagte Jake mit einem Schulterzucken.

»Du solltest dir eher Sorgen um dich selbst machen, als um Toms Beziehung zu mir.«

Er verschränkte nun seinerseits die Arme vor der Brust und lehnte sich zurück. Die Holzlehne knarrte bedenklich unter seinem Gewicht.

»Mir gegenüber musst du nicht um dich treten, T.« Er versuchte, sachlich zu bleiben. Kollegial. Alles andere hätte sie nur dazu gebracht, sich auch vor ihm zu verschließen. Dabei wollte er viel lieber ihre Hände in die seinen nehmen und sie wärmen. Oder ihr die Tropfen aus dem Gesicht wischen. Ihr die Haare trocknen, die sich wild um ihr Gesicht lockten. Seine Lippen auf ihre legen, damit sie diese nicht weiter mit ihren Zähnen malträtierte, eine Eigenheit, die er bei ihr bisher noch nie gesehen hatte. Verriet das die Steigerung ihrer inneren Beunruhigung – nach einer neuerlichen Eskalation?

»Keine Einbruchsspuren.« Gotthilf betrat die Küche, drückte kurz Tonyas Schulter, ehe er sich die nasse Sommerjacke abstreifte und auf die Abtropffläche neben dem Spülbecken warf.

»Wie ist der Kerl ins Haus gekommen?« Gotthilf setzte sich auf den zweiten Stuhl, Tonya gegenüber.

»Wie seid ihr so schnell hierhergekommen?«, lautete Tonyas Gegenfrage. Gotthilf schüttelte einfach nur schweigend den Kopf, und Jake konnte beobachten, wie Tonyas Schultern leicht nach unten sackten. Sie sah ein, dass diese Taktik bei ihrem Vorgesetzten nicht fruchtete.

»Ich denke, er ist am frühen Abend ins Haus eingedrungen, als ich mit Hoss –« Sie brach abrupt ab, legte die Arme auf den Tisch und vergrub ihr Gesicht darin.

»Was ist mit dem Hund?«, hakte Jake nach.

»Er ist weg.«

Gotthilf und Jake tauschten einen Blick. Das klang nicht gut. Weder für den Hund noch für Tonya. Jake setzte sich aufrecht hin und legte die Hand Trost spendend auf Tonyas, doch sie richtete sich auf und entzog sich ihm somit. Erst jetzt wurde ihm bewusst, was sich hinter Tonyas Erklärung verbarg.

»Am frühen Abend?«, stieß er hervor. Sie nickte, und er sprang auf. Nichts hielt ihn mehr auf dem Stuhl. Thomas hatte ihn mitten in der Nacht aus dem Bett geklingelt. Demnach musste der Kerl mehrere Stunden gemeinsam mit Tonya im Haus verbracht haben; von ihr unbemerkt.

Mit großen Schritten durchmaß er die Küche und stellte sich an eines der Fenster. Die Dämmerung war längst vorbei, doch die tief hängenden Wolken sorgten dafür, dass es nicht richtig hell wurde. Der Regen warf sich gegen die Scheiben, kaum weniger wütend, als Jake es war.

Welch perfides Spiel trieb der Mann mit Tonya? Vermutlich hatte sie in ihrem Bett gelegen, als ein Geräusch sie aufgeschreckt hatte. Sie hatte geschlafen und war dabei absolut verletzbar gewesen, während die Gefahr in ihrer unmittelbaren Nähe gewartet hatte. Worauf?

Jake ballte abwechselnd die Hände zu Fäusten und öffnete sie wieder. Er wusste nicht, wohin mit seiner Sorge, seinem Frust und seiner Wut auf diesen Typen. Schließlich lehnte er die Stirn an das Fensterkreuz. Er war einfach nur dankbar, dass Tonya nichts passiert war. Sie war noch am Leben, streitbar wie eh und je.

Er stieß sich ab und wandte sich zu ihr, um sie ansehen zu können, während sie Gotthilf von den Ereignissen der Nacht erzählte. Knapp und präzise, ohne jede Ausschmückung, so wie sie es vermutlich bereits den Kollegen aus Berlin berichtet hatte. Dennoch sah er das unruhige Spiel ihrer Finger und das verunsicherte Flackern in ihren Augen.

Thomas hatte recht. Tonya musste untertauchen. Nicht hier, wo es familiäre Bande gab, die von ihrem Stalker womöglich spielend hatten durchschaut werden können, sondern weiter weg. Jake lehnte sich rücklings an den Fenstersims und spielte gedanklich die Optionen durch, während Tonya von der Ankunft der Beamten erzählte, von der Erkenntnis, dass der Eindringling durch die Terrassentür geflohen war. Zuletzt berichtete sie von ihrer Suche nach Hoss. Zuerst im Haus, anschließend im Garten, schließlich – in Begleitung der Polizistin – am Seeufer. Das Tier war spurlos verschwunden.

Jake hörte in Tonyas Stimme die Resignation, die Trauer und somit die Gewissheit ihres Herzens, dass sie auch diesen tierischen Freund verloren hatte. Sie schwieg einen Augenblick, in dem sie ihr geschientes Handgelenk betrachtete. Als sie den Kopf hob, glitzerten Perlen auf ihren Wangen. Sie stammten nicht mehr aus ihren Haaren. Tonya weinte. Niemals zuvor hatte er sie so verzweifelt gesehen. So … gebrochen. Und damit ließ sie ihn und Gotthilf tief in ihre verletzte, leidende Seele blickten. Ihm schnürte es die Kehle zu. Trauer und Sorge überschwemmten ihn wie eine Flutwelle und rissen ihn mit. Schnell stand er vor ihr, zog sie von der Bank hoch und umschlang sie mit seinen Armen. Sie krallte die Finger in sein vom Regen feuchtes Shirt und presste die Stirn an seine Brust. Tonya zitterte und ließ ihren Tränen freien Lauf. Vereinzelt erschütterte ein Schluchzen, in ihrer Seele geboren, ihren Körper. Er umfing sie nur noch fester, litt mit ihr, hielt sie, wollte sie wärmen, trösten … retten.

Als hätte sie seinen letzten Gedanken gehört, schälte sie sich plötzlich energisch aus seinen Armen.

Gotthilf stand inzwischen am Fenster, dort, wohin zuvor Jake geflüchtet war. Er drehte sich zu ihnen um, als er Tonyas heftige Reaktion hörte. Oder hatte er die in der Luft liegende Energie gespürt, die von der Frau ausging, als habe sie sich elektrisch aufgeladen? Nun war es an Tonya, ihre linke Hand zur Faust zu ballen. Es gelang ihr nicht, sie rechtzeitig hinter ihrem Rücken zu verstecken.

Jake hätte Tonya am liebsten sofort wieder an sich gezogen. Aber ihr eisiger Blick untersagte es ihm. Er wich zurück. Verwirrt. Bestürzt. Und bewundernd. Dieser Kerl, der ihr nun auch noch Hoss weggenommen hatte, sollte sich mal besser warm anziehen!

Jakes Blickwechsel mit Gotthilf verriet ihm, dass der genauso dachte. Tonya musste beschützt werden, aber auch der Kerl, der es gewagt hatte, sie herauszufordern.

Jake nahm sein Smartphone an sich. Er hatte drei verpasste Anrufe von Thomas, einen von Timo und einen von Lana. Er war nur froh, dass er auf der Hochzeit nicht noch weiteren Wielands seine Nummer gegeben hatte. Ihre Anrufe ließen in ihm den Verdacht aufkeimen, dass die Rolle, auf Tonya achtzugeben, wohl ihm zufallen würde. Einerseits war das nur folgerichtig, andererseits hatte er damit den Schwarzen Peter gezogen. Denn sie wollte keinen Leibwächter. Ihre Brüder hatten zumindest noch eine Art Geschwister-Bonus. Der fehlte ihm. Sie zu beschützen würde sie ihm kaum erlauben. Und womöglich nie verzeihen.

* * *

Tonya wusste, wie unsinnig es war, wütend auf Jake zu sein. Er meinte es doch nur gut. Genau wie Gotthilf, Timo und Thomas, auf deren Mist das alles gewachsen war. Ebenso war ihr klar, wie kontraproduktiv sie sich verhielt, vor allem, wenn sie sich weiter zur Wehr setzte. Einerseits, weil sie bereits auf dem Weg nach Dänemark war, andererseits, weil die Männer recht hatten.

Allein der Umstand, dass sie nachts von einem Geräusch aufgewacht war, hatte ihr vielleicht das Leben gerettet. Wie auch ihr Schusswaffengebrauch, denn vermutlich hatte der Kerl nicht damit gerechnet, dass sie bewaffnet sein könnte. Womöglich, so befürchteten ihre eifrigen »Beschützer«, hatte sie ihren Angreifer jetzt zusätzlich gereizt. Ihn dazu getrieben, härtere Bandagen anzulegen.

Ein klein wenig quälte Tonya das schlechte Gewissen. Denn dass sie den Eindringling zudem noch verbal herausgefordert hatte, hatte sie tunlichst für sich behalten.

Vielleicht war ihre Herausforderung an den Gegner ja sinnvoll gewesen. Damit hatte sie ihm signalisiert, dass er sich vorsehen sollte. Womöglich hatte er dadurch die Lust verloren, sie weiter zu quälen. Einfach weil er einsehen musste, dass *er* der Schwächere war, derjenige, der nicht über ihre Ressourcen verfügte, der verlieren würde, wenn er nicht aufhörte. Allerdings konnte sie durchaus auch das Gegenteil heraufbeschworen haben: Er konnte sie noch mehr hassen, sich zusätzlich angetrieben fühlen, aggressiver werden, gewalttätiger – tödlicher.

Diese Überlegungen waren der Grund, weshalb sie jetzt still und halbwegs bereitwillig auf dem Beifahrersitz des Mietwagens saß und sich von Jake über die Autobahnen chauffieren ließ. Hinauf gen Norden, nach Dänemark. Der Familie Sturm gehörte bei Blåvand eine kleine Ferienwohnung, die sie Tonya für einige Zeit überlassen würde. Das war wirklich großzügig und lieb gemeint, doch eigentlich wollte Tonya sich nicht verkriechen. Vielmehr wollte sie helfen, dem eigentümlichen Geschehen ein Ende zu setzen.

Gegen Gotthilf und ihre Brüder, gegen den aufgeschreckten Rudi und den nervösen Stefan – der aber wohl hauptsächlich um die Sicherheit seiner Familie besorgt war –, hatte selbst Tonya keine Chance gesehen, sich der Reise ins Nachbarland zu entziehen. Weder mit Argumenten noch mit Drohungen und schon gar nicht mit einer halsstarrigen Verweigerung – wie Timo ihr vorgeworfen hatte. Timo hatte eigens für einen Tag seine Flitterwochen unterbrochen und war nach Frankfurt geflogen, um das mit ihr zu klären. Wie hätte sie da noch länger auf die Barrikaden gehen können?

Tonya atmete hörbar aus. Sie hatte ihm, Sandra und den Kindern gegenüber ein furchtbar schlechtes Gewissen. Hätte sie sich ein bisschen weniger gesträubt, wäre Timos Reiseunterbrechung nicht nötig geworden.

Sie spürte den prüfenden Seitenblick ihres Chauffeurs mehr, als dass sie ihn sah. Stur blickte sie weiter geradeaus auf die Rücklichter der Blechlawine, die ihnen sogar zu spätabendlicher Stunde ein schnelles Vorankommen verwehrte. Jake hatte nicht in die Argumentationen ihrer Brüder eingestimmt, ihr aber auch nicht geholfen. Denn Jake war nur ein Kollege. Einer, der sich aus den familiären Kontroversen und Gotthilfs Empfehlungen lieber rausgehalten hatte – und ziemlich sicher genau das bekommen hatte, was er selbst für sinnvoll hielt. *Gut gemacht, Jake.*

»T, versuch doch ein bisschen zu schlafen.«

Tonya empfand die Sorge in seiner Stimme als angenehm und nervend zugleich. Sie verdrehte über sich selbst die Augen.

»Bei deinem Fahrstil?«

»Wir stehen im Stau, Kleine.«

»Ich bin nicht deine *Kleine.*«

Jake schwieg geraume Zeit, ehe er fragte: »Du magst es nicht, wenn man dich so nennt?«

»Gut erkannt.«

»Das hat einen Grund?«

»Das meiste, was ich sage, hat einen Grund.«

»Verrätst du ihn mir?«

Tonya verschränkte die Arme vor der Brust und streckte die Beine so weit aus, dass sie sich gegen die Begrenzung des Fußraums stemmen konnte.

»Deine Brüder sagen es auch nicht, das ist mir schon aufgefallen.«

»Müssen Brüder zu ihren jüngeren Schwestern *Kleine* sagen? Gibt es dafür ein Gesetz?«

»Bei dir und vor allem mit den Riesen in deiner Familie, bietet sich das einfach an.«

Tonya warf ihm einen bösen Blick zu, obwohl Jake das nicht einmal sehen konnte.

»Ich vermute, dieser Dennis hat dich so genannt.«

Tonya versteifte sich unwillkürlich. Sofort glaubte sie, Dennis' Stimme zu hören. Sie spürte den Schmerz in ihrem Herzen, gefolgt von dem Flüstern jener anderen Stimme, die ihr einredete, dass er noch leben könnte, wenn sie nicht davongerannt wäre. Weil der Mann dann nicht hätte befürchten müssen, dass sie Hilfe holte. Weil sie ihn mit ihrem Weglaufen nicht provoziert hätte. Weil sie Dennis hätte helfen können, indem sie den Fremden ablenkte, sich auf ihn warf, sich einmischte …

Eine warme Hand drückte kurz ihren Oberarm. Erst da bemerkte sie ihre angespannte Muskulatur. Sie bemühte sich, lockerzulassen. Von den Füßen, die die Trennung zwischen Fahrgastzelle und Motorraum herausdrücken wollten, über die zitternden Knie und die verkrampften Armmuskeln bis hinauf zum bereits schmerzenden Unterkiefer. Sie rutschte noch tiefer in den Sitz, fühlte sie sich doch unendlich erschöpft und ausgelaugt. Die Sache mit Dennis, die Geschehnisse der letzten Wochen und die quälende Frage, was wohl mit Hoss geschehen war, schienen jegliche Energie aus ihr herauszusaugen wie eine Stechmücke das Blut ihres Opfers. Mit dem Unterschied, dass es viel stärker schmerzte und deutlich länger brauchte, um zu heilen.

»Entschuldige, T.« Jakes Stimme klang rau und sanft zugleich, eine Mischung, die sie so noch nie bei einem Mann wahrgenommen hatte. Tief in ihr regte sich etwas, wurde warm, weich und nachgiebig und trieb ihr Tränen in die Augen.

»Schon gut«, flüsterte sie, nicht wissend, ob Jake ihre Worte überhaupt hören konnte.

»Ich möchte dir nicht wehtun, auch wenn ich dich gern mal aufziehe. Ich hoffe, das weißt du?«

»Mmh.« Tonya schloss die Augen. Lächelnd. Wie konnte ein so großer, starker Kerl nur so unglaublich sanft klingen? Samtig? Beruhigend? Seine Hand legte sich auf ihre, umschloss sie, drückte sie. Tonya wehrte sich nicht dagegen, zu angenehm empfand sie das Wissen, dass sie sich jetzt einfach mal fallen lassen durfte. Sie war nicht allein. Jake würde auf sie achtgeben. Und das, ohne sie beschützen zu müssen. Denn sie waren von Autos und einer Menge schwerer Lastwagen wie von einer Mauer umgeben, sodass für sie keine Gefahr bestand.

Als sie das nächste Mal die Augen aufschlug, kamen sie zügig voran. Die grüne Autobahnbeschilderung verriet ihr, dass sie die Grenze zu Dänemark bereits hinter sich gelassen hatten. Am Horizont konnte Tonya den ersten Schimmer des neuen Tages erahnen. Bei diesem Gedanken fuhr sie hoch.

»Ich sollte auch mal fahren!«, stieß sie hervor.

»Ebenfalls guten Morgen!« Jake klang belustigt und beruhigend munter, obwohl er bereits seit Stunden hinter dem Steuer saß.

»Du solltest nicht –«

»Wir standen mal zwei Stunden lang völlig still, da in einer Baustelle ein Lastwagen liegen geblieben war. Diese Zeit habe ich zum Schlafen genutzt.«

»Offenbar haben wir beide eine Begabung dafür, in Vollsperrungen zu geraten«, murmelte Tonya und strich sich über das Gesicht. Ihr Nacken schmerzte von der ungewohnten Schlafposition, und sie fühlte sich gerädert. Außerdem hätte sie sich jetzt liebend gerne die Zähne geputzt und ein wenig frisch gemacht.

»Wir brauchen nicht mehr lange, bis wir auf die nächste Autobahn wechseln. Dort fahren wir noch etwa eine halbe Stunde und das letzte Stück dann über die Landstraße. Möchtest du an einem Parkplatz mal raus?«

Tonya lächelte den Mann neben sich an. Er zwinkerte ihr zu und nickte, weil er ihr Lächeln als das verstanden hatte, was es war: Dankbarkeit für seinen Vorschlag und damit ein Ja.

Wenig später fuhr er auf einen Rastplatz, parkte aber in einiger Entfernung zu dem kleinen Gebäude mit Tankstelle und Restaurant. Offenbar wollte er sich und ihr ein wenig Bewegung verschaffen. Tonya bückte sich und zog ihre Schuhe an. Es war noch immer dunkel, doch der orangefarbene Schimmer am Himmel breitete sich zusehends aus und verdrängte die Nacht. Sie ging um den Leihwagen herum zum Kofferraum, wo sich Jake gerade ein frisches Shirt über den Kopf zog. Das Spiel seiner gut definierten Muskeln ignorierte sie, entdeckte sie doch im Kofferraum sein Schulterholster. Jake legte zwei Warnwesten und seinen Rucksack darauf und wartete, bis sie ihre kleine Kulturtasche aus ihrem Trolley hervorgekramt hatte.

»Du hast deine Pistole mit nach Dänemark geschmuggelt?«

»Personenschutz«, sagte er nur und wandte sich der hell beleuchteten Raststätte zu.

»Ach, du bist plötzlich von der SO zur SG gewechselt? Über Nacht? Im Urlaub? Und ich bin plötzlich zu was mutiert? Einer Bundespolitikerin? Einer Richterin des Bundesverfassungsgerichts?« Tonya eilte hinter Jake her und ergriff ihn energisch am Arm. Er drehte sich hastig zu ihr um und baute sich in seiner vollen Größe vor ihr auf. »Ich denke, Gotthilf kann das notfalls klären.«

»Ich will nicht, dass du dich meinetwegen in Schwierigkeiten bringst!«

»Ich werde sie sicher nicht brauchen. Immerhin weiß niemand, wo du bist.«

»Warum hast du sie dann nicht in Wiesbaden gelassen?«

Jakes Grinsen fiel reichlich schwach aus, vermutlich, weil er darauf keine Antwort wusste und seine Worte von zuvor damit ad absurdum geführt waren.

»Jake, ehrlich …« Tonya schüttelte bestürzt den Kopf.

»Meine Entscheidung, mein Problem, Däumling.« Jake drehte sich um und ging davon, während Tonya ihm mit offenem Mund fassungslos nachschaute.

»Däumling? Echt jetzt?« Sie sah, wie Jake übertrieben heftig mit den Schultern zuckte. Ohne sich umzudrehen sagte er so laut, dass sie ihn dennoch hören konnte: »Wäre dir *Kobold* lieber?«

»Gib du mal schön acht, dass ich nicht demnächst mit dem, was du da im Kofferraum versteckt hast, hinter dir stehe!«, rief sie ihm nach, erreichte damit jedoch nur ein lässiges Abwinken. Noch immer drehte er sich nicht zu ihr um und entfernte sich zusehends.

»Toller Personenschützer!«, knurrte sie und schlenderte betont langsam in dieselbe Richtung. Eigentlich wäre sie jetzt gern beim Auto geblieben, doch ihre Blase machte diese Trotzreaktion zunichte. Und ziemlich sicher war Jake das durchaus bewusst. *So viel zu dem weichen Kern hinter dem kantigen Gesicht und der stattlichen Statur. Lass dich von dem Typen nur ja nicht einwickeln, Wieland.*

Kapitel 14

Tonya lenkte den Wagen am Campingplatz von Blåvand vorbei und bog in den Hvidbjerg Strandvej ein. Wenig später fuhren sie auf einer mit Schlaglöchern versehenen Schotterpiste bis zu einem reetgedeckten roten Backsteingebäude mit weißen Tür- und Fensterrahmen. Weinrosen und Bibernellrosen gaben sich hier ein munteres Stelldichein. Ihre roséfarbenen und weißen Blüten wurden von den ersten Sonnenstrahlen liebkost, die in diesem Augenblick über die Fichten und Kiefern strichen. Tonya stieg aus und streckte sich dem frühmorgendlichen blauen Himmel entgegen. Die frische Luft schmeckte salzig, das Kreischen einiger Sturmmöwen hieß sie an der Nordsee willkommen. Über die mit Dünengras bewachsenen Sandhügel hinweg konnte sie das leise Rauschen der See hören, was ihr verriet, dass das Haus kaum mehr als fünfzig Meter vom Strand entfernt lag.

Als sie ein Geräusch hinter sich hörte, drehte sich Tonya um. Die mit kleinen Glasscheiben bestückte weiße Eingangstür schwang auf und eine Frau, die Tonya auf Anfang fünfzig schätzte, musterte ihre blau und grün unterlaufene Gesichtshälfte. Die Frau trug Reithosen und -stiefel zu einer cremefarbenen Bluse und hatte das blonde Haar zu einem Knoten aufgesteckt. Nach einer ersten bestürzten Reaktion auf Tonyas Äußeres lächelte sie vergnügt.

»Dass ich es noch mal erleben darf, dass Jakob ein Mädchen mitbringt!«, feixte sie und konnte ihren schwäbischen Dialekt nicht verbergen.

»Ich fürchte, auf dieses *Mädchen* müssen Sie noch länger warten. Ich bin eine Kollegin.«

»Warum nur hatte ich das befürchtet?« Die Frau trat zu ihr und streckte ihr nahezu ruckartig ihre Rechte entgegen. »Doris Poulsen. Seit achtundzwanzig Jahren in Dänemark, der Liebe wegen. Nenn mich bitte Dodo.«

»Hallo, Dodo, ich bin Tonya.«

»Herzlich willkommen, Tonya. Ich hoffe, du kannst deinen Urlaub hier genießen.«

»Ja, das hoffe ich auch«, antwortete Tonya und hatte selten einmal etwas ernster gemeint. Sie hoffte wirklich sehr, hier endlich zur Ruhe zu kommen.

Jake kam herüber und ließ sich von der stämmigen Frau, die nur wenig kleiner war als er selbst, kräftig umarmen.

»Leider muss ich sofort los und mit ein paar Touristenmädchen einen Strandritt unternehmen.« Sie drückte Jake einen Schlüsselbund in die Hand, winkte Tonya kurz zu und joggte dann über den Weg davon.

»Dodo und ihr Mann wohnen hier. Sie ist Pferdewirtin, er Lehrer, und nebenbei betreuen sie die beiden Ferienwohnungen oben und haben in ihrer Frühstückspension vier Gästezimmer. Wenn du dir dein Frühstück nicht selbst zubereiten möchtest …« Jake deutete auf den halbrunden Erker direkt vor den ersten Dünen. Hinter seinen bodentiefen Fenstern konnte sie einen großen runden Tisch und hochlehnige Stühle erkennen.

Jake betrat das Haus und sie folgte ihm zügig. Während der Flur, von dem einige Türen abgingen, geradeaus führte, nahm Jake gleich links neben dem Eingang eine steile Treppe nach oben. Über sie gelangten sie in einen kleinen Raum mit Schuhregalen und einer Garderobe. Jake schloss die rechte der beiden abgehenden Türen auf und ließ Tonya den Vortritt. Verblüfft hob sie die Augenbrauen. Sie hatte nicht damit gerechnet, dass die Ferienwohnung aus nur einem einzigen großen Raum bestand, einmal abgesehen von einer schmalen Tür gleich links, hinter der sie das Bad vermutete. Der dunkle Schiffsboden bildete einen warmen Kontrast zu den weiß lasierten Holzwänden, den weißen Möbeln und der sich über die gesamte Breite ausdehnenden Fensterfront. Hinter dieser umkleidete eine halbrunde Brüstung den Balkon, der oberhalb des Erkers mit dem Frühstückszimmer lag. Rechts gab es eine Sitzecke, links in einer Nische, halb versteckt hinter einem hellblauen Vorhang und einem Kleiderschrank, konnte Tonya ein Bett sehen. Dahinter, direkt vor der Panoramascheibe, stand ein Tisch mit vier bequem aussehenden Stühlen.

An den Wänden über der Couch und neben der Tischgruppe hingen zwei große Keilrahmen mit je einem abstrakten Gemälde, die aber beide erfreulich klar das Meer, die Dünen, Segelboote und den viereckigen weißen Leuchtturm von Blåvand erahnen ließen.

»Die Bilder sind von meiner Schwester«, erläuterte Jake, als er Tonyas Interesse bemerkte.

»Sie sind toll. Ich liebe die kräftigen Farben. Und die Gelassenheit, die beide Bilder ausstrahlen.«

»Es wird sie freuen, das zu hören.«

»Bist du auch so künstlerisch begabt?« Interessiert wandte sich Tonya zu Jake um. Er lehnte lässig im Türrahmen und wollte die Wohnung offenbar nicht betreten.

»Sicher. Ich habe die Ein-Kreis-und-fünf-Striche-Strichmännchen nahezu perfektioniert.«

»Du hast meine Bewunderung!« Tonya lachte und ging auf ihn zu, da sie ihren Trolley aus dem Auto holen wollte.

»Denkst du, du kannst es hier eine Weile aushalten?«

»Es ist ein Traum, Jake. Vielen Dank, dass du und deine Familie mir diese Wohnung zur Verfügung stellt.«

»Gerne. Ich hole mal dein Gepäck.«

»Das kann ich doch selber.« In diesem Moment klingelte ihr Smartphone. Jake deutete mit dem Kinn an, dass sie bleiben und das Gespräch entgegennehmen sollte, ehe er sich umwandte und gleich darauf die Stufen hinunterpolterte.

Thomas' Gesicht auf dem Display verriet ihr, wer etwas von ihr wollte.

»Hey, Tom«, meldete sie sich. Sie ging zur Fensterfront, öffnete die Balkontür und trat hinaus. Über die Dünen hinweg konnte sie das Meer sehen, die silbernen Diamanten, die die Sonne den Wellen entlockte, und einige frühmorgendliche Surfer.

»Bist du gut da oben angekommen?«

Tonya bejahte. Offenbar wusste ihr Bruder, wohin Jake sie gebracht hatte.

»Doch, es ist sehr schön hier. Gemütlich.«

»Fein. Jake hat mir versprochen, dass du dich da wohlfühlen kannst. Und sicher.«

Tonyas Blick glitt über den menschenleeren weißen Sandstrand zu einem unbebauten Landstrich, der ein Natur- oder Vogelschutzgebiet sein mochte. Erst in einiger Entfernung entdeckte sie ein weiteres Gebäude. Dodos Haus lag abseits des Touristenzentrums, wenngleich tagsüber vermutlich unzählige Menschen den Strand bevölkerten. Aber Tonya würde nur eine von vielen Sommerurlaubern an der dänischen Nordsee sein. Zumindest aus Sicht der anderen.

»Das mit dem Sicherfühlen könnte tatsächlich klappen.«

»Das ist schön. Komm ein bisschen runter, ruh dich aus, ja?«

Tonya nickte lediglich, hörte sie im Hintergrund doch eine weibliche Stimme.

»Hast du Besuch? Oder bist du schon bei der Arbeit?« Ein Blick auf die Wanduhr verriet ihr, dass es noch nicht einmal sieben Uhr war.

»Delia ist vorbeigekommen und hat mir Frühstücksbrötchen gebracht. Sie ist auf dem Weg zu irgendeinem Meeting.«

Tonya atmete tief ein und möglichst leise wieder aus. Thomas sollte nicht bemerken, wie schwer es ihr fiel, die beiden zusammen zu wissen. Dennoch fragte sie: »Du triffst sie zurzeit öfter?«

»Wir telefonieren viel und ja – wir sehen uns ab und zu. Ist das ein Problem für dich?«

»Nein. Ich weiß nicht. Nein, denn ich will nicht, dass es ein Problem ist.«

Thomas schwieg, weshalb Tonya erneut Delias Stimme hören konnte. Schließlich fragte ihr Bruder: »Sie möchte kurz mit dir sprechen. Ist das in Ordnung?«

»Natürlich.« Tonya lehnte sich an die Brüstung und beobachtete die Flugkünste einiger Möwen.

»Hallo, T. Wie geht es dir?«

»Gut soweit.«

»Tom hat mir erzählt, was passiert ist. Es tut mir so leid. Ich würde verrückt werden vor Angst. Aber es ist doch gut, dass du einen Bruder hast, der bei der Polizei arbeitet.«

»Ich weiß mich schon zu behaupten.«

Von Delia kam ein leises Lachen. »Nichts anderes habe ich von dir erwartet. Dennoch wünsche ich dir, dass das ganz schnell aufhört. Und dass es dir gut geht.«

»Danke.« Tonya schüttelte über sich selbst den Kopf. Delia war ein herzensguter Mensch. Jemand, der sich glücklich schätzen würde, einen Mann wie Thomas in ihrem Leben zu haben. Und eigentlich sollte sie selbst das fördern, zumindest könnte

Thomas seinen Beschützerinstinkt dann völlig auf Delia konzentrieren. Damit wäre sie selbst – nach Timo, der ja jetzt Sandra und die Kinder hatte – einen der viel zu besorgten Männer aus ihrer Familie los. Allerdings würde Thomas Delia bald verraten müssen, dass er nicht einfach nur bei der Polizei arbeitete. Das konnte noch kritisch werden … Tonya konnte nur hoffen, dass sie keine Schwierigkeiten damit haben würde, von Thomas nur Halbwahrheiten aufgetischt bekommen zu haben.

»Ich wünsche dir eine erholsame Zeit, etwas Spaß und –« Delia verstummte und lachte dann seltsam gepresst auf. »Mensch, jetzt fehlt mir das Wort. Vielleicht brauche ich noch einen Kaffee.«

Tonya schmunzelte. Offenbar waren sich auch Delias und Thomas' Kaffeekonsum recht ähnlich. Die beiden konnten wirklich gut zusammenpassen.

»Ich kenne das. Man weiß genau, was man sagen möchte, und plötzlich ist das Wort weg. Kürzlich fiel mir einfach das Wort Mango nicht ein. In meinem Kopf war klar, dass es mit M anfängt, doch immer geisterte Magnolie darin herum. Die stand da wie ein Baum, der das richtige Wort vor mir verbarg.«

Delia stimmte in ihr Lachen ein. »Ich sag es dir dann morgen.«

»Okay. Aber ich denke, ich habe dich auch so verstanden und danke dir dafür.«

»T, wenn es dir unangenehm ist, dass ich mich ab und zu mit Thomas treffe –«

»Nein, nein«, beeilte sich Tonya zu beteuern. »Es ist nur … neu. Ein wenig ungewohnt vielleicht. Eigentlich finde ich es großartig. Aber etwas in mir tut sich damit auch ein wenig schwer«, gab sie schließlich zu.

»Danke für deine Ehrlichkeit. Du weißt, wie sehr ich eure ganze Familie schätze.«

»Es ist gut, Delia. Wirklich.«

»Es heißt auch noch nichts. Wir telefonieren und treffen uns ja nur selten«, schwächte Delia noch einmal ab. Tonya beruhigte sie erneut, fragte sich dabei allerdings, ob ihr Bruder das Ganze ebenso locker sah wie Delia. Ob er, was seine Gefühle für ihre frühere Nachbarin betraf, nicht schon deutlich weiter war, als sie es offenbar empfand?

»Ich gebe ihn dir wieder. Alles Gute dir.«

»Danke.« Tonya wartete, bis sich Thomas mit einem leisen Räuspern meldete. »Gibt es etwas Neues von Hoss? Oder von der Spurensicherung?«

»Zweimal nein, tut mir leid. Wie du weißt, hat in dem Haus vor kurzem eine Hochzeit stattgefunden, es gibt viel zu viele Spuren, die abgeglichen werden müssen.«

»So ein Mist.«

»Lass das unsere Sorge sein. Bitte, T. Du hast furchtbar ausgesehen. Genieße deine Auszeit.«

Wieder warf Tonya einen Blick auf das im leichten Wind bewegte Dünengras, die spiegelnde Meeresoberfläche und die winzigen Wolken, die träge über den tiefblauen Himmel zogen. Die Weite und das stete Rauschen hatten eine überaus beruhigende Wirkung auf sie.

»Das werde ich bestimmt.«

»Benimmt sich Jake anständig?«

»Ach komm schon, großer Bruder.«

»Hey, das zu fragen ist mein Job.«

»Er wird ja später wieder zurückfahren und hat deshalb keine Chance, sich *nicht* anständig zu verhalten.«

»Also hör mal …« Thomas zögerte kurz, ehe er fortfuhr: »Dir ist schon klar, dass Jake Urlaub hat. Und dass er sich bereit erklärt hat, diesen zu opfern, um auf dich aufzupassen, weshalb Gotthilf mit unserem Chef im Gespräch ist, ob Jake einen Teil seines Urlaubs später erstattet bekommen soll.«

»Und das heißt?« Tonya hätte die Frage am liebsten zurückgenommen, stand ihr die Antwort doch klar vor Augen: Jake würde hierbleiben.

Unwillkürlich wanderte ihr Blick zur Eingangstür, wo der Inhalt ihres Gesprächs lehnte. Ihren Trolley und den Rucksack hatte er neben sich abgestellt. Sie hatte ihn nicht kommen hören, wusste demnach nicht, wie lange er schon dastand und ihr Telefonat mit anhörte.

»Es gibt hier nur ein Bett und eine viel zu kleine Couch. Jake wird definitiv nicht hierbleiben. Oder ich nicht. Ihr könnt es euch aussuchen.«

»Hm. Gib ihn mir mal.«

»Woher willst du wissen, dass er hier ist?«

»Weil du gesagt hast, dass *wir* es uns aussuchen können. Damit hast du ihn eingeschlossen.«

»Blöde Ermittler, die auf jedes blöde Detail achten«, nuschelte Tonya vor sich hin.

»Ich liebe dich auch, T. Jetzt gib mir mal den Kerl, der meint, er könnte meine kleine Schwester in eine Wohnung entführen, in der es nicht wenigstens ein separates Zimmer gibt.«

»Gerne! Ich gebe ihn dir sehr, sehr gerne!« Tonya ging grinsend auf Jake zu. Er sah ihr mit gerunzelter Stirn entgegen. Sie drückte ihm das Telefon gegen die Brust und ließ es los, kaum dass seine Hand sich dem Gerät näherte, sodass er es schnell auffangen musste. Dann ließ sie ihn demonstrativ stehen, ohne ihr Gepäck zu beachten. Auf der Treppe hörte sie noch, wie Jake sagte: »Was denkst du denn von mir? Ich habe ein Zimmer im Erdgeschoss. Und vor dir habe ich schon mal gar keine Angst, Wieland.«

»Sie sind zu sechst, Jake. Und vergiss meine Ninja-Schwester nicht!«, rief Tonya hinauf und verließ das Haus, ehe Jake die Zeit fand, die Treppe hinunterzueilen.

* * *

Jake entdeckte Tonya ein gutes Stück entfernt und joggte los. Dabei machte er sich Gedanken darüber, wie viele Männer, die Interesse an ihren Schwestern gezeigt hatten, die Wielandbrüder bereits vertrieben haben könnten, womöglich ohne dass Tonya und Lana je etwas davon erfahren hatten. Tonyas Aversion gegen einen Beschützer konnte er mittlerweile in zweifacher Weise nachvollziehen. Allerdings war er nicht so leicht einzuschüchtern. Vielmehr kam ihm Thomas' bedrohliches Gehabe und das seiner Brüder sogar entgegen, denn dadurch war Tonya jetzt noch zu haben.

Er legte an Geschwindigkeit zu und fragte sich, ob Tonyas Singledasein nicht zuletzt darin begründet lag, dass sie sich erst in ihren Studien und dann in ihrer Arbeit vergraben hatte. Weil sie so den Schmerz über den Verlust ihrer ersten Liebe hatte verbuddeln können? Das Gefühl, für Dennis' Tod mitverantwortlich zu sein? Es war kein leichtes Gepäck, das diese Frau sich auf die zarten Schultern gebunden hatte.

Nun kamen auch noch die diffusen Angriffe auf sie hinzu. Jene Geschehnisse jeweils zu Beginn eines Monats, die ihr die Hunde, das Zuhause und ihren gewohnten Alltag geraubt hatten. Ebenso hatte sie die Sorge um lieb gewonnene Menschen – wie ihre Vermieter – aufgeladen bekommen. Und die Angst um ihr eigenes Leben.

Ob sie sehen konnte, dass sie dadurch einen Freund gewonnen hatte? Einen, der bereit war, auf sie aufzupassen, das gemeinsam mit ihr durchzustehen? *Mich. Und wenn du es zulässt, wäre ich gern mehr als nur ein Freund.*

Drei Männer, die gerade ihre Surfboards an die Wasserlinie trugen, blieben abrupt stehen und schauten Tonya hinterher. »Sorry, Jungs, die ist nichts für einen Urlaubsflirt«, brummte er vor sich hin. Gleich darauf joggte er in ihrem Rücken vorbei und erreichte Tonya, als sie ihre Schuhe auf die algenbewachsenen feuchten Steine einer Buhne ablegte und auf diese hinaufkletterte.

Die Wellen schwappten um die Ansammlung von Findlingen und warfen das Sonnenlicht unruhig zurück, sodass Tonya von eigentümlichen Lichtblitzen beleuchtet wurde. Jake blieb neben ihren Schuhen stehen und beobachtete das Schauspiel aus Licht und Schatten, als sie äußerst geschickt von einem Stein zum anderen sprang oder kletterte. Zweimal rutschte sie beinahe ab, fand aber schnell ihr Gleichgewicht wieder. Man sah ihr an, dass sie früher auf unzählige Bäume geklettert sein musste, über Hecken, Zäune und Gräben gesprungen war und so manch einen Wald unsicher gemacht hatte. Ihr Körpergefühl war perfekt ausgebildet, sodass sie sicher vorne ankam, wo die Wellen kräftiger gegen das Hindernis schlugen und sie mit einem Schleier aus Gischt umgaben.

Jake zog sein Smartphone aus der Hosentasche und knipste einige Fotos von ihr, steckte es aber schnell wieder weg, als sie sich umdrehte und auf den Rückweg machte. Sie blieb auf einem der letzten schwarz schimmernden Steine stehen und blickte mit hochgezogenen Augenbrauen auf ihn herunter. »Du lebst ja noch!«

»Tom muss schon andere Geschütze auffahren, als mich durchs Telefon anzugrunzen, um mich davon abzuhalten, meinen Urlaub mit dir zu verbringen.«

»So, ich mache also Urlaub?« Tonya klang seltsam zurückhaltend. Verletzlich. Das verriet Jake, dass die Ereignisse nicht spurlos an ihr vorübergingen. Er stellte einen Fuß auf den ersten halb versandeten Stein, beugte sich leicht nach vorn und sagte: »Wir können versuchen, dass unser Aufenthalt hier dem so nahe wie möglich kommt. Was denkst du?«

Sie sah ihn an. Lange, schweigend. Reglos stand sie dort oben, während ein sanfter Wind ihre Locken zauste, umspielt von den glucksenden Wellen und jenen eigentümlichen Lichtreflexionen.

Jake wich ihrem intensiven Blick nicht aus, der für ihn nur schwer zu deuten war. Überlegte sie, ob sie ihm vorbehaltlos vertrauen konnte? Nicht im Hinblick auf die Geschehnisse um sie herum, sondern als Freund. Fragte sie sich gerade, ob er jemand war, bei dem sie sich öffnen durfte, bei dem sie sich so geben konnte, wie sie war, wie sie sich fühlte? Vielleicht versuchte sie aber auch, zu ergründen, ob er mehr als eine kameradschaftliche Freundschaft anstrebte und ob sie das zulassen wollte; ob sie noch einmal das Wagnis eingehen konnte, sich zu verlieben?

Trau dich, wollte er sie gern anfeuern, doch er schwieg.

»Urlaub also?« Sie sprang in den feuchten Sand, ergriff ihre Schuhe und deutete mit einem davon auf seine Füße. »Zuerst wirst du diese Geigenkästen ausziehen, die du da an den Füßen hast. Sommer am Sandstrand und Schuhe tragen geht ja mal gar nicht, Herr Kollege.«

Jake kam ihrer Aufforderung nach, presste dabei aber die Lippen zusammen. Sie war zwar bereitwillig auf seinen Vorschlag eingegangen, jedoch mit dem deutlichen Hinweis darauf, was er für sie war. Ein Kollege. Offenbar hatte er ein gewaltiges Stück Arbeit vor sich. Da war es nur gut, dass er Herausforderungen liebte und sie einige Tage an der Nordsee vor sich hatten. Er hoffte, dass das Meer, die Sommersonne und der Sandstrand das ihre dazu beitrugen, dass sich Tonya endlich einmal entspannte. Sie waren fernab von jeglicher Gefahr und würden viel Zeit miteinander verbringen. Vielleicht löste sich hier jene verschorfte Kruste auf ihrer Seele allmählich, ohne dass sie wieder zu bluten begann. Und wenn sie ihm dabei ihr Herz öffnete, hätte er sicher nichts dagegen einzuwenden. Denn in seines hatte sie sich längst hineingeschlichen.

* * *

Rudi stellte die Musik auf seinem Kopfhörer aus, nahm das monströse Teil vom Kopf und legte es achtlos zwischen zwei leere Tassen, ein angebissenes Brötchen und diversen Kram wie Bleistifte, einen Tischtennisball, einen zerbröselten Radiergummi, einige Münzen und seinen Schlüssel für das Fahrradschloss. Er erhob sich und betrachtete den Arbeitsplatz links von seinem. Tonyas verwaister Stuhl war ordentlich an den Tisch geschoben, die Arbeitsplatte aufgeräumt. Auf der Papierunterlage prangten lediglich ein paar grob hingeworfene Striche – vermutlich hatte Tonya einen Kugelschreiber wiederbeleben wollen – und unansehnliche Kaffeeflecken. Ihre Stifte lagen akkurat aufgereiht in einem länglichen Holzteller, die Hortensien, die er ihr hingestellt hatte, ließen traurig und seltsam farblos die Köpfe hängen. Offenbar fehlte Tonya ihnen genauso wie ihm.

Rudi fuhr sich mit beiden Händen durch die Haare. Sie war untergetaucht. Einfach von der Bildfläche verschwunden.

Tonyas Querverbindung, die sie ihm weitergereicht hatte, hatte seinen Recherchen einen maßgeblichen Schub verliehen. In diesem Augenblick lief eine Verhaftungswelle in Karlsruhe, Mainz und Eltville an. Aber auch in Bologna und Turin, an deren strategischer Planung er ebenfalls beteiligt gewesen war. Wenn alles glatt lief, würden sie einen deutsch-italienischen Drogenschmugglerring zerschlagen, der bislang äußerst geschickt unter dem Radar hinweg hatte agieren können, und dabei gleich noch letzte Überreste des Fliegenden Holländers aufwischen. Die Netzwerke der Rivalen hatten so lange funktioniert, bis eine zarte junge Frau mit dunklen Locken und außergewöhnlichen grauen Augen einen winzigen Fussel von ihnen zu sehen bekommen hatte, diesem gefolgt und auf einen roten Faden gestoßen war, den sie Rudi in die Hand gedrückt hatte. Er hatte schließlich entdeckt, nach was er so lange vergeblich gesucht hatte. Zuvor hatte Stefan erfolglos in der Sache gefahndet, bis man ihm den Fall abgenommen und ihm, Rudi, zugeschoben hatte.

Gotthilf fand derlei sinnvoll, ging doch jeder seiner ITler mit einer eigenen Vorgehensweise an eine Aufgabe heran. Ihre Rechercheansätze unterschieden sich. Manchmal, so begründete Gotthilf jene Zuständigkeitswechsel, genügte einfach nur ein neuer Ansatz aus einem anderen Blickwinkel, um wieder Fahrt in die Sache zu bringen. In diesem Fall hatte er recht behalten, wenngleich der entscheidende Hinweis letztlich von Tonja gekommen war, die eigentlich über einem ganz anderen Problem gebrütet hatte.

Rudi wandte sich um und suchte über die Trennwände hinweg den blonden Haarschopf von Feldbruck. Er war nicht da, was um diese Uhrzeit äußerst seltsam war. Ob er Urlaub hatte? Immerhin hatten er und seine Frau Kinder, sodass sie wohl die Schulferien für gemeinsame Reisen nutzen mussten.

Rudi zuckte mit den Schultern und verließ seine Box, um sich eine weitere Milch zu holen. Er würde bleiben, bis die ersten Erfolgsmeldungen von den gerade angelaufenen Einsätzen eintrafen, in die auch Thomas, Tonyas Bruder, und dessen Kollege Karl involviert waren. Schließlich war Rudi begierig darauf, zu erfahren, ob alles glatt lief, ob sie Erfolg hatten – und damit auch er.

Zurück an seinem Arbeitsplatz löffelte er vorsichtig die aufgeschäumte Milch herunter, wobei er mehrmals die übermüdeten Augen zusammenkniff. Vielleicht wäre es doch sinnvoll, wenigstens einmal wieder mehr als nur vier oder fünf Stunden am Stück zu schlafen. Eigentlich hatte er es sich verdient, nachdem er dieses Puzzle gelöst und den Ermittlern da draußen geholfen hatte, ihren Zugriff minutiös zu planen. Jedes Teilchen würde genau zur richtigen Zeit an der richtigen Stelle eingefügt werden, bis es ein fertiges Bild ergab.

Plötzlich machte sein Notebook links von ihm durch einen leisen Ton auf sich aufmerksam. Er schob die Straßenkarten von Eltville und Karlsruhe auf den benachbarten Bildschirm, ebenso die Bilder einer Überwachungskamera und die Suchanfrage nach einem Motorrad, und landete schließlich auf einer weiteren Landkarte. Ein kleiner roter Punkt blinkte am linken oberen Rand, außerhalb Deutschlands. Er zoomte hin und fand sich in einer dänischen Ortschaft wieder. Mit leicht geneigtem Kopf fragte er sich, wie man den Städtenamen mit dem lustigen Kringel über dem A wohl richtig aussprach. Er versuchte es mehrfach, immer mit einer anderen Betonung: »Blåvand. Blåvand. Blåvand.«

Kapitel 15

Tonya besah sich ihr Gesicht im Spiegel. Sie hatte in dieser Nacht zwölf Stunden am Stück geschlafen. Das hatte sie vermutlich zuletzt als Kleinkind fertiggebracht. Doch die Stille, die Abgeschiedenheit, die salzige Meeresluft, die langen Spaziergänge und – sie verdrehte darüber die Augen – die Geborgenheit, die sie verspürte, weil sie Jake in ihrer Nähe wusste, hatten ihr das ermöglicht.

Sie neigte den Kopf und betrachtete die allmählich ins Gelbgrün wechselnde Verfärbung in ihrem Gesicht. Sie hatte keine Lust, sich weiterhin mit Make-up zuzukleistern, also würden die Menschen am Strand und in Blåvand mit dem Anblick leben müssen. Sie lockerte die noch nassen Haare mit den Händen auf, zog sich an und öffnete weit die Balkontür.

Das Kreischen der Möwen vermengte sich mit dem Brausen der Wellen und einem Rascheln, das der Wind den Windflüchtern auf Dodos Grundstück entlockte.

Ein Flirren lag in der Luft, welches nach Freiheit und Abenteuer schmeckte, nach Verliebtheit und … Tonya riss die Augen auf, wandte sich um und floh vor ihren eigenen Gedanken. Sie polterte die Treppe hinunter, weil sie sich Brötchen für das Frühstück besorgen wollte. Die Eingangstür stand offen, also lief sie beschwingt hinaus und stieß mit Jake zusammen. Er lachte auf und hielt sie an den Oberarmen fest. »Welch stürmische Begrüßung, Kobold. Wo willst du hin?«

Sie nahm den aufregenden Geruch seines männlichen Schweißes wahr, der das graue T-Shirt durchnässt hatte, und registrierte die feinen Perlen auf seinem geröteten Gesicht. Offenbar hatte er exzessiv Sport getrieben.

»Frühstück organisieren«, brachte sie mühsam hervor, schienen alle ihre Sinne doch auf seine Erscheinung fokussiert zu sein.

»Das dänische Brot ist etwas gewöhnungsbedürftig. Dodo backt selbst, außerdem hat sie für uns einen Tisch vorbereitet. Geh schon mal durch, ich bin in zehn Minuten da.«

»Wer hat behauptet, dass ich gemeinsam mit dir frühstücken möchte?« Dieses prickelnde Gefühl in ihr, das auf dem kleinen Balkon vom Wind herbeigeweht worden sein musste und sich in Jakes Nähe zusätzlich verstärkte, machte ihr erheblich zu schaffen.

»Ich.«

An Selbstbewusstsein fehlte es Jake definitiv nicht. Tonya lachte auf, boxte ihm vor die Brust und drehte sich auf dem Absatz um. Sich an einen gedeckten Frühstückstisch zu setzen, war einfach zu verlockend. Jake ging den Flur entlang und wandte sich dort nach links, während sie den anderen Gebäudeflügel betrat. Dieser führte sie an mehreren Türen vorbei in das Zimmer mit dem halbrunden Erker. Bei einem putzigen Tisch wiesen benutztes Geschirr und Krümel darauf hin, dass dort bereits jemand gefrühstückt hatte, an einem großen Tisch saßen zwei blonde Erwachsene mit ihren beiden nicht weniger hellhaarigen Kindern, wobei das kleinere, ein Junge mit auffallend blauen Augen, in einem Kinderhochstuhl saß und sie fröhlich angrinste.

»Guten Morgen«, grüßte Tonja und vermutete anhand des Grußes, der zurückkam, dass es sich um eine Familie aus

Finnland handelte. Es gab nur noch einen weiteren Tisch vor einer geschwungenen Sitzbank in dem halbrunden Anbau. Also ließ sich Tonya dort nieder und blickte durch die Glasfront nach draußen. Sie betrachtete die Bibernellrosen und die Sanddüne mit ihrem Dünengrasbewuchs, bis wenig später der zweite Stuhl zurückgezogen wurde und Dodo, wieder in Reithose, dieses Mal mit einer orangefarbenen Bluse, sich zu ihr setzte und sich erkundigte, ob sie alles habe, was sie brauche.

»Alles ist perfekt. Ich fühle mich hier sehr wohl. Vielen Dank.«

Dodo lächelte und deutete dann auf Tonyas verfärbtes Gesicht. »Versteckt Jake dich hier vor einem prügelnden Ehemann?«

Tonya riss die Augen auf und schüttelte entschieden den Kopf. »Nein, nein«, brachte sie hervor, ehe sie nachfragte: »Macht er das denn öfter, jemanden hierherbringen?« Die Frage nagte an ihr – Dodos flapsiger Begrüßung vom Vortag zum Trotz. Und das vor allem deshalb, weil Dodo gestern keine Rückfragen zu ihrem Aussehen oder der Tatsache gestellt hatte, weshalb sie in der Wohnung der Sturms wohnte, während sich Jake unten in ein Pensionszimmer einquartiert hatte.

»Jake? Ja, ständig.« Dodo lachte, ergriff Tonyas Hand und drückte sie kräftig. »Einmal war es ein verletzter Strandläufer-Vogel. Davor ein junger Fuchs, dessen Mutter vermutlich verendet war, dann gab es da noch dieses Ponyfohlen, das ihm einen Sommer lang gefolgt ist wie ein Hund seinem Herrchen. Und als er ganz klein war, hat er mal stundenlang Wasser über einen Schweinswal gekippt, weil er ihn retten wollte, obwohl der längst tot war.«

Dodo zerquetschte ihr erneut die Hand und lächelte zurück. Dies verriet Tonya, dass sie ihre Gesichtszüge nicht unter Kontrolle hatte und darauf deutlich ihre Begeisterung für Jakes frühere Tierrettungsversuche abzulesen war.

Die Frau erhob sich. »In diesem großen Kerl steckt ein mindestens ebenso großes Herz. Nur ein viel weicheres, als es nach außen hin wirkt. Zerdrücke es bitte nicht, Tonya. Darum möchte ich dich wirklich bitten.«

Fassungslos schaute Tonya Dodo nach. Als die Erkenntnis bei ihr ankam, dass sogar ein Kerl wie Jake einen Beschützer hatte, lachte sie leise in sich hinein. *Jake hat eine Beschützerin.* Die Mauer, die sie um ihr Herz errichtet hatte, begann ein klein wenig zu bröckeln.

Tonya widmete ihre Aufmerksamkeit dem liebevoll gedeckten Tisch. Sie bewunderte ausgiebig die weiße Tischdecke mit den maritimen blauen Motiven, die dunkelblauen Teller, Schüsseln und Tassen und die blassblaue Vase mit den grünen Zweigen, die sie nicht zuordnen konnte. Jakes Beschützerin hatte eindeutig einen Blick für dekorative Details und trug offenbar den Wunsch in sich, ihren Gästen einen unvergesslichen Urlaub zu bereiten.

Tonya wandte sich um und betrachtete das an der gegenüberliegenden Seite aufgebaute Büfett, welches jedem Hotel Konkurrenz machte. Sie rutschte aus der Bank, ging hinüber und holte für sich und Jake schon einmal einige der Butterröschen, die in Eiswasser schwammen, einen Korb mit herrlich duftenden dunklen Brötchen, je ein Glas Orangensaft und zuletzt für sich noch einen Cappuccino. Es dauerte nicht lange, bis sie Jake im Türrahmen entdeckte. Er begrüßte die finnische Familie – offenbar war sie hier regelmäßig zu Gast, denn sie unterhielten sich leise auf Englisch und Jake zerzauste dabei dem Jungen im Hochstuhl die Haare –, dann erst kam er zu ihr herüber.

»Was kann ich dir noch mitbringen? Wurst oder Käse? Oder lieber Marmelade? Ein Müsli oder …« Er ergriff sie an den Schultern, drückte sie auf die Sitzgelegenheit zurück, beugte sich zu ihr herunter und flüsterte: »Lass dich mal ein bisschen verwöhnen, T. Du hast ja schon für einige Leckereien gesorgt, den Rest hole ich.«

»Was hast du eigentlich vor?«, fragte sie und hörte deutlich, wie verunsichert, ja beinahe zittrig ihre Stimme klang. Sie rechnete damit, dass er mit »gut frühstücken« oder etwas Ähnlichem antworten würde, doch er sah sie einfach nur an. Ernst. Intensiv. Aufwühlend. Sie unterbrach den Blickkontakt und schaute hinaus auf die vom Wind bewegten Halme. Dodos Bitte, Jakes Herz nicht zu zerquetschen, hallte seltsam hohl in ihrem Kopf wider. Sie würde das nicht tun – womöglich aber jemand anderes. Derjenige, der irgendwo da draußen lauerte und es auf sie abgesehen hatte. Vielleicht geschah es genau in dem Augenblick, wenn sich Jake zwischen ihn und sie werfen wollte.

* * *

Tonya stapfte aus dem Wasser und genoss die warmen Sonnenstrahlen auf ihrer Haut, war die Nordsee doch recht kalt. Sie ging an bunten Strandmuscheln und Sonnenschirmen vorbei zu der Picknickdecke, die Jake aus einem Einbauschrank ihrer Ferienwohnung gezogen hatte. Geschickt fing sie das Handtuch auf, das er ihr zuwarf. Sie wickelte sich darin ein und sah zu, wie dieser große Mann, dessen schwarze Badeshorts und weißes Tanktop die gut definierten Muskeln hervorhoben, weiter mit den beiden kleinen Finnen spielte. Offenbar hatte er angeboten, sich einige Zeit um die Kinder zu kümmern, denn Tonya hatte ihre Eltern kurz zuvor im Wasser gesehen. Eng umschlungen hatten sie dagestanden, ihre kostbare Zweisamkeit genießend, umwogt von der recht hohen Dünung und liebkost von der strahlenden Sommersonne.

»Das sind übrigens Emilia und Joona«, stellte Jake seine neuen Freunde vor, zwinkerte ihr zu und setzte sich seine verspielte Sonnenbrille wieder auf. Joona grinste sie erneut breit an und seine hellen Augen funkelten vergnügt, während Emilia sie nur scheu und mit gesenktem Kopf musterte.

»Hej, ich bin Tonya«, sagte sie und ließ sich neben Jake fallen. Der drehte sich um und buddelte weiter Sand aus einem beträchtlichen Loch, in dem Joona schon beinahe gänzlich versank. Tonya betrachtete Jakes kräftige sonnengebräunte Arme und das Glitzern des Sandes zwischen den schwarzen Härchen. Sie musste energisch die Vorstellung vertreiben, wie es sich anfühlen würde, von diesen gehalten zu werden. *Reiß dich zusammen, Wieland. Er ist … ja was?*

Tonya legte sich zurück und schloss die Augen. Auf ihren Lidern tanzten bunte Kringel. Sie versuchte vergeblich, an etwas anderes zu denken. Dabei fiel ihr nur die ekelhafte Lage ein, in der sie sich befand, also ließ sie es zu, dass ihre Gedanken erneut zu Jake abschweiften. Zu dem Mann, der freiwillig seinen Urlaub für sie opferte. Der völlig unaufgeregt und entspannt war. Der sie zwar beschützen wollte, sich jedoch nicht aufdrängte oder ihr Verhaltensmaßregeln aufzwang. Der so aufregend männlich war und zugleich fürsorglich, der Tiere und offenbar auch Kinder mochte. Der sie zum Lachen brachte und es spielend verstand, ihre Launen auszuhalten, sie zu verstehen und sie abzulenken. Von all dem, was sie niederdrückte. Der, dessen Herz sie nicht zerdrücken durfte.

* * *

Jake warf das Smartphone auf das ungemachte Bett. Die Hände im Nacken verschränkt, wandte er sich dem Fenster zu und blickte auf die Auffahrt. Wie gern hätte er jetzt geflucht oder besser noch: auf etwas eingeschlagen. Ihm fehlte hier definitiv ein Boxsack.

Er hatte mit Thomas, mit seinem Vorgesetzten, mit Gotthilf und zuletzt mit Luisa telefoniert und keiner von ihnen hatte ihm irgendetwas Neues erzählen können. Bis auf die Tatsache, dass die Schuhabdrücke vor den Hortensien von Enes Elvan, Tonyas Vermieter, stammten, der natürlich jedes Recht hatte, den Garten zu betreten.

Es gab weder Spuren noch Hinweise oder eine Aktivität in der unmittelbaren Nähe von Tonyas Wohnung oder ihres Arbeitsplatzes. Selbst ihr Auto, das in einer Seitenstraße im Stadtkern parkte, blieb unbehelligt und rostete vermutlich allmählich von innen nach außen durch. Es fanden sich keine hilfreichen Erkenntnisse. Ob die Übergriffe mit Tonyas Vergangenheit zu tun hatten oder ob es sich bei dem Kerl um einen Stalker handeln konnte, in dessen Visier sie eines Tages gerückt war, blieb nach wie vor ungeklärt. Der Verdacht, ein Kollege könnte dahinterstecken, war nahezu vom Tisch, und ihr Freundeskreis war ohnehin mehr als überschaubar. Tonya hatte zu viel gearbeitet. Ihre Fälle gaben nicht wirklich etwas her, zumal sie immer im Hintergrund geblieben war. Nur einmal hatte sie vor Gericht – allerdings abgeschirmt – als Sachverständige ausgesagt. Damals hatte sie die IT-Ermittlung im Fall einer bundesweiten Einbruchserie in Apotheken geführt, doch die bestens organisierten Halunken waren nicht als gefährlich eingestuft. Sie hatten nie körperliche Gewalt angewandt, sich bei ihrer Verhaftung nicht widersetzt, verhielten sich im Gefängnis nahezu mustergültig. Die Kollegen hatten also schlicht gar nichts.

Zumindest wusste Jake, dass es Tonya gut ging. Sie unterhielt sich häufig mit Dodo. Der jungen Frau tat es gut, mit jemandem zu sprechen, der sie noch nicht lange kannte, sie nicht beschützen wollte und mit einem gewissen emotionalen Abstand auf ihre Lebensgeschichte blickte.

Tonja jedenfalls blühte förmlich auf. Sie lachte viel und verbrachte Stunden damit, am Strand entlang zu spazieren, Kerzen zu ziehen und durch die Läden zu bummeln, ohne sich etwas zu kaufen. Einmal abgesehen von Hotdogs und Softeis mit Schokoglasur, das ihr dann über die Finger rann.

Jake hatte sie bislang meist begleitet, was sie erstaunlich gelassen hinnahm. Aber vermutlich zankte sie sich einfach zu gern mit ihm. Über nichts Dramatisches. Es war beinahe so, als sehe sie es als eine Art Sport an, ihn herauszufordern und zu testen, wie lange er imstande war, geduldig und ruhig kontra zu geben. Das gelang ihm spielend. Hierfür brauchte er den Boxsack nicht, hatte er doch viel Spaß an ihren spitzen Bemerkungen, ihren Beobachtungen, die sie nicht für sich behielt, und vor allem an dem vergnügten Funkeln in ihren bezaubernden grauen Augen.

Zweimal hatte sie sich einen Strandspaziergang ohne ihn ertrotzt, zumindest dachte sie das. Er war ihr auf der anderen Seite der nicht übermäßig hohen Dünenreihe gefolgt. Von dort aus hatte er immer wieder einen Blick auf sie erhaschen können. Sie war nicht allzu schnell vorangekommen, hatte sie sich doch oft gebückt, um ein Schwemmholz, eine Muschel oder einen Stein aufzuheben. Ebenso häufig war sie stehen geblieben, um die gleichmäßige Wellenbewegung des Meeres zu bewundern oder den violetten Streifen, der den Horizont markierte. Beim ersten Spaziergang ohne ihn hatte sie einen der hier im Sand langsam versinkenden Bunker aus dem Zweiten Weltkrieg erkundet. Einer von jenen, an denen ein britischer Künstler Muliköpfe und -schwänze aus Metall angebracht hatte. Beim zweiten Mal war sie mit einer rothaarigen Frau ins Gespräch gekommen, die einen riesigen grauen Wolfshund an der Leine hatte.

Allerdings, und das machte Jake zu schaffen, konnten Tonya und er nicht mehr lange hierbleiben. Die Ferienwohnung seiner

Familie blieb zwar unbelegt, da seine Mutter sie nicht mehr weitervermieten wollte, seit darin einmal übel gehaust und randaliert worden war, doch sein Zimmer konnte er nur noch für fünf Tage behalten. Danach neigte sich sein zweiwöchiger Urlaub ohnehin dem Ende entgegen. Und dann?

Jake nahm die Arme herunter, zog eine kurze Hose über die Boxershorts und streifte sich ein T-Shirt über. Er musste dringend eine Runde joggen gehen, um das unruhige Brodeln in sich kleinzukriegen, das aus seiner Hilflosigkeit und Sorge heraus geboren war.

Er trug die Laufschuhe vor die Tür, setzte sich dort auf die Klinkerstufe und schnürte sie sorgfältig zu. Er startete mit einem leichten, langsamen Laufstil, legte aber sofort an Geschwindigkeit zu, als er den Strand vor sich liegen sah. Unterwegs traf er auf weitere Jogger, eine kleine Gruppe Frauen mit Nordic-Walking-Stöcken und ein paar Hundebesitzer mit ihren Vierbeinern. Ansonsten teilte er sich den Sandstrand lediglich mit Strandläufern, die er vor sich hertrieb, mit Möwen, die sich schimpfend in die Lüfte erhoben, sobald er ihnen zu nahe kam, und mit allerhand Unrat, der über Nacht angespült und noch nicht eingesammelt worden war.

Etwa eine Stunde später bog er wieder in die Zufahrt zu Dodos Backsteingebäude ein. Er atmete kräftig, hatte er sich doch ordentlich ausgepowert. Gleichzeitig fühlte er sich mit neuer Energie ausgestattet. So konnte er den Tag überstehen, ohne bei jeder Gelegenheit in die Luft zu gehen, weil das Fehlen eines noch so kleinen Hinweises ihn nahezu rasend machte.

Dodo trat in die Eingangstür, als habe sie auf ihn gewartet. Ihre sonst überaus gelösten Gesichtszüge – vielleicht eine Folge dessen, dass sie die dänische Gelassenheit zelebrierte – wirkten ungewohnt angespannt, ihr Mund beinahe verkniffen. Unwillkürlich ballte Jake die Hände zu Fäusten und legte wieder an Tempo zu, zumal Dodo ihm jetzt sogar entgegenlief.

»Warum hast du dein Telefon nicht mit?«, fauchte sie ihn an. Jake biss die Zähne zusammen. Wie hatte er das vergessen können …?

»Was ist?«, presste er hervor.

»Sag du es mir! Tonya saß beim Frühstück, als sie einen Anruf erhielt. Einmal fiel der Name Timo.«

»Das ist einer ihrer Brüder!«, klärte Jake Dodo auf. Timo und seine neue Familie mussten inzwischen aus dem Urlaub zurück und in Potsdam sein. Sandra und Timo hatten sich ziemlich sicher nicht über die Einschusslöcher in der Wand beschwert. Das sah ihnen nicht ähnlich. Etwas anderes musste geschehen sein.

»Sie ist noch da drin. Wie ein Häuflein Elend. Ich wollte zu ihr, doch sie hat nur den Arm ausgestreckt und mir signalisiert, dass ich sie in Ruhe lassen soll.«

»Sie mag es nicht, wenn sie bemuttert wird.«

»Aha.« Dodo schüttelte den Kopf und schob ihn auf die Haustür zu. »Dich mag sie offenbar *trotzdem*, also sieh gefälligst nach ihr.«

Jake benötigte diese Aufforderung nicht. Alles in ihm trieb ihn zu Tonya. Er eilte durch den Flur auf den Frühstücksraum zu. In der Tür blieb er stehen. Die beiden vorderen Tische waren bereits abgedeckt, an ihrem im Erker lag ein aufgeschnittenes Brötchen auf einem Teller; Milchschaum überragte eine Tasse. Doch von Tonya war nichts zu sehen. In dem Augenblick, als er sich abwenden wollte, vernahm er ein eigentümliches Geräusch. Er betrat den Raum und entdeckte Tonya hinter dem Tisch vor einem der bodentiefen Fenster. Sie kauerte dort. Hockend, ohne sich dabei anzulehnen. Sie hielt ihre Unterschenkel mit den Armen umfangen, verbarg mit rundem Rücken den Kopf zwischen den Knien. Sie bot einen Anblick, der ihm beinahe das Herz zerriss. Verzweiflung und Schmerz pur.

»T!«, stieß er hervor und näherte sich ihr schnell. Von ihr kam ein erstickter Laut. War das eine Mischung aus Schluchzen, Resignation und Abwehr? Jake wusste es nicht. Es war ihm auch egal. Nichts würde ihn davon abhalten, ihr Halt und Trost zu bieten. Schon gar nicht sie selbst.

Er ging vor ihr ebenfalls in die Hocke und ergriff ihre Oberarme. Sie sträubte sich gegen seinen Versuch, sie aufzurichten. Also ließ er sich auf sein Gesäß zurückfallen, spreizte die Beine und rückte nahe an sie heran. Dieses Mal kippte er sie einfach nach vorn. Ihre Haltung war zu instabil, und so hatte sie ihm nichts entgegenzusetzen. Tonya fiel förmlich gegen seine Brust. Ein erstickter Laut entrang sich ihrer Kehle. Sie hob den Kopf. Ihr Anblick verstärkte den Schmerz in seinem Herzen. Ihre grauen Augen waren eigentümlich dunkel, als habe sich schwärzestes Chaos darin eingenistet. Tränen liefen ihr über das Gesicht, ihre vollen Lippen zitterten, als fröre sie.

Er zog sie näher zu sich. Da sie sich nicht wehrte, hob er sie auf seinen Schoß und lehnte sich mit dem Rücken an die Fensterscheibe. Inzwischen erschütterten lautlose Schluchzer ihren Körper. Jake umfing Tonya mit den Armen und drückte sie noch kräftiger an sich. Er hielt sie fest, wärmte sie und unterdrückte erneut den Wunsch, auf etwas oder jemanden einschlagen zu können.

Behutsam legte er seine Wange auf ihren Kopf, schloss die Augen und musste die Frage doch stellen: »Sind Timo und seine Familie okay?«

Ihr Nicken ließ ihn vor Erleichterung tief durchatmen. Ein heftiges Erschauern rollte durch Tonyas Körper, diesem folgte ein lautes Schluchzen, dann weinte sie endlich richtig.

Jake strich ihr mit einer Hand sanft über den Rücken, wiegte sie leicht und gab ihr Raum, zu trauern – selbst wenn sich ihm der Grund für ihre Verzweiflung noch immer entzog. Als sie allmählich ruhiger wurde, das Zittern nachließ und nicht mehr ganz so viele Tränen auf sein ohnehin feuchtes Shirt tropften, küsste er sie zart aufs Haar und schob sie ein kleines Stück von sich. Nicht viel, gerade so weit, dass sie ihn würde ansehen können – wenn sie es denn wollte. Sie tat es. Die grüngelbe Verfärbung in ihrem Gesicht schmerzte ihn aufs Neue. Der Anblick ihrer verquollenen Augen, der roten Nase und der Pein in jeder Faser ihres Gesichts machte es nicht besser. Die fröhliche Leichtigkeit der vergangenen Tage war wie weggeflogen, so wie die Wasservögel, als er vorher auf sie zugelaufen war. Etwas, das vermutlich Timo ihr mitgeteilt hatte, hatte die Leichtigkeit davongetragen. Diesmal hatte Jake nichts ausrichten können. Er war nicht einmal zugegen gewesen oder wenigstens erreichbar. Jake blickte in Tonyas graue Augen und sagte leise: »Es tut mir leid, dass ich nicht hier war.«

Sie lächelte kurz und senkte den Kopf. Wieder schüttelte ein unterdrücktes Schluchzen ihren Körper, dann wisperte sie: »Sie haben Hoss gefunden.«

Jake nickte, wenngleich sie das nicht sehen konnte. Etwas in der Art hatte er vermutet.

»Wer macht so was?«, brach es jetzt heftiger aus ihr hervor. Ob wütend oder verzweifelt entzog sich seinem Wissen.

Jake wartete geduldig schweigend ab, ob sie ihm mehr erzählen würde. Womöglich wollte sie die Einzelheiten aber auch für sich behalten. Sie machte gern alles mit sich allein aus. Vermutlich, weil sie ein Sich-öffnen damit gleichsetzte, sich verletzlich zu machen. Sie wollte ihre weiche Seite nicht offenbaren. Denn in Tonyas Universum barg dies die Gefahr, dass jemand sich in ihr Leben einmischen könnte, ihr seine Hilfe anbot. Eine breite Schulter. Trost und Schutz. Und dagegen sträubte sich offensichtlich alles in ihr.

»Sie haben ihn im Schilf gefunden.« Ihre Worte waren kaum zu verstehen, so heiser klang ihre Stimme. Ob ihre Seele lautstark und doch ungehört ihre Verzweiflung hinausschrie?

»Sie vermuten, dass er vergiftet worden ist.«

Jake stöhnte leise auf. Wenn ihm die Vorstellung schon zusetzte, wie musste es dann erst Tonya gehen? Sie hatte ihren vierbeinigen Weggefährten über Jahre hinweg um sich gehabt. Und geliebt. Den Hund, der ihr nach dem Einbruch und der Messerattacke auf Little Joe geblieben war.

»Jetzt bin ich hier untergetaucht und dennoch gelingt es diesem Kerl, mich zu treffen.«

Jake brummte nur vor sich hin. Er fand keine Worte. Zugleich spürte er, wie der Friede der vergangenen Tage aus Tonya wich, war er doch flüchtig gewesen wie der Duft ihrer geliebten Hortensien. Tonya kämpfte erneut. Sie fokussierte sich auf ihren Gegner, nicht auf ihren Verlust oder Schmerz. Ob das gut war?

Zumindest hatte sie, und das beruhigte Jake ein wenig, um den Beagle geweint. Sie trauerte, so wie sie immer mal wieder die Trauer um Little Joe überfiel. Aber das hinderte sie nicht daran, die Hintergründe für das Sterben der Hunde im Auge zu behalten. Dass nämlich jener Hass vielmehr ihr als ihren Hunden galt.

Er fand dies bewundernswert. Und zugleich auch besorgniserregend.

Tonya rutschte von ihm weg und stand auf. Sie hielt den Kopf hoch erhoben, die Schultern nach hinten gereckt. Das Bild einer Kämpferin. Er konnte nur hoffen, dass sie ihn jetzt nicht in die Wüste jagen würde.

»Ich gehe an den Strand. Ich möchte ein bisschen spazieren gehen.«

Da ist auch eine Menge Sand, aber zumindest ist es keine Wüste. Jake erhob sich ebenfalls.

»Allein, Jake.«

»Ist gut.«

»Du musst noch frühstücken.«

»Alles klar.«

»Das geht mir zu leicht.« Sie kniff misstrauisch die Augen zusammen. Ihr Gesicht wirkte unter der Sommerbräune fahl, fast ein wenig grau. »Du wirst mir nicht heimlich folgen!«, befahl sie.

»Keine Sorge. Ich halte mich vom Strand fern.« Offenbar wusste sie noch immer nichts von den parallel zum Strand verlaufenden Dünenwegen.

»Gut.« Tonya wandte sich ab, entfernte sich einige Schritte und drehte sich dann nochmals zu ihm um. »Und danke.«

Er nickte und schenkte ihr dabei sein schiefes Lächeln. Wofür sie sich wohl bedankte? Dafür, dass er ihr zugesagt hatte, ihr nicht zu folgen? Ein klein wenig zwickte ihn das schlechte Gewissen, weil er ihrer Bitte nicht bedingungslos nachkommen wollte und würde. Oder bedankte sie sich für die tröstliche Umarmung, die er ihr geschenkt hatte?

»Für alles«, fügte sie hinzu.

Wieder nickte Jake und fragte sich gleichzeitig, ob das gerade nicht wie ein Abschied geklungen hatte. Selbst wenn er nicht ohnehin vorgehabt hätte, sie im Auge zu behalten – jetzt wäre dies spätestens der Fall.

* * *

Mit dem Telefon in der Hand setzte sich die Gestalt auf einen liegenden und vor Nässe dunklen Holzstamm. Kleine Holzspäne bröselten ab und fielen in den Sand. Sie betrachtete das Display, dann den rot verfärbten Abendhimmel. Schließlich steckte sie das Telefon ein, schlüpfte aus den Schuhen und vergrub die Zehen im von der Sonne aufgewärmten Sand. Die tiefer gelegene Schicht fühlte sich kalt und feucht an, also hob sie die Füße schnell wieder aus der rieselnden beigefarbenen Masse. Kalt war ihr ohnehin schon.

Der Wind hatte kräftig aufgefrischt und rauschte durch die Kiefern in ihrem Rücken, trug aber auch Kinderlachen mit sich. Einen Moment lang fragte sich die Person, was sie hier eigentlich machte. Dann schüttelte sie über sich selbst den Kopf, streckte die Beine aus und wartete. Ihre Gedanken flogen mit dem Wind davon und landeten wie so oft in letzter Zeit in ihrer Vergangenheit. Sie ließen gute und schlechte Tage Revue passieren. Eine Zeit lang hatte es eine Menge helle, farbenfrohe Tage gegeben, bevor die Schwärze über sie hereingebrochen war, aus der sie sich nur mühsam wieder hatte befreien können. Vieles war in ihrem Leben grau geblieben, aber nicht ausschließlich. Und plötzlich, ohne irgendwelche warnenden Vorzeichen, hatte die Schwärze erneut erbarmungslos zugeschlagen. Eine tiefe schmerzliche und unbegreiflich hässliche Nacht war über sie gekommen. Es gab für sie keinen sich lichtenden Himmel mehr, keinen neuen Sonnenaufgang, kein Morgen.

Die Abenddämmerung brach herein, legte sich graublau über die Landschaft, verschluckte die Details und verwandelte den vormals hellen Sand in eine dunkle Fläche. Aus der wartenden Gestalt entstand ein Schattenriss. Dieser zuckte zusammen, als sich in das Brausen des Windes das Klingeln des Smartphones mischte. Seine Hände zitterten, als er es hervorkramte. Das erleuchtete Display blendete seine Augen, sodass er sie zu schmalen Schlitzen zusammenkneifen musste. Erstaunt hob der Schatten die Augenbrauen und starrte auf das Bild der Frau und der beiden Kinder.

Nein, das konnte er jetzt nicht gebrauchen. Ein Anruf von der Familie war das Letzte, was er jetzt aushalten konnte. Vor allem wurde es Zeit, sein Vorhaben in die Tat umzusetzen. Die einsame Gestalt drückte den Anrufer weg. Ihre Hände zitterten so unkontrolliert, dass ihr das Telefon beinahe in den Sand rutschte. Nach dem langen Sitzen fiel es ihr unendlich schwer, sich zu erheben. Hüfte und Knie sandten beißende Schmerzen aus. Leiden war nichts Fremdes für sie. Sie atmete bewusst langsam. Ihr war schwindelig.

»Ich brauche nur einen kleinen Moment«, sprach die Person sich selbst Mut zu und dachte dabei an Tonya.

Kapitel 16

Tonya hatte sich in den Schlaf geweint. Nun schreckte sie hoch. Verwirrt setzte sie sich auf und betrachtete die Lichtspur auf dem Schiffsboden, die der Mond dorthin malte. Was hatte sie aufgeweckt? War da ein Geräusch gewesen? Während sie wartete, ob es sich wiederholen würde, besah sie sich die dunklen Umrisse der Möbel in der Ferienwohnung und wünschte sich einmal mehr ihre Hunde herbei. Sie waren viel sensibler gewesen, was Geräusche, Gerüche und die vage Ahnung einer Gefahr anbelangte.

Draußen tobte die Nordsee an den Strand und der Wind drückte mit Wucht und unter Dröhnen gegen die Mauern des Hauses. Einige weit entfernte Blitze durchbrachen die Schwärze der Nacht wie am Himmel flackernde Kerzen. Ihr Blick fiel auf die Bibel, die schon bei ihrer Ankunft auf dem Nachttisch gelegen hatte. Sie hatte lange nicht mehr darin gelesen, obwohl ihr das früher doch wichtig gewesen war. In ihr wurde gelegentlich das tröstende Bild eines hell strahlenden Lichtes erwähnt. Trost konnte sie gerade dringend gebrauchen. Allerdings ging von dem Wetterleuchten eher etwas Beunruhigendes aus.

Dennoch ahnte sie: Ohne die Hoffnung in ihrem Herzen, dass Dennis an einem besseren Ort war, hätte sie damals wohl nicht weiterleben können. In den ersten Wochen nach seinem Tod waren ihr jene Bilder eine große Hilfe gewesen. Sie hatten verhindert, dass sie in Schuldgefühlen versank wie in einer klebrigen, öligen Flüssigkeit. So konnte sie zumindest den Kopf oben behalten. Atmen, weitermachen.

Tonya legte sich zurück und schloss die Augen. Zuletzt hatte sie den Eindruck gehabt, dass sie ein Ufer erreicht hatte. Zwar klebte die Substanz noch an ihr, aber diese versuchte nicht länger, sie in die Tiefe zu zerren. Tonya lachte wieder mehr und erfreute sich an alltäglichen Dingen. Daran, die Sonne zu sehen, das Meer und all die fröhlichen Menschen. Bunte, durch die Luft tanzende Drachen, ausgelassen spielende Kinder, Jakes Lächeln …

Sie sah nicht nur Weite vor sich, sondern fühlte sie in sich. Der Heilungsprozess hatte begonnen, den schmerzlichen und bedrohlichen Ereignissen der letzten Zeit zum Trotz. Und Jake hatte daran durchaus seinen Anteil. Oder doch vielmehr der Umstand, dass sie sich endlich einmal Ruhe gönnte? Dass sie bohrende Gedanken zuließ, anstatt sie zu vertreiben, und mit Dodo oder Jake lange Gespräche bei noch längeren Strandspaziergängen führte; dass sie sich öffnete und damit zugleich verletzlich machte?

Hatte sie denn aufgehört zu leben, weil auch Dennis nicht mehr am Leben war? Und dabei hatte sie doch angenommen, dass Dennis an dem Ort weiterlebte, den die Bibel den Himmel nannte. Vielleicht hatte sie sich, was ihre unverbrüchliche Überzeugung anbelangte, nur etwas vorgemacht? Zweifel schwappten herbei, klatschten gegen sie wie die Wellen ans Ufer. Dennoch zwang sich Tonya, nicht erneut all jene beunruhigenden Gedanken beiseitezuschieben und sich mit anderem abzulenken.

Zu trauern war wichtig. Ein Verlust, wie sie ihn erlebt hatte, ging nicht einfach spurlos an einem vorüber. Aber deshalb musste man sich eines Tages trotzdem wieder dem eigenen Dasein zuwenden. In der Theorie wusste sie das alles. Wenn da bloß nicht dieses bedrückende Gefühl in ihr wäre, dass Dennis noch am Leben sein könnte, wenn er nicht versucht hätte, sie zu beschützen. Und sie hatte nicht einmal seinen Mörder finden können …

Tonya schrak hoch, als ihr Smartphone klingelte. Das Geräusch zerriss die Stille in ihrem Zimmer, war lauter als das Wüten der Natur. Draußen flackerte der Himmel, eine besonders kräftige Bö entlockte dem Gebäude ein Brummen, etwas klapperte lautstark.

Sie stand auf, eilte zum Tisch hinüber und nahm ihr Telefon in die Hand. Die Nummer war unterdrückt. Ein kaltes Kribbeln regte sich in ihrem Nacken. Sie starrte das Display an, war unfähig, den Anruf wegzudrücken oder anzunehmen. Das Klingeln hörte nicht auf. Tonya vernahm ein Geräusch im Haus. Ob die aufdringliche Melodie die Kinder nebenan weckte? Das wollte sie keinesfalls. Sie drückte das grüne Symbol und presste sich das Smartphone ans Ohr.

Es rauschte, dann war ein eigentümlicher Laut zu hören, beinahe so, als leide jemand unter Schmerzen. Alarmiert riss Tonya die Augen auf. Sie lauschte erneut jener Männerstimme, diesmal klang sie jedoch seltsam verzerrt. Tonya ließ sich mit dem Rücken gegen die Balkontür fallen. Diese fühlte sich unangenehm kühl an. Sie fröstelte, gleichzeitig jagten in rasender Abfolge heiße Schauer durch sie hindurch. Etwas knackste, gleich darauf endete das unheimliche und nicht verständliche Murmeln. Plötzlich erscholl eine laute, fröhliche Melodie. Sie klang wie Hohn in Tonyas Ohren. Die Musik endete abrupt, dann war die Leitung tot.

Das Brausen des Sturmwindes drang wieder in Tonyas Bewusstsein vor, begleitet vom steten Donnern der Wellen. Sie starrte ihr Smartphone an, als habe sie ihren größten Feind vor sich. Schließlich schleuderte sie es auf ihr Bett. Sie rannte im Dunklen die Stufen hinab. Sekunden später riss sie die Tür zu Jakes Gästezimmer auf. Er war mit einem Satz aus dem Bett, die Hand hatte er bereits an der Nachttischschublade.

»Ich bin es!«, rief sie schnell. Er ließ die Schublade zu, in der Tonya seine Pistole vermutete, und wirbelte zu ihr herum.

»Was?!«, fragte er überaus knapp.

»Wir müssen hier weg. Sofort!«

»Bist du in Ordnung? Hast du jemanden gesehen? Gehört?« Er ging mit großen Schritten an ihr vorbei, schloss die Tür, knipste das Licht an, drehte sich um und ergriff sie an den Händen. Sie blinzelte geblendet. Er musterte sie prüfend von oben bis unten. Erst jetzt wurde ihr bewusst, dass sie nur ihren Schlafshorty trug.

»Er hat mich angerufen.«

Jakes Miene wurde kalt. Er ließ sie los und wandte sich ab, gleichzeitig fuhr er sich mit beiden Händen durch die wirren Haare. Sie sah am Heben und Senken seiner Schultern, wie er mehrmals tief durchatmete.

»Das bedeutet nicht, dass er weiß, wo du bist«, sagte er leise und in bemüht ruhigem Tonfall. Tonya verdrehte die Augen.

»Jake, er hat mich auf meinem *Handy* angerufen.«

Sie sah zu, wie er nach seiner Cargohose griff und sie über seine Boxershorts zog. Erst dann drehte er sich wieder zu ihr um. Sie konnte förmlich sehen, wie es in seinem Kopf arbeitete. Sicher nicht, weil er nicht sofort verstanden hatte, was dies bedeutete, sondern weil er bereits die Optionen durchging. Es war nicht weiter kompliziert, ein Smartphone zu orten, sobald man dessen Nummer wusste.

»Wer hat deine Handynummer?«

»Jake, das bringt nichts! Ich habe seit Jahren dieselbe Nummer. Meine Familie hat sie, einige Freunde, ehemalige Studienkollegen, die Arbeitskollegen, jeder, der Zugriff auf die Personaldaten hat, meine Bank, mein Internet- und Telefonanbieter, die Stromwerke, das italienische Restaurant um die Ecke …«

Jake ließ sich auf sein Bett fallen, kramte nach seinem eigenen Telefon und rief beim BKA in Wiesbaden an. Er bat darum, dass ihr letzter Anrufer ermittelt wurde.

»Egal, woher dieser Anruf kam, ich werde nicht länger hierbleiben. Ich will weder Dodo und ihren Mann noch die anderen Gäste in Gefahr bringen.«

»T, hör mal –«

»Nein! Denk an den Brand in meiner Wohnung. Denk an die Messerstiche in Little Joes Körper und an Hoss, der vergiftet wurde. Und dann denk an Emilia und Joona. Nein, Jake. Ich werde nicht eine Minute länger hierbleiben!« Sie funkelte ihn an, spürte in sich eine Hitze, die wie Lava in einem Vulkan demnächst auszubrechen drohte. Niemand sollte ihretwegen in Gefahr geraten. Und sie wollte zurück an ihren Arbeitsplatz. Nur dort konnte sie herausfinden, wer hinter all dem steckte. Sie durfte sich nicht länger verstecken, sondern musste endlich den Kampf gegen das Monster aufnehmen.

»Okay, T. Geh packen. Wir warten, bis der Provider sich bei unseren Kollegen gemeldet hat und wir wissen, wie nahe uns der Kerl ist. Falls der Anruf aus Deutschland kam, sollten wir noch ein paar Stunden schlafen, bevor wir fahren.«

»Als ob ich jetzt schlafen könnte«, brummte Tonya, nickte jedoch, als Jake sie streng ansah. Vermutlich würde er sogar schlafen können, sobald er wusste, dass die Person noch mehrere hundert Kilometer weit entfernt war. Sie sicher nicht.

Tonya trat den Rückzug an, dieses Mal deutlich langsamer als zuvor. Sie zog sich an und warf ihre wenigen Habseligkeiten in den Trolley. Als es schließlich an der Tür klopfte, saß sie auf dem Stuhl und beobachtete das Wetterleuchten.

Jake kam herein und setzte sich ihr gegenüber. Er trug noch immer nur die Cargohose, und das fahle Mondlicht beschien seinen unbekleideten Oberkörper, als stehe er auf einer Bühne. Tonya wandte schnell den Blick ab. Sie wollte sich nicht ablenken lassen.

»Der Anruf kam aus einem nicht belegten Krankenhauszimmer in Offenbach bei Frankfurt. Die Kollegen sind bereits dort und sichern die Überwachungskameras, versprechen sich aber nicht viel davon. Die Teile sind natürlich nicht darauf ausgelegt, die Privatsphäre der Kranken oder deren Besucher auszuspähen.«

»Du willst erst morgen früh fahren?«

Jake erhob sich, hockte sich vor ihren Stuhl und umfasste ihr Gesicht mit seinen Händen. Die Wärme, die von ihnen ausging, war angenehm, seine Nähe viel zu aufwühlend. Die Gefühle in ihr spielten verrückt, was auch der lauernden Gefahr und ihren konfusen Ängsten geschuldet war, gepaart mit ihrer Wut. Jedoch nicht nur. Jake ging ihr viel zu sehr unter die Haut. Er stahl sich langsam, aber stetig in ihr Herz. Die Frage war nur, ob sie das zulassen durfte.

»Wir sollten einen kühlen Kopf bewahren. Und versuchen, ausgeruht zu sein.«

»Mein *kühler Kopf* fragt sich, ob dieser Anrufer wirklich allein agiert. Was, wenn ein anderer Mann bereits hier ist? In Dänemark? In Blåvand?«

Jake musterte sie intensiv, was in Tonya den Verdacht wachrief, dass der Gedanke für ihn keineswegs neu war. Und dass die Vermutung ihm nicht schmeckte. Ganz einfach deshalb, weil mehr als eine beteiligte Person bedeutete, dass jemand hinter ihr her war, dem sie während ihrer Recherchen zur organisierten Kriminalität unangenehm auf die Füße getreten war. Dies war wesentlich prekärer, weil gefährlicher und deutlich schwerer nachzuweisen, als das bei einem womöglich psychisch kranken Stalker der Fall war.

Jake erhob sich, und da seine Hände weiterhin fest um ihr Gesicht lagen, musste sie ebenfalls aufstehen. Er trat noch näher und legte seine Stirn an ihre.

»Gut, wir fahren sofort, da du ja offenbar hellwach bist. Dein Handy schalten wir unterwegs aus. Und auf die Gefahr hin, dass ich mir deine Missbilligung zuziehe, versichere ich dir: Ich werde auf dich aufpassen!«

Tonya öffnete den Mund zum Protest, schloss ihn aber sogleich wieder. Widerspruch brachte nichts, das war ihr nur zu bewusst. Vermutlich hätte das Jakes Ehrgeiz nur noch mehr angestachelt.

Seine Lippen waren den ihren aufregend nahe, als er zwar die Stirn von ihrer nahm, sich jedoch nicht zurückzog. Sie spürte ein tiefes Sehnen in sich, von ihm geküsst und im Arm gehalten zu werden. Sie wollte sich unbedingt einmal wieder als Frau fühlen, nicht nur als Kämpferin. Unwillkürlich hob sie den Kopf ein wenig an und versank in dem warmen Braun von Jakes Augen. Ein Vibrieren wuchs in ihrer Brust und breitete sich in ihrem Körper aus. Jake trat einen Schritt zurück, dann einen zweiten. Schließlich nahm er die Hände von ihren Wangen. Zurück blieb eine eigenartige, schmerzliche Kälte.

* * *

Tonya schob die Gardine ihres Pensionszimmers beiseite und betrachtete die gekräuselten Wellen des Rheins. Die Aussicht war noch immer dieselbe wie gestern und vorgestern, und daran würde sich, ging es nach ihren Kollegen, zu denen blöderweise auch noch einer ihrer Brüder gehörte, so schnell nichts ändern. In ihre Wohnung hatte sie nicht zurückkehren können, musste die doch erst aufwendig renoviert werden. Aber diesen Schritt hätte sie ohnehin nicht gewagt. Sie wollte ihre Vermieter kein weiteres Mal in Gefahr bringen. Ebenso wenig wie ihre Eltern, die ihr nahegelegt hatten, sie besuchen zu kommen. Thomas hatte ihr ebenfalls angeboten, bei ihm Unterschlupf zu finden, doch das hatte sie entschieden abgelehnt. Nicht nur, weil sie verhindern musste, dass ihr Bruder in seiner kostbaren Freizeit ausschließlich den Beschützer spielte, vielmehr waren ihr seine Wohnverhältnisse zu beengt erschienen. Sie wollte nicht ständig im Weg sein, wenn Delia zu Besuch kam. Was Tonya unweigerlich gewesen wäre, zumal Gotthilf ihr eine weitere Urlaubswoche aufgedrängt hatte, ohne ihr einen plausiblen Grund dafür zu nennen. Und das, obwohl sie mit dem inzwischen deutlich kleineren Stützverband gut zurechtkam und durchaus hätte arbeiten können.

Seufzend ließ sie die Gardine zurückgleiten und wandte sich um. Das Zimmer war nicht groß, was Tonya nicht störte, immerhin hatte sie nicht mehr dabei als ihren Trolley und den Rucksack. Ihr Bett hatte sie mit dem sandfarbenen Überwurf abgedeckt, auf der dunkelblauen Couch gegenüber den Fenstern lag aufgeklappt ihr Notebook, allerdings im Standby-Modus. Sie hatte einen Großteil der vergangenen Nacht damit verbracht, weitere Recherchen durchzuführen, bis sie eingeschlafen sein musste. Sie war in dem Moment erwacht, als das teure Gerät von ihren Knien zu rutschen drohte. Nach einer ausgiebigen Dusche und einem Frühstück im Frühstückszimmer im Erdgeschoss lief sie nun Rillen in den sandfarbenen Teppich mit den blauen Mustern.

Hier festzusitzen machte sie nahezu verrückt. Jetzt war sie aus Dänemark zurück – eine Auszeit, die ihr wirklich gutgetan hatte – und wurde doch aufs Abstellgleis geschoben. Einmal hatte Thomas sie besucht und ihr dabei ihre Waffe vorbeigebracht, samt einer ganzen Reihe von Verhaltensvorschriften. Wenig später war Jake kurz da gewesen. Er hatte sich vergewissert, ob sie alles hatte, was sie brauchte. Dann hatte er sich so schnell wieder verabschiedet, dass Tonya sich inzwischen fragte, ob es weniger einem Anflug von Vernunft geschuldet war, der ihn in Dänemark davon abgehalten hatte, sie zu küssen, als vielmehr ihren Geschwistern, die ihm eine subtile Warnung hatten zukommen lassen. Wobei Jake sich eigentlich nicht so leicht einschüchtern ließ. Und damit blieb als Erklärung für seine überdeutlich gezeigte Zurückhaltung nur eine: Er hatte in Dänemark festgestellt, dass sie doch nicht zusammenpassten. Diese Erkenntnis schmerzte. Mehr, als Tonya sich an Tag eins und zwei in der Pension hatte eingestehen wollen. Nun, am Morgen des dritten Tages war ihr klar, dass sie jenen Schmerz sehr wohl verspürte. Weil sie sich in Jake verliebt hatte.

»Das war so nicht geplant«, sagte sie halblaut vor sich hin, wandte sich um und ging mit großen Schritten auf das Fenster zu. »Und dann auch noch in so einen Beschützertyp. Als hätte ich davon nicht schon genug um mich herum.«

Sie spielte mit der Gardine, drehte sich ruhelos um und begab sich erneut die wenigen Meter zur Tür hinüber. »Aber vielleicht habe ich dann nur noch den einen, und die anderen lassen es gut sein?« Wieder näherte sie sich dem Fenster. Sie warf einen kurzen Blick hinaus. Noch immer gab es dort dieselben belaubten Bäume, die Uferpromenade, den Fluss und die Häuser am Ufer gegenüber.

»Ganz klasse Idee, Wieland. Vor allem, da er jetzt auf Distanz geht.« Sie lehnte sich mit dem Rücken an die weiß lackierte Tür. »Willst du das wirklich? Steht dir das zu? Kannst du das?« Sie verdrehte über sich selbst die Augen. Vermutlich hatten sich die Fragen seit ihrer Rückkehr aus Dänemark ohnehin erledigt.

Sie stieß sich ab und ging wieder Richtung Fenster. Das neue Handy, dessen Nummer nur eine Handvoll Personen hatte, glitt schnarrend über den linken Nachttisch des Doppelbettes. Tonya hastete hinüber. Jake rief an. Sie atmete tief durch und ärgerte sich über ihren plötzlich galoppierenden Herzschlag. »Dummes Ding!«, schalt sie sich selbst, ehe sie das Gespräch annahm und sich mit einem reichlich unfreundlich klingenden »Ja« meldete.

»Du bist gut aufgelegt, wie ich höre.« Er lachte leise.

»Mir ist langweilig.«

»Deshalb rufe ich ja an.«

»Fein. Darf ich zur Arbeit?«

»Äh, nein. Ich wollte fragen, ob bei dir alles in Ordnung ist.«

»Du hängst also wieder mal den Beschützer raus.«

»Komm schon, Kobold. Das ist mein Job.«

»Und meiner ist es, in dieser *Steuerkanzlei* zu sitzen und *die* Spuren zu finden, die ganz böse Finger unvorsichtig hinterlassen haben.«

»Bald darfst du das wieder.«

»He –« Sie brach ab, fühlte, wie heiße Speerspitzen durch sie hindurchjagten und presste das Telefon fester an ihr Ohr.

»Ihr habt eine Spur?«, stieß sie aufgeregt hervor.

»Ja.«

»Erzähl.«

»Nein.«

»Jake!«

»T?«

»Bitte.«

»Ich habe eine Frage an dich. Und ich möchte, dass du dir die Antwort gut überlegst. Und dass du mir eine ehrliche Antwort gibst und dich danach friedlich in deinem hübschen kleinen Pensionszimmer weiter langweilst.«

Tonya unterdrückte eine abschlägige Entgegnung. Sie fuhr sich mit der Hand durch das Haar und blieb mit den Fingern in einigen widerborstig gelockten Strähnen hängen. Wenn sie jetzt einen auf bockigen Teenager machte, würde Jake sofort auflegen. Dabei wollte sie doch dringend erfahren, auf was ihre Kollegen, allen voran diese Luisa, gestoßen waren.

»Okay, schieß los.«

»Du hast keinem deiner Kollegen gesagt, wo du bist?«

Tonya schloss gequält die Augen. Sie hatten schon wieder jemanden aus ihrer Abteilung im Visier? Jake und Thomas hatten Rudi von Anfang an im Verdacht gehabt; sie fand den Gedanken allerdings nur absurd. Rudi war am Computer ein Genie, ansonsten aber absolut harmlos. Es gab keinen Grund, weshalb er ihr etwas antun sollte. Oder ihren Hunden. Selbst das Auskippen von Mülltonnen, das Besprayen von Zeltwänden oder das Köpfen der Hortensien traute sie ihm nicht zu. Rudi war unschuldig, vielmehr besorgt um sie. Die Kollegen mussten sich täuschen.

»Sprich mit mir, T.«

»Nur Gotthilf weiß, wo ich bin, und hat die Telefonnummer. Beides weiß er entweder von dir, von Karl, von Thomas, von Martin oder von dieser Luisa, die ich noch immer nicht kennengelernt habe.«

»Du würdest sie mögen.«

»Lenk nicht ab.«

»Mist.«

Tonya setzte sich auf die Couch und zog das Notebook zu sich. Dann stieß sie es wieder von sich. Nein, sie würde jetzt nicht anfangen, ihre Kollegen auszuspionieren. Zumal nur Gotthilf wusste … Gotthilf? War er vielleicht …?

Tonya schüttelte über sich selbst den Kopf. Der Gedanke war ebenso abstrus wie Jakes Verdacht, Rudi könnte hinter all dem stecken. Oder Stefan, der eine Frau und zwei Kinder hatte. Trotz der heiseren Stimme am Telefon, die sie manchmal an ihn denken ließ …

Dennoch spürte Tonya ein unangenehmes Prickeln ihren Rücken hinauf in den Nacken ziehen und wie es sich dort als stechender Schmerz festsetzte. Durfte sie denn jetzt gar niemandem mehr vertrauen? Musste sie hinter jeder Person in ihrem näheren Umfeld denjenigen vermuten, der ihr Übles wollte? Was hatte sie demjenigen nur getan? Was rechtfertigte so einen Hass auf sie, der zwei Hunde tötete, ihr Verletzungen zufügte, eine Wohnung abbrannte und dabei sogar das Leben Dritter riskierte – darunter das eines Babys?

»Jake? Was habt ihr?«

»Nur Verdachtsmomente, Däumling. Wir gehen ihnen nach, müssen aber zugleich abklären, dass dies keine zusätzliche Gefahr für dich mit sich bringt.«

»Was habt ihr gefunden?«, hakte sie unerbittlich nach.

»Warte bitte kurz, Gotthilf ist gerade gekommen. Halte dich von Kollegen fern. Unbedingt!« Jake besaß den Nerv, sie einfach aus der Leitung zu werfen. Gleichermaßen entrüstet und verunsichert, zudem mit dem mulmigen Gefühl einer lauernden Gefahr im Nacken, saß sie da und wartete darauf, dass Jake sie erneut anrief.

Er tat es nicht. Tonya harrte eine Stunde lang aus, dann wechselte sie ihre Jogginghose gegen Shorts, schlüpfte in ihre Schuhe und verließ das angemietete Zimmer. Heute war Samstag und damit Markt auf den Mainzer Domplätzen. Obwohl sie in Wiesbaden in unmittelbarer Nähe lebte, hatte sie nie zuvor den angeblich schönsten und ältesten Wochenmarkt Deutschlands besucht. Das gedachte sie an diesem Tag zu ändern.

Falls es Jake doch noch in den Sinn kommen würde, ihr mehr Details zu verraten, konnte er sie ja anrufen. Sie ärgerte sich darüber, dass er ein Telefongespräch einfach beendete, um keine Informationen weitergeben zu müssen, die er lieber für sich behalten wollte. Ob Jake so auch mit seinen früheren Freundinnen umgesprungen war, wenn er Schluss gemacht hatte.

»Jetzt sei nicht ungerecht«, sagte Tonya laut vor sich hin und fing sich einen irritierten Blick von einer älteren Dame im imposanten Eingangsbereich der Pension ein. Tonya lächelte sie entschuldigend an und bat gedanklich auch Jake um Verzeihung. Er hatte ihr ja erzählt, woher sein Ruf als Bad Boy stammte.

Tonya mischte sich in den Strom der Passanten, unter denen sich nicht wenige Touristen befanden. Sie schlenderte am Rheinufer entlang und besah sich im Vorbeigehen die Auslagen der verschiedenen Stände eines Flohmarkts. In Höhe des Fischtorplatzes verließ sie das Ufer, überquerte den Liebfrauenplatz und trat kurz darauf auf den völlig überfüllten Marktplatz vor dem Dom.

Dort drehte sie sich einmal im Kreis und betrachtete dabei die umstehenden Gebäude und den romanischen Dom mit seinen – nach mehreren Um- und Anbauten – vereinzelten gotischen und barocken Anteilen. Schließlich wandte sie sich dem ersten Verkaufsstand auf ihrer Seite zu. In schwarzen Eimern drängten sich Rosen in allen Farbschattierungen, dazu Zinnien, einige Sonnenblumen, Gestecke mit Sonnenblumen und blaue, violette und weiße Hortensien.

Der nächste Stand bot Gemüse feil. Der Inhalt der überladenen Holzkisten bestach durch seine Farbenfülle, die verschiedenen Formen der Erzeugnisse und seinen Duft, der sich mit dem der Blüten von nebenan vermengte.

»Hey, T.«

Tonya, die gerade einen Apfel in den Händen hielt, wirbelte herum. Sie fand sich Rudi gegenüber. Sein rotes Haar stand wieder einmal in alle Richtungen ab, ein Bartschatten, etwas, das sie bei ihm noch nie gesehen hatte, zierte seine bleichen Wangen, konnte jedoch nicht von den dunklen Schatten unter seinen Augen ablenken. Auf den ersten Blick sah er krank aus, zudem wirkte er gehetzt, schaute er sich doch mehrmals um und verknotete nervös die Finger ineinander.

»Was machst du denn hier?« Tonya wich unwillkürlich einen Schritt zurück. Das Telefonat mit Jake war ihr nur zu präsent. Ihr Eindruck von vorher, niemandem mehr trauen zu dürfen, ließ das Blut in ihren Schläfen pochen. Sie hörte deutlich ihren eigenen Herzschlag.

»Entschuldige bitte, ich wollte dich nicht erschrecken.«

»Ich bin zurzeit extrem schreckhaft«, erwiderte Tonya leise, um das Zittern in ihrer Stimme zu verbergen.

»Das kann ich sehr gut verstehen.«

»Und noch mal: Was tust du hier?«

»Ich habe mir heute freigenommen.«

»So?«

»Bitte, T. Ich muss dringend mit dir sprechen.«

»Du musst …?« Tonya schüttelte den Kopf und wünschte sich plötzlich, sie hätte ihre Pistole eingesteckt. Im Safe der Pension deponiert nützte diese ihr reichlich wenig. Und: Woher wusste Rudi von ihrem Aufenthalt in Mainz? Davon, dass sie genau jetzt über den Markt schlenderte?

Rudi schob die Hände tief in die Taschen seiner ausgeleierten Jeans und musterte sie bittend.

»Ich muss mit dir reden, T. Ich bin da auf etwas gestoßen, das dich interessieren wird. Und da du vermutlich mit niemandem allein sein willst, dachte ich, es wäre ganz praktisch, wenn ich dich an einem öffentlichen Platz mit vielen Menschen anspreche. Hier musst du nichts befürchten.« Rudi deutete mit einer Kopfbewegung auf die Menschenmenge inmitten der Standreihen.

Tonya folgte seinem Blick. Sie sah Paare mit ihren Kindern, die eher gelangweilt die Auslagen beäugten und ältere Frauen mit Taschen in beiden Händen, die es eilig hatten, ihre Einkäufe zu tätigen. Dazwischen tummelten sich Touristen, die die quirlige und bunte Umgebung mit ihren Handykameras festhielten, und Männer jedes Alters auf der Suche nach einem Strauß oder Gesteck für ihre Partnerinnen. Es gab Händler, die teilweise lautstark ihre Waren feilboten oder leere Verkaufsflächen neu befüllten. Ein steter Geräuschpegel lag über all dem, und die Luft war gesättigt von Zigarettenrauch, flüchtigem Parfüm, dem Duft von Obst, Gemüse und diversen Pflanzen. Von der gegenüberliegenden Ecke zog ab und an der deftige Geruch von Geräuchertem herüber.

Nein, hier würde niemand auf ihr Gespräch achten. Zudem bestand keine Gefahr, dass ihr jemand heimlich etwas antun könnte, zumal einer der jüngeren Blumenverkäufer an das diesseitige Ende des Marktstands gerückt war und sie reichlich unverhohlen beobachtete. Vielleicht gefiel sie ihm, und er hoffte, sie auf sich aufmerksam machen zu können.

Außerdem – Tonya betrachtete die fahlen Gesichtszüge ihres Gegenübers und lächelte ihm spontan zu – war das Rudi, der da seltsam verloren vor ihr stand. Von ihm ging keine Gefahr für sie aus, da war sie sich sehr sicher.

»Wie hast du mich gefunden?«, fragte Tonya leise.

»Ich habe mir die Bewegungsprofile der Handys von Jake und deinem Bruder angesehen. Beide waren in einer Pension am Mainzer Rheinufer. Ich habe dort gewartet und bin dir hierher gefolgt.«

Tonya schüttelte sarkastisch lächelnd den Kopf.

»Wäre es in Ordnung, wenn wir da drüben einen Kaffee trinken gehen?«, fragte Rudi. »Ich habe gefühlt seit Tagen nichts mehr gegessen. Sie haben leckere süße Stückchen.«

»In Ordnung.« Tonya folgte ihrem Kollegen aus dem Gedränge zu einem der kleinen Tische eines Cafés, bei dem die meisten Plätze besetzt waren und drei eilfertige Bedienungen versuchten, den Wünschen der Kunden gerecht zu werden.

Tonya ließ sich hinter einem Pflanzenkübel nieder. Er sollte die Passanten daran hindern, sich zwischen den Cafégästen hindurchzuschlängeln.

»Also, was gibt es?«

»Ich habe dich doch mal bei einer privaten Recherche *erwischt*«, begann Rudi und hob begütigend die Hand, als Tonya sich ruckartig aufrecht hinsetzte. »Daraufhin hast du mir kurz von Dennis erzählt und was ihm und dir damals zugestoßen ist.«

Tonya nickte und entspannte sich wieder. Vielleicht hatte Rudi etwas gefunden, das ihr helfen konnte, Dennis' Mörder zu finden. Schließlich hatte sie kürzlich auch nur einen kleinen Querverweis in einem anderen Fall aufgenommen und ihn an Rudi weitergereicht, womit ihm ein entscheidender Durchbruch gelungen war. Manchmal kreuzten sich Spuren, manche vermengten sich, über andere stolperte man zufällig …

Kapitel 17

Jake entschuldigte sich noch einmal bei Rudis überaus streitbarer Großmutter und zog dann schnell die Eingangstür hinter sich zu. Erleichtert, der Frau entkommen zu sein, blähte er die Wangen auf.

Martin lachte lauthals los und boxte Jake gleich zweimal vor die Brust. »Endlich hat dir eine Frau mal deutlich die Leviten gelesen.«

»Warum eigentlich nur mir? Du warst doch ebenfalls da.« Jake grinste, obwohl ihm die Tatsache, dass Rudi weder bei der Arbeit noch zu Hause war, nicht behagte.

Martin zuckte lässig mit den Schultern und öffnete die Fahrertür ihres Dienstwagens. »Gegen meinen natürlichen Charme hast du keine Chance. Zumindest was die weiblichen Jahrgänge ab fünfzig aufwärts betrifft. Die darunter fliegen vermutlich auf deine Böse-Jungs-Masche.«

»Das erklärt, weshalb du immer noch solo bist«, spottete Jake.

»Ach, und an deinem Status hat sich etwas geändert?«, gab Martin zurück.

»Das ist … kompliziert.«

»Das sind Frauen doch immer.«

»Sie eigentlich nicht. Nur die Umstände.«

»Und die Tatsache, dass ihr Bruder Tom Wieland heißt.«

»Das auch«, murmelte Jake und setzte sich auf den Beifahrersitz. »Vielleicht«, schränkte er dann noch ein, schließlich war Thomas darauf aus gewesen, Jake nahe bei Tonya zu wissen. Als ihr Beschützer.

Jake zog sein Smartphone heraus und wählte Tonyas Nummer. Vermutlich würde sie ebenso unfreundlich auf seinen Anruf reagieren, wie Rudis Großmutter auf seine deutlich vorgebrachte Bitte, Rudis Zimmer betreten zu dürfen. Immerhin hatte er Tonya vorhin nicht nochmals angerufen. Doch die Nachricht, von Gotthilf persönlich übermittelt, hatte alle Alarmglocken bei ihm läuten lassen. Rudi war in den vergangenen Tagen durch ungewöhnliche Unkonzentriertheit und Nervosität aufgefallen, sodass Gotthilf sich besorgt seine aktuellen Nachforschungen angesehen hatte. Dabei hatte er festgestellt, dass Rudi – obwohl ihm der Fall nicht übertragen worden war – Tonya überwachte und sogar gewusst haben musste, dass sie sich in Blåvand versteckt hielt. Bei Gotthilfs vertiefter Suche in dessen Dateien war auch noch herausgekommen, dass der ITler Dennis gekannt haben musste. In Rudis erstem Semester war Dennis sein Tutor gewesen. Rudi hatte allerdings die Uni gewechselt, bevor Tonya und Dennis überfallen worden waren.

Tonya meldete sich nicht. Jake wählte erneut, dieses Mal brach der Versuch ziemlich schnell ab. »Komm schon, T. Jetzt ist nicht der richtige Zeitpunkt, um sauer auf mich zu sein.«

»Was hast du angestellt?«

»Ich wollte sie warnen, keinen Kontakt zu Kollegen aufzunehmen, als Gotthilf mit seiner Nachricht über die Bekanntschaft zwischen Rudi und Dennis zu uns kam. Ich habe sie nicht wieder angerufen, weil das hier wichtiger war.«

»Und ergebnislos. Versuch du es weiter bei T, ich frage inzwischen Gotthilf, ob er oder die anderen ITler wissen, wo Rudi sich gern mal aufhält.«

»Bei der Arbeit«, knurrte Jake, obwohl er wusste, dass Rudi dort seit mindestens dreißig Stunden nicht mehr aufgetaucht war. Die Kollegen hatten angenommen, er sei krank. Zumindest habe er zuletzt nicht gut ausgesehen.

Aber Rudi lag nicht fiebernd in seinem Bett. Zwar hatte der Kerl einen Berg Überstunden und auch Urlaub angehäuft, aber selbst ihm musste klar sein, dass er sich nicht einfach, ohne Bescheid zu geben, freinehmen konnte. Doch womöglich nahm er sich nicht einfach nur frei. Vielleicht versuchte er, endlich zu Ende zu bringen, was er begonnen hatte. Vor sieben Jahren?

Jake schüttelte unwillkürlich den Kopf. Das war so weit hergeholt, dass es schlicht absurd klang. Sogar aus dem Mund von Gotthilf, über den man ja gern mal Verschwörungstheorien erzählte. Und dennoch … Jake hatte keine Sekunde länger zögern wollen. Er musste Rudi finden. Schnell.

Tonya reagierte weiterhin nicht auf seine Anrufe.

»Sie haben versucht, Rudis Smartphone zu orten. Es ist ausgeschaltet. Und das schon seit mehreren Stunden. Der letzte ermittelbare Standort ist die *Steuerkanzlei*«, teilte Martin ihm mit.

»Ich rufe in der Pension in Mainz an.« Es wählte bereits, da Jake die Nummer vorsorglich eingespeichert hatte. Gleich darauf teilte ihm die freundliche Dame von der Rezeption mit, dass Tonya das Haus vor gut zwei Stunden verlassen habe.

Jake rieb sich nervös den Nacken. Tonya hatte demnach etwa eine Stunde nach seinem Anruf ihrem Versteck den Rücken zugekehrt. Vermutlich reichlich aufgebracht, weil er sie einfach im Regen hatte stehen lassen. Er rief Gotthilf an. Der sagte ihm, dass weder Tonya noch Rudi bei der Arbeit aufgetaucht seien. Jake hatte den Mann nie zuvor so aufgewühlt erlebt. Ihm selbst erging es nicht besser. Rudi war verschwunden, und nun war auch Tonya nicht mehr erreichbar.

* * *

Tonya warf einen Blick auf das Display. Schon wieder rief Jake sie an. Sie stellte den Ton auf lautlos und ließ das Gerät in ihren Rucksack gleiten, den sie zwischen ihre Füße auf den Boden gestellt hatte. Sie bedankte sich für den zweiten Cappuccino, den die Servicekraft ihr hinstellte, während Rudi sich über seinen vierten Snack hermachte. Er musste restlos ausgehungert sein. Sie ließ ihn in Ruhe essen, hatte sie doch mit dem, was er ihr erzählt hatte, genug zu verdauen.

Ihn trieb die Befürchtung um, dass er gewaltigen Ärger bekommen könnte, weil er bemerkt hatte, dass jemand Zugang auf seinen Rechner gehabt und sich nahezu akribisch durch diesen gewühlt hatte. So, wie er es zuletzt bei Tonya gemacht hatte; aus Sorge um sie. Das zumindest hatte er beteuert. Er hatte einfach nur helfen wollen, die mysteriösen Geschehnisse aufzuklären und zu beenden. Und das deshalb, weil er sie als Freundin sehr schätzte – einen Status, den sie ihrer Beziehung nie gegeben hätte. Für Rudi genügten aber wohl die wenigen Male, die sie außerhalb der Arbeit miteinander gesprochen hatten, um sie als eine solche anzusehen. Vermutlich, weil er einsam war.

Rudi hatte versucht herauszufinden, von welcher Seite Tonya Gefahr drohte. Dabei hatte er weitaus länger zurückliegende Fälle hervorgekramt als die Kollegen, die offiziell den Fall Tonya bearbeiteten, darunter auch jene, an deren Aufklärung sie lediglich oberflächlich beteiligt gewesen war. Und dabei, so hatte er zerknirscht erzählt, sei er auf ihre private Recherche zu dem sieben Jahre alten Mord an ihrem Jugendfreund gestoßen. Als er ein Foto von Dennis gesehen hatte, war ihm klar geworden, dass er das Opfer gekannt hatte; wenngleich nur kurz und eher flüchtig. Daraufhin hatte er seine eigenen Nachforschungen in diese Richtung ausgeweitet – und etwas entdeckt. Fast im selben Augenblick hatte er jedoch bemerkt, dass er von jemandem innerhalb der Abteilung bespitzelt wurde.

Tonya trank einen Schluck von ihrem Cappuccino. Vermutlich hatte Gotthilf die Durchsuchung von Rudis Rechnern angeordnet. Weil erneut der Verdacht im Raum stand, ein Kollege könnte hinter all den Attacken auf Tonya stecken. Und da Rudi – wie er vorher gebeichtet hatte – die ganze Zeit über Tonyas Bewegungen über ihr Smartphone nachverfolgt hatte, zwickte ihn nun nicht nur das schlechte Gewissen. Nein, er hatte Angst, im Kreis der Verdächtigen in den Fokus zu rücken.

Diese Sorge war keineswegs unbegründet, fand Tonya, zumal Jake und auch Thomas ihm ohnehin misstrauisch gegenüberstanden.

Tonya hob den Blick und schaute zu, wie Rudi mit dem Zeigefinger die letzten Krümel auf seinem Teller aufpickte und in den Mund schob. Er wirkte dabei wie ein kleiner Bengel, der heimlich naschte. Nein, sie hegte keinen Argwohn gegen ihn.

Rudi blinzelte und rieb sich die übermüdeten Augen, sodass Tonya ihn am liebsten ins Bett geschickt hätte. Aber das war nicht möglich. Zuallererst musste sie erfahren, was Rudi über Dennis herausgefunden hatte. Anschließend stand dann noch ein Gespräch mit Kollegen an, die sich womöglich in diesem Augenblick an Rudis Fersen hefteten. Bei dem Gedanken daran schüttelte sie verständnislos den Kopf. Rudi wirkte zwar gelegentlich ein wenig sonderbar und auch weltfremd, aber er war definitiv nicht derjenige, der es auf sie abgesehen hatte.

»Du kanntest also Dennis?«, brachte sie die Sprache endlich auf das Thema, das sie einerseits brennend interessierte, andererseits in Panik versetzte. Aus der Angst heraus, sie könnte enttäuscht werden, weil Rudi nichts gefunden hatte, was sie nicht ohnehin schon wusste? Oder weil sie sich nachher würde vorwerfen müssen, jenen Aspekt übersehen zu haben, und das schon seit Jahren? Vielleicht lag ihre Furcht aber auch darin begründet, sich den Ereignissen von damals – und womöglich Dennis' Mörder – noch einmal intensiv stellen zu müssen. Das alles würde Erinnerungen hervorrufen, die sie im hintersten Winkel ihres Gedächtnisses vergraben hatte, dazu Wunden aufkratzen, von denen doch gerade erst der Schorf abgefallen war. Sie befürchtete, dass sie die neu gefundene Weite in sich gegen die engen Mauern aus Selbstvorwürfen würde eintauschen müssen. Dies konnte die Waagschalen zwischen ihrem Wunsch nach Schutz und dem, niemals wieder jemanden ihretwegen in Gefahr zu wissen, erneut ins Ungleichgewicht bringen. Und damit Jake aus ihrem Leben aussperren.

Tonya fühlte Übelkeit in sich aufsteigen. Sie schob die Tasse mit dem letzten Rest ihres Cappuccinos in die Tischmitte, stützte die Ellenbogen auf die Platte und vergrub das Gesicht in ihren Händen.

»Es tut mir leid, T, dass wir diese Sache wieder ausgraben müssen«, hörte sie Rudi leise sagen. Tonya nickte andeutungsweise, behielt die Finger jedoch vor ihren Augen. Sie wollte ihm nicht ihre Tränen der Dankbarkeit zeigen, weil er sie so gut verstand. Und weil er versucht hatte, ihr zu helfen. Zumal sich darunter auch Tränen der Trauer mischten. Um ihr erst seit Kurzem wiedergefundenes Leben. Denn das musste sie nun ziemlich sicher erneut in den kleinen Kasten packen, den sie nach dem Erlebnis am See um ihr Herz herum gebastelt hatte.

»Aber vielleicht hilft es dir, endlich damit abzuschließen.« Jetzt klang Rudis Stimme fester. Tonya konnte förmlich spüren, wie er sich in den grandiosen, manchmal verbissenen und stets hoch konzentrierten IT-Ermittler verwandelte, der beim BKA so geschätzt war. Eigentlich. Hoffentlich noch immer.

»Bist du so weit? Kann ich anfangen?«

Tonya lächelte hinter ihren Handflächen ob der Fürsorglichkeit dieses Mannes. Sie wartete, bis sie sich sicher war, dass sie ihre Tränen erfolgreich zurückgedrängt hatte, bevor sie die Hände herunternahm. Dann schaute sie ihrem Gesprächspartner fest in die Augen und forderte ihn durch ein deutliches Nicken auf, ihr zu erzählen, was er herausgefunden hatte.

»Ich habe ein Semester an derselben Uni studiert wie Dennis. Und damit wohl auch wie du. Allerdings kann ich mich an dich nicht erinnern, was bei den vielen Studenten aber sicher nicht verwunderlich ist.«

»Ich bin immer in der Menge untergetaucht.«

Rudi grinste und richtete sich etwas mehr auf. Ihr kleiner Scherz auf ihre eigenen Kosten verlieh ihm offenbar die Gewissheit, dass sie gefestigt genug war, ihn anzuhören. Und dass sie ihm vertraute?

»Dennis hat als Tutor ein Projekt geleitet, bei dem ich involviert war. Leider wurde dann bei meiner Mutter Diabetes diagnostiziert, womit sie gar nicht klarkam. Fast zeitgleich gab es bei meiner Großmutter einen Einbruch. Sie konnte den Einbrecher zwar abwehren, das Ganze hatte sie aber völlig verunsichert. Ich wechselte daraufhin an eine Uni, die näher an unserem Zuhause lag, damit ich ein bisschen nach den beiden Frauen sehen konnte.«

Tonya lächelte ihm zu. Sie wusste nicht, was Rudi alles aufgegeben hatte, um sich um seine Familie zu kümmern, fand sein Verhalten jedoch großartig. Sie nahm sich vor, sich seiner ein wenig anzunehmen, sobald in ihrem Leben endlich wieder mehr Ruhe eingekehrt war. Vielleicht war es inzwischen möglich und an der Zeit, dass sich Rudi eine Wohnung suchte und sein Leben selber in die Hand nahm. In erreichbarer Nähe zu seiner Mutter und Großmutter, aber dennoch mit einem

Abstand, der es ihm ermöglichen würde, richtige Freunde zu finden und womöglich auch eine Frau kennenzulernen.

»Ich habe nie erfahren, was damals geschehen ist. Und ich habe deine Geschichte nie mit Dennis Hinz in Zusammenhang gebracht.«

»Das war auch schlecht möglich«, beruhigte Tonya ihn. Sie hatte selten darüber gesprochen und nie einen Namen genannt. Es war *ihre* Vergangenheit. Rudi lächelte freudlos, ehe er fortfuhr. »Damals hat die Polizei sehr viel unternommen. Sie haben unter anderem versucht, Übereinstimmungen und ähnliche Tötungsdelikte zu finden. Hauptsächlich in Deutschland, aber auch in Österreich und der Schweiz. Dies aufgrund der geographischen Nähe zum Tatort, und weil du angegeben hattest, dass euer Angreifer deutsch gesprochen habe.«

Tonya kämpfte darum, ihr Gedächtnis daran zu hindern, jene Worte und die Stimme hervorzukramen und allzu präsent werden zu lassen.

»Ich habe die Fühler etwas weiter ausgestreckt.«

Tonya neigte den Kopf zur Seite und betrachtete ihn fragend.

»In die anderen, eher südlich gelegenen Anrainerstaaten hinein. Also nach Liechtenstein und in das südliche Frankreich. Aber auch hier habe ich keine vergleichbaren Morde finden können. Deshalb suchte ich weiter, und wie du weißt, hatte ich zuletzt des Öfteren mit Kollegen aus Italien zu tun.«

»Diese Drogensache. Mit den Toten in Mainz und Eltville, der Schießerei in Karlsruhe und die Verbindung zum Fliegenden Holländer?«

»Genau. Du hattest mir ja einen entscheidenden Hinweis gegeben. Ich habe also in deiner Sache die Kontakte nach Neapel genutzt.«

»Und das alles ohne einen entsprechenden Auftrag, der dir eine rechtliche Grundlage dafür gegeben hätte? Hattest du wenigstens ein Okay von Gotthilf?«

Rudi zog eine Grimasse, zuckte mit den Schultern und beugte sich ihr ein Stück entgegen. Tonya atmete tief ein und hielt die Luft lange an. Rudi konnte sich durch sein eigenmächtiges Handeln in erhebliche Schwierigkeiten manövriert haben. Und das ihretwegen. Entsetzt biss sie sich auf die Unterlippe.

Allerdings entnahm sie Rudis Andeutung, dass die Polizei in Italien etwas gefunden haben musste, was dem, das ihr und Dennis zugestoßen war, zumindest annähernd nahe kam. Hatte ihr übereifriger Kollege eine neue Spur aufgetan? Nach sieben Jahren Stillstand? Und war das möglich geworden, weil der Typ sich ihr seit einigen Monaten erneut genähert hatte? Gab es diese Verbindung zwischen damals und heute also wirklich?

Obwohl die Augustsonne sie wärmte, spürte Tonya Kälte in sich aufsteigen. Die Vorstellung, dass Dennis' Mörder sie seit Längerem beobachtete, sich ihr mehrmals unbemerkt hatte nähern können, in ihre Wohnung eingebrochen war und gemeinsam mit ihr in dem Haus in Potsdam gewesen sein könnte, ließ sie frösteln. Aufgewühlt rieb sie sich mit den Händen die Oberarme.

Tonya schrak zusammen, als sich plötzlich ein breitschultriger, großer Mann auf den Stuhl neben ihr fallen ließ. Auch gegenüber nahm jemand Platz, hinter Rudi postierte sich eine korpulente Frau.

»Warum gehst du nicht ans Telefon«, knurrte Jake sie an.

»Ich habe zu tun.«

»Ist dir eigentlich klar, was du damit ausgelöst hast? Wir alle wähnen dich ununterbrochen in Gefahr und du ignorierst einfach sämtliche Anrufe? Wenigstens hast du dein Handy nicht ausgeschaltet, sodass wir dich finden konnten.«

»Ich ignoriere *deine* Anrufe. Und das auch nur, weil ich mich in einem wichtigen Gespräch befinde.«

»T!« Die vorwurfsvolle Warnung kam von gegenüber und somit von Thomas.

»Tragt das später aus«, riet die Frau hinter Rudi. Der sah plötzlich sehr klein aus, hatte er doch den Kopf zwischen die Schultern gezogen. Seine ungewöhnlich hellbraunen Augen waren flehend auf Tonya gerichtet.

»Luisa Neumüller, eine Kollegin«, stellte sich die Unbekannte vor. »Ich habe eure Rechnung bereits beglichen, sodass wir jetzt gemeinsam und ohne viel Aufhebens gehen können. Frau Wieland, Jake nimmt Sie in seinem Wagen mit, Sie, Herr Schreck, begleiten bitte Tom und mich.«

»Er hat nichts getan!«, flüsterte Tonya, die nicht noch mehr Aufmerksamkeit auf ihren Tisch ziehen wollte, als die Anwesenheit der beiden düster blickenden Männer und dieser wie ein Bollwerk hinter Rudi stehenden Frau ohnehin schon hervorgerufen hatte.

»Er wollte mir gerade etwas zu Dennis' Mörder sagen.«

»Das Gespräch setzen wir in einer halben Stunde in meinem Büro fort.« Luisa war deutlich. Sie wollte hier so schnell wie möglich verschwinden.

»Wir sehen uns nachher«, sagte Tonya zu Rudi, der ergeben nickte. Dann erhob sie sich als Erste und drückte sich, gefolgt von Jake, an dem Blumenkübel vorbei. Jake ergriff sie am Ellenbogen, sie entzog ihm ihren Arm jedoch sofort wieder. Seinen aufgebrachten Blick ignorierte sie gekonnt. Vielmehr zog sie ihr Telefon aus dem Rucksack und registrierte bestürzt, dass sie vierunddreißig Anrufe und mehrere SMS und WhatsApp-Nachrichten verpasst hatte.

»Ich hoffe, du hast ein ordentlich schlechtes Gewissen«, knurrte Jake.

»Mir geht es gut.«

»Falsche Antwort, T. Ich habe auf eine Entschuldigung gehofft. Auf die Einsicht, dass du leichtsinnig gewesen bist.«

»Ich konnte ja nichts von eurem Verdacht gegen Rudi wissen. Zumindest nicht bis zu dem Moment, als er mir erzählt hat, dass er mich aus lauter Sorge unbedingt im Auge behalten wollte. Und dass er sich deshalb auch auf die Suche nach den Ursachen dieser ganzen blöden Geschichte gemacht hat. Was ihn in euren misstrauischen Augen natürlich gleich verdächtig gemacht hat.«

»Ich hatte dich gewarnt, dich nicht mit einem Kollegen aus deiner Abteilung zu treffen. Und so etwas mache ich nicht aus einer Laune heraus.«

»Rudi will mir nichts Böses. Er will mir helfen. Und er hat eine Spur! Nicht unbedingt zu den aktuellen Geschehnissen, aber zu dem, was Dennis zugestoßen ist.«

»Wir klären das gleich. Ich bin nur froh, dass es dir gut geht.« Jakes letzter Satz glich mehr einem Seufzen.

Tonya wich einem Mann mit einer grünen Schürze aus, der einen Stapel Kisten trug, und stieß dabei gegen Jake. Der legte daraufhin den Arm um sie und zog sie kräftig an sich, ließ sie aber sofort wieder los.

Es war schön, zu wissen, dass er sich Sorgen um sie gemacht hatte, gestand Tonya sich ein, und das nicht einmal widerwillig. Vielleicht war es an der Zeit, ihm das auch zu zeigen. Tonya wartete, bis sie aus dem Marktgedränge hinaus waren, dann ergriff sie Jakes Hand und drückte sie kurz. Sie hoffte, dass er ihre Geste als Dank und Entschuldigung verstand.

Jake hatte im absoluten Halteverbot geparkt. Auf dem Gehweg standen bereits einige Passanten, die halblaut über den Idioten schimpften, der hier seinen Wagen abstellte. Der betreffende Idiot öffnete ihr die Tür, ignorierte die aufgebrachten Blicke, als er um den Audi herumging und einstieg, und parkte geschickt aus.

Sie schwiegen während der Fahrt nach Wiesbaden, worüber Tonya sehr froh war, musste sie doch zuerst ihre Gedanken sortieren. Zudem empfand sie Dankbarkeit dafür, dass Jake sie nicht ausfragte, da sie das Gehörte ungern mehrmals erzählen wollte. Es genügte, sich einmal in jene grausame Nacht zurückversetzen zu müssen. Im Beisein von Thomas, dieser Luisa, hoffentlich auch mit Rudi und ziemlich sicher mit einem Aufnahmegerät vor der Nase.

Sobald sie auf dem hermetisch abgeriegelten Gebäudekomplex geparkt hatten, folgte Tonya Jake schweigend durch eine Tür und die Treppe hinauf. In einem Büro trafen sie Luisa, Thomas und dessen Partner Karl an. Ihr Bruder zog sie in seine Arme und hielt sie lange fest. Er sagte kein Wort, doch sein Schweigen kam bei Tonya überaus laut an. Er unterdrückte seine Vorwürfe, Ermahnungen und wohl auch seinen Frust, da sie hier im BKA-Gebäude nichts zu suchen hatten. Ehe er sie endlich losließ, hauptsächlich, weil sie sich zu sträuben begann, flüsterte er ihr ins Ohr: »Ich werde mich nie an deinen bockigen Eigensinn gewöhnen können, T. Niemals!« Sie nickte an seiner Schulter, woraufhin er ebenso leise hinzufügte: »Ich war schon in Versuchung, Mama anzurufen. Du weißt, sie wird mich rundmachen, wenn sie erfährt, dass ich sie nicht informiert habe. Sie will immer für jeden von uns beten, wenn etwas los ist. Bei jeder Kleinigkeit. Und das gerade eben war weit über den Status *Kleinigkeit* hinaus.«

»Entschuldigung, ich wollte ungestört mit Rudi reden.«

»Jetzt reden wir zuerst einmal ohne ihn.«

»Wo ist er?«

»Bei Luisas Kollegen.«

»Er wollte wirklich nur helfen.«

»Das klären wir.«

»Hoffentlich.«

* * *

Jake lehnte mit verschränkten Armen an einer kahlen Wand. Noch immer, Stunden nach der Aktion auf dem Mainzer Wochenmarkt, fragte er sich, wo er mit dem gärenden Gemisch aus Wut, Sorge, Angst, drohender Verzweiflung und weiteren nicht näher definierbaren Gefühlen hinsollte. Es gab keinen Ort, an dem er es einfach ablegen, keine passende Schublade, in der er es einfach wegsperren konnte. Also fokussierte er sich auf Rudi.

Der Mann saß aufrecht und gefährlich weit vorn auf einem Stuhl und beantwortete geduldig Luisas bohrende Fragen. Er gab ruhig und präzise Auskunft, allerdings mit einem gelegentlichen Seitenblick auf Tonya. Sie hatte weder auf ihren Bruder noch auf ihn hören wollen, als sie ihr geraten hatten, sich doch lieber von Karl in die Mainzer Pension zurückbringen zu lassen, um dort zu packen und woanders einzuchecken.

Tonya war erwachsen, eine BKA-Mitarbeiterin und zudem ging es um sie. Natürlich blieb sie. Er hätte es nicht anders gemacht. Dennoch musste ihm das nicht gefallen. Sie saß etwas abseits am Fenster auf einem deutlich bequemeren Stuhl, als man ihrem IT-Kollegen zugestanden hatte, und hielt die Augen auf ihre ineinander verschlungenen Finger gerichtet. Sie wirkte ein wenig, als würde sie schlafen; als interessiere sie das Gesagte nicht. Vielleicht wollte sie einfach nur niemanden ansehen, um den besorgten, verärgerten oder mitfühlenden Blicken auszuweichen. Möglich war auch, dass sie Rudi nicht aus dem Konzept bringen wollte.

Einmal mehr wünschte sich Jake, in Tonyas Kopf sehen zu können. Andererseits – er unterdrückte ein Grinsen– würde er sich in dem Chaos darin vermutlich heillos verirren. Ob er dort wohl ebenfalls vorkam, einen Platz hatte? Und ob es zwischen ihren Gedanken an ihn und ihrem Herzen eine Verbindung gab?

Rudi schwieg nun, wartete aber auf weitere Fragen. Doch vorerst war Luisa mit ihrem Rechner beschäftigt, in den sie etwas eingab, ehe sie innehielt. Endlich rutschte Rudi auf der Stuhlfläche nach hinten. Es hätte sicher nicht viel gefehlt, und er wäre zu Boden gestürzt. Er schien sich ein bisschen zu entspannen, jetzt, da er seine Version der Geschehnisse erzählt hatte. Die, weshalb er Tonyas Smartphone überwacht und jeden ihrer Schritte nachverfolgt hatte. Die, warum er in ihren Dateien herumgewühlt und sich eingemischt hatte. Ganz einfach, weil ein Freund das nun mal so macht.

Im Grunde konnte Jake ihm da nicht widersprechen. Rudi war ein stiller, ja schüchterner Mann mit einem hohen Intellekt, der sich intensiv um seine Mutter und Großmutter kümmerte. Außerhalb der Arbeit, die ihm viel bedeutete und bei der er schlicht genial war, unterhielt er kaum Kontakte, sodass seine Kollegen – wie Tonya – ihm so nahestanden wie sonst niemand. Das war nachzuvollziehen. Aber ob es stimmte? Womöglich hatte Rudi sich ausschließlich auf Tonya fokussiert?

Allerdings hatten sie weder bei ihm zu Hause noch auf seinen Rechnern oder auf seinem Telefon einen Hinweis finden können, der einen Verdacht dahingehend zuließ. Rudi hatte ein Foto in seinem Zimmer hängen, auf dem Tonya zu sehen war. Doch dieses zeigte sie im Kreise ihrer Kollegen, als sie Rudis Einstand in der kleinen Außenstelle des BKA gefeiert hatten. Mehr gab es da nicht. Nichts zeugte von einem übertriebenen Interesse an Tonya oder deutete darauf hin, dass er sich auf ungesunde Art auf sie konzentriert hatte. Seine Beteuerung, dass er denselben Einsatz auch bei anderen Kollegen und Kolleginnen erbracht hätte, wirkte durchaus glaubhaft. Zudem glaubte und vertraute Tonya Rudi. Konnte sie sich so sehr irren?

Dennoch konnten sie sein Handeln, vor allem das der vergangenen etwa vierzig Stunden, nicht unter den Tisch kehren. Selbst wenn alle Untersuchungen letztlich darin übereinkamen, dass Rudi harmlos war und lediglich einer Kollegin hatte helfen wollen, würde er mit Konsequenzen rechnen müssen. Gut gemeint war nicht unbedingt gut gemacht. Das Richtige tun zu wollen, kollidierte gelegentlich mit geltendem Recht. Manchmal war Grau eben nicht einfach nur Grau. Dafür gab es davon entschieden zu viele Schattierungen.

Luisa war weiterhin mit ihrem Bildschirm beschäftigt. Sie las, klickte, las wieder. Thomas stand schließlich auf und stellte sich hinter ihren Schreibtischstuhl, um mitlesen zu können. Dabei furchte sich seine Stirn, seine Gesichtszüge drohten zu entgleisen. Vor Entsetzen? Vor Angst um seine kleine Schwester?

Jake zwang sich zur Geduld. Er würde erfahren, was sich die beiden gerade ansahen, was Rudi da ausgegraben hatte. In irgendwelchen italienischen Polizeiakten, wie Tonya es vorhin auf Luisas Frage hin formuliert hatte, als diese hatte wissen wollen, über was sie im Café gesprochen hatten.

»Ich fasse es einfach nicht! Wie haben die Kollegen das damals übersehen können?« Thomas raufte sich die Haare. Sein Blick wanderte zu Tonya, die nun doch den Kopf hob.

»Weil alles darauf hingedeutet hat, dass Tonyas und Dennis' Angreifer ein Deutscher war. Und weil die digitale Vernetzung zwischen den Ländern und das Einpflegen sämtlicher Fälle vor sieben Jahren noch längst nicht lückenlos funktionierte oder abgeschlossen war«, erklärte Rudi leise.

Jake sah ihn mit zusammengekniffenen Augen an. Tonyas Kollege wirkte mit seiner fahlen Hautfarbe, den dunklen Augenringen und dem wilden Haarschopf, als würde er jeden Moment bewusstlos vom Stuhl kippen. Allerdings saß er jetzt ein bisschen aufrechter, seine Stimme klang fester. Weil die, die ihn hierher geschleift hatten, nun mit eigenen Augen sahen, was ihn veranlasst hatte, sich einzumischen, tiefer zu graben, Tonya zu suchen …

»Was?« Die gehauchte Frage kam von Tonya. Sie hatte sich halb erhoben, fiel aber wie kraftlos wieder auf die Sitzfläche zurück. Ziemlich sicher, weil Luisa warnend die Hand gehoben hatte.

Jake runzelte die Stirn. Er beobachtete, wie Thomas die Computermaus bediente und sich durch mehrere Dateianhänge klickte. Fortwährend schüttelte er den Kopf. Dies erklärte Luisas Verhalten. Sie wollte vermeiden, dass Tonya die beigefügten Tatortfotos sah. Mehrzahl. Das nahm Jake zumindest an, da zuerst Luisa und dann Thomas einen Anhang nach dem anderen angeklickt hatten. Sie wollten sie schützen und das, obwohl Tonya eine BKA-Mitarbeiterin war. Sie hatte sicher schon einiges gesehen …

Das hier betraf sie jedoch persönlich und war vermutlich extrem grausam anzusehen.

Luisas Kollege, der mit ihr am Fall Tonya arbeitete, stieß sich von der Tür ab, an der er die ganze Zeit wie unbeteiligt gelehnt hatte, seit er mit Rudi den Raum betreten hatte. Er winkte dem ITler, dass er sich erheben sollte.

»Wir haben noch einen Termin«, sagte er. Rudis Kopf kippte ruckartig auf seine Brust hinunter. Es dauerte mehrere Sekunden, ehe er aufstand. Sein Blick galt Tonya, die ihm aufmunternd zulächelte.

»Danke, Rudi.«

»Gern, T. Du sollst endlich damit abschließen können.«

»Ich werde mich für dich einsetzen, ich hoffe, das weißt du.«

Rudis Lächeln fiel etwas verzerrt aus, doch er verließ mit erhobenem Haupt den Raum.

Jake zwang sich, seine Hände nicht zu Fäusten zu ballen. Voraussichtlich wurde Rudi vorläufig suspendiert; auf ihn wartete das ganze Prozedere bei Verdacht eines Dienstvergehens. Jake hoffte inzwischen, dass er mit einem Verweis davonkommen würde.

Übergangslos sagte Luisa: »In der Begleitmail des Kollegen aus Neapel steht, dass es bei den sieben Fällen keine –«

»Sieben?« Tonya sprang auf. »Sieben ... andere Geschädigte. Und dann noch Dennis?«

Thomas kam um den Schreibtisch herum und stellte sich seiner Schwester in den Weg.

»Du musst dir das nicht ansehen.«

»Ich bin nicht aus Zucker. Und ich kenne Tatortfotos. Schon vergessen?«

»Hör einmal im Leben auf mich. Nur dieses eine Mal.«

Tonyas Augen schienen Funken zu sprühen, als sie den Kopf in den Nacken legte, um ihren Bruder wütend anzufunkeln. Er stand einfach nur vor ihr. Deutlich größer, wesentlich breiter und fest wie eine deutsche Eiche.

Jake wartete ab und war verwundert und erleichtert zugleich, als Tonya nachgab. Sie drehte sich um und ging zu ihrem Stuhl am Fenster zurück. Im Spiegelbild vor der nächtlichen Dunkelheit sah Jake, wie sie verärgert die Augen zusammenkniff. Blitzschnell, sodass weder er noch Thomas rechtzeitig reagieren konnten, wirbelte sie herum und stand hinter Luisa, die nicht schnell genug die Hand an der Computermaus hatte, um die offenen Dateien zu schließen.

»Oh Gott!«, entfuhr es Tonya. Sie schaute zur Decke, als erhoffte sie sich Hilfe von oben, gleich darauf wanderte ihr Blick wieder auf den Bildschirm. Luisa unternahm nun keinen Versuch mehr, sie daran zu hindern. Vielmehr entsprach sie Tonyas nonverbaler Bitte, auch die anderen Fotos anschauen und die Zusammenfassung der Berichte lesen zu dürfen.

»Acht Überfälle mit demselben Ablauf wie bei Dennis und mir innerhalb von neun Tagen. Beginnend am Bodensee – mit uns – bis hinunter nach Neapel. Alles junge Paare. Ihn hat er erstochen, sie vergewaltigt und erwürgt«, fasste Tonya seltsam tonlos zusammen. Jake bemerkte erst, wie kräftig er diesmal seine Hände zu Fäusten ballte, als seine Arme zu zittern begannen.

Tonya stutzte erkennbar, runzelte die Stirn und schien die Kurzfassung noch einmal intensiver zu lesen.

»Das letzte Paar hatte einen Hund dabei, der den Täter angegriffen hat, sodass die Frau entkommen konnte?«

Luisa las erneut, worauf Tonya mit dem Finger deutete und klickte dann – so vermutete Jake – den ausführlicheren Bericht an. Von seinem Platz aus konnte er nur sehen, wie beide Frauen sich nach vorn beugten und längere Zeit auf den Bildschirm schauten.

»Die Frau kam mit einer flüchtig zugefügten Stichverletzung davon, weil der Kerl den Hund abwehren musste, sie aber an der Flucht hindern wollte. Ihr Partner war da schon tot. Der Hund wurde später mit neun Messerstichen im Körper ebenfalls tot aufgefunden. Diese Frau gilt als einzige Überlebende.« Luisa drehte den Kopf und musterte Tonya, die mit gerunzelter Stirn und leicht geschürzten Lippen las.

»Bis heute«, fügte Luisa dann noch hinzu und sagte gleich darauf: »Und das mit dem Hund … kann, muss aber kein Hinweis sein.«

»Ich weiß«, gab Tonya leise zu, stieß sich von der Tischplatte ab und lehnte sich an das rückwärtige Regal mit unzähligen Ordnern, Mappen und Büchern.

Jake ließ sie nicht aus den Augen. Sie blieb bewusst auf der anderen Seite des Schreibtisches. Weit weg von ihm und Thomas. Aufs Neue zeigte sie jedem, der auch nur ansatzweise wie ein Beschützer daherkam, die kalte Schulter. Vor seinen Augen verwandelte sie sich zurück in den einsamen Wolf. In die Kämpferin, die niemanden ihretwegen in Gefahr wissen wollte.

Seine Sorge um sie wandelte sich umgehend in Schmerz. Er drohte sie zu verlieren. Denn im Gegensatz zu Thomas oder dem Rest ihrer Familie konnte sie ihn einfach abservieren. Und da sie ziemlich sicher Ballast abwerfen wollte – so wie nach dem Einbruch in ihrer Wohnung – würde es unweigerlich ihn treffen. Sie würde ihn aussortieren, in eine Tüte packen und nicht einmal in den Keller stellen, sondern gleich ganz loswerden.

Jake fing sich einen Seitenblick von Thomas ein. Ob er derselben Überlegung nachhing? Jedenfalls schien ihr Bruder von dem, was er bei Tonya sah, nicht weniger entsetzt zu sein. Ein zweiter Blickwechsel zwischen den Männern folgte. Eine stumme Absprache. Ein kurzes, kaum merkliches Nicken auf beiden Seiten. Sie waren sich einig.

Tonya räusperte sich. »Ich würde gern mit der Frau sprechen. Wenn das auf dienstlichem Weg nicht möglich ist, dann organisiere ich das privat.«

»Ich halte das für sinnvoll. Bis jetzt wussten wir nichts von den sieben anderen Fällen, und die Kollegen in Italien wissen nichts von einem deutschen Fall und einer zweiten Überlebenden. Wen willst du mitnehmen? Du hast die ganze Auswahl.« Luisa malte unbestimmt einen Kringel in die Luft.

Jake zuckte zusammen, als sein Name fiel. Tonya hatte ihn ausgesprochen, ohne auch nur eine Sekunde zu zögern. Irritiert runzelte er die Stirn. Erneut gab es den kurzen Blickwechsel zwischen ihm und Thomas. Diesmal sah sein Freund grimmig aus. Jake zog die Schultern hoch, was Thomas dann doch zu einem zustimmenden Nicken veranlasste. Da Jake nicht wusste, warum Tonyas Wahl ausgerechnet auf ihn gefallen war, sah er sie nun fragend an. Sie hatte sich allerdings abgewandt und unterhielt sich leise mit Luisa.

Thomas gesellte sich zu ihm, wobei er Tonya den Rücken zuwandte, weil er sie aus ihrem Gespräch ausschließen wollte.

»Du kennst sie noch nicht sehr lange, weshalb sie davon ausgeht, dass du sie nicht so leicht durchschauen kannst. Dazu gibt es keine verwandtschaftlichen Beziehungen, auf die sie Rücksicht nehmen muss. Sie malt sich aus, dich besser im Griff zu haben.«

»Ob sie sich da mal nicht gewaltig täuscht?«

Thomas grinste freudlos und trat einen Schritt näher. »Normalerweise würde ich dir jetzt sagen, dass du die Finger von ihr lassen sollst«, flüsterte er. »Dass du Abstand zu ihr hältst und dich wie ein Gentleman benimmst.« Er zögerte, warf einen Blick über die Schulter und fügte hinzu: »Vergiss es, okay! Lass sie keinen Moment aus den Augen. Rück ihr auf die Pelle, so weit es nur geht. Und pass bitte auf sie auf.«

Und sobald wir zurück sind, wirst du mich mit vorgehaltener Waffe zwingen, dass wir vor den Traualtar treten? Jake behielt den Gedanken für sich. Er würde sich wohl nicht einmal zur Wehr setzen, käme es wirklich dazu.

Kapitel 18

Eigentlich hätte Tonya den Tag am Meer genießen können, wäre da nicht jene quälende innere Unruhe. Die hatte sie ergriffen, seit sie am Vortag mit der italienischen Kommissarin gesprochen hatte. Da half es auch nicht, dass sie nun auf einer Bank an einer erhöhten Uferpromenade im Schatten einer Fächerpalme saß. Ebenso wenig konnten die funkelnden Wellen sie besänftigen, die donnernd an den längs zum Ufer verlaufenden Wellenbrechern zersprangen, oder der Anblick des karstigen begrünten Vesuv in ihrem Rücken, der wie ein aufmerksamer Wächter die Stadt überragte.

Die Kommissarin hatte Giuliana Capasso auf ihr heutiges Treffen vorbereitet, den Zeitpunkt und den Ort hatte die Frau gewählt. Offenbar wollte sie das Gespräch lieber an einem Platz wie diesem führen. Mit der Weite des Golfs von Neapel vor Augen, wo das Meer mit einem silbern schimmernden Horizont in den wolkenlosen Himmel überging. Und mit Menschen um sie herum, die kein Opfer in ihr sahen, wie es in dem alten und unangenehm dunklen Gebäude, von Kriminalisten umgeben, der Fall gewesen wäre.

Tonya konnte sie so gut verstehen und war dankbar für Giulianas Wahl. Jetzt musste sie nur noch kommen. Tonya wagte einen Blick auf ihr Smartphonedisplay. Giuliana war bereits fünfundzwanzig Minuten überfällig.

Die italienische Kollegin hatte Tonya mit einem Augenzwinkern darauf hingewiesen, dass sie hier nicht mit der deutschen Pünktlichkeit rechnen dürfe. Dennoch überkam sie bei jeder vorbeischwebenden Möwe, bei jedem Aufklatschen einer Welle auf den Sandstrand jenseits der Befestigung und bei jedem fröhlichen Auflachen eines Passanten die Befürchtung, dass sie versetzt werden würde.

Nein, sie war im Grunde nicht sonderlich erpicht darauf, ein weiteres Opfer zu treffen. Sie wollte nicht in Giulianas Augen sehen und sich ihre Geschichte anhören, nur um dabei womöglich festzustellen, dass Giuliana deutlich besser mit ihrer Vergangenheit abgeschlossen hatte und im Leben zurechtkam. Genauso wenig wollte sie einen Schmerz in ihnen erkennen, der ihre eigenen Gefühlswelten widerspiegelte. Vielleicht hatte Giuliana dieselben Ketten aus Schuldgefühlen um ihr Herz geschlungen, die Tonya erneut spürte, nun, da sie sich mit neuer Intensität den Erinnerungen an jene Nacht am Maisfeld aussetzen musste. Aber dennoch strebte sie dem Treffen mit Giuliana entgegen. Denn sie brauchte Antworten. Es bestand immerhin die kleine Chance, dass einer von ihnen ein Detail einfiel, das der anderen entfallen war. Weil sie es für unwichtig erachtet oder erfolgreich verdrängt hatte. Tonya wollte endlich jene Ketten loswerden, die ihr Herz einengten.

Jake und Dodo waren in dem kleinen Ort in Dänemark imstande gewesen, sie zu lockern. Beinahe hätte Tonya sie abgeworfen. Aber dann war der eigentümliche Anruf auf ihrem Smartphone eingegangen. Und Rudi hatte ihr von den Übereinstimmungen erzählt, von der Spur, die vom Bodensee bis hierher nach Neapel führte.

Welch ein blutiger Roadtrip. Mit dem Motorrad. Womöglich in den Urlaub? Und dann? Und vor allem – warum?

Eine Frau ihres Alters verstellte Tonya den Blick auf die stetig anrollenden schaumgekrönten Wellen. Sie trug ein eng geschnittenes hellblaues Kostüm und halbhohe silberfarbene Pumps, in denen sie sich deutlich sicherer bewegte als Tonya damals auf Timos und Sandras Hochzeit. Die sorgsam hochgesteckten schwarzen Haare vervollkommneten das Bild einer gepflegten Erscheinung, hinter der, so vermutete Tonya, nicht gerade wenig Geld steckte. Die silberne Clutch in der Hand der Frau war das Erkennungsmerkmal, das die Kommissarin Tonya heute Morgen noch durchgegeben hatte. Vor ihr stand Giuliana.

Der neugierige Blick aus nahezu schwarzen Augen, als die Frau ihre verspiegelte Sonnenbrille abnahm, wirkte ebenso abschätzend wie Tonyas. Da sie kein Erkennungszeichen bei sich trug, fragte sich Tonya prompt, ob ihr das Wort »Opfer« auf die Stirn geschrieben stand. Wie hatte Giuliana sie aus all den anderen Frauen auf der Uferpromenade nur herauspicken können?

Tonya erhob sich. Langsam gingen sie aufeinander zu. Die deutsche Pfarrerstochter und die Tochter einer wohlhabenden neapolitanischen Familie. Zwei Frauen, die sich nicht kannten, die rund eintausendfünfhundert Kilometer voneinander entfernt lebten und doch eines gemeinsam hatten: eine zutiefst grausame und schmerzliche Erinnerung.

Vor Gott sind alle gleich, hörte Tonya die Stimme ihres Vaters. *Egal woher wir kommen, welche Hautfarbe wir haben, was wir vom Leben erwarten und wie wir uns geben. Unsere Schatten haben alle dieselbe Farbe.*

»Sind Sie Tonya?« Giulianas Englisch war kaum dialektgeschwängert. Tonya bejahte und zögerte dann. Wie sollte sie eine Gleichaltrige mit einem ähnlichen Trauma begrüßen, von der sie nicht mehr als genau dies wusste? Schließlich streckte sie der Frau, die sie ein ganzes Stück überragte und extrem schlank war, ihre Rechte entgegen. Giuliana betrachtete die dargebotene Hand einen Moment lang, ohne dabei eine Gefühlsregung zu zeigen, ehe sie sie kurz drückte.

»Setzen wir uns doch.« Giuliana deutete auf die Bank, von der Tonya sich soeben erhoben hatte, und ging ihr voraus. Tonya bewunderte ihre grazilen Bewegungen, ärgerte sich jedoch ein wenig über die von ihr ausgehende Dominanz. Aber selbstverständlich wusste die Frau nicht, dass sie eine Bundeskriminalbeamtin vor sich hatte. Sogleich fragte sich Tonya, ob Giulianas extrem gelassene Art nur eine Maskerade war, hinter der sich etwas Ähnliches verbarg wie das, was in Tonya vor sich ging: grenzenloses Chaos, in dem sich ihre Erinnerungen mit der Gegenwart vermengten. Dazu Schmerz, der die Hoffnung umtanzte, und plötzlich noch viel mehr Schuldgefühle. Letzteres, weil ein Gedanke über Tonya hergefallen war, als habe er wie eine dunkle Wolke über ihr gelauert, um nun endlich zuzuschlagen: *Ich hätte verhindern können, dass sie das erleben musste. Ich hätte Dennis, Giulianas Freund und sechs weitere Paare retten können. Wenn ich nur mutiger gewesen wäre. Wenn ich nicht weggelaufen wäre, sondern mich zur Wehr gesetzt hätte.*

Tonya stoppte die Selbstzerfleischung, die gerade wie ein gut geschmiertes Uhrwerk abzulaufen begonnen hatte. *Oder du wärst jetzt ebenfalls tot.* Das war die Stimme ihrer Mutter, ihres Vaters, ihrer Geschwister, des Beamten, der sie damals befragt hatte, ihres Arztes, des Seelsorgers …

»Sie wollten mich treffen.« Giulianas Worte klangen weder freundlich noch drängend, weder aufgewühlt noch betroffen. Sie hörten sich an, als würden sie hier beisammensitzen, weil Giuliana Tonya ein Auto verkauft hatte, bei dem im Nachhinein einige gravierende Mängel aufgetaucht waren.

»Sie wissen, weshalb ich Sie sprechen möchte?«, hakte sie deshalb nach und konnte ihre Irritation wohl nicht gänzlich verbergen. Giuliana, die auf den Golf hinausgeschaut hatte, sah sie jetzt endlich direkt an. In ihren dunklen Augen flackerte etwas auf. War es Angst? Schmerz?

So leid es Tonya tat, jene Empfindungen geweckt zu haben, so erleichtert war sie auch darüber. Ihre Leidensgenossin war nicht völlig gefühllos und kalt. Sie war offenbar eine noch weitaus bessere Verdrängungskünstlerin als sie selbst.

»Es tut mir sehr leid, dass ich das alles in Ihnen aufwühlen muss. Und ich bin Ihnen wirklich sehr dankbar, dass Sie überhaupt einem Treffen zugestimmt haben. Aber als ich von einer zweiten Überlebenden erfahren habe …« Tonya brach ab. Sie wollte nicht verraten, woher sie dieses Wissen plötzlich hatte. Zumal ihr Beruf hierbei ohnehin keine Rolle spielte. Sie waren beide einfach nur Opfer.

»Die Kommissarin sagte mir, dass es gut wäre, mit Ihnen zu sprechen. Anschließend wünscht sie noch ein Gespräch mit uns beiden. Sie hegt wohl die Hoffnung, wir könnten gemeinsam noch etwas … finden, das der Polizei helfen kann.« Jetzt klang Giuliana deutlich aufgewühlter als zuvor. Ohne Vorwarnung sackten ihre Schultern nach vorn. Ihre Augen schwammen in Tränen, und trotz des sorgfältigen Make-ups zeichneten sich rote Flecken auf ihren Wangen ab. Giuliana kämpfte. Gegen verstörende Erinnerungen und quälende Gefühle, die in diesem Augenblick erwachten wie ein Bär aus dem Winterschlaf. Gegen das schmerzliche Feuer in ihr.

Die junge Frau warf sich plötzlich nach vorn an Tonyas Schulter. Sie hätte dadurch beinahe den Halt verloren, saß sie doch ganz vorn am Rand der Bank. Schnell rutschte Tonya nach hinten und legte ihre Arme unbeholfen um die zitternde und von Schluchzern geschüttelte Gestalt.

Aus dem Augenwinkel bemerkte sie eine Bewegung bei einer der Palmen. Jake näherte sich ihnen. Tonya hob abwehrend die Hand und lächelte ihm beruhigend zu. Sie befürchtete, Giuliana könnte in Gegenwart von Jake erneut ihre undurchdringliche Maske aufsetzen. So leid ihr Giulianas Schmerz tat – die Frau würde sicher besser kooperieren, solange sie so aufgewühlt war wie eben jetzt.

Jake wich zwar zurück, die drei Querfalten auf seiner Stirn gruben sich jedoch noch tiefer ein. Vermutlich, weil ihr Lächeln reichlich gequält ausgefallen war. Und weil er sie beschützen wollte. Weniger vor Giulianas unkontrolliertem Gefühlsausbruch als vor ihrem eigenen, den er wohl befürchtete.

Denn Tonya liefen nun ebenfalls die Tränen über die Wangen. Sie wiegte Giuliana wie ein kleines Kind, suchte zugleich aber auch Halt an ihr. Der Schmerz der beiden Frauen schien sich zu vereinen. Ihre Herzen verbanden sich in einer grausamen Erinnerung. In dem Verlust ihrer damaligen Liebe, der jugendlichen Unbekümmertheit und des Gefühls, unverwundbar zu sein und in dieser Welt Großes vollbringen zu können.

In jenen Tagen hatten sie ihre Unschuld verloren und den Glauben an das Gute im Menschen. All das, was ihr Dasein bis dahin ausgemacht hatte, war ihnen innerhalb weniger Minuten genommen worden. Gewaltsam und mit aller Brutalität.

Zurückgeblieben waren Verzweiflung, Trauer und Schmerz. Jenes Gemenge war allmählich sanfter geworden, geblieben aber war das Wissen um das abgrundtief Böse in der Welt. Dass ein einziger Augenblick über Leben und Tod entschied. Dass ein Herz von Fesseln umschlungen sein konnte, selbst dann, wenn man sich frei bewegen durfte. Und dass man eine Schuld in sich tragen konnte, die völlig irrational war, aber gerade deshalb doppelt so schwer wog?

»Es tut immer noch so weh«, schluchzte Giuliana. »Ich habe ihn so sehr geliebt. Er war mein Ein und Alles. Mein Abendstern, mein Morgenrot. Mein Leben.«

Tonya hielt sie noch ein bisschen fester. Giuliana musste sich ihrer Liebe besonders sicher gewesen sein. Demnach hatte es sie deutlich härter getroffen als Tonya, war ihre Verbindung zu Dennis damals doch längst noch nicht so tief gegangen. Sie sah Giuliana die theatralischen Worte nach, hielt sie doch eine temperamentvolle Südländerin in den Armen. Und sie litt noch heute, ein Umstand, den Giuliana vielleicht anderen gegenüber immer hinter ihrer adretten, nahezu kühlen Maske versteckt gehalten hatte.

Eine ältere Frau näherte sich ihnen; Sorge im Blick, Hilfsbereitschaft auf die Stirn geschrieben. Tonya lächelte sie gequält an und winkte ab, fand es aber rührend, dass die Passantin nicht einfach hatte vorbeigehen wollen, sondern den Impuls gehabt hatte, ihre Unterstützung anzubieten. Die Frau nickte, küsste ein Silberkreuz, das sie an einer Kette um den Hals trug und ging weiter.

Tonya fühlte sich augenblicklich leichter ums Herz, weil sie wusste, dass diese Fremde für sie und Giuliana beten würde. Sie hatten himmlischen Beistand dringend nötig.

»Entschuldigen Sie bitte«, schniefte Giuliana.

»Es ist alles gut. Weinen Sie nur.«

»Sie sind so freundlich.«

»Ich kann Sie so gut verstehen wie wohl kein anderer.«

»Das stimmt wohl«, räumte Giuliana nun wieder mit fester Stimme ein, ehe sie sich aufrichtete. Ihre Mascara war verlaufen, das Make-up klebte in Teilen an Tonyas roséfarbenem T-Shirt. Doch wen sollte das stören?

»Ich sehe sicher schrecklich aus«, murmelte Giuliana prompt.

»Nur wie jemand, der geweint hat.«

Ein Lächeln war die Antwort, dann nahm Giuliana ihre Handtasche, holte ein Papiertaschentuch und einen winzigen Spiegel hervor und brachte ihr Gesicht notdürftig in Ordnung.

Selbst ohne das tadellose Make-up war Giuliana eine Schönheit, wenngleich ihre Gesichtszüge ein wenig kantig wirkten.

»Was möchten Sie wissen?«, fragte sie schließlich und rutschte weiter von Tonya weg. Sie hatte sich halbwegs gefasst, setzte jedoch nicht wieder ihren nichtssagenden kühlen Blick auf.

»Eigentlich möchte ich es Ihnen gern ersparen, darüber zu reden. Aber ich denke, wir sollten uns – nun, da wir voneinander wissen – noch einmal gemeinsam in Erinnerung rufen, was damals geschehen ist. Vielleicht stoßen wir auf etwas, das bisher unbeachtet blieb und das wir der Polizei sagen können, damit sie den Mann endlich finden. Was denken Sie?«

Giuliana stimmte nickend zu, wenngleich ihr Zögern nicht zu übersehen war. Tonya konnte das gut nachvollziehen. Erneut detailliert in Gedanken durchleben zu müssen, was ihnen zugestoßen war, und in Worte zu fassen, was sie gehört, gesehen, vielleicht gerochen und gefühlt hatten, kam einem Albtraum gleich.

»Man hat mir damals nicht viel gesagt. Nur, dass es vor uns schon andere Paare gegeben hat …« Giuliana neigte fragend den Kopf, ihre Finger kneteten nervös ihren Rock.

»Sieben hier in Italien. Meinen Freund und mich in Deutschland.«

»Furchtbar … Dann war es also ein deutscher Akzent, den ich bei ihm gehört habe«, sagte sie und atmete tief durch. »Er sprach richtig gut Italienisch, aber mit Akzent. Doch ich konnte damals nicht angeben, mit welchem.«

»Genau solche Details könnten wir beide nun vielleicht herausarbeiten.«

»Und dann der Polizei melden?«

Tonya nickte und wartete ab, da Giuliana erneut lange Zeit aufs Meer hinausblickte.

»Das sollte ich wohl wirklich tun, nicht wahr?« Giuliana erwartete offenbar keine Bestätigung von Tonya, erhob sich jedoch und hielt ihr eine Hand hin. »Ist es in Ordnung für Sie, wenn wir dabei die Uferstraße entlanggehen? Ich denke, dabei fällt mir das Reden leichter.«

Tonya ergriff die dargebotene Hand, stand aber auf, ohne sich an ihr hochzuziehen. Sich zu bewegen kam ihr entgegen, vielleicht würde sie das ein bisschen entspannen.

Gemeinsam schlenderten sie zwischen dem Strand und den schmucken alten Bauten mit ihren unzähligen Balkonen in Richtung Altstadt. Sie kamen an Jake vorbei, der ihnen den Rücken zugekehrt hatte, ehe er ihnen in einigem Abstand folgte. Spontan beschloss Tonya anzufangen, damit sich ihre Leidensgenossin ein Beispiel an ihrer Detailtreue nehmen konnte. Außerdem hätte sie es dann schneller hinter sich.

* * *

Jake war seit Stunden nicht mehr als ein lautloser unauffälliger Schatten im Hintergrund. Während des langen Spaziergangs der Frauen, bei dem sie versucht hatten, ihre Emotionen im Griff zu behalten. Er hatte sie dennoch wahrgenommen. An ihren hochgezogenen Schultern und dem gelegentlichen Innehalten. An einem unsicheren Schritt, der sie beinahe stolpern ließ, und den zurückhaltenden Berührungen an Arm oder Schulter, die sie einander schenkten. Immer dann, wenn eine von ihnen beim Erzählen ins Stocken geriet, da sie mit ihren Gefühlen kämpfte.

Während des Gesprächs mit dem kleinen Ermittlerteam verstärkte sich bei beiden die Anspannung. Diesem Team gehörten drei Männer an, die sich schon vor sieben Jahren mit dem Fall beschäftigt hatten. Währenddessen saß Jake wie ein Schatten auf einem unbequemen Metallstuhl neben der Tür.

Einem Wächter gleich, der Tonya keine Sekunde aus den Augen ließ.

Sie saß aufrecht da, machte präzise Angaben und scherzte auch mal mit dem Dolmetscher. Doch immer blieb da ein beunruhigtes Flackern in ihren Augen, mit denen sie ihn häufig taxierte. Beinahe so, als flehe sie ihn um Hilfe an. Ihn in ihrer Nähe zu wissen, gab ihr offenbar das nötige Durchhaltevermögen. Er war ihr Ruhepol in dem aufwühlenden Sturm aus alten und neu hervorgekramten Erinnerungen. Ihr Halt, wenn die Fragen der Polizisten sie überforderten oder sie der Eindruck befiel, dass die Beamten mit ihren Antworten nicht zufrieden waren – weil diese, Tonyas Empfinden nach, sensiblere Details von ihr erwarteten.

Und dabei hatte die italienische Kommissarin Jake und Tonya zugesagt, dass sie erst nach Ende des Gesprächs und sobald Giuliana nach Hause gebracht worden war, ihre Kollegen darüber aufklären wollte, dass sie in Tonya eine Kollegin vor sich gehabt hatten.

Nun saßen Tonya und Jake im Außenbereich eines rustikal ausgestatteten Restaurants im historischen Ortsteil Santa Lucia mit einer bezaubernden Aussicht auf die Burg der Insel Megaride. Tonya hatte seit gut einer Viertelstunde kein Wort mehr gesagt. Sie drehte in einem fort ihr halb volles Weinglas in den Händen. Der Rosé, den sie zu ihrem Insalata bestellt hatte, schwappte aufgewühlt umher, beleuchtet durch die flackernden Kerzen in hohen Gläsern auf dem Holztisch.

Jake vergrub die Hände tief in den Hosentaschen. Nur so konnte er sich selbst daran hindern, ihr das Glas wegzunehmen und ihre Hände in seinen zu bergen. Oder ihr Gesicht zu umfassen, um ihr Trost zu spenden. Oder mehr …

Sie litt unübersehbar und das setzte ihm zu. Mehr, als er das je für möglich gehalten hatte. Er liebte diese Frau, das konnte er nicht länger leugnen. Was das allerdings bedeutete, was daraus entstehen konnte – oder eben auch nicht –, stand dort oben in den Sternen, die fröhlich funkelnd am spätabendlichen Himmel prangten.

Tonya hob den Kopf und sah ihn endlich an, wobei sie weiterhin mit dem Weinglas spielte. Jetzt würde sie vermutlich mit ihm darüber sprechen wollen, welchen neuen Hinweisen die Polizei nun nachgehen konnte. Angefangen bei der Tatsache, dass der Mörder zwar der italienischen Sprache mächtig war, aber offenbar aus Deutschland stammte. Oder damit, dass beide Frauen übereingekommen waren, dass er eine Narbe auf dem rechten Handrücken hatte. Auf der Hand, die das Messer geführt hatte.

Giuliana hatte eingestanden, sich bei der Personenbeschreibung geirrt zu haben, schließlich war sie schon immer eine groß gewachsene Frau gewesen. Sie war damals vor Schreck über eine Parkbank geklettert, ehe sie – dank ihrem Hund – hatte fliehen können. Das hatte sicher dazu beigetragen, dass der Angreifer auf sie kleiner gewirkt hatte. An sein Gesicht hatte sich Giuliana überhaupt nicht erinnert; Tonya hatte deshalb ihre Beschreibung wiederholt, wenn sie auch recht vage war: rundes Gesicht, vermutlich schmale Lippen, dunkler Bartschatten. Für ein Phantombild hatte es nie gereicht.

Insgesamt waren einige neue Informationen zusammengetragen worden. Doch ob sie ausreichten, damit die italienischen und deutschen Kollegen, die den Fall jetzt gemeinsam noch einmal aufrollen wollten, mehr finden würden als bisher? Vor allem nach sieben Jahren?

Jake hob die Augenbrauen, da Tonya noch immer schwieg. Nein, er wollte sich an diesem warmen Sommerabend am Mittelmeer nicht über einen Mörder unterhalten, nicht über Ermittlungsarbeit, nicht über all das, was diese Frau seit Jahren quälte und heute einen neuen Höhepunkt erreicht hatte. Sie sah müde aus. Völlig fertig.

»Danke, Jake. Danke, dass du den ganzen Tag über für mich da gewesen bist.«

Jake schluckte schwer, lockerte die Fäuste und schob sich auf dem weiß lackierten Stuhl etwas höher. Damit hatte er nun wirklich nicht gerechnet.

»Für dich immer, T.«

Ihr Lächeln jagte Hitzewellen der Sehnsucht durch ihn hindurch.

Die freundliche Kellnerin näherte sich, räumte die Teller ab und erkundigte sich, ob sie noch einen Espresso wollten. Jake schaute Tonya fragend an, doch sie schüttelte verneinend den Kopf. Also bat er um die Rechnung.

»Ich bin sehr froh, dass du dich bereit erklärt hast, diese Reise mit mir zu machen. Tommy hätte mich vermutlich aus lauter Fürsorge erdrückt.«

Wie Tonya »Tommy« aussprach, klang überaus liebevoll, was Jake gefiel. Und der Sinn hinter ihren Worten ließ kein Missverständnis zu. Er hatte es heute richtig gemacht – und ihr war das von vornherein klar gewesen.

Jake sah zum ersten Mal, dass auch Tonya von seinem schiefen Lächeln fasziniert war. Bisher hatte sie das offenbar gut zu verstecken gewusst. Oder sie war lange Zeit immun dagegen gewesen. Ziemlich sicher, weil sie in ihm nicht mehr als einen Kollegen hatte sehen wollen.

Hatte sich daran etwas geändert? Im selben Augenblick wurde sein Lächeln noch breiter und damit noch schiefer. Das Grübchen über dem Mundwinkel war dadurch deutlicher zu sehen.

Tonya lächelte mit geschlossenen Lippen zurück. Als bemühe sie sich krampfhaft, ihre Gefühle im Zaum zu halten.

Du darfst mir gern verraten, warum genau du ausgerechnet mich dabeihaben wolltest. »Ich habe dich auch mit Fürsorge erdrückt. Du hast es nur nicht bemerkt.«

Tonya lachte leise auf, stellte endlich ihr Glas ab und verschränkte die Arme vor sich. Damit waren ihre Hände nun leider gänzlich aus seiner Reichweite verschwunden.

»Das ist der feine Unterschied, weshalb *du* auf Staatskosten nach Neapel reisen durftest und mein Bruder nicht.«

»Ich weiß allerdings nicht, wie lange ich diese Selbstbeherrschung noch aufrechterhalten kann.«

Tonyas Augen weiteten sich, dann drehte sie den Kopf weg und blickte auf die See hinaus. Rote und grüne Positionslichter leuchteten wie bunte Glühwürmchen zu ihnen herüber. Leise Musik lag in der Luft. Dazu Blütenduft und Essensgerüche; eine gemütliche Art der Leichtigkeit.

Jake schreckte auf, als die Kellnerin zum Abkassieren kam. Er bezahlte und gab ein ordentliches Trinkgeld. Daraufhin verließ er hinter Tonya den mit Oleanderpflanzen eingefassten Restaurantbereich. Sie schlug den Rückweg zu ihrer Unterkunft ein, die die italienischen Kollegen ihnen gestellt hatten. Als sie das Ufer hinter sich gelassen hatten und in eine der schmalen Straßen einbogen, stellte sich Tonya ihm plötzlich in den Weg. Da er in Gedanken versunken gewesen war, lief er beinahe in sie. Schnell trat er einen großen Schritt zurück.

»Wer sagt, dass du das musst?«

Jake runzelte die Stirn und blickte auf Tonya hinunter. Sie sah ihn mit zurückgeneigtem Kopf aufmerksam an. Das Licht aus hell erleuchteten Fenstern warf einen warmen Schein auf ihr Gesicht.

»Wie bitte?« Irritiert schaute er sie an, hatte er doch nicht die leiseste Ahnung, wovon sie gerade sprach.

»Du hast gesagt, dass du nicht wüsstest, wie lange du noch deine –«

Weiter kam sie nicht, schließlich war Jake nicht auf den Kopf gefallen. Er packte sie an den Schultern, zog sie an sich und presste seine Lippen auf ihre.

»So war das nicht –«

Ihr Protest verstummte. Er konnte spüren, wie sie jeden Widerstand aufgab und weich wurde. Sie schob die Arme um seine Mitte, und als sie sich an ihn drückte, konnte er nur mühsam ein Schmunzeln unterdrücken. Allerdings gewann er sehr schnell den Eindruck, einen Vulkan im Arm zu halten. Sie taumelten, ehe Tonya mit dem Rücken förmlich gegen die hohe Umrandung eines Springbrunnens fiel. Besorgt darüber, dass sie sich wehgetan haben könnte, hob er den Kopf.

»Wag es ja nicht!«, keuchte sie. Sie löste ihre Hände von seinem Rücken, legte sie in seinen Nacken und zog seinen Kopf wieder zu sich herunter.

Ich werde mich hüten. Weitere halbwegs logische Gedanken waren ihm eine Zeit lang nicht mehr möglich.

* * *

Der Sternenhimmel über dem schwarzen Schatten, der sich langsam, nahezu schwerfällig durch die enge Gasse bewegte, beleuchtete nur unzureichend die Pflastersteine.

Die Hauswände der historischen Gebäude in der Altstadt dünsteten trotz des lauen Sommerabends eine feuchte Kühle aus, der sich ein schwerer Blütenduft beimengte – und ein erster Hauch von Herbst? Roch es nicht nach reifen Pflaumen? Die Gestalt traute ihrem Geruchssinn nicht mehr richtig. Wie sie vielem anderen ebenfalls nicht mehr viel zutraute. Sie wusste, dass auch sie überreif war. Sie war dabei, sich aufzulösen.

Aus einem offenen Fenster drang Gelächter herüber. Die Menschen vergnügten sich an diesem lauen Abend.

Die einsame Person hatte kaum noch Freude am Leben. An dem, was von ihrem Leben übrig geblieben war. Denn vor einiger Zeit war erneut jener unbändige Hass aufgeflackert. So wie damals, vor sieben Jahren. Ganz allmählich fiel er jetzt in sich zusammen, wie verbranntes Holz, das zu Asche verfiel. Sie war verbrannt; sie zerfiel zu Asche.

Mühsam ging sie weiter, schleppte sich nahezu voran. Die Hitze der Sommertage zog ihr jegliche Energie aus dem Körper. Das zumindest könnte man annehmen; sie wusste es besser.

Abrupt hielt sie inne. Vor ihr hatte es eine Bewegung gegeben. Ein leises Raunen hatte ihr Ohr erreicht.

Schattengleich huschte sie an die Hauswand und verschmolz mit dieser. Die Nacht war ihr Freund.

Der Schatten wartete geduldig. Über dem Plätschern des Brunnens war ein Rascheln zu hören, dann ein verhaltenes Auflachen. Dort vorn stand ein Pärchen in inniger Umarmung und küsste sich.

Schmerz brannte sich in den Körper des Beobachters. Als habe man ein Messer in ihn gebohrt. Er kannte das Brennen, den Schock, die Erkenntnis des drohenden Todes und die damit einhergehende Panik nur zu gut. Seine Zähne mahlten, sein Kiefer knackte. Neue Pein flutete durch ihn hindurch. Langsam ging er näher. Schritt um Schritt, im Schutz der Hauswände, die jedes Sternenlicht abhielten, seinen Abglanz auf den Boden zu werfen. Der Schattenriss hatte das Motorrad als Fluchtfahrzeug nicht dabei. Aber das war egal. Schließlich kannte er sich in dieser Stadt, in der er jetzt wohnte, gut aus, würde innerhalb von Sekunden untertauchen können.

Die Frau, einem Scherenschnitt gleich, drückte sich von ihrem Partner weg, lachte leise und sagte etwas zu ihm. Der Schatten runzelte die Stirn. Welche Sprache war das? Russisch?

Viel zu heftig fiel die versteckte Person seitlich gegen die Wand. Die Kraft in den Beinen hatte sie plötzlich verlassen. Sie kam wieder zur Vernunft. Was machte sie hier eigentlich? Das war doch Irrsinn!

Verzweiflung, Wut, Hilflosigkeit und Ärger über sich selbst brach wie eine Lawine über sie herein. Verband sich mit Hoffnungslosigkeit und einer ersten Anwandlung von Akzeptanz. Vermutlich war alles, was sie getan hatte, furchtbar falsch gewesen.

Sie ging in die Knie, kauerte sich auf die kühlen Steine. Das Pärchen eilte davon, vielleicht, weil es etwas gehört hatte. Die allein zurückbleibende Gestalt weinte lautlose Tränen. Einsamkeit fiel wie Eiseskälte in ihr Herz. Auch das war ihr nur zu vertraut. Seit vielen Jahren. Sie würde nie haben können, was andere hatten … Was Tonya Wieland hatte.

Kapitel 19

Tonya schlenderte vom Mainzer Staatstheater in Richtung Markt und besah sich die Auslagen der Geschäfte. Sie wohnte mittlerweile in einem kleinen Hotel in der Nähe des Stadtparks, hatte als Treffpunkt mit Delia jedoch dasselbe Café gewählt, in dem sie auch mit Rudi gesessen hatte. Sie setzte sich an genau den gleichen Tisch und zog ihr Smartphone hervor. Wie versprochen, tippte sie eine Nachricht an Jake, da er sie gebeten hatte, ihm stets ihren Aufenthaltsort mitzuteilen. Die Lösung war ihr weitaus lieber als die Alternative, die er und Thomas ihr angedroht hatten, nämlich dass sie dauerhaft von einem Kollegen oder einem ihrer Brüder begleitet werden sollte. Jake schickte ihr das Icon mit dem erhobenen Daumen zurück und wünschte ihr viel Spaß. Lächelnd steckte sie das Gerät in ihren Rucksack und stellte ihn zwischen die Füße auf den Boden.

Der Gedanke an Jake rief ein wildes Herzklopfen in ihr hervor. Nach dem ungestümen Kuss in der Gasse in Neapel hatte er sie bis zu ihrem Zimmer gebracht, sie noch einmal sehr sanft und genießerisch langsam geküsst und ihr dann eine gute Nacht gewünscht. Am nächsten Tag im Flugzeug hatten sie sich flüsternd darüber unterhalten, wie es mit ihnen beiden nun weitergehen sollte. Ihre Finger waren fest ineinander verwoben gewesen, sie hatten sich aneinander gelehnt und kurz vor der Landung in Frankfurt hatte Jake sie geküsst, was ihnen ein Räuspern der älteren Dame neben ihnen eingebracht hatte. Das war jetzt vier Tage her. Seitdem hatten sie sich nicht mehr getroffen, sie telefonierten jedoch regelmäßig oder kommunizierten über WhatsApp. Sie waren sich einig, es langsam angehen zu lassen. Bewusste Verabredungen, eines Tages die Familien einbeziehen, dann die jeweiligen Freundeskreise, wobei der bei Tonya extrem überschaubar war. Immerhin hatte sie nur für ihre Arbeit gelebt. Und bei so vielen Geschwistern waren Freunde von außerhalb nicht ganz so wichtig – fand Tonya zumindest. Jake war da anderer Meinung, aber nur zu gern bereit, seine Freunde mit ihr zu teilen. Irgendwann. Bald.

Tonya neigte den Kopf zur Seite, als sie Delia zwischen den gegenüberliegenden Tischen stehen sah. Täuschte sie sich oder war sie noch dünner als bei ihrem letzten Treffen? Ihre Hautfarbe wirkte fahl, nahezu durchscheinend. Besorgt runzelte Tonya die Stirn. Thomas hatte ihr verraten, dass er Delia schon länger nicht mehr getroffen hatte. Weil sie keine Zeit dafür fand? Ob Delias Chef sie derzeit so sehr vereinnahmte, auf Reisen schickte und Überstunden machen ließ, dass sie keine Erholungspausen fand? Nicht einmal für eine nahrhafte Mahlzeit und ein wenig Bewegung an der herrlich warmen Spätsommersonne?

Tonya hob die Hand, als Delia suchend in ihre Richtung blickte. Ein kurzes Lächeln erhellte das zuvor beinahe düster anmutende Gesicht, dann schlängelte sich die Frau zu ihr durch. Im Schlepptau hatte sie auch gleich einen Kellner. Er hatte eben erst bemerkt, dass hier draußen ein Gast saß. Es war noch früh am Tag und ein bisschen frisch, weshalb die restlichen Tische im Freien noch frei blieben.

»Hallo, Tonya. Wie schön, dass es geklappt hat.« Delia beugte sich herunter und hauchte ihr einen Kuss auf die Wange. Sie nahm links von Tonya Platz und setzte ihre Sonnenbrille auf, damit sie nicht gegen die Sonne anblinzeln musste. Tonya untersagte sich den Vorschlag, dass sie sich doch in den Schatten setzen könnte, denn ein wenig Sonnenschein würde der erschöpft aussehenden Frau sicher nicht schaden. Da nahm sie es gern auf sich, wegen der dunklen Gläser Delias Augen nicht sehen zu können.

Tonya bestellte einen Latte macchiato zu ihrem Frühstück, Delia – mit dem Hinweis, dass sie bereits etwas zu sich genommen habe – nur eine Tasse Kaffee und ein stilles Wasser.

»Wie war dein Urlaub?«, erkundigte sich Delia sofort.

»Schön«, erwiderte Tonya und meinte es auch so. Sie hatte es trotz allem genossen, mit Jake lange Strandspaziergänge in Dänemark zu unternehmen, Unterhaltungen mit Dodo zu führen und mit den finnischen Kindern zu spielen. Ihr kurzer Ausflug nach Neapel, als Abschluss ihres Urlaubs, war – dank Jake – nicht ausschließlich traurig und aufwühlend ausgefallen.

»Wo warst du denn nun? Thomas ist ja manchmal wirklich ein wenig eigen. Er sagte etwas von einem Badeurlaub und hat dann tatsächlich behauptet, er wisse gar nicht ganz genau, wo du seist.«

Tonya lächelte dem Kellner dankbar zu, verhalf seine Rückkehr ihr doch zu einer kurzen Verschnaufpause, ehe sie antworten musste. Es war ihr unangenehm, ihren Mitmenschen etwas vorzumachen. Ganz besonders schwer war das bei jemandem, der ihr oder ihrer Familie viel bedeutete. Da war es ein Trost, dass Delia und Thomas sich vielleicht bald nahe genug stehen würden, um ihr verraten zu können, dass Thomas nicht einfach nur bei der »Polizei« arbeitete und sie nicht in einer Steuerkanzlei. Noch war der Zeitpunkt aber nicht gekommen. Sie und Thomas, wie auch Timo, würden erst einmal absprechen müssen, wann Delia eingeweiht werden sollte.

»Ich war in Dänemark, in Blåvand, falls dir das etwas sagt.«

Delia nippte an ihrem Wasser, und Tonya registrierte betroffen, wie stark die Hand ihrer Freundin zitterte.

»Geht es dir gut, Delia? Du wirkst … kränklich.«

»Ich bin nur etwas geschlaucht und müde. Meine Chefin jagt mich seit Wochen hierhin und dorthin.«

Tonya massierte verwirrt ihr Handgelenk, das seit dem Vortag nur noch mit einer elastischen Bandage gestützt wurde. »Deine Chefin? Hattest du mir nicht neulich erst von deinem Chef erzählt?«

»Hatte ich?« Delia blinzelte mehrmals und trank erneut. Dann lächelte sie und tippte sich mit vier Fingern an die Stirn. »Ach so. Da war ich noch hauptsächlich für jenen Vorgesetzten tätig. Es gab jedoch eine …« Delia zögerte, runzelte die Stirn und blickte an Tonya vorbei, was sie veranlasste, sich umzudrehen. Doch hinter ihr gab es nur die große Topfpflanze, weiteres Grün und einige vorübereilende Passanten. Als sie sich wieder umdrehte, betrachtete Delia ihre Fingernägel. Erst jetzt fiel Tonya auf, dass diese längst nicht mehr so gepflegt aussahen wie noch vor Kurzem.

»Es gab da interne … Veränderungen.« Delia sprach das letzte Wort aus, als sei sie froh, jene Variante einer Erklärung gefunden zu haben. Das erweckte in Tonya den Verdacht, dass Delia bei ihrer Arbeit in Schwierigkeiten stecken könnte. War sie als Privatsekretärin degradiert worden? Hatte sie jetzt nur noch einen weniger prestigeträchtigen Aufgabenbereich, womöglich mit deutlichen Einkommenseinbußen? War das die Begründung für ihr fahriges Verhalten und auch für ihr angeschlagenes Äußeres? Vielleicht kämpfte sie gegen ihre Enttäuschung über die Entwicklung an. Oder es standen gar unwahre Anschuldigungen gegen sie im Raum? So etwas konnte einen wirklich fertigmachen.

»Wenn ich dir irgendwie helfen kann, Delia, dann sag es mir bitte.«

Delia lachte trocken auf und klang dabei schrecklich vorwurfsvoll, nahezu wütend. Sie hatte sich allerdings schnell wieder im Griff und drückte kurz Tonyas Hand.

»Das ist lieb von dir. Aber mir geht es gut. Die Veränderungen haben mir nicht gefallen, das gebe ich zu. Doch ich werde mich damit arrangieren.«

Delia wich Tonyas prüfendem Blick aus, und ihre Hände spielten nervös mit dem Kaffeelöffel. Tonya wurde den Eindruck nicht los, dass etwas ganz und gar nicht in Ordnung war. Sie konnte nur hoffen, dass Delia Thomas gegenüber offener war und ihm erzählte, was sie bedrückte. Ob sie ihren Bruder einmal darauf ansprechen sollte? Damit er vorsichtig nachhakte? Schließlich trafen sich die beiden ja ab und zu, was auf ein tieferes Vertrauensverhältnis schließen ließ.

»Komm schon, T. Spann mich nicht auf die … wie sagt man gleich, ach ja, auf die Folter. Erzähl mir von Dänemark. Ich meine da so ein Leuchten in deinen Augen zu sehen, das vorher noch nicht da war. Hast du dich verliebt?« Delia lehnte sich zurück und wartete, bis der Kellner Tonyas Frühstück auf den Tisch gestellt hatte, ehe sie ihr auffordernd zunickte.

Tonya wand sich innerlich, entschied sich aber dafür, so nahe wie möglich an der Wahrheit zu bleiben. Also erzählte sie ihr, dass Jake, ein Freund von Thomas, ihr die Ferienwohnung seiner Familie angeboten hatte und mitgefahren war …

Delia entspannte sich offenkundig und schwärmte, sobald Tonya geendet hatte, von den neuen Backkreationen, die sie in den vergangenen Wochen ausprobiert hatte. Dies ließ Tonya vermuten, dass Delia wesentlich mehr freie Zeit zur Verfügung gehabt hatte als früher. Dennoch wirkte die Frau, als hetze sie nur so durch die Tage. Das gefiel Tonya überhaupt nicht. Irgendetwas musste in Delias direktem Arbeitsumfeld passiert sein, was der Freundin extrem zusetze, worüber sie aber nicht sprechen wollte. Oder durfte sie es nicht? Vor allem nicht mit der Schwester eines Mannes, der im Polizeidienst arbeitete? Weil das, was sie zu vertuschen versuchte, ihren Chef – und sie selbst – in Schwierigkeiten manövrieren könnte? Wurde Delia womöglich unter Druck gesetzt, gar bedroht?

Tonya konnte das Frühstück und das Zusammensein mit Delia nicht mehr uneingeschränkt genießen, so gern sie das auch getan hätte. Sie schmiedete bereits einen Plan, wie sie Delia helfen konnte – falls ihr Verdacht stimmen sollte und etwas nicht in Ordnung war.

* * *

»Was tust du hier?« Stefan fuhr mit seinem Schreibtischstuhl bis an den Rand des kleinen Arbeitsbereiches und taxierte Tonya von unten herauf. Offensichtlich gefiel es ihm nicht, dass sie sich hierher getraut hatte. Tonya lächelte den Mann entschuldigend an. Sie fand seine Sorge um seine Familie berechtigt und in Ordnung, allerdings behagten ihr seine wenig versteckten Vorwürfe gegen sie nicht.

»Du weißt genau, dass ein Verfolger jeden Punkt, an dem du mehrmals auftauchst, dazu nutzen kann, sich wieder an deine Fersen zu heften. Und du verrätst ihm damit, dass du hier nicht zufällig ein- und ausgehst.«

»Ich bin durch die Hintertür rein.«

»Sollte eine der Organisationen dahinterstecken, denen du bei deiner Arbeit in die Quere kommst, haben die genug Leute zur Verfügung, um nicht nur den Haupteingang und die Hintertür zu überwachen, sondern jedes einzelne Fenster. Das müsste dir doch klar sein.«

Tonya atmete tief durch und lächelte ihren Kollegen erneut beruhigend an.

»Ich war vorsichtig, Stefan. Wirklich. Aber du musst auch verstehen, dass ich nicht immer nur tatenlos rumsitzen kann.

Ich will mithelfen, das aufzuklären, was sich als Bedrohung herausgestellt hat. Wer könnte das besser als ich selbst?«

»Oder schlechter?«, brummte Stefan und rollte wieder vor seine Monitore. Tonya ging weiter, wurde begrüßt oder ignoriert, je nachdem, wie intensiv die Männer und Frauen sich auf ihre Aufgaben konzentrierten. An der verlassenen Box von Rudi stockte sie. Die Tischplatte war leer geräumt, die Schubladen standen halb offen und waren gleichfalls ausgeräumt worden, sein unbequemer Holzstuhl war verschwunden. Beim Anblick des verwaisten Arbeitsplatzes machte Tonya abrupt kehrt, ging zurück zum Eingang und klopfte fest an Kathrins Tür. Diese war nicht da, sodass Gotthilf persönlich öffnete, sie unter zusammengezogenen Augenbrauen musterte und dann eintreten ließ.

»Was führt dich hierher?« Er klang ebenfalls nicht begeistert, sie hier zu sehen.

»Ich müsste mal privat ein paar Dinge recherchieren und hätte dafür gern deine Erlaubnis.«

Gotthilf lehnte sich mit dem Gesäß an seinen Schreibtisch und umgriff mit den Händen die Tischplatte. Seine gerunzelte Stirn und der stechende Blick verrieten nur zu deutlich seine Missbilligung.

»Ich habe auf diese Weise schon Rudi verloren. Wenn er Glück hat, wird er nur zurückgestuft und dabei nach Meckenheim oder nach Berlin versetzt und kann dort weitermachen.«

»Er hat nicht gefragt. Und er hat eine Kollegin bespitzelt, um die ohnehin schon viel Wind gemacht wurde, was den Fokus der ermittelnden Kräfte auf ihn, statt auf den Kerl, der dahintersteckt, gelenkt hat. Das ist ein kleiner Unterschied.«

»Es gibt Gesetze, T.«

Tonya atmete hörbar aus. »Ich werde mich vorerst auf das beschränken, was ich auch von einem Rechner zu Hause aus versuchen könnte. Bis ich etwas finde, das mir Sorge bereitet.

Dann spreche ich noch einmal mit dir, und notfalls leiten wir brav alle erforderlichen Schritte in die Wege, damit ich tiefer wühlen kann. Auch wenn mir dafür garantiert die Geduld fehlen wird.«

»Um wen geht es denn?«

»Delia Hinz.«

»Die Schwester …?« Gotthilf machte plötzlich ein Gesicht, als hätte er Zahnschmerzen.

»Ja, die Schwester des Mannes, der meinetwegen erstochen wurde.«

»An dem Fall sitzt du doch ohnehin dran.«

»Ja. Aber ich habe keine offizielle Berechtigung, mir Delia anzuschauen.«

»Warum willst du das tun?«

»Sie … war heute sehr seltsam. Ich mache mir Sorgen um sie.«

»Könnte sie ebenfalls bedroht werden und das vor dir verschweigen?«

»Und vor Thomas?« Tonya presste die Lippen zusammen. Auf den Gedanken war sie überhaupt nicht gekommen.

»Was hat dein Bruder mit Delia zu tun?«

»Ich denke, sie mögen sich. Vielleicht wird aus den beiden ein Paar«, erwiderte sie vorsichtig, war sie sich doch sicher, dass ihr Bruder über den Status »mögen« und »vielleicht« schon hinaus war.

»Okay, T. Fang einfach mal an. Ich notiere mir dein Anliegen und komme später noch einmal bei dir vorbei. Dann sehen wir, was wir weiter machen können – oder eben auch nicht.« Gotthilf stieß sich ab, umrundete seinen Schreibtisch und ließ sich auf den Stuhl fallen. Dabei drehte er ihr den Rücken zu und suchte etwas in seinen Ablagekästen.

Tonya unterdrückte ein Schmunzeln. Jetzt hatte sie erst einmal Zeit gewonnen. Vielleicht sogar viel Zeit?

Leise verließ sie das Büro, nickte Kathrin zu, die gerade von ihrer Mittagspause zurückkam, und eilte zu ihrem Arbeitsplatz.

Zuerst klickte sie die offizielle Homepage des Unternehmens an, in dem Delia arbeitete. Nun ärgerte sie sich darüber, dass sie Delia nie nach Namen oder weiteren Details zu ihrer Arbeit gefragt hatte. Allerdings vermied Tonya das grundsätzlich. Je weniger sich die Gespräche um die Arbeitssituation ihrer Bekannten drehten, umso weniger musste sie selbst über ihre berufliche Tätigkeit erzählen. Damit genügte es meist, die »langweilige« Steuerfachangestellte zu erwähnen, um Desinteresse zu wecken.

Tonya vertiefte sich in die digitale Welt rund um Delia. Die Minuten sammelten sich zu einer Stunde, aus dieser wurde eine zweite, und allmählich verließ sie den Recherchebereich, den sie legal auch privat hätte nutzen können. Schließlich schob sie ihren Stuhl zurück, fuhr sich mit beiden Händen über das Gesicht und schüttelte den Kopf. Sie drückte sich mit den Füßen noch weiter ab, rollte bis an die rückwärtige Wand mit den Schleifspuren und schaute nachdenklich zu Gotthilfs Büro. Der hob irgendwann den Kopf. Ihre Blicke begegneten sich durch das trennende Glas hindurch, und sie sah, wie er sie zu sich winkte.

Kaum, dass sie sein Dienstzimmer betreten hatte, deutete er auf den Stuhl vor seinem Tisch, und Tonya ließ sich schwer darauf fallen. Sie rieb sich ihr unangenehm schmerzendes Handgelenk.

»Und?«

»Ich …« Tonya rutschte etwas tiefer. Eigentlich wollte sie sich jetzt gerne unter dem Tisch verstecken.

»T?«

»Mit dem Betrieb scheint alles in Ordnung zu sein.«

»Sollen wir mal die Steuer –« Gotthilf brach ab, als Tonya die Hand hob. Sie musste das, was sie sagen sollte, möglichst schnell hinter sich bringen.

»Delia hat mir von einigen Geschäftsreisen erzählt, die sie gemeinsam mit ihrem Chef machen musste. Für ein paar davon – etwa nach Dubai – hätte sie einen Reisepass gebraucht. Sie hat aber keinen. Des Weiteren habe ich auf ihrer Arbeitsstelle angerufen, um mich mit ihr verbinden zu lassen, allerdings scheint sie dort niemand zu kennen.«

»Okay. Ich regle alles. Sieh dir ihre Finanzen und ihre Telefonverbindungen an. Erstelle anhand ihres Mobiltelefons ein Bewegungsprofil. Aber T –«, Gotthilf beugte sich weit über den Schreibtisch, »kein Wort zu deinem Bruder. Wir wollen hier nicht über ungelegte Eier gackern. Und behalte bitte eines im Hinterkopf: Wenn jemand beim BKA anruft und nach dir fragt, wird er auch keine Auskunft erhalten. Vielleicht arbeitet sie in einem äußerst sensiblen Bereich des Unternehmens.«

Tonya, die vielmehr der Verdacht umtrieb, dass Delia da gar nicht arbeitete – oder zumindest nicht mehr –, verließ mit einem Nicken das Büro und machte sich daran, auf prekärere Daten zuzugreifen.

* * *

Tonyas Hände ruhten vor der neuen Tastatur, deren Buchstaben und Zeichen im Dämmerlicht bläulich und orange leuchteten. Hätte man sie danach gefragt, wäre es ihr unmöglich gewesen anzugeben, wie lange sie bereits in dieser Haltung verweilte und den Bildschirm anstarrte, ohne wirklich noch wahrzunehmen, was darauf zu sehen war.

Das, was sich ihr in den vergangenen Stunden über das einstige Nachbarskind eröffnet hatte, irritierte sie zutiefst. Langsam, wie in Zeitlupe, nahm Tonya die Hände von der Arbeitsplatte und legte sie in ihrem Schoß ineinander. Sie flehte zum Himmel, dass das alles einfach nur ein riesengroßer Irrtum war. Dass Delia – so wie sie selbst, Thomas und auch Timo – bei einer Institution arbeitete, bei der es erforderlich war, wichtige Teile ihres Lebens vor der breiten Öffentlichkeit zu verschleiern. Aber selbst das erklärte einen Großteil der Informationen nicht, die Tonya gefunden hatte.

Thomas kam ihr in den Sinn. Ihr großer Beschützerbruder, der sein Herz an Delia verschenkt hatte. Der dort hatte anknüpfen wollen, wo vor Jahren der Kontakt abgebrochen war. Weil sie alle unter Dennis' Tod gelitten hatten, was keinen Raum für andere Gefühle mehr zugelassen hatte. Der nach dem unerwarteten Abtauchen von Laura sein Herz für lange Zeit fest unter Verschluss gehalten hatte, um es nun endlich wieder für eine Frau zu öffnen. Für Delia. Die nicht diejenige war, die sie vorgab zu sein. Die alle in der Familie Wieland angelogen hatte; einschließlich Thomas, mit dem sie sich traf, dem sie vorspielte, in ihn verliebt zu sein. Oder war sie es wirklich? Wie konnte sie dann aber all diese verzerrten Halbwahrheiten und Lügen aufrechterhalten? Wie stellte sie sich eine Beziehung vor, die auf einer Basis aufgebaut wurde, an der nichts echt war? Schließlich benötigten schöne, perfekte Früchte einen nahrhaften Boden – keinen steinigen Untergrund.

Tonya vergrub ihr Gesicht in den zitternden Händen. Thomas würde das nicht verstehen. Er würde erneut eine Liebe verlieren. Und wieder unsäglich leiden.

Wut regte sich in Tonya. Laura war bereits auf Thomas' Gefühlen herumgetrampelt, hatte sein Herz malträtiert, es zerknüllt und weggeworfen. Nun, da er es endlich hervorgeholt hatte, es zu glätten und zu entfalten versuchte und es Delia hinhielt, würde diese … ja, was? Es ihm herausreißen und zerstückeln. Endgültig?

»Wage das ja nicht!«, knurrte Tonya halblaut vor sich hin.

Was stellte die Liebe nur mit ihnen an? Weshalb musste sie immerzu Schmerzen bereiten; die Menschen so tief treffen, dass sie sich verletzlich machten, ehe sie einem den Todesstoß versetzte?

Tonya angelte nach ihrem Smartphone. Sie musste etwas tun. Das alles durfte Thomas nicht völlig überraschend und mit der tödlichen Wucht eines Tsunamis überrollen. Schließlich wusste sie um das zwar starke Herz ihres Bruders, aber auch um dessen weiche Anteile.

»Hey, T.« Jake, der das Gespräch zügig annahm, klang gut gelaunt. »Was gibt es? Soll ich dich nachher abholen und wir gehen gemeinsam essen?« Jake hatte offenbar frei. *Gut so.*

»Ich brauche deine Hilfe.«

»Was ist passiert?« Seine Stimme, eben noch samtig und weich, hatte auf eisig umgeschaltet.

»Mir geht es gut. Krieg dich wieder ein!«

»Wo bist du? Was soll ich tun?«

»Würdest du bitte den Beschützer wieder einpacken?«

»Klar.« Jake räusperte sich. Tonya hörte im Hintergrund eine Tür zuschlagen. Offenbar war er bereits auf dem Weg zu seinem Auto.

»Dann mach das auch und sag nicht einfach nur *klar*!«, fauchte sie ihn an.

»Welcher Elefant ist dir denn über die Leber getrampelt?«

»Delia.«

»Delia?« Jake schwieg kurz, vielleicht weil er versuchte, möglichst leise die Fahrzeugtür zu öffnen und sich auf seinen immer leicht quietschenden Ledersitz zu quetschen. »Du hast dich heute Morgen mit ihr getroffen. Was ist denn passiert?«

»Hör zu: Delia war zumindest in den letzten Jahren nie auf Geschäftsreisen im Ausland. Sie besitzt keinen Reisepass, der die Reisen möglich machen würde, die sie mir gegenüber angedeutet hatte. Außerdem wohnt sie in einer Einzimmerwohnung in einer Kleinstadt, deren Miete das Sozialamt bezahlt. Ich habe keinen Schulabschluss finden können, keine abgeschlossene

Berufsausbildung. Das ist okay, sie könnte ja unter psychischen Problemen leiden, die das unmöglich gemacht haben. Entsprechend hat sie einfache Aushilfsjobs gehabt, aber auffällig oft die Stellen gewechselt. Sie –«

»Halt, T. Hör auf!«

»Was?«, bellte Tonya ins Telefon.

»Was tust du da? Warum überprüfst du Delia? Vor allem aber: mit welcher Berechtigung?«

»Sie belügt Thomas. Sie wird ihm wehtun. Sie –«

»Würdest du bitte den Beschützer einpacken?«, gab Jake zurück, was Tonya ihm zuvor an den Kopf geworfen hatte. Nur klang es bei ihm wesentlich entspannter und auch eine Spur belustigt.

Genervt verdrehte Tonya die Augen. »Ich darf das. Ich bin seine Schwester!«

»Sicher darfst du das. So wie er, Timo, Lana und all die anderen Wielands das bei dir dürfen sollten. Ach. Und ich übrigens ebenfalls.«

»Du …!«

»Genau. Ich. Und jetzt atme mal tief durch und erklär mir in Ruhe, was eigentlich los ist. Und sag mir zuvor bitte, wo ich dich finden kann.«

»Ich bin bei der Arbeit.«

»T! Also …« Er verschwieg, was er hatte sagen wollen, wofür Tonya ihm sehr dankbar war. *Schlauer Kerl. Und dafür mag ich dich noch mehr.*

»Delia war heute Morgen sehr seltsam. Ich habe mir Sorgen um sie gemacht. Zuerst dachte ich, irgendetwas stimmt bei ihrer Arbeit nicht. Dass sie dort in etwas reingezogen worden ist, das ihr nicht behagt, vielleicht ihr Gewissen belastet oder – ach, keine Ahnung.«

»Meine besorgte kleine Beschützerin.«

Tonya knurrte in das Telefon, konnte ein leichtes Grinsen jedoch nicht unterdrücken. Er hatte ja recht. Im Augenblick nahm sie eine Rolle ein, die sie anderen stets untersagt hatte. Dennoch kam es ihr richtig vor. Denn es ging um ihre Familie.

In knappen Worten erzählte sie Jake, was sie beschäftigte. Er schwieg und gab nur hin und wieder einen kurzen Laut von sich, der ihr bestätigte, dass er aufmerksam zuhörte.

»Okay, das gefällt mir ebenso wenig wie dir. Aber ist dir schon einmal der Gedanke gekommen, dass es Delia vielleicht peinlich ist, beruflich nicht *mehr* erreicht zu haben? Vielleicht wollte sie sich, ohne groß über die Folgen nachzudenken, einfach in ein – in ihren Augen – besseres Licht rücken? Womöglich hatte sie gedacht, nach Timos Hochzeit wieder in ihr altes Leben zurückkehren zu können, ohne dass sich jemand von den Wielands um sie scheren wird.«

Jake verstummte, als Tonya jedoch nichts erwiderte, fuhr er fort: »Vielleicht hatte sie vergessen, dass ihr Wielands anders tickt als viele andere Zeitgenossen. Du weißt, wie unsere Gesellschaft ist. Eigentlich zählt ja nur noch Leistung und Erfolg. Immer höher, immer schneller, immer mehr. Wer auf diesen rasenden Zug nicht aufspringen kann, weil ihm zum Beispiel das Leben übel mitgespielt hat, kommt da gern mal unter die Räder. Er läuft Gefahr, seine sozialen Kontakte zu verlieren, schottet sich ab, vereinsamt, leidet und entwickelt womöglich Depressionen, was diesen Kreislauf nur noch schneller antreibt … Weil nämlich kaum jemand, der in diesem besagten Zug sitzt, eine Station auslassen würde, um sich Zeit für diejenigen zu nehmen, die am Rand stehen und nur noch hilflos zusehen können, wie alles an ihnen vorüberrauscht. Verständnisvolle Herzen und helfende Hände sind leider sehr selten geworden.«

Tonya schwieg weiterhin und ließ Jakes leise vorgebrachte und ernste Worte tief in sich fallen. Sie hatte Delia damals ebenfalls aus den Augen verloren. Natürlich hatte sie mit ihrem eigenen Schmerz zu kämpfen gehabt. Doch ihr war es gelungen, ihr Studium abzuschließen, das beim BKA anzuhängen und erfolgreich zu arbeiten. Allerdings war auch ihr Freundeskreis eher klein. Wenn sie ihre Familie nicht hätte ...

Delia hatte jedoch keine Familie mehr. Nach Dennis war auch ihre Mutter gestorben, die diese Bezeichnung ohnehin nie wirklich verdient hatte. Warum war der Kontakt der Wielands zu Delia abgebrochen? Weil Delia sich von ihnen allen ferngehalten hatte? Oder weil die Wielands ihr blutsverwandtes Familienmitglied, Tonya, hatten beschützen wollen? Vor immer neuen Erinnerungen an Dennis – jedes Mal, wenn Delias Name gefallen oder sie zu Besuch gekommen wäre. Hatten sie es alle mitzuverantworten, was mit Delia nach diesem schrecklichen Sommertag passiert war? War das Beschützer-Gen der Familie zwar Tonya zugutegekommen, hatte dabei aber Delia aus ihren Leben und Herzen verdrängt?

Einzig Timo hatte noch eine lose Verbindung zu Delia unterhalten. Doch selbst er schien nicht viel über sie gewusst zu haben – oder auch nur Unwahrheiten?

Tonya biss sich auf die Unterlippe. War das Delias Art, ihre ehemalige Ersatzfamilie zu beschützen, indem sie ihnen nicht verriet, dass sie im Berufsleben nie hatte Fuß fassen können, dass es ihr nicht gut ging? Hatte Delia geahnt, wie umfassend ihre Selbstvorwürfe sein würden, wenn sie je hiervon erfuhren?

Aber jetzt war sie Thomas sehr nahegekommen. Wenigstens ihm hätte sie doch erzählen müssen, wie es ihr in den vergangenen Jahren wirklich ergangen war. Und dass sie das *nicht* getan hatte, davon war Tonya überzeugt. Denn Thomas hätte sofort mit den Wielands darüber gesprochen, um Delias unglücklichen Täuschungsversuch ein für alle Mal aus der Welt zu schaffen.

»T? Bist du noch dran?« Jakes Stimme hörte sich über die Freisprechanlage in seinem Auto seltsam fern und blechern an.

»Ich … Jake, ich weiß einfach nicht, was ich jetzt tun soll.«

»Erst willst du Delia beschützen und jetzt Tom. Allmählich machst du mir Angst.«

Tonya lachte leise über seinen Versuch, sie aufzuheitern.

»Ist es für dich in Ordnung, wenn ich Delia heute noch anrufe und mit ihr spreche? Als zwar involvierter, aber dennoch außenstehender Vermittler?«

Tonya zögerte. Vielleicht sah sie die Lage viel zu dramatisch. Womöglich würde sich das alles als ein harmloses Missverständnis herausstellen und sich aufklären lassen. Danach würden Delia und Thomas zwar ein ernstes Gespräch miteinander führen müssen, was sicher nicht leicht werden würde. Doch dann hatten sie zumindest eine Chance. Noch war nicht alles verloren.

»Ich denke, das wäre gut.«

»Okay. Schreib mir bitte über WhatsApp ihre Nummer, dann rufe ich sie an.«

»Ihr wird es nicht gefallen, dass ich dir einfach ihre Nummer gebe.«

»Ich vermute, es wird ihre kleinste Sorge sein. Ich habe den Eindruck, dass ihr viel an dir, vor allem aber an Tom liegt. Sie wird es verstehen. Wenn nicht sofort, dann irgendwann, spätestens, wenn sich alle Gemüter wieder beruhigt haben.«

»Jake?«

»Kobold?«

»Danke.«

»Für dich mache ich fast alles. Das solltest du wissen.«

»Darauf werde ich vielleicht eines Tages zurückkommen.«

»Tust du mir auch einen Gefallen?«

»Ja, sicher.«

»Lass dich von einem deiner Kollegen zum Hotel fahren. Besser noch von Tom, falls er Zeit hat.«

Tonya blähte die Wangen auf. Ihrem Bruder zu erzählen, was sie herausgefunden hatte, ja, dass sie überhaupt in Delias Leben herumgewühlt hatte, würde keine leichte Übung werden.

»Oder nimm dir zumindest ein Taxi. Meide die S-Bahn.«

»Gut, das mache ich. Aber ich will meinen Polo wiederhaben.«

»Das bezweifle ich. Aber in Ordnung, ich sehe mal nach der Blechdose.«

Sie beendeten das Telefonat, und gerade als Tonya sich erheben wollte, um noch mit Gotthilf zu sprechen, meldete sich der Provider, über den Delias Smartphone lief. Gleich darauf warf der Computer die ersten Bewegungsnachweise der jungen Frau aus. Tonya stützte die Ellenbogen auf, legte das Kinn auf ihre Fäuste und besah sich, was sie da angeboten bekam.

Kapitel 20

Jake war froh, dass Delia auf seinen Anruf und die Bitte um ein Treffen sehr offen und ruhig reagiert hatte. Er hatte nicht explizit gesagt, warum er sie sprechen wollte, sondern nur angedeutet, dass es da wohl einige Missverständnisse zwischen Delia und den Wielands gegeben habe, die gerade ans Licht kämen und es sicher in Delias Sinne sei, darüber zu reden, bevor dies unschöne Reaktionen hervorrufen könnte.

Delia hatte ihm erklärt, wo sie sich treffen konnten, da sie ohnehin noch einen Abendspaziergang unternehmen wollte. Also stand Jake nun an sein Auto gelehnt auf einem winzigen Wanderparkplatz außerhalb von Nierstein. Auf einer Seite der Straße erhoben sich die Weinberge in den abendlichen Himmel, auf der anderen wälzte sich das Rheinwasser vorbei und spiegelte das farbenfrohe Schauspiel. Die Bäume entlang des Ufers standen stoisch still; kaum ein Lüftchen regte sich.

Jake drehte sich um, als er Schritte hinter sich hörte. Offenbar wohnte Delia ganz in der Nähe, wenn sie zu Fuß statt mit ihrem Auto hierherkam. Vielleicht besaß sie aber auch gar kein Auto, immerhin ging es ihr finanziell nicht gut. Wie es aussah, war sie seit längerer Zeit arbeitslos.

»Hallo, Delia.«

»Tag, Jake. Ich musste bei deinem Anruf erst kurz überlegen, wer du bist. Aber dann fiel es mir ein. Der Kollege von Thomas. Und von T?« Delia zuckte zurück und schüttelte lachend den Kopf. »Nein, natürlich nicht. T arbeitet, glaube ich, in einer Steuerkanzlei. Die Wielands sind alle nicht sehr gesprächig, was ihre Jobs anbelangt.«

Jake rieb sich den Nacken. Ob Delia bereits ahnte, in welche Richtung ihr Gespräch gehen würde? War sie deshalb so … aufgedreht? Sie plapperte vor sich hin, stand nicht einen Augenblick still und wirkte dabei dennoch, als würde sie jeden Moment zusammenbrechen. Dieser Eindruck wurde durch die blasse Gesichtsfarbe und die extrem schlanke, wenn nicht dürre Gestalt noch verstärkt. Zudem waren ihre Lippen aufgeplatzt. Sie hatte raue Hautstellen an den Händen und am Hals, als hätte sie seit Tagen zu wenig Flüssigkeit zu sich genommen.

Tonya brachte vermutlich auch nicht viel Gewicht auf die Waage, sah aber im Vergleich zu Delia nicht halb so zerbrechlich oder vielmehr hinfällig aus. Ihr Anblick hatte Tonyas Sorge um die Freundin sicher noch zusätzlich befeuert.

»Willst du ein Stück gehen?«, fragte Jake und deutete auf den Weg, der zwischen Straße und Ufer entlangführte.

»Klar, sicher. Warum nicht?« Delia ging voraus. Nach wenigen Metern rutschte sie auf den Füßen einen kleinen Abhang hinunter, sodass sie direkt ans Ufer kamen. Offenbar kannte sie sich hier gut aus. Sie bewegten sich etwas mühsam über die Steine am Wasser hinweg und erreichten einen sandigen Abschnitt. Sobald Jakes Schuhe den hellen Sand berührten, kam er nicht umhin, an die gemeinsamen Tage mit Tonya in Dänemark zu denken.

Zielsicher steuerte Delia auf einen umgefallenen Baumstamm zu, der langsam zerfiel. Sie setzte sich und sah aus, als hätte sie gerade noch die Kraft für diese wenigen Schritte aufbringen können, bevor jegliche Energie sie verließ.

Jake zögerte einen Augenblick. Ob Delia so sehr unter der Annahme litt, dass ihr Schwindel womöglich aufgeflogen war? Und das, ehe sie Thomas hatte erklären können, was sie bei ihrem Wiedersehen dazu bewogen hatte, derlei Unsinn über sich zu erzählen? Andererseits wirkte sie körperlich überaus angeschlagen. Dieser Eindruck warf in Jake die Frage auf, ob er die Frau nicht in sein Auto bringen – oder vielmehr tragen – und in die nächste Klinik fahren sollte. Er verwarf den Gedanken und setzte sich in gebührendem Abstand neben sie.

»Was ist los?« Delia klang nicht unfreundlich, aber angestrengt.

»Tonya macht sich große Sorgen um dich. Euer Gespräch heute Morgen hat sie beunruhigt.«

»Das muss sie nicht. Mir geht es gut.« Delias Antwort kam gepresst zwischen fast geschlossenen Lippen hervor. Ob sie die Zähne zusammenbiss?

»Bitte entspann dich, Delia. Niemand möchte dir etwas Böses.«

»So?«

»Na gut. Dann sage ich jetzt einfach geradeheraus, was Tonya – vor lauter Sorge um dich – recherchiert hat. Und was du dringend mit den Wielands, allen voran mit Thomas, klären solltest.«

»Wird das ein … wie heißt das Wort noch gleich, das ihr Polizisten benutzt?«

»Du meinst ein Verhör?«

»Ja? Kann sein. Soll das so etwas in die Richtung werden?« Nun klang Delia aggressiv. Jake kniff die Augen zusammen. Das Gespräch lief nicht gut. Er hatte sich das anders vorgestellt. Allerdings kam Delia ihm extrem unkonzentriert und fahrig vor. Unwillig oder beschämt hätte er verstanden; ihre diffuse Reaktion befremdete ihn jedoch ein wenig.

»Du arbeitest nicht in diesem großen Unternehmen und du warst in letzter Zeit auch nicht auf Reisen.«

»Welche Rei … ach ja?« Delia rückte etwas von ihm ab und strich sich durch die kurzen Haare. Dabei rutschte der Ärmel ihres Shirts hoch und offenbarte Jake mehrere Einstichstellen in der Armbeuge. Er hielt für einen Moment die Luft an. War Delia drogenabhängig? Ob sie gerade auf Entzug war und sich deshalb überhaupt nicht im Griff hatte?

»Tonya und ich möchten dir helfen. Sicher auch Thomas, wenn wir ihm erst alles erklärt haben.«

»Pah!«, stieß Delia hervor. Sie machte Anstalten, aufzuspringen, unterließ es jedoch. Ihre Beine zitterten bei dem Versuch, als wollten sie jeden Augenblick unter ihr nachgeben.

»Delia, es ist keine Schande, Hilfe anzunehmen. Tonya hat zuerst nicht verstanden, weshalb du mit deiner beruflichen Karriere gelogen hast. Aber sie hat ein großes Herz. Sprich einfach mit ihr. Und sicher wird sie dir auch bei deinem Gespräch mit Thomas zur Seite stehen und –«

»Das ist alles absoluter Krimskrams.« Delia runzelte die Stirn. »Nein, das meinte ich nicht. Ich meinte … Ach, vergiss es doppelt.«

Jake schüttelte irritiert den Kopf. Delia war völlig neben der Spur, wurde aber leider zusehends aggressiver. So hatte eine Unterhaltung keinen Sinn. Am besten war es wohl, den Rückweg anzutreten, damit er sie nach Hause fahren konnte. Oder besser doch in die nächste Klinik?

»Dir geht es nicht gut, Delia, das sehe ich. Ich würde dich gern nach Hause fahren. Tonya wird dich heute noch anrufen, dann könnt ihr ein Treffen ausmachen. Es wäre wirklich sinnvoll, all diese … Missverständnisse anzusprechen und aus der Welt zu schaffen.«

»Aus der Welt schaffen?« Delias seltsam meckerndes Lachen ging in ein Husten über. Weit vornübergebeugt rang sie nach

Atem und drohte dabei vom Baumstamm in die sandige Fläche zu rutschen. Besorgt ergriff Jake sie an dem viel zu dünnen Oberarm und erhielt als Reaktion darauf einen gezielten Schlag gegen den Kehlkopf.

* * *

Fassungslos starrte Tonya auf den Bildschirm. Was ihr da entgegenprangte wie ein Leuchtreklameschild in dunkelster Nacht, konnte sie einfach nicht glauben. Sie wollte es nicht glauben. Denn es würde Schmerz nach sich ziehen und sie vermutlich in ein heilloses Chaos widersprüchlichster Gefühle werfen. »Nein«, flüsterte sie nahezu tonlos. »Bitte nicht.«

Sie beugte sich vor. Widerwillig, am ganzen Leib zitternd und doch kampfbereit. Weil sie unbedingt die Daten abgleichen musste. All jene Tage immer zu Beginn eines Monats seit September im Vorjahr. Und die Tage, an denen sie jeweils aus einem Pflegeheim und einem Krankenhaus einen Anruf erhalten hatte. Jene Nacht in Potsdam, als sie mit ihrem Angreifer allein im Haus gewesen war.

Mit meiner Angreiferin, korrigierte sie sich selbst.

»Warum?« Ihr Flüstern verlor sich in dem Raum voller brummender Gerätschaften. »Warum, Delia?«

Ihr Smartphone meldete mit einem Piepton eine eintreffende Nachricht. Sie war nicht in der Stimmung, sie zu lesen, doch im Augenwinkel erkannte sie Jakes Profilbild. Hastig griff sie nach dem Telefon. Sie musste ihm dringend mitteilen, was sie entdeckt hatte, damit er ja kein Treffen mit Delia arrangierte. Zuerst mussten sie *darüber* sprechen. Es galt abzuklären, ob Delia gefährlich war. Der Gedanke war absurd und tat weh.

Sie öffnete die SMS und erstarrte. *Treffe mich jetzt mit Delia. Berichte dir später. J.*

»Nein, Jake! Nein! Du darfst sie nicht mit ihren Lügen wegen ihres Berufs konfrontieren. Sie wird annehmen, dass wir ihr auf die Schliche gekommen sind.«

Angst drohte ihr den Magen auf links zu stülpen. Sie sprang auf. Der Drehstuhl knallte ungebremst gegen die Trennwand und brachte diese zum Vibrieren. Die meisten Arbeitsplätze lagen im Dunkeln, waren verwaist. Auch in Kathrins und Gotthilfs Büros brannte kein Licht, flackerte kein bläulich erleuchteter Bildschirm mehr.

Tonya rannte in den mit Glaswänden abgeschirmten größeren Bereich, in dem die Abteilung ihre Meetings abhielt. Dort saßen an einem langen Tisch drei ITler vor Notebooks, vier weitere Kollegen beugten sich über deren Schultern. Es wurde diskutiert, geplant, verworfen. Das alles wirkte unglaublich angespannt und hektisch. Offenbar lief den Ermittlern bei ihrem Fall gerade die Zeit davon. Hier würde sie keine Hilfe erwarten können.

Sie hastete zurück zu ihrer Box und schnappte sich ihr Smartphone. Sie schrieb eine SMS mit nur einem Ausrufezeichen an Jake und danach eine WhatsApp, schließlich rief sie ihn an. Er hob nicht ab.

Also wählte sie Thomas' Nummer, aber ihr Anruf landete sofort auf der Mailbox. Vermutlich war er im Einsatz. Dann hatte es auch wenig Sinn, Karl anzurufen. Oder Martin?

Tonya entschied sich für Luisa. Während ihr Telefon wählte, verwarf sie den Gedanken, Jakes Handy zu orten. Sie würde das von Delia suchen, hatte sie doch ihre Bewegungsbilder der vergangenen Monate bereits vor sich.

»Mach schon, mach schon«, feuerte sie sowohl den Rechner als auch ihr Telefon an. Endlich meldete sich Luisa.

»Es war Delia. Sie hat das alles getan. Und Jake trifft sich gerade mit ihr wegen einiger Ungereimtheiten, die sie mir erzählt hat. Er weiß aber noch nicht, dass sie hinter all den

Streichen und Angriffen steckt.« Es war nicht hilfreich, dass Tonya plötzlich Little Joes von Messerstichen durchbohrten Körper vor sich sah.

»Okay, T. Mit Delia meinst du Dennis' jüngere Schwester?«

»Ja, richtig.«

»Das ist der Auslöser!«

»Was?« Tonya schnappte nach Luft, dann nickte sie mehrmals kräftig. Natürlich. Luisa hatte recht. Delia sah in ihr die Schuldige an Dennis' Ermordung. Dies erklärte auch, weshalb all jene Geschehnisse immer zu Monatsanfang passiert waren. Dennis war am letzten Tag im August gestorben. Stets am Ende eines Monats wurde Delia vermehrt daran erinnert. Und im vergangenen Jahr war sie einfach losgefahren, um ihrem Schmerz Linderung zu verschaffen.

Bei mir. Denn ich bin schuld.

»Wo treffen sie sich?«, hakte Luisa nach.

»Das weiß ich nicht. Ich suche gerade Delias Standort.«

»Okay. Ich bin jetzt im Auto. Sobald du mir sagen kannst, wo Jake und Delia sind, informiere ich einige Kollegen und wir fahren dorthin.«

Tonya starrte auf ihren Bildschirm, auf dem schließlich ein sanft blinkender Lichtpunkt zu sehen war.

»Nierstein. Nein, außerhalb. In Richtung Mainz. Das ist unglaublich ungenau. Es sieht aus, als sei sie auf dem Rhein.«

»Ruf mich sofort an, falls du eine genauere Ortung reinbekommst. Oder wenn sie sich bewegt.«

Tonya blähte die Wangen auf und wollte widersprechen, doch Luisa hatte das Gespräch bereits beendet. Prüfend schaute Tonya auf das Display. Es gab keine Antwort von Jake.

Das ist nicht gut. Gar nicht gut.

Panik rieselte wie Eiskristalle durch ihre Adern. War Delia darauf aus, sie durch all jene Übergriffe der letzten Zeit zu bestrafen? Wollte sie zusätzlich Thomas verletzen? Weil sie genau wusste, wie sehr Tonya leiden würde, wenn jemand ihrem Bruder das Herz brach?

Tonya kniff die Augen zusammen. War Delia bewusst, dass ihr *Opfer* Jake mochte, nein, liebte? Würde sie nach Little Joe und Hoss nun auch Jake töten?

Weil ich dir den geliebten Bruder genommen habe?

»Das hab ich nicht!«, stieß Tonya hervor. »Ich habe versucht, die Situation zu entschärfen, indem ich seiner Bitte gefolgt bin. Ich bin weggelaufen, damit Dennis sich wehren konnte, ohne von mir abgelenkt zu sein. Ich bin weggelaufen, damit Dennis nicht den Helden spielen musste. Ich bin weggelaufen, weil Dennis das so wollte. Ich bin weggelaufen, weil ich Angst hatte, und weil sich mir die Möglichkeit bot. Ich bin weggelaufen, weil das ein natürlicher Reflex ist. Ich wollte Hilfe holen. Ich bin zurückgekehrt. Ich habe das Messer nicht in der Hand gehalten. Ich habe nicht zugestochen. Ich …«

»T?«

Tonya wirbelte herum. Vor ihr stand Stefan, der zuvor noch am Konferenztisch gesessen hatte. Sie blickte hinüber. Fast alle Kollegen hatten sich umgedreht und schauten sie an. Fragend. Irritiert. Hatte sie so laut gesprochen, die Sätze gar hinausgeschrien?

»Was ist los?«, fragte Stefan nüchtern nach.

»Jake ist in Gefahr.«

»Kann ich helfen?«

»Könntest du weiter diese Handyortung beobachten und mich und Luisa Neumüller anrufen, wenn sich da etwas tut?«

»Sicher.«

»Und ich brauche ein Auto. Möglichst mit Signallicht.«

»Peter?«, rief Stefan einem der Kollegen zu. »Kannst du deinen Dienstwagen entbehren. Vor morgen früh kommen wir hier ohnehin nicht weg.«

»Klar. Soll ich fahren?«

»Wir brauchen dich hier!«, widersprach ein anderer Kollege. Dabei war ihm anzusehen, dass er darauf eigentlich nicht hatte hinweisen wollen. Immerhin befand sich einer von ihnen in Gefahr.

»Ich kann das allein!«

»Allein geht nicht, T.«, wies Stefan sie zurecht.

»Luisa und weitere Kollegen sind unterwegs dorthin.«

»Sicher?«

»Ja.«

»Dann okay. Hast du deine Waffe hier im Spind? Kannst du sie holen?«

Tonya hatte sie in ihrem Rucksack, nickte aber nur bestätigend.

»Dann los.« Peter war herübergekommen und warf ihr aus drei Metern Entfernung den Autoschlüssel zu. Tonya fing ihn auf und rannte los. Sie musste zu Jake! Und zu Delia?

* * *

Tonya war an Nackenheim vorbei, gab aber nicht wesentlich mehr Gas. Irgendwo hier musste Delia sein. Und Jake. Inzwischen war die Dämmerung hereingebrochen. Jetzt, gegen Ende des Sommers, wurde es wieder deutlich früher dunkel. Tonya schaltete die Kennleuchte aus, deren Licht wie blaue Blitze über den Asphalt, das Buschwerk links und rechts und die Bäume am Rheinufer gehuscht war. Prüfend hielt sie Ausschau nach Jakes Auto. Nach menschlichen Gestalten.

Sie war froh, dass es windstill war, so gaukelte ihr das Unterholz keine Bewegungen vor, wo es keine gab. In ihr tobte dagegen ein Sturm. Angst durchflutete sie. Sie hatte keine Ahnung, wozu Delia imstande war, hatte sie doch bereits Little Joe und Hoss getötet. Sie stöhnte auf und schlug mit der flachen Hand auf das Lenkrad. Wie hatte es so weit kommen können?

»Jake, wo bist du? Pass bloß auf dich auf!«

Sie registrierte die unbefestigte Einfahrt eines wilden Parkplatzes, sah die unbeleuchteten Rücklichter eines Autos, war aber zu schnell an der Stelle vorbei. Also bremste sie ab, schaute prüfend in den Rückspiegel und wendete rasch auf der Straße. Langsam, sich nahezu vorantastend, fuhr sie zurück. Schließlich bog sie ab. Schotter knirschte unter den breiten Rädern. Jeder, der sich in unmittelbarer Nähe aufhielt, musste ihre Ankunft wahrnehmen. War das gut oder schlecht für Jake, der nicht ahnte, mit wem er sich da traf – mit wem er es zu tun hatte?

Tonya schaltete das Abblendlicht aus, kaum dass sie neben Jakes Privatfahrzeug geparkt hatte. Hastig stieg sie aus. Hitzewellen flossen durch sie hindurch. Ihre Hände zitterten, als sie die Pistole aus dem Rucksack kramte und das Magazin überprüfte. Erlernte, aber keine routinierten Bewegungen. Schließlich hatte sie ihre Waffe noch nie benutzen müssen. Bis vor Kurzem in Potsdam.

Und jetzt? Was hatte sie damit vor? Sie wollte doch nicht auf Delia schießen. Sie wollte sie nicht einmal bedrohen.

Delia – was geht nur in dir vor?

Tonya trat zurück und drückte die Autotür behutsam zu. Die Innenbeleuchtung erlosch. Dunkelheit umfing sie. Baumriesen, lediglich als Schattengestalten zu erkennen, ragten neben ihr in die Höhe. Sie breiteten die Äste wie Spinnenbeine über ihr aus. Alles in Tonya drängte zur Eile. Dennoch zwang sie sich, langsam zu gehen. Sie lauschte, hörte jedoch nur das leise Säuseln der Blätter, untermalt vom steten Rauschen des Flusses in seinem steinigen Bett. Laut Bewegungsprofil war Delia öfter hier. Ein Haus in der Altstadt, gleich beim Stadtbrunnen der nächstgelegenen Ortschaft, wurde so häufig frequentiert, dass Tonya dort Delias Wohnung vermutete – statt, wie von ihr behauptet, in Frankfurt.

Zügig, aber vorsichtig auftretend, ging Tonya voran. Sie entdeckte einen Fußpfad. Er führte vom Parkplatz weg. Rasch folgte sie ihm. Zweige strichen an ihr entlang, gruselige Finger, die ihr eine Gänsehaut verursachten. Wie lange Luisa und die Kollegen wohl noch brauchen würden, bis sie hier eintrafen? Tonya wollte nicht warten. Da vorn mussten Jake und Delia sein. Delia, die sie als ihre Freundin ansah …

Übelkeit stieg in Tonya auf. Ihre Finger kribbelten unangenehm. Die Lage war alles andere als überschaubar.

Tonya wusste einfach nicht einzuschätzen, wie diese Frau tickte, die sie eigentlich zu kennen glaubte. Welch ein Trugschluss. Tonya war ja auch nicht mehr das Mädchen von vor sieben Jahren.

Links von ihr gab es eine freie Stelle im Unterholz. Kurz, aber steil ging es dort hinunter ans Ufer. Zweifelnd presste Tonya die Lippen zusammen. Ob sie hinuntergehen sollte? Oder doch lieber auf dem oberen Pfad bleiben?

Sie entschied sich für die Rutschpartie. Wenn Delia sich hier häufiger aufhielt, dann vielleicht, weil sie einen hübschen Platz am Ufersaum gefunden hatte. Für ein Picknick. Für eine kleine Auszeit am stetig dahinfließenden Rhein.

Tonya nahm die SIG Sauer in beide Hände und blickte nach links. Sie sah nichts als die unterschiedlichsten Schattierungen von Grau und Schwarz. Flusskiesel, Büsche, die anrollenden Wellen, weiter entfernt Lichter auf dem Fluss. Ein Containerschiff?

Sie ging in Richtung Wasser. Steine klackerten unter ihren Schuhen davon. Das Geräusch klang in ihren Ohren wie Donnergrollen. Unwillkürlich hielt sie den Atem an. Plötzlich sah sie eine Bewegung rechts von sich; keine hundert Meter entfernt. Ein Schatten hob sich vor dem Hintergrund ab. Er beugte sich über etwas. Lag da jemand am Boden?

Jake?

Tonya vertrieb die Erinnerungen an Dennis' schlaffen Körper. An Little Joes blutüberströmtes Fell. Sie zwang sich, langsam auf den Schatten zuzugehen. Ob er sie bereits gehört oder gar gesehen hatte?

Quietschende Reifen auf der oberhalb gelegenen Straße kündeten die Ankunft weiterer Fahrzeuge an. Der Lichtkegel eines Scheinwerfers huschte kurz über das Wasser. Er verlor sich im Wald auf der gegenüberliegenden Seite. Tonya sah etwas in der Hand der Silhouette aufblitzen. Ein Messer?

Sie atmete gepresst ein, lief schneller, die Waffe fest in beiden Händen.

»Bleib weg!« Delias schrille Stimme brachte Tonya zum Stehen. Sie war nur noch wenige Schritte von ihr entfernt. Jake lag reglos auf dem Boden. Erschreckend leblos. Atmete er überhaupt noch?

Panik kroch mit kalten Fingern über Tonyas Rücken hinweg, bedrohte ihr Herz.

Ich muss mich konzentrieren.

»Geh von Jake weg«, fauchte sie Delia an.

»Nein, du gehst weg! Lass mich allein.«

»Delia, das willst du doch gar nicht. Leg bitte das Messer weg und lass mich dir helfen.«

»Du mir …? Was gibt es da Rotes?«

Alarmiert kniff Tonya die Augen zusammen. Delia war nicht sie selbst. Aber wer war Delia denn überhaupt?

»Geh bitte ein paar Schritte zurück, Delia.« *Ruhe ausstrahlen, deeskalieren.*

Delia fiel neben Jake auf die Knie. Tonya stieß einen unterdrückten Laut aus. So durfte sie nicht schießen. *Ich könnte Jake treffen.* Also musste sie etwas tun, womit Delia nicht rechnete. Weil auch sie als Kind durch Timos und Thomas' Schule gegangen war. Denn Delia wusste nichts davon, dass Tonya beim BKA arbeitete, nichts darüber, dass sie inzwischen drei Kampfsport- und Selbstverteidigungstechniken erlernt hatte.

Tonya sprang nach vorn. Ohne Rücksicht auf das Messer rammte sie die Frau. Sie fielen beide hart auf die Steine. Delia schrie schmerzgepeinigt auf. Tonya suchte nach Delias Händen. In der einen hielt sie noch immer das Messer. Die vorn leicht gebogene Klinge schimmerte bläulich im fahlen Sternenlicht. Und rot. War das Blut?

Jakes Blut?

Tonya biss die Zähne zusammen. Verzweiflung und Wut wallten wie sturmgepeitschte Wellen durch sie hindurch. Sie presste ihre Waffe auf Delias Handgelenk. Dieses bog sich über den Kieselsteinen. Delia brüllte auf. Das Messer fiel klirrend zwischen die Kiesel. Tonya nahm es am Hirschhorngriff und warf es beiseite. Gleich darauf drückte sie Delia zu Boden. Wieder stieß diese einen fast ohrenbetäubenden Schmerzensschrei aus. Dann lag Delia still. Sie starrte in den Himmel, atmete flach und pfeifend. Ihr blasses Gesicht war vor Schmerzen verzerrt und ihre Augen panisch weit aufgerissen.

Tonya sprang auf. Ihre Sorge galt Jake. Sie lief zu ihm. Geisterhaft tanzende Lichter näherten sich ihr. Jake rührte sich nicht. Tonyas Hände tasteten nach seinem Hals, der seltsam verfärbt aussah. Sie fühlte mit zitternden Fingern nach dem Puls. Er atmete. Sie schob die Lederjacke auseinander, fand aber kein Blut auf seinem Oberkörper. Vielleicht war es ein heimtückischer Stich von hinten in den Rücken gewesen? Jake hätte sich von Delia sicher nicht einfach so überrumpeln lassen.

Tonya versuchte, ihn zu drehen, was auf dem nachgebenden Untergrund nicht gerade leicht war. Plötzlich war Luisa neben ihr und half ihr. Hinter ihr entstand Unruhe. Männerstimmen, Delias Jammern, erneut ein Schmerzensschrei aus ihrem Mund.

»An dem Messer klebt Blut, aber ich kann nichts finden!«, keuchte Tonya. Sie zerrte Jakes Arm aus der Jacke, Luisa half ihr, seinen schweren Körper zur Seite zu wuchten, beleuchtete den Rücken, den Hals, den Hinterkopf. Dort blutete Jake.

»Sieht aus, als sei er gestürzt«, murmelte Luisa. Sie schob etwas unter Jakes Kopf, ehe er in die Rückenlage zurückrutschte. Dann leuchtete sie Tonya an.

»Du blutest. Am Arm.«

In dem Augenblick, als Luisa es aussprach, fühlte Tonya plötzlich einen stechenden und dann reißenden Schmerz in ihrem linken Oberarm. Sie senkte den Kopf. Blut quoll unter dem Ärmel ihres T-Shirts hervor.

Jake rührte sich und gab ein abgehacktes Stöhnen von sich. Automatisch tastete er nach seinem Hinterkopf. Tonya umfing seine Hand schnell mit ihrer.

»Nicht. Das ist eine üble Platzwunde.« Mit seiner anderen Hand griff er sich an den Kehlkopf. Er würgte seltsam, sog nur vorsichtig die Luft ein. »Sie weiß, wo sie hinschlagen muss«, sagte er heiser.

»Das haben uns Timo und Thomas schon als kleine Mädchen beigebracht.«

»Ich werde mich gebührend bei ihnen bedanken.«

Tonya lachte vor Erleichterung leise auf. Jake war so weit in Ordnung.

»Okay, Jake. Das hört sich an, als wärst du okay?« Luisa wartete auf seine Bestätigung, ehe sie fortfuhr: »Ein RTW ist auf dem Weg. Bleib einfach liegen. Wir bringen Frau Hinz weg.«

»Ich bleibe gern liegen. Die Aussicht ist wunderschön.« Jakes Blick war auf Tonya gerichtet, die am liebsten in seinen Augen versinken wollte.

»Die *Aussicht* hat dir vermutlich das Leben gerettet. Unter Einsatz ihres eigenen.« Luisa schob indessen vorsichtig Tonyas Shirtärmel hoch und beleuchtete die Schnittverletzung.

»Das blutet heftig, scheint aber nicht sehr tief zu sein. Ich lege dir einen Verband an.«

»Meine Heldin. Meine … Beschützerin.« Jake hob den Arm, legte seine Hand in Tonyas Nacken und zog sie zu sich herunter.

»Sei still«, gab sie leise, da zutiefst aufgewühlt, zurück. Sie mochte keine Beschützertypen. Und jetzt war sie plötzlich selbst zu einem mutiert.

»Jetzt siehst du mal, wie das ist.« Jake zeigte ihr ein breites schiefes Grinsen. Selbst im Dunkeln konnte sie das Grübchen über seinem Mundwinkel ausmachen.

»Du solltest deine Stimme schonen. Wie es aussieht, hat Delia dich mit ihrem Schlag auf den Hals aus den Schuhen gehauen.«

»Ich bin dabei nur blöd ausgerutscht. Aber darum geht es gar nicht.«

»Worum geht es dann?«

»Darum, dass du jetzt hoffentlich erkannt hast, dass wir einen Menschen, den wir lieben, beschützen wollen.«

»Ja, habe ich.« Tonya nickte bei ihren Worten. Denn ebenso, wie sie zuvor im Büro die Einsicht überfallen hatte, keine Schuld an Dennis' Tod zu haben, so deutlich stand ihr nun vor Augen, dass auch sie diejenigen, die ihr wichtig waren, vor seelischem und körperlichem Leid beschützen wollte.

Jakes Grinsen wurde noch breiter und flegelhafter, was sie eigentlich nicht für möglich gehalten hätte. Von Luisa, die gerade mit Klebeband den Verbandsmull um Tonyas Oberarm fixierte, kam ein leises Kichern, das so gar nicht zu der Kriminalbeamtin passte. Da erst wurde Tonya bewusst, was sie mit ihrem Eingeständnis ebenfalls zugegeben hatte.

Sie starrte Jake an, dem das Lächeln auf dem Gesicht festgeklebt zu sein schien. Ganz ohne Klebeband.

Tonya verdrehte die Augen. Sie schwieg, aber in ihr setzte sich ein Gedanke fest, der eigenartig aufwühlend und beruhigend zugleich war.

Ja, ich liebe dich, Jake Sturm.

* * *

Die vergangenen vierundzwanzig Stunden waren voller Unruhe und nahezu hektischer Aktivität und doch zäh wie Kaugummi unter einer Schuhsohle an Tonya vorübergezogen.

Nun verabschiedete sich die Sonne erneut von dieser Welt, die manches Mal, so sinnierte Tonya, einfach nur traurig weinen musste, bei all dem Elend, das auf ihr geschah. Erste Sterne begannen am Firmament zu funkeln, vom See her zog ein auffrischender Wind herüber. Tonya wickelte sich in die Decke, die bisher unbeachtet über der Stuhllehne gelegen hatte.

Sie wusste nicht mehr, was sie denken oder fühlen sollte, zumal ihre Kollegen sie zu ihren Eltern verfrachtet hatten. Weit weg von Verhören, weiteren Nachforschungen über Hintergründe, von Erkenntnissen über Motive und Tathergänge … Sie war kaltgestellt.

Thomas ebenfalls. Doch im Gegensatz zu ihr hatte er sich freiwillig ausgeklinkt und war seither abgetaucht. Per WhatsApp hatte er der Familie mitgeteilt, dass es ihm gut gehe, er aber eine kleine Auszeit brauche. Danach war eine zweite Nachricht gefolgt – eigens für Timo und Tonya. *Ich will nicht, dass ihr mein Telefon ortet. Lasst es sein!*

Offenbar war jetzt Thomas an der Reihe, sämtliche Beschützer abzuschütteln. Eigentlich hätte dies Tonya zum Lachen bringen sollen, sie war jedoch in Tränen ausgebrochen.

Um sie, Tonya, für das bestrafen zu können, was damals mit Dennis geschehen war, hatte Delia Thomas rücksichtslos benutzt. Über ihn war sie an Tonyas Telefonnummer sowie an die Informationen über ihren jeweiligen Aufenthaltsort gelangt.

Thomas war nicht nur ausgenutzt und gedemütigt worden, vielmehr hatte ihm zum zweiten Mal eine Frau, in die er sich verliebt hatte, Gefühle vorgespielt und ihn dadurch tief verletzt.

Und obendrein gab er sich vermutlich eine Mitschuld an allem, was Tonya seit der Hochzeitsfeier zugestoßen war.

»Hast du alles, was du brauchst, Tonya?« Tonyas Mutter Christina betrat die Terrasse, beugte sich herunter und küsste ihre Tochter aufs Haar.

»Ich bin bestens versorgt, Mama. Wirklich.«

»Ich hätte es dir auch ohne das *wirklich* geglaubt. Du musst *wirklich* nicht immer betonen, wie selbstständig du zurechtkommst und wie sehr es dich ärgert, wenn sich jemand um dich sorgt. Wir sorgen uns nämlich *wirklich* gern um dich.«

»Ich weiß, Mama. Weil ihr mich liebt.«

»Sieh an.« Christina lachte, küsste sie erneut auf den Kopf und ging zur Terrassentür.

»Nun da ich diese *wirklich* wichtige Erkenntnis aus deinem Mund gehört habe, kann ich ja beruhigt schlafen gehen.«

»Das kannst du. Schlaf gut.«

»Danke.« Christina schälte sich durch den Fliegenvorhang und die Gardine dahinter und verschwand aus Tonyas Blickfeld. Sie richtete sich auf der Liege auf und blickte über das leicht geneigte Gartengrundstück in die dunkle Nacht hinein. Dabei zog sie die Decke noch ein wenig fester um sich. Der Sommer neigte sich unverkennbar dem Ende entgegen. Ein Jahreszeitenwechsel stand an. Ein weiterer September zog ins Land. Demnächst würden sich die Blätter bunt verfärben und abfallen. Tonya atmete tief ein und langsam wieder aus. Sie wünschte sich, ebenso harmonisch und in einer völligen Selbstverständlichkeit das ablegen und hinter sich lassen zu können, was ihr in diesem Jahr zugestoßen war. Aber zumindest ein Gutes hatte es, dass all die üblen Dinge geschehen waren und sie sich erneut intensiv mit Dennis' Tod hatte befassen müssen: Zum ersten Mal hatte Tonya den Eindruck, ihre Schuldgefühle nicht nur verdrängt, sondern überwunden zu haben. Hatte es erst jemanden gebraucht, der ihr diese Schuld zuwies, damit sie akzeptieren konnte, wie verkehrt ihr Denken war? Heute war sie eine BKA-Mitarbeiterin und würde sicher anders reagieren als damals. Sie hatte vor sieben Jahren nichts falsch gemacht. Und sie war nie schuld daran gewesen, dass der Unbekannte plötzlich vor ihnen gestanden und sie bedroht hatte. Die Eskalation hatte nicht vermieden werden können, wie sie jetzt wusste, waren sie und Dennis doch nur ein Paar von vielen gewesen. Und ganz sicher hätte es der Mann nicht nur bei *einem* Überfall und *einem* Doppelmord belassen. Auch dann nicht, wenn sie nicht hätte entkommen können. Dafür hatte er zu gezielt viel zu viele Opfer ausgesucht und getötet. Dessen war sich Tonya inzwischen ebenfalls bewusst.

Nur das mit Delia, das konnte sie noch immer nicht richtig einordnen. Hatte ihre ehemalige Nachbarin tatsächlich versucht, sie zu töten? Damals vor der Haustür. Als sie das Feuer gelegt hatte? In Sandras und Timos Haus in Potsdam?

Tonya seufzte leise auf, hatte sie doch keine Ahnung, wie sie mit alldem umgehen sollte. War es ratsam, die Geschehnisse abzuhaken und zu vergessen, Delia zu vergessen, die vermutlich einige Zeit weggesperrt werden würde? Vielleicht kam sie in eine forensisch-psychiatrische Klinik. Oder war es besser, all dies bis ins Kleinste aufzuarbeiten und wenigstens zu versuchen, Delias Beweggründe zu verstehen? Über die einfache Annahme hinaus, dass sie niemals über Dennis' Tod hinweggekommen war und die Schuld dafür bei der damaligen Freundin ihres Bruders sah?

Aber Delia war so erschreckend organisiert vorgegangen. Auf ihrem Handy war auch Sandras Handynummer und Timos und Sandras Festnetznummer eingespeichert, beide mit demselben Bild wie bei Timo: Sandra und ihre zwei Kinder am Tag der Hochzeit. Beide Telefonnummern musste sie sich bei Thomas erschlichen haben. Ebenso gab es darauf eine Aufnahme mit dem Flüstern und Stöhnen einer Männerstimme, die zu dem passte, was Tonya bei den Anrufen immer vorgespielt worden war.

Ein Rascheln hinter ihr ließ Tonya den Kopf wenden. Ihr Vater Markus kämpfte sich so ungelenk wie meistens durch die Lagen des Insektenschutzes. Dabei brummte er ungehalten vor sich hin und ließ sich wenig später auf die zweite Liege fallen. Er hatte zuletzt deutlich an Gewicht zugelegt und zum Ausgleich einige Haare eingebüßt. Die tiefen Falten in seinem Gesicht zeugten davon, wie ernst er seine Aufgabe als Pastor nahm. Er investierte unglaublich viel Zeit, Kraft und Hingabe in seine Arbeit mit den Menschen, die seine Unterstützung suchten.

Da Markus auch nur ein Mensch war, war dies ein mutiges Unterfangen. So empfand es zumindest Tonya. Dafür, dass ihr Vater nicht resignierte, sondern immer wieder neue Anläufe wagte und sich allzu oft bei denjenigen entschuldigte, die erst einmal nicht gefunden hatten, was sie suchten, bewunderte und liebte sie ihn. Er kämpfte ebenso um Gerechtigkeit, Frieden und ein funktionierendes Miteinander wie Timo, Thomas, sie selbst, Jake …

Jake! Bei dem Gedanken an ihn erfüllte sie eine heimelige Wärme. Er hatte zwei Nächte im Krankenhaus verbracht und einen Tag bei seiner Familie. Inzwischen war er wieder im Dienst. Gemeldet hatte er sich bei ihr nicht, ziemlich sicher, weil ihm ein Maulkorb verpasst worden war. So lange, bis es Luisa und ihren Kollegen gelang, die Angelegenheit mit Delia halbwegs zu durchschauen.

»Wenn du reden willst, T, ich bin da.«

»Das weiß ich. Im Augenblick sortiere ich noch.«

»Was sicher nicht einfach für dich ist. Denn Delia –« Das Läuten des Telefons unterbrach ihn. Er erhob sich eilig, weil er nicht wollte, dass Christina nochmals aufstand, und kam kurz darauf mit dem Gerät wieder auf die Terrasse.

»Eine Luisa Neumüller möchte dich sprechen.« Er sagte keinen Ton darüber, dass es bereits auf Mitternacht zuging. Ein nächtlicher Anruf war in diesem Haus nichts Ungewöhnliches. Immerhin hielten sich Kummer und Unglücke, die die Menschen beschäftigten oder trafen, nicht an Uhrzeiten. Er blickte sie prüfend an und drückte ihr dann mit einem Nicken das Telefon in die Hand, ehe er sich zurückzog.

»Können wir reden, T?«, fragte Luisa, sobald sich Tonya gemeldet hatte.

»Ja, ich bin allein.«

»Gut. Vorhin kam ein Anruf von unserer Kollegin aus Neapel. Sie haben den Kerl gefunden, der damals den Paaren aufgelauert und sie ermordet hat.«

Tonya sog scharf die Luft ein. Die italienischen Behörden hatten Dennis' Mörder gefunden? Ein Zittern durchlief sie. Diesmal rührte es nicht von der frischen Nachtluft her.

»Erzähl, bitte«, keuchte sie.

»Vor etwa sieben Jahren wurde in der Nähe von Neapel eine männliche Leiche aus dem Meer gezogen. Der Unbekannte war an sein Motorrad gekettet und versenkt worden. Das alles sah nach einer Strafaktion des organisierten Verbrechens aus.«

»Hatte er Papiere bei sich?«

»Nein. Deshalb lag die Akte bei den ungeklärten Mordfällen an einem unbekannten Mann mit Verdacht auf einen Mafia-Hintergrund.«

»Wie sind sie auf ihn gestoßen? Nur anhand der ergänzten Personenbeschreibung von Giuliana und mir?«

»Offiziell deshalb, weil Giuliana noch einmal zu ihnen kam. Sie sagte, dass ihr zur Bekleidung des Mannes noch etwas eingefallen wäre. Sie beschrieb sein Bikeroutfit. Schwarzes Leder mit hohen schwarzen Schuhen, auf denen ein neonorangefarbener Blitz abgebildet war. Genau solche Schuhe hatte die unbekannte Wasserleiche getragen. Daran erinnerte sich jemand in

Zusammenhang mit dem ungeklärten Mordfall. Daraufhin hat man die Obduktionsfotos näher betrachtet und die von euch erwähnte Narbe an der Hand entdeckt. Und auch sonst erscheint alles stimmig.«

Tonya nickte und löste den Blick von ihrer Hand, mit der sie verkrampft die Decke festhielt. Als wäre sie ihr Schutzschild, der keinesfalls davonrutschen durfte. War damit das Kapitel ihrer schmerzlichen Vergangenheit endgültig abgeschlossen? War sie jetzt endlich frei von Schuldgefühlen, frei von der Suche nach Dennis' Mörder, frei, um dieses Buch zuzuschlagen und ein neues zu öffnen? Wobei – war da nicht eine kleine Einschränkung in Luisas Worten gewesen?

»Und inoffiziell?«, hakte sie nach einer längeren Pause nach, die Luisa ihr geduldig ließ, wohl weil sie ahnte, dass Tonya das alles erst einmal durchdenken musste.

»Laut der Kollegin hat die andere Überlebende, Giuliana, fahrig gewirkt. Zudem hat sie gleich mehrmals beteuert, dass dies vielleicht wichtig sein könnte, damit auch du Frieden finden könntest. Offenbar hast du einen nachhaltigen Eindruck auf sie hinterlassen. Sie scheint dich zu mögen.«

»Und?«

»Sie wollten Giuliana ein paar Tage später die Obduktionsbilder des vermuteten Mafia-Mordes zeigen, haben aber nur ihr Dienstmädchen angetroffen. Laut diesem hat Giuliana recht überraschend eine längere Reise angetreten, ohne Angabe, wann sie zurückkommen will.«

Tonyas Finger zupften an einem Fussel der Decke herum. Deutlich hatte sie Giulianas Auftreten bei ihrem Zusammentreffen vor Augen. Jene kühle, beherrschte junge Frau; innerlich leidend, jedoch bei Weitem nicht so von Schuldgefühlen zerfressen wie Tonya. Ihr erster Eindruck war damals der gewesen, dass hinter Giuliana sehr viel Geld und

Macht stecken konnten. Mussten. Ihre Gedanken begannen zu rotieren.

»Hat die Kollegin etwas in die Richtung angedeutet, dass Giuliana mit einer gewissen *Familie* in Zusammenhang gebracht wird?«

»Du meinst eine mit Mafiastrukturen?«

Luisas Nachhaken bewies Tonya eines: Ihre Überlegung war nicht aus der Luft gegriffen. Oder zumindest stand sie damit nicht allein da.

»Sie sagte etwas wie: ›Dass diese Frau sich bereit erklärt hat, noch einmal mit der Polizei zu kooperieren, ist erstaunlich.‹ Dann verbesserte sie das letzte Wort mit *erfreulich*.«

»Unterbrich mich bitte, wenn ich zu viel fantasiere: Da gibt es eine junge Frau und ihre große Liebe, die – ebenso wie Dennis und ich und einige andere Paare vor ihr – von einem Mann angegriffen werden. Sie gilt lange Zeit als die einzige Überlebende, bis ich auftauche. Offenbar findet sie mich ganz nett. Und sie kann nachvollziehen, was in mir vorgeht. Also beschließt sie, mir zu helfen, damit ich mit der Sache abschließen kann. Denn *sie* hat das längst getan. Weil sie weiß, dass der Mörder ihres Freundes schon lange nicht mehr lebt. Vielleicht, weil sie ihn weitaus besser beschreiben konnte als ich, diese Beschreibung aber nie bei der Polizei angelangt ist. Oder weil sie entkommen konnte, da – neben dem Hund – auch eine Art Bodyguard ganz in ihrer Nähe war. Der hat zwar den Tod des jungen Mannes nicht verhindern, den Kerl aber davon abhalten können, auch Giuliana etwas anzutun. Und dann wurde der – ich sage es mal salopp – von Giulianas *papà* oder vom *papà* des toten Freundes zu einer Motorradfahrt im Meer eingeladen.«

Luisa hatte sie nicht unterbrochen. Tonya wartete einen Augenblick, dann vernahm sie am anderen Ende der Leitung ein Räuspern. »Ich denke, wir überlassen alles Weitere in dieser Angelegenheit den zuständigen Behörden in Italien.«

Tonya lehnte den Kopf zurück. Ihr Nacken schmerzte, so verspannt hatte sie dagesessen. »Was gibt es Neues von Delia?«

»Das ist der zweite Grund meines Anrufs. Sie möchte gern mit dir sprechen. Sie will dir alles selbst erklären und sich bei dir entschuldigen.«

»Das hat ihr sicher ihr Anwalt geraten. Bei der Gerichtsverhandlung und Urteilsfindung wird das ja immer positiv bewertet. Zusammen mit ihren furchtbaren Erlebnissen aus ihrer Kindheit und Jugendzeit könnte das erheblich das Strafmaß beeinflussen.«

Luisas Zögern ließ Tonya die Augenbrauen zusammenziehen. Etwas Eigentümliches schien plötzlich in der Luft zu liegen. Ein seltsamer Geruch, der den leichten Hauch einer duftenden Hortensien-Züchtung, die gleich hinter Tonya wuchs, zu verdrängen drohte.

»Es wird vermutlich zu keiner Gerichtsverhandlung kommen, T.«

»Was?« Tonya fuhr hoch. Erneut krallten sich ihre Finger in den weichen Stoff der Decke, ihre Nackenmuskulatur sandte ihr einen pochenden Schmerz den Rücken hinunter. Oder kam der aus ihrem Herzen?

Wollte sie denn wirklich, dass Delia hart bestraft wurde? Eigentlich nicht. Aber durfte man sie einfach davonkommen lassen? Delia hatte Adalaya, Selma und Enes in Gefahr gebracht, sie angegriffen. Little Joe durch mehrere Messerstiche getötet, Hoss vergiftet, Jake bedroht …

»Man kann sie doch nicht laufen lassen«, entfuhr es ihr mit erstickter Stimme, rangen in ihr doch Zuneigung und Schmerz miteinander. Schuldgefühle gegen Schuldzuweisungen. Hoffen gegen Bangen.

»Delia Hinz geht nirgendwo hin, T. Nie mehr. Sie hat einen höchst aggressiven Krebs im Endstadium. Mit Metastasen überall, sogar im Gehirn. Ihre Aussagen sind lückenhaft ausgefallen, oft hat sie einfach nicht die richtigen Worte finden können. Sie ist körperlich ein Wrack und gehört eigentlich seit Tagen ins Bett. Ihr Onkologe sagt, dass es für ihn unverständlich sei, wie sie bis jetzt da draußen *überleben* konnte. Sie ist mittlerweile in einem Hospiz untergebracht. Vermutlich wird sie in den nächsten Tagen sterben.«

»Nein.« Tonya schluchzte erstickt auf. Ein neuer Verlustschmerz flutete ihr Herz; Tränen des Mitgefühls fanden den Weg über ihre Wangen.

Epilog

Tonya zwang sich, sich im Sessel zurückzulehnen. Sie nahm intensiv die warme grüne Wandfarbe wahr, den Geruch nach Putzmittel und die Stille, einzig unterbrochen von Delias unregelmäßigem Atem.

Es war schwer für Tonya, hier zu sein und sich dem Gespräch mit Delia zu stellen. Noch schwerer war es allerdings für ihre ehemalige Nachbarin, das hatte Tonya bald nach ihrem Eintreffen bemerkt. Für die Frau, die ihre Schwägerin hätte werden können, wäre damals nicht das Unfassbare geschehen, das fortan ihrer beider Leben beeinflusst hatte.

Delia hatte sie mit einem unglaublich verletzlichen Lächeln begrüßt und ihr für ihr Kommen gedankt. Allein jene wenigen stockend hervorgebrachten Sätze, immer wieder auf der Suche nach den richtigen Worten, hatten Delia restlos erschöpft. Ihr waren die Augen zugefallen.

Das war noch mehrere Male passiert. Jedes einzelne Wort kostete Delia unsagbar viel Mühe und Konzentration, raubte ihr die Kraft zum Atmen, zum Leben. Deshalb hatte Tonya ihr versichert, dass sie dieses Gespräch nicht führen *mussten*. Da hatte Delia ihr jedoch vehement widersprochen.

So saß Tonya nun seit mehr als zwei Stunden hier. Sie hörte sich an, was Delia ihr sagen wollte und bemühte sich oftmals verzweifelt darum, überhaupt den Sinn hinter dem Gesagten zu verstehen. Zwischendurch beobachtete sie Delia bei ihren erschöpften, aber wenig erholsamen Rückzügen in sich selbst.

Delia hatte von ihrer Verzweiflung nach Dennis' Tod erzählt. Von ihrer Flucht in den Alkohol, von zwei Entzugskliniken, durch die sie den nicht hilfreichen Tröster, dem schon ihre Mutter verfallen war, endlich besiegt hatte. Sie berichtete von Angstzuständen und Depressionen, vom Scheitern und Wiederaufstehen, nur um erneut zu fallen. Und von ihren Vorwürfen Tonya gegenüber. Weil sie damals Dennis einfach allein gelassen hatte. Weil sie nicht auch gegen diesen Mann gekämpft hatte. Weil Dennis Tonya mehr geliebt haben musste als Delia – denn sonst hätte er sich doch nicht so vehement für sie eingesetzt, um dabei sogar sein Leben zu lassen. Dadurch hatte Delia ihn verloren. Den einzigen Menschen, den sie noch gehabt hatte, schließlich war ihre Mutter zu dem Zeitpunkt schon ein Wrack gewesen.

Tonya schloss die Augen. Völlig neue Schuldgefühle umschlichen ihr Herz. Tonya musste sich der Frage stellen, warum sie sich über all die Jahre nur auf ihren eigenen Schmerz und Verlust konzentriert hatte. Ohne je danach zu fragen, wie es Dennis' Schwester damit erging.

Sie hatten sich schnell aus den Augen verloren. Weil Tonya aufgrund ihres Studiums ohnehin nicht mehr zu Hause gewohnt und Delia andere Wege eingeschlagen hatte.

Tonya vergrub ihr Gesicht in den Händen. Waren es ihre Schuldgefühle, die sie daran gehindert hatten, sich auch nur einmal zu erkundigen, wie es Delia erging? Wo sie war, was sie tat und wie sie mit dem Verlust zurechtkam? Bis jetzt hatte Tonya immer angenommen – und das sogar beinahe aggressiv verteidigt –, dass Dennis' Tod *ihr Verlust* gewesen sei. Heute wusste sie: Sie war einem schlimmen Irrtum aufgesessen.

Bedauernd blickte Tonya in das eingefallene Gesicht ihrer ehemaligen Nachbarin. Von den weichen, kindlichen Zügen von einst war nichts geblieben. Wie auch von dem weichen, kindlich-vertrauensvollen Herzen?

Tonya hatte nicht an Dennis erinnert werden wollen, Delia hatte nicht an Tonya erinnert werden wollen. Doch sie, Tonya, war die Stärkere von ihnen beiden. Diejenige, die zwar ebenfalls einen geliebten Menschen verloren hatte, der jedoch nicht ihr Anker gewesen war, wohl aber der seiner jüngeren Schwester.

Tonya stöhnte leise in ihre Handflächen. Es wäre ihre Aufgabe gewesen, sich um Delia zu sorgen, sich um sie zu kümmern. Aber sie hatte die Verantwortung von sich geschoben. Weil es einfacher und schmerzloser für sie gewesen war.

Gedanklich wanderte Tonya zum Vortag zurück. Zu dem Morgen nach dem Telefonat mit Luisa, als sie ihren Eltern von Delias Diagnose erzählt hatte. Und davon, dass Delia hinter all dem gesteckt hatte, was ihr zugestoßen war.

Daraufhin war Christina in Tränen ausgebrochen. Markus hatte lange mit gebeugten Schultern dagesessen, das Gesicht in den Händen vergraben und die Ellenbogen auf den Tisch gestützt. Betend. Weinend. Schließlich hatten die beiden ausgesprochen, was jetzt auch an Tonya zerrte wie ein wütender Hund an der Leine.

Bei ihren Versuchen, mit dem Unfassbaren klarzukommen, hatten sie einen Menschen aus den Augen verloren, der so viel dringender ihre Aufmerksamkeit und Fürsorge benötigt hätte als ihr Bemühen darum, die Erinnerungen an Dennis lebendig zu halten oder seinen Mörder zu überführen. Denn Dennis war tot. Delia aber war am Leben geblieben und daran zerbrochen.

Ihr zu helfen, hätte womöglich auch unseren Schmerz schneller heilen lassen. Jetzt haben wir einfach nur eine tiefe Schuld auf uns geladen. Diese Worte ihrer Mutter, unter Tränen und Schluchzen ausgesprochen, hallten wie das stete Bellen eines Wachhundes in Tonyas Gedanken wider. Und dabei verbissen sie sich in die Tatsache, dass Delia ihr nachgestellt, ihr wehgetan, ihre Hunde getötet und sie und andere in Gefahr gebracht hatte. Die Welt stand kopf.

Wie definierte sich Schuld? Was war wessen Schuld? Was war richtig, was falsch? Was war gerecht? Und bedeutete Gerechtigkeit immer zugleich auch, dass sie richtig war? Wie sollte sie das eine vom anderen unterscheiden? Wie sollte dieses Gespräch weitergehen und enden, damit sie beide heil werden konnten?

Tonya zog die Hände fort und betrachtete Delias abgemagerten Körper, ihre fleckige Haut, die erschreckend flache Atmung. Delias Leib hatte keine Chance mehr zu heilen. Vielleicht jedoch ihr Herz und ihre Seele?

»Es tut mir so leid, Delia«, flüsterte Tonya. Delia hob die Hand. Offenbar war sie gerade wieder kräftig genug, um auf sie zu reagieren.

»Die Diagnose kam Anfang letzten Jahres. Ab da wusste ich, wie sich das … anfühlt.«

Tonya runzelte die Stirn. Es war anstrengend, Delia zu verstehen, obwohl sie sich viel Mühe gab, sich verständlich auszudrücken. Die Metastasen in ihrem Gehirn zeigten ihre hässliche Fratze. Deshalb hatte sie auch ihr Lügenkonstrukt über ihren Chef und ihre Reisen nicht mehr aufrechterhalten können. Zudem litt sie unter erheblichen Wortfindungsstörungen, manchmal ergab das, was sie sagte, einfach keinen Sinn.

»Wie sich so eine schlimme Diagnose anfühlt?«, hakte Tonya nach. Delia verzog unwillig das Gesicht und blitzte sie böse an. Auch diese wechselnden Stimmungen schienen ein Teil ihrer fortgeschrittenen Erkrankung zu sein. Gerade jetzt war Delia wütend auf Tonya, weil sie sie nicht richtig verstand.

»Kannst du mir das bitte näher erklären? Ich möchte es so gern verstehen.«

Jetzt lächelte Delia. Warm und herzlich. »Ich weiß jetzt, was es in einem auslöst, wenn man erkennt, dass man …«

»… sterben muss?«, wagte es Tonya, den Satz zu vervollständigen. Delia nickte und wirkte plötzlich teilnahmslos. Als gehe sie das alles nichts mehr an. Eigentlich hätte Tonya ihr genau diesen Zustand gewünscht. Dass sie einfach vergessen durfte. Frieden fand.

»Am siebten Todestag … Es war doch der siebte, nicht?«

Tonya bejahte.

»In meinem Kopf ist alles durcheinander. Und diese Dings, diese Mittel sind auch nicht … hilflos.«

»Ja, das ist wohl leider so. Und die Schmerzmittel sind sicher nicht hilfreich. Aber ich versuche dennoch alles zu verstehen, was du mir sagen willst.«

»Das ist gut.« Delia schwieg daraufhin mit gerunzelter Stirn. Ihre Hände strichen fahrig über die leichte Bettdecke.

»Du wolltest mir sagen, was an Dennis' siebtem Todestag geschehen ist.« Bei dem Thema nachhaken zu müssen, trieb Tonya die Tränen in die Augen. Sie wollte Delia doch nicht noch mehr quälen.

»Ja. Ich war völlig …«

»… fertig? Niedergeschlagen?«

Delia nickte. »Und dann wütend. Auf dich. Weil ich jetzt weiß, wie viel Angst man hat. Und Dennis hat gewusst, dass er wegmuss – *sterben* muss, meine ich. Er wusste es. Er hat doch das Messer gesehen. Und der … andere hat gesagt, dass du dann vielleicht leben darfst. Ich kenne jetzt Dennis' Panik. Und ich wollte, dass du sie auch kennenlernst.«

Tonya atmete tief ein. Delia hatte also gewollt, dass sie Todesängste ausstand. Damit auch sie am eigenen Leib erfuhr, wie Dennis sich gefühlt haben musste. Deshalb all die Übergriffe und Angriffe auf sie. Dass diese in so unterschiedlicher Intensität ausgefallen waren, war vermutlich an Delias Krebserkrankung gelegen. An ihrer schwindenden körperlichen Kraft, verbunden mit guten und schlechten Tagen, an den Metastasen, die Teile ihres Gehirns befallen hatten, an einer beginnenden Wesensveränderung …

Dennoch sprach Tonya weiterhin offen aus, was ihr durch den Kopf ging: »Ich hatte damals auch Todesangst.«

»Aber du hast ihm nicht ins Auge ge …irgendwas.«

»Doch, Delia. Auch ich habe das Messer gesehen. Auch ich habe die Brutalität des Mannes gespürt, der da vor uns stand.«

»Du hast Dennis verkauft.«

»Das habe ich lange gedacht, ja. Jahrelang habe ich mir deshalb Vorwürfe gemacht. Die Überlegung, was geschehen wäre, wenn ich anders reagiert hätte, wenn ich nicht auf Dennis gehört und nicht weggelaufen wäre … all das hat mich all die Jahre über nicht zur Ruhe kommen lassen.«

»Dich auch nicht?«

»Nein, Delia. Es hat mich gequält.«

»So?«

»Ich habe vor Kurzem erfahren, dass Dennis und ich nicht das einzige junge Paar waren, das dieser Kerl angegriffen hat. Insgesamt waren es acht Paare. Es gab nur zwei Überlebende. Eine Frau in Italien und mich. Er hätte Dennis und mich auf jeden Fall getötet, ganz egal, wie wir reagiert hätten.«

»Wusste ich nicht.«

»Ich weiß. Niemand hier wusste davon.«

»Du solltest es spüren!« Delia klang plötzlich wieder zornig. Sie richtete sich ein Stück weit in ihrem Bett auf, fiel aber mit schmerzverzerrtem Gesicht zurück. Daraufhin schien sie erneut eingeschlafen zu sein. Tonya empfand dies als gnädig für Delia.

Delia hatte also damit begonnen, ihr kleine Streiche zu spielen. Allein deshalb, weil sie wollte, dass sie sich bedroht fühlte, Angst durchlebte. Zu irgendeinem Zeitpunkt hatte Delia das dann wohl nicht mehr genügt, vielleicht weil ihr Opfer nicht panisch genug reagiert hatte. Infolgedessen war sie bei ihr eingebrochen. Was in Delia vorgegangen sein musste, als sie Little Joe erstochen hatte, blieb für Tonya allerdings ein Rätsel.

»Warum die Hunde? Warum blieb die Hortensienbrosche im Regal?«, überlegte sie halblaut.

»Der Hund hat mich beinahe gebissen. Da bin ich wütend geworden.« Delia keuchte, als wehrte sie sich erneut gegen Little Joe. »Und die Brosche … Die lag immer zusammen mit einer zweiten in Christinas Vitrine. Mir haben sie immer gut gefallen. Christina hat einmal gesagt, dass sie mir später eine davon schenken würde.«

Tonya beugte sich vor. Delia klang plötzlich erstaunlich klar. Sie hielt die Augen geschlossen, ihre Hände waren zur Ruhe gekommen.

»Ich wollte dir nie etwas antun, Kleine. Dich nur ein bisschen aufschrecken. Damit du weißt, wie sich Todesangst anfühlt. Ich wollte Dennis rächen. Was für ein blöder Gedanke. Das weiß ich jetzt.«

»Du hast mich an der Tür von hinten angegriffen.«

»Du hast mich überrascht. Ich wollte verhindern, dass du mich erkennst.«

»Was ist mit dem Feuer in meiner Wohnung.«

»Ich wusste nichts von dem offenen Fenster hinter der Pflanze. Glaub mir bitte. Ich wollte nur, dass diese Pflanze brennt.«

»Und in Potsdam.«

»Da hast du auf mich geschossen. Warum hast du eigentlich eine Waffe?«

»Ich arbeite wie Thomas bei der Polizei.«

»Lüge!« Delia klang aufgebracht.

»Ich gebe meinen Beruf nicht öffentlich bekannt, weil das gefährlich sein könnte.«

»Keine normale Polizei?« Die abgehackte Frage kam leise, war kaum mehr zu verstehen. Tonya beantwortete sie nicht, würde Delia es doch ohnehin nicht hören. Ihre tieferen, wenngleich mühsamen Atemzüge verrieten, dass sie wieder weggedämmert war.

Tonya hoffte, dass sie das Gespräch an einer anderen Stelle fortsetzen konnten, obwohl es im Grunde gleichgültig war, ob Delia von ihrer Anstellung beim BKA erfuhr. Sie würde dieses Wissen nicht mehr weitererzählen können.

Traurig schüttelte Tonya den Kopf. Wie anders hätte Delias Leben verlaufen können – und vielleicht auch ihr eigenes –, wenn sie, statt voreinander zu fliehen, miteinander geredet hätten. Wenn sie das Leid gemeinsam getragen hätten. Tonya jedenfalls wusste, was sie dringend tun musste.

Also blieb sie, obwohl Delia sich lange Zeit nicht mehr rührte und zweimal eine Palliativpflegerin hereinkam, um die Infusionen zu wechseln. Allmählich wurden die Schatten im Raum verzerrter, das Tageslicht, das durch die beiden Fenster hereinfiel, schwächer.

Ein lautes Aufseufzen schreckte Tonya hoch. Sie rutschte bis vorn an die Kante der Sitzfläche und griff nach Delias Hand. Diese fühlte sich kalt und knochig an, ein wenig wie die einer alten Frau.

»Du bist noch da?«

»Ich bin noch da. Denn ich muss dir noch etwas Wichtiges sagen.«

»Ich bin … unkonzentriert.«

»Das weiß ich. Aber ich denke, das bekommen wir trotzdem hin.«

»Hm?«

»Delia, ich möchte mich bei dir entschuldigen. Dafür, dass ich damals zugelassen habe, dass du einfach abtauchen konntest. Wir waren deine Ersatzfamilie, und du hättest dringend unseren Beistand gebrauchen können. Die Wielands haben sich alle nur um mich, ihr kleines Küken, gekümmert und dich dabei aus dem Blick verloren. Und dabei nehme ich mich nicht aus. Ich wollte dich nicht sehen. Du hättest mich zu sehr an Dennis erinnert. Aber das hätte nicht passieren dürfen. Ich hätte zumindest die anderen darauf hinweisen müssen, sich auch um dich zu kümmern, wenn ich selbst es schon nicht konnte.«

»Sie haben Dennis auch verloren. Und sie waren so sehr in Sorge um dich.«

Tonya schluckte hörbar. Der Kontrast zwischen dem, was Delia sagte und offenbar nachvollziehen konnte, und dem, was in den vergangenen Monaten ebenfalls in ihr vorgegangen sein musste, war einfach nur verwirrend.

»Dennoch. Ich habe dich vernachlässigt, deine Trauer und Verzweiflung ausgeklammert, dich übersehen. Und das tut mir so unendlich leid.«

Delia zog ihre Hand unter Tonyas hervor und legte sie darüber. Der Druck ihrer Finger war kaum spürbar, bedeutete aber alles für Tonya. Sie drückte ihre Stirn in die Matratze und weinte. Die kalte Hand verschwand von ihrer und legte sich völlig unerwartet auf Tonyas Hinterkopf. Sie transportierte

Trost und Vergebung. Die letzten Fesseln fielen ab, die noch einschnürend um Tonyas Herz gewunden gewesen waren. Sie zerfielen zu Staub, als seien sie nicht sieben, sondern siebentausend Jahre alt.

»Bitte, T, behalte mich *so* in Erinnerung. Nicht als dieses schrecklich zornige Wesen, das ich auch gewesen bin und das dir und Tom wehgetan hat. Es hat in mir geschlummert und ist immer wieder ausgebrochen. So möchte ich nicht mehr sein.«

»Das bist du nicht, Delia.«

»Verzeihst du mir?«

»Du hast mir gerade vergeben und ich verzeihe dir. Von ganzem Herzen.«

»Ich wünschte … dass früher.« Delias Hand rutschte herunter auf die Bettdecke. Tonya nahm sie in ihre.

»Ja, ich wünschte auch, dass wir das Gespräch viel früher geführt hätten. Dass wir achtsamer miteinander umgegangen wären. Das hätte uns beiden viel Leid erspart.«

»Und Tom.«

»Ja, und auch Tom.«

»Ich mag ihn sehr gerne.«

»Ich richte es ihm aus.«

»Danke.« Ihr Flüstern war kaum mehr als der sanfte Flügelschlag eines Schmetterlings.

Erneut vergingen beinahe zwei Stunden. Eine Pflegerin hatte unterdessen eine Stehlampe hinter Delias Bett angeknipst, die einen goldenen Lichtschein verbreitete. Endlich schlug die junge Frau die Augen wieder auf. Sie sah noch hinfälliger aus als zuvor. Das Leben floss schneller aus ihr heraus, als Tonya ohnehin befürchtet hatte. Und als sie es wollte. Sie hätte ihre neu gewonnene Freundin so gern festgehalten. Behalten. So irrational das für Außenstehende auch sein mochte.

»Dieser Mann …«

»Du meinst der, der Dennis und all die anderen ermordet hat?«

»Ja. Der. Er hat uns viel mehr weggenommen als nur Dennis.«

»Das hat er. Allerdings nur, weil wir es zugelassen haben. Allerdings nur, weil wir es zugelassen und nichts dagegen unternommen haben. Dadurch haben wir uns selbst verloren und uns gegenseitig im Stich gelassen.«

»Nimm … mit.«

Tonya beugte sich vor. Delia war kaum mehr zu verstehen.

»Was soll ich mitnehmen?«

»Dein Papa sagte das immer.«

»Ich weiß nicht …«

»Lerne! Besser machen!«, stieß Delia fast verzweifelt hervor.

»Ja, Delia. Ich werde dieses Wissen mitnehmen. Ich will aus meinem Fehler lernen und es in Zukunft besser machen.« Tonya zögerte, fügte aber schnell hinzu: »Damit all das, was zuletzt so schrecklich war, doch noch etwas Gutes hatte.« Und dazu gehörte auch ihre Begegnung mit Jake, den sie ohne all das, was Delia getan hatte, wohl nie so nahe an sich herangelassen hätte.

»Gut«, meinte Delia nur, ehe sie wieder in ihrer eigenen Welt verschwand, in die Tonya ihr nicht folgen konnte. Tonya tippte eine Nachricht an Jake, der sie abholen wollte, und erhob sich kurz darauf.

Ein letztes Mal strich sie Delia über die knochigen Finger. Tonya wusste, dass dies ein Abschied für immer war. Zumindest für eine lange Zeit.

Leise verließ sie den Raum. Stille, gelegentlich unterbrochen durch ein Stöhnen oder Rascheln aus einem der anderen Zimmer, deren Türen fast alle offen standen, begleitete sie auf ihrem Weg zum Stationszimmer. Als sie dort innehielt, stand ein Pfleger auf und kam ihr entgegen.

»Sie waren bei Delia, nicht? Sie sind die Frau, die sie unbedingt noch sehen wollte, damit sie Frieden schließen kann?«

»Das bin ich wohl.«

»Gut, dass sie da waren. Sie hat mir vor einigen Tagen, als sie nicht schlafen konnte, erzählt, was sie Ihnen angetan hat und wie sehr sie es bereut.«

»Wir haben einander verziehen.«

Der Mann atmete mehr irritiert als begeistert tief durch.

»Sie wissen aber, dass das meiste von dem, was Delia angestellt hat, nicht unbedingt auf ihre Erkrankung und somit auf die fortschreitende Zerstörung ihres Gehirns zurückzuführen ist?«

»Ja, das ist mir durchaus bewusst. Sie kann ihre Krebserkrankung nicht als Begründung oder Entschuldigung anführen. Und das hat sie auch nicht versucht. Es waren wohl ihr verletztes einsames Herz und ihre geschundene Seele, die den Hass in ihr hervorgerufen haben. Einen Hass, der sie ein Stück weit selbst zerstört und sie an einem glücklichen Leben gehindert hat. Wesentlich mehr als mich, weil er mich aus der Entfernung ja nicht treffen konnte. Das geschah erst, als sie angefangen hat, ihn bewusst an mir auszulassen. Aber ich vergebe ihr dennoch.«

»Das ist erstaunlich.«

»Es ist das, was mich weiterleben lässt. Weiter hoffen, weiter lieben.«

Die Blicke des Pflegers folgten ihr, bis die automatische Tür hinter ihr zuschwang. Ein kalter Wind zerzauste ihr die Haare und fuhr ihr in die Kleidung. Als sie am frühen Nachmittag angekommen war, hatte das Thermometer angenehme zwanzig Grad angezeigt, jetzt musste es gut zehn Grad weniger haben.

Der Herbst raste mit großen Schritten auf sie zu und verdrängte den Sommer. Wie der Tod auf Delia zuraste und das Leben verdrängte.

Tonya hoffte inständig, dass Delia ihren Frieden mit Gott gemacht hatte. Und wenn nicht – erstaunt neigte sie den Kopf und betrachtete die weibliche Gestalt neben Jake –, würde ihre Mutter dies in den nächsten Stunden oder Tagen zu ändern versuchen.

»Ich habe hier kurzfristig ein Angehörigenzimmer gebucht. Delia sollte nicht allein sein und nicht allein sterben. Außerdem möchte ich noch ein paar Gespräche mit ihr führen.« Christina umarmte Jake, der das sichtlich überrascht und etwas steif über sich ergehen ließ, ehe sie Tonya fest in die Arme schloss, die schon wieder gegen ihre Tränen ankämpfen musste.

»Ich werde nie gutmachen können, was ich die letzten sieben Jahre versäumt habe. Aber ich werde mein Bestes geben, um ihr die letzten Tage leichter zu machen. Und doch so intensiv wie möglich.«

Christina ließ sie stehen und drückte wenig später auf die Nachtklingel neben der Eingangstür.

»Deine Mutter ist einfach unglaublich.« Jake trat näher, musterte Tonya, zog sie zu sich und umarmte sie kräftig. Mit geschlossenen Augen ließ sie sich gegen ihn fallen. Sie genoss seine Wärme, die starken beschützenden Arme und den Halt, den er ihr nach den vielen Stunden bei Delia anbot, in denen sie mehr als einmal das Gefühl gehabt hatte, in einen Abgrund zu stürzen.

»Du siehst müde aus. Ich bringe dich mal besser ins Hotel.« Behutsam führte er sie zu seinem Auto. Er öffnete für sie die Beifahrertür, und in diesem Augenblick sprang ein Wollknäuel regelrecht in Tonyas Arme. Etwas Nasses bedeckte ihr Gesicht mit Küssen und kitzelte sie.

»Was …?« Sie packte das schwarz-braun-weiße Knäuel und hob es von sich weg. Obwohl es sich wand und erneut versuchte, sie abzulecken, erkannte sie darin einen jungen Hund. Es handelte sich um einen Australian Labradoodle.

»Jake?« Ihr war durchaus bewusst, dass sie seinen Namen freudig gequiekt hatte, weil der Welpe ein unfassbar knuffiges Wesen war.

»Er stammt aus einem Wurf, bei dem zuerst alle Hunde vermittelt werden konnten. Doch dieser wilde Bursche hier wurde nach zwei Wochen zurückgegeben, weil die Familie ihn doch zu anstrengend fand. Ich dachte, der passt zu dir. Du kannst ja von Glück sprechen, dass deine Familie dich nicht zurückgegeben hat – obwohl auch sie dich anstrengend findet.«

»Wer hat das gesagt?« Tonya versenkte ihr Gesicht in dem weichen Fell. Der Welpe schien vor Begeisterung förmlich zu seufzen.

»Ach, weißt du«, Jake lachte und schob sie in Richtung Beifahrersitz, »du hast so viele Geschwister, da kann ich mich einfach nicht mehr erinnern.«

Tonya setzte sich, und der Mischling drückte sich wie selbstverständlich an ihren Bauch. »Hat er schon einen Namen?«

»Vermutlich ist er ein Ben. Oder ein Adam.«

»Oder ein Hop Sing?«

Jake schloss die Autotür, doch Tonya konnte sein Lachen hören, als er um das Auto herumging. Kaum dass er eingestiegen war, ergriff Tonya seine Hand.

»Ich finde, eine Kreuzung aus Labra*thor* und Großpudel sollte Thor heißen. Danke, Jake. Für alles.«

»Sieh nur zu, dass der mich nicht ständig anknurrt.«

»Okay.«

»Ich werde nämlich viel Zeit mit dir verbringen.«

»Das hört sich gut an.« Tonya schnallte sich vorsichtig an. »Thor und ich brauchen ein neues Zuhause.«

Jake drehte sich etwas umständlich zu ihr um. Im Licht der Straßenlampe konnte sie sein Gesicht nicht gut sehen, dennoch glaubte sie, darin eine Art inneren Kampf ablesen zu können. Sie ahnte, dass er behutsam mit dem sein wollte, was er nun sagen würde – durfte er das mit dem Beschützen doch keinesfalls übertreiben. Das hatte er anscheinend gut verinnerlicht.

Tonya unterdrückte ein Lächeln. Seit sie begriffen hatte, dass sie ebenfalls zu den Beschützern gehörte – weil Liebe das manchmal einfach erforderte –, hatte sie sich zu einem großen Teil von ihrer nahezu trotzigen Haltung verabschiedet. Wie von so vielem in den letzten Stunden und Tagen.

Der Wandel vom Sommer zum Herbst brachte ebenso viel Neues zum Wachsen und Blühen, wie er Altes abschüttelte und hinter sich lassen wollte.

»Wir suchen dir und dem Kleinen ab morgen etwas. Etwas kleines Hübsches – für die Übergangszeit. Oder gleich etwas Großes für eine sehr kurze Übergangszeit?«

»Ich … verstehe nichts von dem, was du sagst.«

Jake beugte sich zu ihr und küsste sie unglaublich zart auf den Mund. Durch Tonyas Adern schienen plötzlich Champagnerbläschen zu perlen. Als seine Lippen sich wieder von ihren gelöst hatten, flüsterte er ihr ins Ohr: »Ich werde garantiert nicht viel Zeit verstreichen lassen, ehe ich mit einem Ring vor dir stehe.« Die Champagnerperlen zersprangen. Alles in Tonya geriet in Aufruhr; kribbelte, kitzelte und sandte Hitzewellen aus. Einen Augenblick lang saß sie reglos da, bis ihr bewusst wurde, dass all das, was sie empfand, und das, was ihr Herz und ihr Kopf ihr zuflüsterten, durchaus schön war. Da war weder Abneigung noch Widerstand, keine Vorsicht oder gar Angst. Sie fühlte einfach nur pures Glück.

Die Frage, ob sie das gerade überhaupt empfinden durfte, beantwortete sie nach kurzem Nachdenken mit einem eindeutigen Ja. Ihr war verziehen worden, sie hatte vergeben und – die wohl schwerste Übung – sie hatte auch sich selbst verziehen. Tief in ihr drin wusste sie, dass Delia nichts dagegen haben würde. Letztlich war es auch Delias Wunsch, jenem Fremden, der über Jahre ihrer beider Leben unter der Knute gehalten hatte, nicht noch länger den Sieg zu überlassen.

Ich möchte lernen, es besser zu machen. Und dafür muss ich mein Leben neu ausrichten, Vertrauen wagen und die Liebe zulassen.

Dank

Von der ersten Plot-Idee bis zu diesem Augenblick haben viele Menschen mit ihren ganz speziellen Fähigkeiten dazu beigetragen, dass es diesen Roman überhaupt gibt.

Stellvertretend für sie alle möchte ich hier einigen wenigen mein herzliches Dankeschön aussprechen.

Unseren Kindern, die mir mit Rat und Tat zur Seite stehen, mich in intensiven Arbeitsphasen aushalten und die Manuskripte auf etwaige Lücken oder Fehler prüfen.

Meinem Co-Autor und Ehemann Christoph, der nicht nur alles um unser »Autorenleben« herum organisiert, sondern immer noch viele Kleinigkeiten im Text aufdeckt, die verbessert werden können.

Meiner Agentin Diana Itterheim von litmedia.agency, die den Spagat hinbekommt, auf der einen Seite meine Interessen fundiert und zielstrebig zu vertreten und mich anzuspornen, auf der anderen Seite aber meine Zweifel und Kämpfe versteht und stets geduldig, freundlich und fröhlich bleibt.

An Lena Woitkowiak und das ganze Tinte-&-Feder-Team, sowie an die Lektorin Nadine Mutz von der Agentur Lutz Garnies.

Ebenso an Sarah Hofstätter, die auf meine Frage nach einem hübschen Auto für T den im Roman vorkommenden Polo eingebracht hat. Die charmante Beschreibung (auch die kleinen Sticheleien von Jake) entstammen ihrem Beitrag. Zudem bedanke ich mich bei all jenen, die mir, ebenfalls auf Facebook, eine lange Liste von Hunderassen vorgeschlagen haben. Ich hoffe, ihr seid mit der Wahl zufrieden!

Ein besonderes Dankeschön gilt all den treuen Lesern, die nicht nur die »leisen« Romane von Noa C. Walker lieben, sondern sich gern auch auf diese etwas andere Geschichte und ihren Vorgänger »Der Duft von Nelken« eingelassen haben.

Wer weiß, vielleicht gibt es bald schon ein Wiedersehen mit den Zwillingen Lana und Lars Wieland. Oder mit Thomas …

46653358R00214

Printed in Poland
by Amazon Fulfillment
Poland Sp. z o.o., Wrocław